루쉰을 멀리하면
용렬해진다

중국 루쉰연구 명가정선집 07

루쉰을 멀리하면 용렬해진다

초판 인쇄 2021년 6월 20일 **초판 발행** 2021년 6월 30일
글쓴이 장푸구이 **옮긴이** 이보경 **펴낸이** 박성모 **펴낸곳** 소명출판 **출판등록** 제13-522호
주소 서울시 서초구 서초중앙로6길 15, 2층
전화 02-585-7840 **팩스** 02-585-7848 **전자우편** somyungbooks@daum.net **홈페이지** www.somyong.co.kr

값 21,000원 ⓒ 소명출판, 2021
ISBN 979-11-5905-239-2 94820
ISBN 979-11-5905-232-3 (세트)

중국 루쉰 연구
명가정선집

07

루쉰을 멀리하면 용렬해진다

ALIENATION FROM LU XUN MAKES US MEDIOCRE

장푸구이 지음 | 이보경 역

중국 루쉰연구 명가정선집

일러두기

- 이 책은 허페이(合肥) 안후이대학출판사(安徽大學出版社)에서 2013년 6월에 출판한 중국 루쉰연구 명가정선집 『中國需要魯迅』을 한글 번역하였다.
- 가급적 원저를 그대로 옮겼으며, 설명이 필요한 경우에는 '역주'로 표시하였다.

'중국 루쉰연구 명가정선집'을 펴내며

린페이林非

100년 전인 1913년 4월, 『소설월보小說月報』 제4권 제1호에 '저우춰周綽'로 서명한 문언소설 「옛일懷舊」이 발표됐다. 이는 뒷날 위대한 문학가가 된 루쉰이 지은 것이다. 당시의 『소설월보』 편집장 윈테차오惲鐵樵가 소설을 대단히 높이 평가해 작품의 열 곳에 방점을 찍고 또 「자오무焦木·부지附志」를 지어 "붓을 사용하는 일은 금침으로 사람을 구해내는 것이라 할 수 있다", "전환되는 곳마다 모두 필력을 보였다", 인물을 "진짜 살아있는 듯이 생생하게 썼다", "사물이나 풍경 묘사가 깊고 치밀하다", 또 "이해하고 파악해 문장을 논하고 한가득 미사여구를 늘어놓기에 이르지 않은" 젊은이는 "이런 문장을 본보기로 삼는 것이 아주 좋다"라고 말했다. 이런 글은 루쉰의 작품에 대한 중국의 정식 출판물의 최초의 반향이자 평론이긴 하지만, 또 문장학의 각도에서 「옛일」의 의의를 분석한 것이다.

한 위대한 인물의 출현은 개인의 천재적 조건 이외에 시대적인 기회와 주변 환경에서 비롯되기도 한다. 1918년 5월에, '5·4' 문학혁명의 물결 속에서 색다른 양식의 깊고 큰 울분에 찬, '루쉰'이라 서명한 소설 「광인일기狂人日記」가 『신청년新靑年』 월간 제4권 제5호에 발표됐다. 이로써 '루쉰'이란 빛나는 이름이 최초로 중국에 등장했다.

8개월 뒤인 1919년 2월 1일 출판된 『신조新潮』 제1권 제2호에서

'기자'라고 서명한 「신간 소개」에 『신청년』 잡지를 소개하는 글이 실렸다. 그 글에서 '기자'는 최초로 「광인일기」에 대해 평론하면서 루쉰의 "「광인일기」는 사실적인 필치로 상징주의symbolism 취지에 이르렀으니 참으로 중국의 으뜸가는 훌륭한 소설이다"라고 말했다.

이 기자는 푸쓰녠傅斯年이었다. 그의 평론은 문장학의 범위를 뛰어넘어 정신문화적 관점에서 중국 사상문화사에서의 루쉰의 가치를 지적했다. 루쉰은 절대로 단일한 문학가가 아닐 뿐 아니라 중국 근현대 정신문화에 전면적으로 영향을 끼친 심오한 사상가이다. 그래서 루쉰연구도 정신문화 현상의 시대적 흐름에 부응해 필연적으로 일어난 것이고, 시작부터 일반적인 순수 학술연구와 달리 어떤 측면에서는 지난 100년 동안의 중국 정신문화사의 발전 궤적을 반영하게 됐다.

이로부터 루쉰과 그의 작품에 대한 평론과 연구도 새록새록 등장해 갈수록 심오해지고 계통적이고 날로 세찬 기세를 많이 갖게 됐다. 연구자 진영도 한 세대 또 한 세대 이어져 창장의 거센 물결처럼 쉼 없이 세차게 흘러 중국 현대문학연구에서 전체 인문연구에 이르기까지 하나의 큰 경관을 형성했다. 그 가운데 주요 분수령은 마오둔茅盾의 「루쉰론魯迅論」, 취추바이瞿秋白의 「『루쉰잡감선집魯迅雜感選集』·서언序言」, 마오쩌둥毛澤東의 「신민주주의론新民主主義論」, 어우양판하이歐陽凡海의 「루쉰의 책魯迅的書」, 리핑신李平心(루쩌魯座)의 「사상가인 루쉰思想家的魯迅」 등이다. 1949년 이후에 또 펑쉐펑馮雪峰의 「루쉰 창작의 특색과 그가 러시아문학에서 받은 영향魯迅創作的特色和他受俄羅斯文學的影響」, 천융陳涌의 「루쉰소설의 현실주의를 논함論魯迅小說的現實主義」과 「문학예술의 현실주의를 위해 투쟁한 루쉰爲文學藝術的現實主義而鬪爭的魯迅」, 탕타오唐弢의 「루쉰 잡문의 예술적 특징

魯迅雜文的藝術特徵」과「루쉰의 미학사상을 논함論魯迅的美學思想」, 왕야오王瑤의「루쉰 작품과 중국 고전문학의 역사 관계를 논함論魯迅作品與中國古典文學的歷史關係」등이 나왔다. 이 시기에는 루쉰연구마저도 왜곡 당했을 뿐 아니라, 특히 '문화대혁명' 중에 루쉰을 정치적인 도구로 삼아 최고 경지로 추어 올렸다. 그렇지만 이런 정치적 환경 속에서라고 해도 리허린李何林으로 대표된 루쉰연구의 실용파가 여전히 자료 정리와 작품 주석이란 기초적인 업무를 고도로 중시했고, 그 틈새에서 숨은 노력을 묵묵히 기울여왔다. 그래서 길이 빛날 의미를 지닌 많은 성과를 얻었다. 결론적으로 루쉰에 대해 우러러보는 정을 가졌건 아니면 다른 견해를 담았건 간에 모두 루쉰과 루쉰연구의 존재를 무시할 수 없다.

귀중한 것은 20세기 1980년대 이후에 루쉰연구가 사상을 제한해 온 오랜 속박에서 벗어나 영역을 확장해 철학, 사회학, 심리학, 비교문학 등 새로운 시야로 루쉰 및 그의 생애와 작품에 대해 더욱 심오하고 두텁게 통일적이고 종합적으로 연구하며 해석하게 됐고, 시종 선두에 서서 중국의 사상해방운동과 학술문화업무의 발전을 촉진시키기 위해 불멸의 역사적 공훈을 세웠다. 동시에 또 왕성한 활력과 새로운 지식구조, 새로운 사유방식을 지닌 중·청년 연구자들을 등장시켰다. 이는 중국문학연구와 전체 사회과학연구 가운데서 모두 보기 드문 것이다.

그래서 이 연구자들의 저작에 대해 총결산하고 그들의 성과에 대해 진지한 검토를 하는 것이 매우 필요한 일이 되었다. 안후이安徽대학출판사가 이 무거운 짐을 지고, 학술저서의 출판이 종종 적자를 내고 경제적 이익을 얻을 수 없는 시대에 의연히 편집에 큰 공을 들여 이 '중국 루쉰연구 명가정선집中國魯迅研究名家精選集' 시리즈를 출판해 참으로 사람을 감격하게 했다. 나는 그들의 노력이 수포로 돌아갈 리 없고, 이 저작들이 중국의 루쉰연구학술사에서 틀림없이 중요한 가치를 갖고 대대로 계승돼 미래의 것을 창조해내서 중국에서 루쉰연구가 더욱 큰 발전을 이룰 것을 굳게 믿는다.

이로써 서문을 삼는다.

2013년 3월 3일

횃불이여, 영원하라
지난 100년 중국의 루쉰연구 회고와 전망

1913년 4월 25일에 출판된 『소설월보』 제4권 제1호에 '저우춰'로 서명한 문언소설 「옛일」이 발표됐다. 잡지의 편집장인 윈톄차오는 이 소설에 대해 평가하고 방점을 찍었을 뿐 아니라 또 글의 마지막에서 「자오무·부지」를 지어 소설에 대해 호평했다. 이는 상징성을 갖는 역사적 시점이다. 즉 '저우춰'가 바로 뒷날 '루쉰'이란 필명으로 세계적인 명성을 누리게 된 작가 저우수런周樹人이고, 「옛일」은 루쉰이 창작한 첫 번째 소설로서 중국 현대문학의 전주곡이 됐고, 「옛일」에 대한 윈톄차오의 평론도 중국의 루쉰연구의 서막이 됐다.

1913년부터 헤아리면 중국의 루쉰연구는 지금까지 이미 100년의 역사를 갖게 됐다. 그동안에 사회적 상황의 변화로 인해 수많은 곡절을 겪었음에도 불구하고, 그러나 여전히 저명한 전문가와 학자들이 쏟아져 나와 중요한 학술적 성과를 냈음은 물론 20세기 1980년대에 점차 중요한 영향력을 지닌 학문인 '루학魯學'을 형성하게 됐다. 지난 100년 동안의 중국의 루쉰연구사를 돌이켜보면, 정치적인 요소가 대대적으로 루쉰연구의 역사과정에 커다란 영향을 끼쳤음을 볼 수 있다. 그래서 우리도 정치적인 각도에서 중국의 루쉰연구사 100년을 대체로 중화민국 시기와 중화인민공화국 시기로 구분할 수 있다.

중화민국 시기(1913~1949)의 루쉰연구는 중국의 100년 루쉰연구의 맹아기와 기초기라고 말할 수 있다. 비공식 통계에 따르면, 이 기간 중국의 간행물에 루쉰과 관련한 글은 모두 96편이 발표됐고, 그 가운데서 루쉰의 생애와 관련한 역사 연구자료 성격의 글이 22편, 루쉰사상 연구 3편, 루쉰작품 연구 40편, 기타 31편으로 나뉜다. 이런 글 가운데 비교적 중요한 것은 장딩황張定璜이 1925년에 발표한 「루쉰 선생魯迅先生」과 저우쭤런周作人의 『아Q정전阿Q正傳』 두 편이다. 이외에 문화방면에서 루쉰의 영향이 점차 확대됨에 따라 점차 더욱더 많은 평론가들이 루쉰과 관련한 연구에 몰두하기 시작해 1926년에 중국의 첫 번째 루쉰연구논문집인 『루쉰과 그의 저작에 관하여關於魯迅及其著作』를 출판했다.

중국의 100년 루쉰연구의 기초기는 중화민국 난징국민정부 시기(1927년 4월~1949년 9월)이다. 비공식 통계에 따르면, 이 기간에 중국의 간행물에 루쉰과 관련한 글은 모두 1,276편이 발표됐고, 그 가운데 루쉰의 생애 관련 역사 연구자료 성격의 글 336편, 루쉰사상 연구 191편, 루쉰작품 연구 318편, 기타 431편으로 나뉜다. 중요한 글에 팡비方壁(마오둔茅盾)의 「루쉰론魯迅論」, 허닝何凝(취추바이瞿秋白)의 「『루쉰잡감선집魯迅雜感選集』·서언序言」, 마오쩌둥毛澤東의 「루쉰론魯迅論」과 「신민주주의적 정치와 신민주주의적 문화新民主主義的政治與新民主主義的文化」, 저우양周揚의 「한 위대한 민주주의자의 길一個偉大的民主主義者的路」, 루쭤魯座(리핑신李平心)의 「사상가인 루쉰思想家魯迅」과 쉬서우창許壽裳, 징쑹景宋(쉬광핑許廣平), 펑쉐펑馮雪峰 등이 쓴 루쉰을 회고한 것들이 있다. 이외에 또 중국에서 출판한 루쉰연구 관련 저작은 모두 79권으로 그 가운데 루쉰의 생애와 사료연구 저작 27권, 루쉰사상 연구 저작 9권, 루쉰작품 연구 저작 9권, 기타 루쉰연구 저작(주제 연구 및 집록류輯錄類 연구 저작) 34권이다. 중요한 저작에 리창즈李長之의『루쉰 비판魯迅批判』, 루쉰기념위원회魯迅紀念委員會가 편집한『루쉰선생기념집魯迅先生紀念集』, 샤오훙蕭紅의『루쉰 선생을 추억하며回憶魯迅先生』, 위다푸郁達夫의『루쉰 추억과 기타回憶魯迅及其他』, 마오둔이 책임 편집한『루쉰을 논함論魯迅』, 쉬서우창의『루쉰의 사상과 생활魯迅的思想與生活』과『망우 루쉰 인상기亡友魯迅印象記』, 린천林辰의『루쉰사적고魯迅事迹考』, 왕스징王士菁의『루쉰전魯迅傳』 등이 있다. 이 시기의 루쉰연구가 전체적으로 말해 학술적인 수준이 높지 않다고 해도, 그러나 루쉰 관련 사료연구, 작품연구와 사상연구 등 방면에서는 중국의 100년 루쉰연구를 위한 기초를 다졌다.

중화인민공화국 시기에 루쉰연구와 발전이 걸어온 길은 비교적 복잡하다. 정치적인 요소의 영향을 받았기 때문에 여러 단계로 구분된다. 즉 발전기, 소외기, 회복기, 절정기, 분화기, 심화기가 그것이다.

중화인민공화국 '17년' 시기(1949~1966)는 중국의 100년 루쉰연구의 발전기이다. 신중국 성립 이후 당국이 루쉰을 기념하고 연구하는 업무를 매우 중시해 연이어 상하이루쉰기념관, 베이징루쉰박물관, 사오싱紹興루쉰기념관, 샤먼廈門루쉰기념관, 광둥廣東루쉰기념관 등 루쉰을 기념하는 기관을 세웠다. 또 여러 차례 루쉰 탄신 혹은 서거한 기념일에 기념행사를 개최했고, 아울러 1956년에서 1958년 사이에 신판『루쉰전집魯迅全集』을 출판했다.『인민일보人民日報』도 수차례 현실 정치의 필요에 부응해 루쉰서거기념일에 루쉰을 기념하는 사설을 게재했다. 예를 들면「루쉰을 배워 사상투쟁을 지키자學習魯迅, 堅持思想鬪爭」(1951년 10월 19일),「루쉰의 혁명적 애국주의의 정신적 유산을 계승하자繼承魯迅的革命愛國主義的精神遺産」(1952년 10월 19일),「위대한 작가, 위대한 전사偉大的作家 偉大的戰士」(1956년 10월 19일) 등이다. 그럼으로써 학자와 작가들이 루쉰을 연구하도록 이끌었다. 정부의 대대적인 추진 아래 중국의 루쉰연구가 점차 발전하기 시작했다.

비공식 통계에 따르면 이 기간에 중국의 간행물에 발표된 루쉰연구와 관련한 글은 모두 3,206편이다. 그 가운데 루쉰의 생애 관련 역사 연구자료 성격의 글이 707편, 루쉰사상 연구 697편, 루쉰작품 연구 1,146편, 기타 656편이 있다. 중요한 글에 왕야오王瑤의 「중국문학의 유산에 대한 루쉰의 태도와 중국문학이 그에게 끼친 영향魯迅對於中國文學遺産的態度和他所受中國文學的影響」, 천융陳涌의 「한 위대한 지식인의 길一個偉大的知識分子的道路」, 저우양周揚의 「'5·4' 문학혁명의 투쟁전통을 발휘하자發揚"五四"文學革命的戰鬪傳統」, 탕타오唐弢의 「루쉰의 미학사상을 논함論魯迅的美學思想」 등이 있다. 이외에 또 중국에서 출판된 루쉰연구와 관련한 저작은 모두 162권이 있고, 그 가운데 루쉰의 생애와 사료연구 저작은 모두 49권, 루쉰사상 연구 저작 19권, 루쉰작품 연구 저작 57권, 기타 루쉰연구 저작(주제 연구 및 집록류 연구 저작) 37권이다. 중요한 저작에 『루쉰 선생 서거 20주년 기념대회 논문집魯迅先生逝世二十周年紀念大會論文集』, 왕야오의 『루쉰과 중국문학魯迅與中國文學』, 탕타오의 『루쉰 잡문의 예술적 특징魯迅雜文的藝術特徵』, 펑쉐펑의 『들풀을 논함論野草』, 천바이천陳白塵이 집필한 『루쉰魯迅』(영화 문학시나리오), 저우샤서우周遐壽(저우쭤런)의 『루쉰의 고향魯迅的故家』과 『루쉰 소설 속의 인물魯迅小說裏的人物』 그리고 『루쉰의 청년시대魯迅的青年時代』 등이 있다. 이 시기의 루쉰연구는 루쉰작품 연구 영역, 루쉰사상 연구 영역, 루쉰 생애와 사료 연구 영역에서 모두 중요한 학술적 성과를 얻었고, 전체적인 학술적 수준도 중화민국 시기의 루쉰연구보다 최대한도로 심오해졌고, 중국의 100년 루쉰연구사에서 첫 번째로 고도로 발전한 시기이다.

중화인민공화국의 '문화대혁명' 10년 동안은 중국의 100년 루쉰연구의 소외기이다. '문화대혁명' 초기에 중국공산당 중앙이 '프롤레타리아 문화대혁명'을 발동하고, 아울러 루쉰을 빌려 중국의 '문화대혁명'을 공격하는 소련의 언론에 반격하기 위해 7만여 명이 참가한 루쉰 서거30주년 기념대회를 열었다. 여기서 루쉰을 마오쩌둥의 홍소병紅小兵(중국소년선봉대에서 이름이 바뀐 초등학생의 혁명조직으로 1978년 10월 27일에 이전 명칭과 조직을 회복했다 – 역자)으로 만들어냈고, 홍위병(1966년 5월 29일, 중고대학생을 중심으로 조직됐고, 1979년 10월에 이르러 중국공산당 중앙이 정식으로 해산을 선포했다 – 역자)에게 루쉰의 반역 정신을 배워 '문화대혁명'을 끝까지 하도록 호소했다. 이는 루쉰의 진실한 이미지를 대대적으로 왜곡했고, 게다가 처음으로 루쉰을 '문화대혁명'의 담론시스템 속에 넣어 루쉰을 '문화대혁명'에 봉사토록 이용한 것이다. 이후에 '비림비공批林批孔'운동, '우경부활풍조 반격反擊右傾飜案風'운동, '수호水滸'비판운동 중에 또 루쉰을 이 운동에 봉사토록 이용해 일정한 정치적 목적을 달성했다. '문화대혁명' 후기인 1975년 말에 마오쩌둥이 '루쉰을 읽고 평가하자讀點魯迅'는 호소를 발표해 전국적으로 루쉰 학습 열풍을 일으켰다. 이에 대대적으로 전국 각지에서 루쉰 보급업무를 추진했고, 루쉰연구가 1980년대에 활발하게 발전하는데 기초를 놓았다.

비공식 통계에 따르면 전체 '문화대혁명' 기간(1966~1976)에 중국의 간행물에 발표된 루쉰 관련 연구는 모두 1,876편이 있고, 그 가운데 루쉰 생애와 사료 관련 글이 130편, 루쉰사상 연구 660편, 루쉰작품 연구 1,018편, 기타 68편이다. 이러한 글들은 대부분 정치적 운동에 부응해 편찬된 것이다. 중요한 글에『인민일보』가 1966년 10월 20일 루쉰 서거30주년 기념을 위해 발표한 사설「루쉰적인 혁명의 경골한 정신을 학습하자學習魯迅的革命硬骨頭精神」,『홍기紅旗』잡지에 게재된 루쉰 서거30주년 기념대회에서의 야오원위안姚文元, 궈머뤄郭沫若, 쉬광핑許廣平 등의 발언과 사설「우리의 문화혁명 선구자 루쉰을 기념하자紀念我們的文化革命先驅魯迅」,『인민일보』의 1976년 10월 19일 루쉰 서거40주년 기념을 위해 발표된 사설「루쉰을 학습하여 영원히 진격하자學習魯迅永遠進擊」 등이 있다. 그 외에 중국에서 출판한 루쉰연구 관련 저작은 모두 213권이고, 그 가운데 루쉰 생애와 사료연구 관련 저작 30권, 루쉰 사상 연구 저작 9권, 루쉰작품 연구 저작 88권, 기타 루쉰연구 저작(주제 연구 및 집록류 연구 저작) 86권이 있다. 이러한 저작은 거의 모두 정치적 운동의 필요에 부응해 편찬된 것이기 때문에 학술적 수준이 비교적 낮다. 예를 들면 베이징대학 중문과 창작교학반이 펴낸『루쉰작품선강魯迅作品選講』시리즈총서, 인민문학출판사가 출판한『루쉰을 배워 수정주의 사상을 깊이 비판하자學習魯迅深入批修』 등이 그러하다. 이 시기는 '17년' 기간에 개척한 루쉰연구의 만족스러운 국면을 이어갈 수 없었고 루쉰에 대한 학술연구는 거의 정체되었으며, 공개적으로 발표한 루쉰과 관련한 각종 논저는 거의 다 왜곡되어 루쉰을 이용한 선전물이었다. 이는 중국의 루쉰연구에 대해 말하면 의심할 바 없이 악재였다.

'문화대혁명'이 막을 내린 뒤부터 1980년에 이르는 기간(1977~1979)은 중국의 100년 루쉰연구의 회복기이다. 1976년 10월 '문화대혁명'이 막을 내렸을 때는 루쉰에 대해 '문화대혁명'이 왜곡하고 이용하면서 초래한 좋지 못한 영향이 여전히 상당한 정도로 존재하고 있었다. '문화대혁명'이 막을 내린 뒤 국가의 관련 기관이 이러한 좋지 못한 영향 제거에 신속하게 손을 댔고, 루쉰 저작의 출판 업무를 강화했으며, 신판 『루쉰전집』을 출판할 준비에 들어갔다. 아울러 중국루쉰연구학회를 결성하고 루쉰연구실도 마련했다. 그리하여 루쉰연구에 대해 '문화대혁명'이 가져온 파괴적인 면을 대대적으로 수정했다. 이 외에 인민문학출판사가 1974년에 지식인과 노동자, 농민, 병사의 삼결합 방식으로 루쉰저작 단행본에 대한 주석 작업을 개시했다. 그리하여 1975년 8월에서 1979년 2월까지 잇따라 의견모집본('붉은 표지본'이라고도 부른다)을 인쇄했고, '사인방'이 몰락한 뒤에 이 '의견모집본'('녹색 표지본'이라고도 부른다)들을 모두 비교적 크게 수정했고, 이후 1979년 12월부터 연속 출판했다. 1970년대 말에 '삼결합' 원칙에 근거하여 세운, 루쉰저작에 대한 루쉰저작에 대한 주석반의 각 판본의 주석이 분명한 시대적 색채를 갖지만, '문화대혁명' 기간의 루쉰저작에 대한 왜곡이나 이용과 비교하면 다소 발전된 것임을 의심할 여지는 없다. 그래서 이러한 '붉은 표지본' 루쉰저작 단행본은 '사인방'이 몰락한 뒤에 신속하게 수정된 뒤 '녹색 표지본'의 형식으로 출판됨으로써 '문화대혁명' 뒤의 루쉰 전파에 중요한 공헌을 했다.

비공식 통계에 따르면, 이 동안에 중국의 간행물에 발표된 루쉰 관련 연구는 모두 2,243편이고, 그 가운데 루쉰의 생애와 사료 관련 179편, 루쉰사상 연구 692편, 루쉰작품 연구 1,272편, 기타 100편이 있다. 중요한 글에 천융의 「루쉰사상의 발전 문제에 관하여關於魯迅思想發展問題」, 탕타오의 「루쉰 사상의 발전에 관한 문제關於魯迅思想發展的問題」,

위안량쥔袁良駿의 「루쉰사상 완성설에 대한 질의魯迅思想完成說質疑」, 린페이林非와 류짜이푸劉再復의 「루쉰이 '5·4' 시기에 제창한 '민주'와 '과학'의 투쟁魯迅在五四時期倡導"民主"和"科學"的鬪爭」, 리시판李希凡의 「'5·4' 문학혁명의 투쟁적 격문-'광인일기'로 본 루쉰소설의 '외침' 주제"五四"文學革命的戰鬪檄文-從『狂人日記』看魯迅小說的"吶喊"主題」, 쉬제許傑의 「루쉰 선생의 '광인일기' 다시 읽기重讀魯迅先生的『狂人日記』」, 저우젠런周建人의 「루쉰의 한 단면을 추억하며回憶魯迅片段」, 펑쉐펑의 「1936년 저우양 등의 행동과 루쉰이 '민족혁명전쟁 속의 대중문학' 구호를 제기한 경과 과정과 관련하여有關一九三六年周揚等人的行動以及魯迅提出"民族革命戰爭中的大衆文學"口號的經過」, 자오하오성趙浩生의 「저우양이 웃으며 역사의 공과를 말함周揚笑談歷史功過」 등이 있다. 이외에 중국에서 출판한 루쉰연구 관련 저작은 모두 134권이고, 그 가운데 루쉰의 생애와 사료 연구 관련 저작 27권, 루쉰사상 연구 저작 11권, 루쉰작품 연구 저작 42권, 기타 루쉰연구 저작(주제 연구 및 집록류 연구 저작) 54권이다. 중요한 저작에 위안량쥔의 『루쉰사상논집魯迅思想論集』, 린페이의 『루쉰소설논고魯迅小說論稿』, 류짜이푸의 『루쉰과 자연과학魯迅與自然科學』, 주정朱正의 『루쉰회고록 정오魯迅回憶錄正誤』 등이 있다. 전체적으로 말하면 이 시기의 루쉰연구는 '문화대혁명'이 루쉰을 왜곡한 현상에 대해 바로잡고 점차 정확한 길을 걷고, 또 잇따라 중요한 학술적 성과를 얻었으며, 1980년대의 루쉰연구를 위해 만족스런 기초를 다졌다.

20세기 1980년대는 중국의 100년 루쉰연구의 절정기이다. 1981년에 중국공산당 중앙이 '문화대혁명'의 영향을 철저하게 제거하기 위해 인민대회당에서 루쉰 탄신100주년을 위한 기념대회를 성대하게 거행했다. 그리하여 '문화대혁명' 시기에 루쉰을 왜곡하고 이용하면서 초래된 좋지 못한 영향을 최대한도로 청산했다. 후야오방胡耀邦은 중국공산당을 대표한 「루신 탄신100주년 기념대회에서의 연설在魯迅誕生一百周年紀念大會上的講話」에서 루쉰정신에 대해 아주 새로이 해석하고, 아울러 루쉰연구 업무에 대해 새로운 요구 사항을 제기했다. 『인민일보』가 1981년 10월 19일에 사설 「루쉰정신은 영원하다魯迅精神永在」를 발표했다. 여기서 루쉰정신을 당시의 세계 및 중국 정세와 결합시켜 새로이 해독하고, 루쉰정신을 계승하고 발전시킬 중요한 현실적 의미를 제기했다. 그리고 전국 인민에게 '루쉰을 배우자, 루쉰을 연구하자'고 호소했다. 그리하여 루쉰에 대한 전국적 전파를 최대한 촉진시켜 1980년대 루쉰연구의 열풍을 일으켰다. 왕야오, 탕타오, 리허린 등 루쉰연구의 원로 전문가들이 '문화대혁명'을 겪은 뒤에 다시금 학술연구 업무를 시작하여 중요한 루쉰연구 논저를 저술했고, 아울러 193,40년대에 출생한 루쉰연구 전문가들이 쏟아져 나왔다. 예를 들면 린페이, 쑨위스孫玉石, 류짜이푸, 왕푸런王富仁, 첸리췬錢理群, 양이楊義, 니모옌倪墨炎, 위안량쥔, 왕더허우王德後, 천수위陳漱渝, 장멍양張夢陽, 진훙다金宏達 등이다. 이들은 중국의 루쉰연구를 시대의 두드러진 학파가 되도록 풍성하게 가꾸어 민족의 사상해방 면에서 중요한 작용을 발휘하도록 했다. 그러나 1980년대 말에 정치적인 이유로 인해 루쉰은 또 당국에 의해 점차 주변부화되었다.

비공식 통계에 따르면 20세기 1980년대 10년 동안에 중국 전역에서 루쉰연구와 관련한 글은 모두 7,866편이 발표됐고, 그 가운데 루쉰 생애 및 사적과 관련한 글 935편, 루쉰사상 연구 2,495편, 루쉰작품 연구 3,406편, 기타 1,030편이 있다. 루쉰의 생애 및 사적과 관련해 중요한 글에 후평胡風의 「'좌련'과 루쉰의 관계에 관한 약간의 회상關於"左聯"及與魯迅關係的若干回憶」, 옌위신閻愈新의 「새로 발굴된 루쉰이 홍군에게 보낸 축하 편지魯迅致紅軍賀信的新發現」, 천수위의 「새벽이면 동쪽 하늘에 계명성 뜨고 저녁이면 서쪽 하늘에 장경성 뜨니―루쉰과 저우쭤런이 불화한 사건의 시말東有啓明西有長庚―魯迅周作人失和前後」, 멍수훙蒙樹宏의 「루쉰 생애의 역사적 사실 탐색魯迅生平史實探微」 등이 있다. 또 루쉰사상 연구의 중요한 글에 왕야오의 「루쉰사상의 한 가지 중요한 특징―깨어있는 현실주의魯迅思想的一個重要特點―淸醒的現實主義」, 천융의 「루쉰과 프롤레타리아문학 문제魯迅與無産階級文學問題」, 탕타오의 「루쉰의 초기 '인생을 위한' 문예사상을 논함論魯迅早期"爲人生"的文藝思想」, 첸리췬의 「루쉰의 심리 연구魯迅心態硏究」와 「루쉰과 저우쭤런의 사상 발전의 길에 대한 시론試論魯迅與周作人的思想發展道路」, 진훙다의 「루쉰의 '국민성 개조' 사상과 그 문화 비판魯迅的"改造國民性"思想及其文化批判」 등이 있다. 루쉰작품 연구의 중요한 글에는 왕야오의 「루쉰과 중국 고전문학魯迅與中國古典文學」, 옌자옌嚴家炎의 「루쉰 소설의 역사적 위상魯迅小說的歷史地位」, 쑨위스의 「'들풀'과 중국 현대 산문시『野草』與中國現代散文詩」, 류짜이푸의 「루쉰의 잡감문학 속의 '사회상' 유형별 형상을 논함論魯迅雜感文學中的"社會相"類型形象」, 왕푸런의 『중국 반봉건 사상혁명의 거울―'외침'과 '방황'의 사상적 의미를 논함中國反封建思想革命的一面鏡子―論『吶喊』『彷徨』的思想意義』과 「인과적 사슬 두 줄의 변증적 통일―'외침'과 '방황'의 구조예술兩條因果鏈的辨證統一―『吶喊』『彷徨』的結構藝術」, 양이의 「루쉰소설의 예술적 생명력을 논함論魯迅小說的藝術生命力」, 린페이의 「'새로 쓴 옛날이야기'와 중국 현대문학 속의 역사제재소설을 논함論『故事新編』與中國現代文學中的歷史題材小說」, 왕후이汪暉의 「역사적 '중간물'과 루쉰소설의 정신적 특징歷史

的"中間物"與魯迅小說的精神特徵」과「자유 의식의 발전과 루쉰소설의 정신적 특징自由意識的發展與魯迅小說的精神特徵」그리고「'절망에 반항하라'의 인생철학과 루쉰소설의 정신적 특징反抗絶望"的人生哲學與魯迅小說的精神特徵」등이 있다. 그리고 기타 중요한 글에 왕후이의「루쉰연구의 역사적 비판魯迅研究的歷史批判」, 장명양의「지난 60년 동안 루쉰잡문 연구의 애로점을 논함論六十年來魯迅雜文研究的症結」등이 있다. 이외에 중국에서 출판한 루쉰연구에 관한 저작은 모두 373권으로, 그 가운데 루쉰 생애와 사료 연구 저작 71권, 루쉰사상 연구 저작 43권, 루쉰작품 연구 저작 102권, 기타 루쉰연구 저작(주제 연구 및 집록류 연구 저작) 157권이 있다. 저명한 루쉰연구 전문가들이 중요한 루쉰연구 저작을 출판했고, 예를 들면 거바오취안戈寶權의『세계문학에서의 루쉰의 위상魯迅在世界文學上的地位』, 왕야오의『루쉰과 중국 고전소설魯迅與中國古典小說』과『루쉰작품논집魯迅作品論集』, 탕타오의『루쉰의 미학사상魯迅的美學思想』, 류짜이푸의『루쉰미학사상논고魯迅美學思想論稿』, 천융의『루쉰론魯迅論』, 리시판의『'외침'과 '방황'의 사상과 예술「吶喊」「彷徨」的思想與藝術』, 쑨위스의『'들풀' 연구「野草」研究』, 류중수劉中樹의『루쉰의 문학관魯迅的文學觀』, 판보췬范伯群과 쩡화펑曾華鵬의『루쉰소설신론魯迅小說新論』, 니모옌의『루쉰의 후기사상 연구魯迅後期思想研究』, 왕더허우의『'두 곳의 편지' 연구「兩地書」研究』, 양이의『루쉰소설 종합론魯迅小說綜論』, 왕푸런의『루쉰의 전기 소설과 러시아문학魯迅前期小說與俄羅斯文學』, 진홍다의『루쉰 문화사상 탐색魯迅文化思想探索』, 위안량쥔의『루쉰연구사(상권)魯迅研究史上卷』, 린페이와 류짜이푸의 공저『루쉰전魯迅傳』및 루쉰탄신100주년기념위원회 학술활동반이 편집한『루쉰 탄신 100주년기념 학술세미나논문선紀念魯迅誕生100周年學術討論會論文選』등이 있다. 전체적으로 말하면 이 시기의 루쉰연구는 중국의 100년 루쉰연구사상의 폭발기로 '문화대혁명' 10년 동안의 억압을 겪은 뒤, 왕야오, 탕타오 등으로 대표되는 원로 세대 학자, 왕푸런, 첸리취 등으로 대표된 중년 학자, 왕후이 등으로 대표되는 청년학자들이 루쉰사상 연구 영역과 루쉰작품 연구 영역에서 모두 풍성한 연구 성과를 거두었다. 아울러 저명한 루쉰 연구 전문가들이 쏟아져 나왔을 뿐 아니라 중국 루쉰연구의 발전을 최대로 촉진시켰고, 루쉰연구를 민족의 사상해방 면에서 선도적인 핵심 작용을 발휘하도록 했다.

20세기 1990년대는 중국의 100년 루쉰연구의 분화기이다. 1990년대 초에, 1980년대 이래 중국에 나타난 부르주아 자유화 사조를 청산하기 위해 중국공산당 중앙이 1991년 10월 19일 루쉰 탄신110주년 기념을 위하여 루쉰 기념대회를 중난하이^{中南海}에서 대대적으로 거행했다. 장쩌민^{江澤民}이 중국공산당 중앙을 대표해「루쉰정신을 더 나아가 학습하고 발휘하자^{進一步學習和發揚魯迅精神}」는 연설을 했다. 그는 이 연설에서 새로운 형세에 따라 루쉰에 대해 새로운 해독을 하고, 아울러 루쉰연구 및 전체 인문사회과학연구에 대해 새로운 요구 사항을 제기하고 또 새로운 방향을 제시했다. 루쉰을 본보기와 무기로 삼아 사상문화전선의 정치적 방향을 명확하게 바로잡았던 것이다. 이로 인해 루쉰도 재차 신의 제단에 초대됐다. 하지만 시장경세의 발전에 따라 시장경제라는 큰 흐름의 충격 아래 1990년대 중·후기에 당국이 다시 점차 루쉰을 주변부화시키면서 루쉰연구도 점차 시들해졌다. 하지만 195, 60년대에 태어난 중·청년 루쉰연구 전문가들이 줄줄이 나타났다. 예를 들면 왕후이, 장푸구이^{張福貴}, 왕샤오밍^{王曉明}, 양젠룽^{楊劍龍}, 황젠黃健, 가오쉬둥高旭東, 주샤오진朱曉進, 왕첸쿤王乾坤, 쑨위孫郁, 린셴즈林賢治, 왕시룽王錫榮, 리신위李新宇, 장훙張閎 등이 새로운 이론과 새로운 연구 방법으로 루쉰연구의 공간을 더 나아가 확장했다. 1990년대 말에 한둥韓冬 등 일부 젊은 작가와 거훙빙葛紅兵 등 젊은 평론가들이 루쉰을 비판하는 열풍도 일으켰다. 이 모든 것이 다 루쉰이 이미 신의 제단에서 내려오기 시작했음을 나타냈다.

비공식 통계에 따르면 20세기 1990년대에 중국에서 발표된 루쉰연구 관련 글은 모두 4,485편이다. 그 가운데 루쉰 생애와 사적 관련 글 549편, 루쉰사상 연구 1,050편, 루쉰작품 연구 1,979편, 기타 907편이다. 루쉰 생애와 사적과 관련된 중요한 글에 저우정장周正章의 「루쉰의 사인에 대한 새 탐구魯迅死因新探」, 우쥔吳俊의 「루쉰의 병력과 말년의 심리魯迅的病史與暮年心理」 등이 있다. 또 루쉰사상 연구 관련 중요한 글에 린셴즈의 「루쉰의 반항철학과 그 운명魯迅的反抗哲學及其命運」, 장푸구이의 「루쉰의 종교관과 과학관의 역설魯迅宗敎觀與科學觀的悖論」, 장자오이張釗貽의 「루쉰과 니체의 '반현대성'의 의기투합魯迅與尼采"反現代性"的契合」, 왕첸쿤의 「루쉰의 세계적 철학 해독魯迅世界的哲學解讀」, 황젠의 「역사 '중간물'의 가치와 의미-루쉰의 문화의식을 논함歷史"中間物"的價値與意義-論魯迅的文化意識」, 리신위의 「루쉰의 사람의 문학 사상 논강魯迅人學思想論綱」, 가오위안바오郜元寶의 「루쉰과 현대 중국의 자유주의魯迅與中國現代的自由主義」, 가오위안둥高遠東의 「루쉰과 묵자의 사상적 연계를 논함論魯迅與墨子的思想聯系」 등이 있다. 루쉰작품 연구의 중요한 글에는 가오쉬둥의 「루쉰의 '악'의 문학과 그 연원을 논함論魯迅"惡"的文學及其淵源」, 주샤오진의 「루쉰 소설의 잡감화 경향魯迅小說的雜感化傾向」, 왕자량王嘉良의 「시정 관념-루쉰 잡감문학의 시학

내용詩情觀念-魯迅雜感文學的詩學內蘊」, 양젠룽의 「상호텍스트성-루쉰의 향토소설의 의향 분석文本互涉-魯迅鄉土小說的意向分析」, 쉐이薛毅의 「'새로 쓴 옛날이야기'의 우언성을 논함論『故事新編』的寓言性」, 장훙의 「'들풀' 속의 소리 이미지『野草』中的聲音意象」 등이 있다. 이외에 기타 중요한 글에 펑딩안彭定安의 「루쉰학-중국 현대문화 텍스트의 이론적 구조魯迅學-中國現代文化文本的理論構造」, 주샤오진의 「루쉰의 문체 의식과 문체 선택魯迅的文體意識及其文體選擇」, 쑨위의 「당대문학과 루쉰 전통當代文學與魯迅傳統」 등이 있다. 그밖에 중국에서 출판된 루쉰연구 관련 저작은 모두 220권으로, 그 가운데 루쉰 생애 및 사료 연구와 관련된 저작 50권, 루쉰사상 연구 저작 36권, 루쉰작품 연구 저작 61권, 기타 루쉰연구 저작(주제 연구 및 집록류 연구 저작) 73권이 있다. 그 가운데 중요한 루쉰의 생애 및 사료 연구와 관련된 저작에 왕샤오밍의 『직면할 수 없는 인생-루쉰전無法直面的人生-魯迅傳』, 우쥔의 『루쉰의 개성과 심리 연구魯迅個性心理研究』, 쑨위의 『루쉰과 저우쭤런魯迅與周作人』, 린셴즈의 『인간 루쉰人間魯迅』, 왕빈빈王彬彬의 『루쉰 말년의 심경魯迅-晚年情懷』 등이 있다. 또 루쉰사상 연구 관련 중요한 저작에 왕후이의 『절망에 반항하라-루쉰의 정신구조와 '외침'과 '방황' 연구反抗絕望-魯迅的精神結構與「吶喊」「彷徨」研究』, 가오쉬둥의 『문화적 위인과 문화적 충돌-중서 문화충격의 소용돌이 속에 있는 루쉰文化偉人與文化衝突-魯迅在中西文化撞擊的漩渦中』, 왕첸쿤의 『중간에서 무한 찾기-루쉰의 문화가치관由中間尋找無限-魯迅的文化價值觀』과 『루쉰의 생명철학魯迅的生命哲學』, 황젠의 『반성과 선택-루쉰의 문화관에 대한 다원적 투시反省與選擇-魯迅文化觀的多維透視』 등이 있다. 루쉰작품 연구 관련 중요한 저작에는 양이의 『루쉰 작품 종합론』, 린페이의 『중국 현대소설사에서의 루쉰中國現代小說史上的魯

迅』, 위안량쥔의 『현대산문의 정예부대現代散文的勁旅』, 첸리췬의 『영혼의 탐색心靈的探尋』, 주샤오진의 『루쉰 문학관 종합론魯迅文學觀綜論』, 장멍양의 『아Q신론-아Q와 세계문학 속의 정신적 전형문제阿Q新論-阿Q與世界文學中的精神典型問題』 등이 있다. 그리고 기타 루쉰연구 저작(주제 연구 및 집록류 연구 저작)에 위안량쥔의 『당대 루쉰연구사當代魯迅研究史』, 왕푸런의 『중국 루쉰연구의 역사와 현황中國魯迅研究的歷史與現狀』, 천팡징陳方競의 『루쉰과 저둥문화魯迅與浙東文化』, 예수쑤이葉淑穗의 『루쉰의 유물로 루쉰을 알다從魯迅遺物認識魯迅』, 리윈징李允經의 『루쉰과 중외미술魯迅與中外美術』 등이 있다. 전체적으로 말하면 루쉰이 1990년대 중·후기에 신의 제단을 내려오기 시작함에 따라서 중국의 루쉰연구가 비록 시장경제의 커다란 충격을 받기는 했어도, 여전히 중년 학자와 새로 배출된 젊은 학자들이 새로운 이론과 연구방법을 채용해 루쉰사상 연구 영역과 루쉰작품 연구 영역에서 계속 상징적인 성과물들을 내놓았다. 1990년대의 루쉰연구의 성과가 비록 수량 면에서 분명히 1980년대의 루쉰연구의 성과보다는 떨어진다고 해도 그러나 학술적 수준 면에서는 1980년대의 루쉰연구의 성과보다 분명히 높았다고 말할 수 있다. 이러한 현상은 루쉰연구가 이미 기본적으로 정치적 요소의 영향에서 벗어나 정상궤도로 진입했고, 아울러 큰 정도에서 루쉰연구의 공간이 개척되었음을 나타내고 있다고 말할 수 있다.

21세기의 처음 10년은 중국의 100년 루쉰연구의 심화기이다. 21세기에 들어서면서 루쉰을 기념하는 행사를 개최하려는 당국의 열의는 현저히 식었다. 2001년 루쉰 탄신120주년 무렵에 당국에서는 루쉰기념대회를 개최하지 않았고 국가 최고지도자도 루쉰에 관한 연설을 발표하지 않았을 뿐 아니라 『인민일보』도 루쉰에 관한 사설을 더이상 발표하지 않았다. 이와 동시에 루쉰을 비판하는 발언이 새록새록 등장했다. 이는 루쉰이 이미 신의 제단에서 완전히 내려와 사람의 사회로 되돌아갔음을 상징한다. 하지만 중국의 루쉰연구는 오히려 꾸준히 발전하였다. 옌자옌, 쑨위스, 첸리췬, 왕푸런, 왕후이, 정신링鄭心伶, 장멍양, 장푸구이, 가오쉬둥, 황젠, 쑨위, 린셴즈, 왕시룽, 장전창姜振昌, 쉬쭈화許祖華, 진충린靳叢林, 리신위 등 학자들이 루쉰연구의 진지를 더욱 굳게 지켰다. 더불어 가오위안바오, 왕빈빈, 가오위안둥, 왕쉐첸王學謙, 왕웨이둥汪衛東, 왕자핑王家平 등 1960년대에 출생한 루쉰연구 전문가들도 점차 성장하면서 루쉰연구를 계속 전수하게 되었다.

2000년에서 2009년까지 비공식 통계에 따르면 중국에서 발표한 루쉰연구 관련 글은 7,410편으로, 그 가운데 루쉰 생애와 사료 관련 글 759편, 루쉰사상 연구 1,352편, 루쉰작품 연구 3,794편, 기타 1,505편이 있다. 루쉰 생애 및 사적과 관련된 중요한 글에 옌위신의 「루쉰과 마오둔이 홍군에게 보낸 축하편지 다시 읽기再讀魯迅茅盾致紅軍賀信」, 천핑위안陳平原의 「경전은 어떻게 형성된 것인가? - 저우씨 형제의 후스를 위한 산시고經典是如何形成的-周氏兄弟爲胡適刪詩考」, 왕샤오밍의 「'비스듬히 선' 운명"橫站"的命運」, 스지신史紀辛의 「루쉰과 중국공산당과의 관계의 어떤 사실 재론再論魯迅與中共産黨關係的一則史實」, 첸리췬의 「예술가로서의 루쉰作爲藝術家的魯迅」, 왕빈빈의 「루쉰과 중국 트로츠키파의 은원魯迅與中國托派的恩怨」 등이 있다. 또 루쉰사상 연구의 중요한 글에 왕푸런의 「시간, 공간, 사람-루쉰 철학사상에 대한 몇 가지 견해時間·空間·人-魯迅哲學思想芻議」, 원루민溫儒敏의 「문화적 전형에 대한 루쉰의 탐구와 우려魯迅對文化

典型的探求與焦慮」, 첸리췬의 「'사람을 세우다'를 중심으로 삼다－루쉰 사상과 문학의 논리적 출발점以"立人"爲中心－魯迅思想與文學的邏輯起點」, 가오쉬 등의 「루쉰과 굴원의 심층 정신의 연계를 논함論魯迅與屈原的深層精神聯系」, 가오위안바오의 「세상을 위해 마음을 세우다－루쉰 저작 속에 보이는 마음 '심'자 주석爲天地立心－魯迅著作中所見"心"字通詮」 등이 있다. 그리고 루쉰 작품 연구의 중요한 글에 옌자옌의 「다성부 소설－루쉰의 두드러진 공헌復調小說－魯迅的突出貢獻」, 왕푸런의 「루쉰 소설의 서사예술魯迅小說的敘事藝術」, 펑쩡위逢增玉의 「루쉰 소설 속의 비대화성과 실어 현상魯迅小說中的非對話性和失語現象」, 장전창의 「'외침'과 '방황'－중국소설 서사방식의 심층 변환『吶喊』『彷徨』－中國小說敘事方式的深層嬗變」, 쉬쭈화의 「루쉰 소설의 기본적 환상과 음악魯迅小說的基本幻象與音樂」 등이 있다. 또 기타 중요한 글에는 첸리췬의 「루쉰－먼 길을 간 뒤(1949~2001)魯迅－遠行之後1949~2001」, 리신위의 「1949－신시기로 들어선 루쉰1949－進入新時代的魯迅」, 리지카이李繼凱의 「루쉰과 서예 문화를 논함論魯迅與書法文化」 등이 있다. 이외에 중국에서 출판한 루쉰연구 관련 저작은 모두 431권이다. 그 가운데 루쉰 생애 및 사료 연구 관련 저작 96권, 루쉰사상 연구 저작 55권, 루쉰작품 연구 저작 67권, 기타 루쉰연구 저작(주제 연구 및 집록류 연구 저작) 213권이다. 그 가운데 루쉰 생애 및 사료 연구의 중요한 저작에 니모옌의 『루쉰과 쉬광핑魯迅與許廣平』, 왕시룽의 『루쉰 생애의 미스테리魯迅生平疑案』, 린셴즈의 『루쉰의 마지막 10년魯迅的最後十年』, 저우하이잉周海嬰의 『나의 아버지 루쉰魯迅與我七十年』 등이 있다. 또 루쉰사상 연구의 중요한 저작에 첸리췬의 『루쉰과 만나다與魯迅相遇』, 리신위의 『루쉰의 선택魯迅的選擇』, 주서우퉁朱壽桐의 『고립무원의 기치－루쉰의 전통과 그

자원의 의미를 논함孤絶的旗幟－論魯迅傳統及其資源意義』, 장닝張寧의『수많은 사람과 한없이 먼 곳－루쉰과 좌익無數人們與無窮遠方－魯迅與左翼』, 가오위안둥의『현대는 어떻게 '가저왔나'?－루쉰 사상과 문학 논집現代如何"拿來"－魯迅思想與文學論集』등이 있다. 루쉰작품 연구의 중요한 저작에 쑨위스의『현실적 및 철학적 '들풀' 연구現實的與哲學的－「野草」研究』, 왕푸런의『중국 문화의 야경꾼 루쉰中國文化的守夜人－魯迅』, 첸리췬의『루쉰 작품을 열다섯 가지 주제로 말함魯迅作品十五講』등이 있다. 그리고 주제 연구 및 집록류 연구의 중요한 저작에는 장멍양의『중국 루쉰학 통사中國魯迅學通史』, 펑딩안의『루쉰학 개론魯迅學導論』, 펑광롄馮光廉의『다원 시야 속의 루쉰多維視野中的魯迅』, 첸리췬의『먼 길을 간 뒤－루쉰 접수사의 일종 묘사(1936~2000)遠行之後－魯迅接受史的一種描述1936~2000』, 왕자핑의『루쉰의 해외 100년 전파사(1909~2008)魯迅域外百年傳播史1909~2008』등이 있다. 전체적으로 말하면, 21세기 처음 10년의 루쉰연구는 기본적으로 정치적인 요소의 영향에서 벗어났고, 루쉰작품에 대한 연구에 더욱 치중했으며, 루쉰작품의 문학적 가치와 미학적 가치를 훨씬 중시했다. 그래서 얻은 학술적 성과는 수량 면에서 중국의 100년 루쉰연구의 절정기에 이르렀을 뿐 아니라 학술적 수준 면에서도 중국의 100년 루쉰연구의 절정기에 이르렀다.

21세기 두 번째 10년에 들어서면서 중국의 루쉰연구는 노년, 중년, 청년 등 세 세대 학자의 노력으로 여전히 만족스러운 발전을 보인 시기이다.

비공식 통계에 따르면 2010년 중국에서 발표된 루쉰 관련 글은 모두 977편이고, 그 가운데 루쉰 생애 및 사료 관련 글 140편, 루쉰사상

연구 148편, 루쉰작품 연구 531편, 기타 158편이다. 이외에 2010년에 중국에서 출판된 루쉰 관련 연구 저작은 모두 37권이고, 그 가운데 루쉰 생애 및 사료 관련 연구 저작 7권, 루쉰사상 연구 저작 4권, 루쉰작품 연구 저작 3권, 기타 루쉰연구 저작(주제 연구 및 집록류 연구 저작) 23권이다. 대부분이 모두 루쉰연구와 관련된 옛날의 저작을 새로이 찍어냈다. 새로 출판한 루쉰연구의 중요한 저작에 왕더허우의 『루쉰과 공자魯迅與孔子』, 장푸구이의 『살아있는 루쉰―루쉰의 문화 선택의 당대적 의미"活着的魯迅"－魯迅文化選擇的當代意義』, 우캉吳康의 『글쓰기의 침묵―루쉰 존재의 의미書寫沈默－魯迅存在的意義』 등이 있다. 2011년 중국에서 발표된 루쉰 관련 글은 모두 845편이고, 그 가운데 루쉰 생애 및 사료 관련 글 128편, 루쉰사상 연구 178편, 루쉰작품 연구 279편, 기타 260편이다. 이외에 2011년 한 해 동안 중국에서 출판된 루쉰 관련 연구 저작은 모두 66권이고, 그 가운데 루쉰 생애 및 사료 관련 연구 저작 18권, 루쉰사상 연구 저작 12권, 루쉰작품 연구 저작 8권, 기타 루쉰연구 저작(주제 연구 및 집록류 연구 저작) 28권이다. 중요한 저작에 류짜이푸의 『루쉰론魯迅論』, 저우링페이周令飛가 책임 편집한 『루쉰의 사회적 영향 조사보고魯迅社會影響調查報告』, 장자오이의 『루쉰, 중국의 '온화'한 니체魯迅－中國"溫和"的尼采』 등이 있다. 2012년에 중국에서 발표된 루쉰 관련 글은 모두 750편이고, 그 가운데 루쉰 생애 및 사료 관련 글 105편, 루쉰사상 연구 148편, 루쉰작품 연구 260편, 기타 237편이다. 이외에 2012년 한 해 동안 중국에서 출판된 루쉰 관련 연구 저작은 모두 37권이고, 그 가운데 루쉰 생애 및 사료 관련 연구 저작 14권, 루쉰사상 연구 저작 4권, 루쉰작품 연구 저작 8권, 기타 루쉰연구 저작(주제 연구 및 집록류 연구 저작) 11권이다. 중요한 저작에 쉬쭈화의 『루쉰 소설의 예술적 경계 허물기 연구魯迅小說跨藝術研究』, 장멍양의 『루쉰전魯迅傳』(제1부), 거타오葛濤의 『'인터넷 루쉰' 연구"網絡魯迅"研究』 등이 있다. 상술한 통계 숫자에서 현재 중국의 루쉰연구는 21세기 처음 10년에 얻은 성과를 바탕으로 계속 만족스러운 발전 시기에 있었음을 알 수 있다.

마지막으로 지난 100년 동안의 루쉰연구사를 돌이켜보면 중국에서 발표된 루쉰연구 관련 글과 출판된 루쉰연구 논저에 대해서도 거시적으로 숫자적인 분석이 필요하다. 비공식 통계에 따르면 1913년에서 2012년까지 중국에서 발표된 루쉰과 관련한 글은 모두 31,030편이다. 그 가운데 루쉰 생애 및 사료 관련 글이 3,990편으로 전체 수량의 12.9%, 루쉰사상 연구 7,614편으로 전체 수량의 24.5%, 루쉰작품 연구 14,043편으로 전체 수량의 45.3%, 기타 5,383편으로 전체 수량의 17.3%를 차지한다. 상술한 통계 결과에서 중국의 루쉰연구는 전체적으로 루쉰작품과 관련한 글이 주로 발표되었고, 그다음은 루쉰사상 연구와 관련한 글이다. 가장 취약한 부분은 루쉰의 생애 및 사료와 관련해 연구한 글임을 알 수 있다. 루쉰연구계가 앞으로 더 나아가 이 영역의 연구를 보강할 수 있기를 희망한다. 이외에 통계 결과에서 다음과 같은 사실도 알 수 있다. 중화민국 기간(1913~1949년 9월)에 발표된 루쉰연구와 관련한 글은 모두 1,372편으로, 중국의 루쉰연구 글의 전체 분량의 4.4%를 차지하고 매년 평균 38편씩 발표되었다. 중화인민공화국 시기에 발표된 루쉰연구와 관련한 글은 모두 29,658편으로 중국의 루쉰연구 글의 전체 분량의 95.6%를 차지하며 매년 평균 470편씩 발표되었다. 그 가운데 '문화대혁명' 후기의 3년(1977~1979), 20세기 1980년대(1980~1989)와 21세기 처음 10년 기간(2000~2009)은 루쉰 연구와 관련한 글의 풍작 시기이고, 중국의 루쉰연구 문장 가운데서 56.4%(모두 17,519편)에 달하는 글이 이 세 시기 동안에 발표된 것이다. 그 가운데 '문화대혁명' 후기의 3년 동안에 해마다 평균 748편씩 발표되었고, 또 20세기 1980년대에는 해마다 평균 787편씩 발표되었으며, 또한 21세기 처음 10년 동안에는 해마다 평균 740편씩 발표되었다. 이외에 '17년' 기간(1949년 10월~1966년 5월)과 '문화대혁명' 기간(1966~1976)은 신중국 성립 뒤에 루쉰연구와 관련한 글의 발표에 있어서 침체기이다. 그 가운데 '17년' 기간에는 루쉰연구와 관련한 글이 모두 3,206편으로 매년 평균 188편씩 발표되었고, '문화대혁명' 기간에 루쉰연구와 관련한 글은 1,876편으로 매년 평균 187편씩 발표되었다. 하지만 20세기 1990년대는 루쉰연구와 관련한 글의 발표에 있어서 안정기로 4,485편이 발표되어 매년 평균 448편이 발표되었다. 이 수치는 신중국 성립 뒤 루쉰연구와 관련한 글이 발표된 매년 평균 451편과 비슷하다.

이외에 비공식 통계에 따르면 중국에서 루쉰연구와 관련해 발표된 저작은 모두 1,716권이고, 그 가운데서 루쉰 생애 및 사료 관련 연구 저작이 382권으로 전체 수량의 22.3%, 루쉰사상 연구 저작 198권으로 전체 수량의 11.5%, 루쉰작품 연구 저작 442권으로 전체 수량의 25.8%, 기타 루쉰연구 저작(주제 연구 및 집록류 연구 저작) 694권으로 전체 수량의 40.4%를 차지한다. 상술한 통계 결과에서 중국에서 출판된 루쉰연구 저작은 주로 루쉰작품 연구 저작이고, 루쉰사상 연구 저작이 비교적 적은 것을 알 수 있다. 학술계가 더 나아가 루쉰사상 연구를 보강해 당대 중국에서 루쉰사상 연구가 더욱 큰 작용을 발휘할 수 있기를 희망한다. 또 이외에 통계 결과에서 중화민국 기간(1913~1949년 9월)에 루쉰연구 저작은 모두 80권으로 중국의 루쉰연구 저작의 출판 전체 수량의 대략 5%를 차지하고 매년 평균 2권씩 발표되었지만, 중화인민공화국 시기에 루쉰연구 저작은 모두 1,636권으로 중국의 루쉰연구 저작 출판 전체 수량의 95%를 차지하며, 매년 평균 거의 26권씩 발표됐음도 볼 수 있다. '문화대혁명' 후기의 3년, 20세기 1980년대(1980~1989)와 21세기 처음 10년 기간(2000~2009)은 루쉰연구 저작 출판의 절정기로 이 세 시기 동안에 루쉰연구 저작은 모두 835권이 출판되었고, 대략 중국의 루쉰연구 저작 출판 전체 수량의 48.7%를 차지했다. 그 가운데서 '문화대혁명' 후기의 3년 동안에 루쉰연구 저작은 모두 134권이 출판되었고, 매년 평균 거의 45권이다. 또 20세기 1980년대에 루쉰연구 저작은 모두 373권이 출판되었고, 매년 평균 37권이다. 또한 21세기 처음 10년 기간에 루쉰연구 저작은 모두 431권이 출판되었고, 매년 평균 43권에 달했다. 그리고 이외에 '17년' 기간(1949~1966), '문화대혁명' 기간과 20세기 1990년대(1990~1999)는 루쉰연구 저작 출판의 침체기이다. 그 가운데 '17년' 기간에 루쉰연구 저작은 모두 162권이 출판되었고, 매년 평균 거의 10권씩 출판되었다. 또 '문화대혁명' 기간에 루쉰연구 저작은 모두 213권이 출판되었고, 매년 평균 21권씩 출판되었다. 20세기 1990년대에 루쉰연구 저작은 모두 220권이 출판되었고, 매년 평균 22권씩 출판되었다.

'문화대혁명' 후기와 20세기 1980년대가 루쉰연구와 관련한 글의 발표에 있어서 절정기가 되고 또 루쉰연구 저작 출판의 절정기인 것은 루쉰에 대한 국가적인 정치 이데올로기의 새로운 자리매김과 루쉰연구에 대한 대대적인 추진과 관계가 있다. 21세기 처음 10년에 루쉰연구와 관련한 글을 발표한 절정기이자 루쉰연구 논저 출판의 절정기가 된 것은 사람으로 돌아간 루쉰이 학술연구의 대상이 되었고 또 중국에 루쉰연구의 새로운 역군들이 대량으로 쏟아져 나온 것과 커다란 관계가 있다. 중국의 루쉰연구가 지난 100년 동안 복잡하게 발전한 역사를 갖고 있긴 하지만, 루쉰연구 분야는 줄곧 신선한 생명력을 유지해 왔고 또 눈부신 발전 가능성을 지니고 있다. 미래를 전망하면 설령 길이 험하다고 해도 앞날은 늘 밝을 것이고, 21세기 둘째 10년의 중국 루쉰연구는 더욱 큰 성과를 얻으리라 믿는다!

미래로 향하는 중국의 루쉰연구는 다음과 같은 중요한 문제 몇 가지에 주목해야 한다.

우선, 루쉰연구 업무를 당국이 직면한 문화전략과 긴밀히 결합시켜 루쉰을 매체로 삼아 중서 민간문화 교류를 더 나아가 촉진시키고 루쉰을 중국 문화의 '소프트 파워'의 걸출한 대표로 삼아 세계 각지로 확대해야 한다. 루쉰은 중국의 현대 선진문화의 걸출한 대표이자 세계적인 명성을 누리는 대문호이다. 거의 100년에 이르는 동안 루쉰의 작품은 많은 외국어로 번역되어 세계 각지에서 출판되었고, 외국학자들은 루쉰을 통해 현대중국도 이해했다. 하지만 부인할 수 없는 현실은 바로 거의 20년 동안 해외의 루쉰연구가 상대적으로 비교적 저조하고, 루쉰연구 진지에서 공백 상태를 드러낸 점이다. 이러한 배경 아래 중국의 루쉰연구자는 해외의 루쉰연구를 활성화할 막중한 임무를 짊어져야 한다. 루쉰연구 방면의 학술적 교류를 통해 한편으로 해외에서의 루쉰의 전파와 연구를 촉진하고 또 다른 한편으로는 루쉰을 통해 중화문화의 '소프트 파워'를 드러내고 중국과 외국의 민간문화 교류를 촉진해야 한다. 지금 중국의 학자 거타오가 발기에 참여해 성립한 국제루쉰연구회國際魯迅硏究會가 2011년에 한국에서 정식으로 창립되어, 20여 개 나라와 지역에서 온 중국학자 100여 명이 이 학회에 가입하였다. 이 국제루쉰연구회의 여러 책임자 가운데, 특히 회장 박재우朴宰雨 교수가 적극적으로 주관해 인도 중국연구소 및 인도 자와하랄 네루대학교, 미국 하버드대학, 한국외국어대학교와 전남대학에서 속속 국제루쉰학술대회를 개최하였다. 또한 앞으로도 이집트 아인 샴스 대학교, 러시아 상트페테르부르크 국립대학, 일본 도쿄대학, 말레이시아 푸트라대학교 등 세계 여러 대학에서 계속 국제루쉰학술대회를 개최하고 세계 각 나라의 루쉰연구 사업을 발전시켜 갈 구상을 갖고 있다(국제루쉰연구회 학술포럼은 그 후 실제로는 중국 쑤저우대학蘇州大學, 독일 뒤셀도르프대학, 인도 네루대학과 델리대학, 오스트리아 비엔나대학, 말레이시아 쿠알라룸푸르 중화대회당中華大會堂 등에서 계속 개최되었다 - 역자). 해외의 루쉰연구가 다시금 활기를 찾은 대단히 고무적인 조건 아래서 중국의 루쉰연구자도 한편으로 이 기회를 다잡아 당국과 호흡을 맞추어 중국 문화를 외부에 내보내, 해외에서 중국문화의 '소프트 파워' 전략을 펼치고, 또 다른 한편으로는 해외의 루쉰연구자와 긴밀히 협력해 공동으로 해외에서의 루쉰의 전파와 연구 업무를 추진해야 한다.

다음으로, 루쉰연구 사업을 중국의 당대 현실과 긴밀하게 결합시켜야 한다. 지난 100년 동안의 루쉰연구사를 돌이켜보면, 루쉰연구가

20세기 1990년대 이전의 중국 역사의 진전과 긴밀한 관계를 갖고 있었음을 볼 수 있다. 하지만 20세기 1990년대 이후 사회적 사조의 전환에 따라 루쉰연구도 점차 현실 사회에서 벗어나 대학만의 연구가 되었다. 이러한 대학만의 루쉰연구는 비록 학술적 가치가 없지 않다고 해도, 오히려 루쉰의 정신과는 크게 거리가 생겼다. 루쉰연구가 응당 갖추어야 할 중국사회의 현실생활에 개입하는 역동적인 생명력을 잃어 버린 것이다. 18대(중국공산당 제18기 전국대표대회-역자) 이후 중국의 지도자는 여러 차례 '중국의 꿈'을 실현시킬 것을 강조했는데, 사실 루쉰은 일찍이 1908년에 이미 「문화편향론文化偏至論」에서 먼저 '사람을 세우고立人' 뒤에 '나라를 세우는立國' 구상을 제기한 바 있다.

오늘날 것을 취해 옛것을 부활시키고, 달리 새로운 유파를 확립해 인생의 의미를 심오하게 한다면, 나라 사람들은 자각하게 되고 개성이 풍부해져서 모래로 이루어진 나라가 그로 인해 사람의 나라로 바뀔 것이다.

중국의 루쉰연구자는 이 기회의 시기를 다잡아 루쉰연구를 통해 루쉰정신을 발전시키고 뒤떨어진 국민성을 개조하고, 그럼으로써 나라 사람들이 '중국의 꿈'을 실현시키도록 하고, 동시에 또 '사람의 나라'를 세우고자 했던 '루쉰의 꿈魯迅夢'을 실현해야 한다.

마지막으로 중국의 루쉰연구도 창조를 고도로 중시해야 한다. 당국이 '스얼우十二五'(2011~2015년의 제12차 5개년 계획-역자) 계획 속에서 '철학과 사회과학 창조프로젝트'를 제기했다. 중국의 루쉰연구도 창조프로젝트를 실시해야 한다. 『중국 루쉰학 통사』를 편찬한 장멍양 연구자는 20세기 1990년대에 개최된 한 루쉰연구회의에서 중국의 루쉰 연구 성과의 90%는 모두 앞사람이 이미 얻은 기존의 연구 성과를 되풀이한 것이라고 말했다. 일부 학자들이 이견을 표출한 뒤 장멍양 연구자는 또 이 관점을 다시금 심화시켰으니, 나아가 중국의 루쉰연구 성과의 99%는 모두 앞사람이 이미 얻은 기존의 연구 성과를 되풀이한 것이라고 수정했다. 설령 이러한 말이 커다란 논쟁을 불러일으켰다고 해도, 의심할 바 없이 지난 100년 동안 중국의 루쉰연구는 전체적으로 창조성이 부족했고, 많은 연구 성과가 모두 앞사람의 수고를 중복한 것이었다고 말할 수 있다. 푸른색이 쪽에서 나오기는 하나 쪽보다 더 푸른 법이다. 최근에 배출된 젊은 세대의 루쉰연구자는 지식구조 등 측면에서 우수하고, 게다가 더욱 좋은 학술적 환경 속에 처해 있다. 그리하여 그들이 열심히 탐구해서 창조적으로 길을 열고, 그로부터 중국의 루쉰연구의 학술적 수준이 높아질 수 있기를 희망한다.

'중국 루쉰연구 명가정선집' 총서 편집위원회

2013년 1월 1일

서문

　여러 동년배들과 마찬가지로 나와 루쉰의 최초의 만남은 중학교 어문 교과서에서 시작되었고, 또한 '문혁' 중 '루쉰 공부하기' 운동에서 시작되었다. 가정의 출신 성분이 좋지 않았기 때문에 '잘 가르칠 수 있는 자녀'의 하나로 그 광풍의, 우매한 시대에 나는 순진하고도 급진적인 어리석은 소년이 되었다. 우리는 비정상적인 시대에 위대한 인물을 만났던 것이다. 이로 말미암아 우리는 이 위대한 인물에 대하여 많은 비정상적인 견해를 가지고 있었다. 오랜 시간 동안 나의 루쉰에 대한 이해는 단순하고 극단적이었다. 루쉰 작품을 읽은 결과는 어문 교과서와 선생님이 알려준 무엇을 '거쳤다', 무엇을 '보여주었다', 무엇을 '비판했다', 무엇을 '노래했다' 등의 공식화된 감상이었다. 결국 루쉰 정신세계의 본질은 결코 나와 시대에 의해 이해되지 못했다. 루쉰은 원래 개성과 반역적 성격을 지닌 계몽주의 사상가이다. 그런데 '루쉰 공부하기'의 결과는 공교롭게도 우리로 하여금 개성사상과 반역의식을 상실하고 당대 정치적 대량생산의 끄트러기가 되게 했다. 지금 돌이켜보면 당시 중국교육의 최대실패는 사람으로 하여금 자아의식을 상실하게 하고 민족으로 하여금 사상의 능력을 상실하게 했다는 것이다. 이와 같은 화근은 초중등 시기부터 일찌감치 심어졌던 것이다. 나는 일찍이 가장 철저한 각성은 사상의 각성이고 가장 철저한 전제專制는 사유방식의 통치라고 말한 적이 있다. 인간의 사상은 변할 수 있지만 인간의 사유방식은 변하기가 매우 어렵다. 봇짐을 진 농민이 하루아침에 황제가 되고 금으로 된 멜대를 갖기를 바라는 것과 같다. 따라서 심리학의 각도에 보자면, 중국 사회와 중국인이 현대적 전환에서 지체된 까닭은 그저 사상적 관점의 낙후 때문이 아니라 그보다는 사유방식의 낙후에서 기인한다.

정말 다행인 것은 내 인생에서 가장 귀한 시간이 지나간 뒤에 내가 당대 중국에서 거의 드문 사상해방의 '80년대'를 만났다는 것이다. 검은 구름이 자욱한 하늘가에 한 줄기 햇빛이 나타났고 이 짧은 햇빛은 나와 우리 시대인들을 비췄다. 이때부터 인생의 길에서 내가 한 걸음 내디딜 때마다 학술과 인격을 겸비한 선생님들을 만났고 그들의 가르침과 교육으로부터 배우는 것이 적지 않았다.

대학입학시험이 부활되던 그 해, 1978년 봄 나는 입학선의 거의 한 배가 높은 점수로 옌볜延邊대학에 입학했다. 당시 대학 입학에는 정치 심사가 있었고 나는 가정 출신성분이 좋지 않아서 높은 곳에 지원하면 문제가 생길까 걱정했던 것이다. 따라서 제1 지원이 옌볜대학이었고, 제2 지원이 지린吉林대학이었다. 당시 무지의 소치로 성적이 좋으면 지린대학이 나를 입학시켜 줄 것이라고 생각했다.

그때는 중국의 모든 것이 과도기에 있었다. 국가에서 개인까지, 사상에서 생활까지 그러했다. 대학에 입학하던 그해, 학교에서 멀리 떨어진 왕칭현汪淸縣 산속의 중펑공사仲坪公社 옌볜대학 분교에서 지냈다. 그곳은 외지고 아름다운 산골마을이었다. 그곳에 도착하여 내가 제일 먼저 본 것은 온 산과 들을 메운 붉은 진달래꽃이었다. 또 푸르고 푸른 보리밭, 높고 높은 백양나무도 있었다. 첫 번째 학기에 우리에게 현대문학 강의를 한 사람은 후난湖南 여성 천충즈陳瓊芝 선생님이었다. 그녀

는 말솜씨가 좋았고 지식이 풍부했다. 특히 그녀는 인민문학출판사의
『루쉰전집』1973년판의 주석 작업에 참가했기 때문에 중국현대문학
사상의 수많은 명사들과 접촉했었다. 강의실에서 그녀는 교과서 이외
의, 혹은 교과서와 다른 사료, 일화들로 우리들을 대단히 매료시켰다.
그녀의 해석을 거쳐 우리는 이전과 다른 루쉰과 만나게 되었다. 천 선
생님 부부는 훗날 옌벤대학 중문과의 많은 선생님들과 마찬가지로 옌
벤을 떠났다. 몇 해 전 가을 천 선생님은 베이징北京에서 병환으로 돌아
가셨다. 대학 시절 우리에게 깊은 인상을 남긴 또 다른 분은 장더장張德
江 선생님이다. 그는 당시 옌벤대학의 부교장이었다. 우리가 첫 번째
학기 왕칭산에서 지낼 때 그는 분교에 와서 발표를 한 적이 있었다. 대
학에서 공부하던 마지막 1년에 장더장 선생님은 조선의 김일성종합
대학에서 유학하고 귀국했다. 첫 번째 강의에서 우리에게 '정치경제
학'을 강의했는데, 이 과목은 성위톈盛玉田 선생님의 '중공당사'와 더불
어 가장 환영받는 공통과목이었다. 나는 마오둔의『깊은 밤子夜』의 공
채 거래에 대한 기본지식을 장더장 선생님의 강의에서 알게 되었다.
졸업 후 학교에 남아 4년을 보내고 장더장 선생님의 제안과 격려로
1986년 가을 지린대학 대학원에 입학하여 류보칭劉柏靑, 류중수劉中樹,
진쉰민金訓敏 선생님을 좇아 공부했다. 의문의 여지없이 이것은 나의
사상과 생활의 또 다른 중요한 전환이었다.

　일찍이 이전에 출판된 논저에서 여러 번 언급한 바와 같이, 나는 우
선 루쉰연구계의 많은 선배들의 인격에 대한 존중으로 진정한 루쉰연
구의 길로 들어섰다. 나와 알게 된 거의 모든 루쉰연구계의 선배들은
모두 나를 숙연하게 하는 도덕적 인격을 지니고 있었다. 린페이林非 선

생님, 옌자옌^{嚴家炎} 선생님, 쑨위스^{孫玉石} 선생님, 위안량준^{袁良駿} 선생님, 주더파^{朱德發} 선생님, 천수위^{陳漱渝} 선생님, 천밍수^{陳鳴樹} 선생님, 왕푸런^{王富仁} 선생님, 첸리췬^{錢理群} 선생님, 장멍양^{張夢陽} 선생님, 옌칭성^{閻慶生} 선생님, 왕지펑^{王吉鵬} 선생님, 그리고 학계의 여러 선배 동료들과의 만남을 통하여 나는 이것을 더욱 깊이 믿게 되었다. 루쉰연구계 바깥의 여러 선생님들도 나의 공부와 연구에 무한한 지지와 도움을 주었다. 쩡판런^{曾繁仁} 선생님, 둥젠^{董建} 선생님, 퉁칭빙^{童慶炳} 선생님, 샹추^{項楚} 선생님, 라오펑^{饒芃子}, 천홍^{陳洪} 선생님, 천다캉^{陳大康} 선생님 같은 분들이다. 나는 선생님과 동료들로부터 어떻게 연구하는가를 배웠을 뿐만 아니라 어떻게 사람 노릇하는지도 배웠다. 중국의 루쉰연구자들이 이러했을 뿐만 아니라 외국의 학자들도 이러했다. 학교의 위치와 역사 때문에 우리는 일본의 학자들과 교류가 비교적 많았다. 마루야마 노보루^{丸山昇} 선생님, 이토오 토라마루^{伊藤虎丸} 선생님, 야마다 케이죠^{山田敬三} 선생님, 카타야마 토모유키^{片山智行} 선생님, 후지이 쇼조^{藤井省三} 선생님 등 여러 명으로부터 가르침을 받았다. 그들의 엄격한 사실적 태도와 성실하게 노력하는 학술적 풍격은 존경스러웠다. 내가 가장 소중하게 여기는 것은 지린대학에서 공부하던 시절 몇 분의 지도교수들의 성실함, 열정, 관용이었다. 선후로 입학한 우리 대학원생들은 선생님과 대단히 사이가 좋아서 늘 선생님 댁으로 가서 먹고 마시고 토론했다. 함께 이야기 나누고 웃었고 생각도 잘 통했으며 감정에도 격의가 없었다. 1988년 7월 한 해 미리 논문 심사를 마치고 졸업 후 학교에 남아 강의하며 선생님들 곁에 남았다.

1994년 가을 나는 일본에서 귀국했다. 일주일 후 동베이^{東北}사범대학 박사과정 입학시험에 통과하여 계속해서 류중수, 쑨중톈 선생님을 좇아서 공부했다. 이것은 내가 학문 연구의 훈련을 강화하고 루쉰의 세계로 한 층 더 들어가는 데 필요한 길이었다.

박사 졸업 논문의 주제 선택은 재빨리 루쉰연구로 확정했다. 왜냐하면 지도교수 류중수 선생님의 주요 학술방향 중 하나가 루쉰연구이기 때문이기도 했고, 나의 루쉰에 대한 열애와 곤혹 때문이기도 했다. 논문을 쓰는 과정에서 류중수 선생님은 나와 무수히 교류하고 여러차례 논문을 수정했으며 표점부호 하나하나 세밀하게 봐주었다. 그때 중수 선생님은 지린대학 교장으로 일이 매우 바쁜 와중이었다. 그는 나의 최종원고를 가지고 비행기에 올랐고 돌아와서는 나에게 완전한 수정원고를 돌려주었다. 선생님 곁에서 지금까지 장장 27년을 보냈다. 27년은 아이가 태어나 결혼하고 다시 아이를 낳는 긴 시간이다. 나의 학술 생애로 말하자면 한 아이의 성장과정이었던 것이다. 이 과정에서 중수 선생님이 나에게 베풀어 준 유형무형의 관심과 교육은 평생토록 잊을 수 없을 것이다.

우리 모두는 루쉰연구가 중국현대문학연구 중의 가장 두드러진 분야이며, 영원한 학술적 고원이자 정치 풍운의 변화에 따른 시비의 장소라는 것을 잘 알고 있다. 루쉰은 개인적 처지의 비량悲凉함으로 민족의 자성과 자강을 도모했다. 우리는 이 민족에 루쉰이 있다는 것을 경축해야 한다. 나는 『관성의 종결－루쉰 문화선택의 역사적 가치』라는 책의 후기에서 나는 일찍이 힘들고 결과는 얻기 어려운 과제를 선택했음을 잘 알고 있다고 밝혔다. 처음부터 지금까지 나는 조금도 후회한 적이 없다. 왜냐하면 나는 줄곧 루쉰은 나의 학술 연구의 대상일 뿐만 아니라 나의 사상과 인격의 본보기라고 생각했기 때문이다. 물론 이 것은 내 개인의 감상과 바람에 지나지 않는 것은 아니다. 이십 몇 년이 지나갔다. 이러한 감사와 바람은 조금도 변하지 않았고, 다만 사회의 사상환경에 커다란 변화가 발생했을 따름이다. 이러한 변화로 말미암 아 루쉰의 문화선택과 사상적 성격은 현시대와 더욱 커다란 차이가 생 기게 되었다. 비록 그가 비판한 것과 현실적으로 존재하는 것이 더욱 더 비슷해짐에도 불구하고 말이다.

나는 일찍이 루쉰에 관한 평가는 아무리 높아도 지나치지 않다고 말한 적이 있다. 이러한 과도한 생각과 감정은 박사논문 쓰기에 영향 을 주었다. 나는 논문심사를 받던 때를 기억하고 있다. 몇 분의 심사위 원이 약속이나 한 듯이 질문했다. 루쉰의 문화선택에는 한계가 존재 하는가? 이에 대하여 나는 질문의 핵심을 피해서 사유방식으로 대답 했다. 어떤 사물도 역사적 한계는 존재합니다. 만약 한계가 없다면, 사 물도 발전할 수 없다. 사실 우리는 루쉰을 일종의 인문정신의 표징, 가 치기준으로 간주해야 할 뿐만 아니라 평상심으로 과학적 연구의 대상 으로 간주해야 한다. 이 격변의 시대에 우리에게 모자라는 것은 그러 한 평상심이다.

이번에 출판하는 글은 글을 쓴 시간과 발표하는 시간 사이에 20여년 이 걸쳐있다. 이것 역시 내가 점차로 루쉰에게 다가간 길고 긴 과정이 다. 인류사회의 발전역사로 보자면, 다양한 사회적 과정 속에서 시간은 다른 가치와 속도를 가진다. 평화시기와 전쟁시기에 개인생명의 가치 가 차이가 나는 것과 마찬가지로 인류사상과 학술은 다양한 문화시대 마다 커다란 가치관의 차이와 변화속도를 가진다. 변하지 않는 사상은 없다. 조상이 남긴 사상이라고 하더라도 시대의 변화에 따라서 가치의 차이가 발생한다. 이러한 가치 차이는 가치가 증가될 때도 있고 폄하될 때도 있으며 최종적으로 가치판단은 역사 자체가 결정한다. 루쉰의 사상성격과 최근 사상환경 사이의 관계로 보건대, 나는 그해 뤄지난羅稷南의 "만약 루쉰이 살아있다면 어떻게 했겠습니까?"라는 물음에 대한 마오쩌둥毛澤東의 대답의 진실성을 점점 더 확실히 믿게 되었다. 이 물음은 우리 사상계에서 의식적으로 회피하고 있는 '뤄지난의 질문'이다. 언젠가 우리가 이 의문을 청산하지 않으면 사회는 정상적으로 될 수가 없을 것이다. 만약 어느 날 우리 사회가 더 이상 '살아있는' 루쉰을 필요로 하지 않는다면, 혹은 루쉰이 그저 한 명의 역사적 인물과 지식교양으로서 인간의 생활 속에 존재하게 된다면, 이 사회는 이미 완전함으로 향해가고 있다는 것을 의미한다. 루쉰연구자로서 나는 그러한 시대가 하루 빨리 도래하기를 충심으로 기대하고 있다.

루쉰연구는 나 자신의 사상 성장의 과정이었다. 박사논문을 출판하면서 후기에서 루쉰은 거대한 나무로 내가 그것에 다가가면 나의 그림자가 나무 그늘 아래에서 사라진다고 이야기했다. 오늘날까지 나는 여전히 이 나무 그늘 아래에 있다. 그림자 없이 비호와 감은만이 있다. 나무 그늘을 벗어나지 못하는 것은 결코 나의 선택 때문만은 아니다. 근한 세기의 비바람을 거치면서 나는 루쉰의 사상과 최근의 환경을 서로 만나게 해보고 루쉰의 깊이와 높이를 더욱 깨닫게 되었고 이 나무 그늘의 넓이와 귀함을 더욱 깨닫게 되었기 때문이다. 내가 루쉰에게 가장 감격하는 것은 그가 우리 민족을 위해 남긴 정신적 추구의 눈금 때문만이 아니라 역사와 현실을 평가하는 가장 힘 있고 가장 타당한 언설의 방식을 제공해주었기 때문이기도 하다. 루쉰이 없다면 우리는 말할 수 없을 것이다. 루쉰이 없다면 말을 잘 할 수가 없을 것이다.

나뭇잎은 푸르렀다 누렇게 된다. 몇 차례 푸르렀다 누렇게 되면 우리도 천천히 나이를 먹는다. 나는 옛것을 그리워하는 나이가 되었다. "새로운 일은 기억하지 못하고 옛일은 잊지 못하는 것"이 노쇠함의 전형적인 모습이다. 나는 일찍이 짧은 글에서 과거에 대한 기억으로 온 얼굴이 눈물로 젖었다는 말을 한 적이 있다. 옛것에 대한 그리움, 인생의 만년의 개인적 심경은 인류의 보편적인 정신현상이며 종종 초월적인 진실한 감정이 들어있다. 그런데 옛것에 대한 그리움이 사회의 보편적인 정서가 되면 사회발전에서의 회귀와 복고에 대한 갈망을 의미한다. 그속에는 최근의 사회현실에 대한 실망과 거절, 오늘과 어제라는 두 시대의 대비 후에 나타나는 일종의 가치추구가 포함되어 있다. 오늘은 집단적으로 옛것을 그리워하는 시대이다. 보편적으로 옛것을 그리워하는 시대는 온 국민이 즐거운 시대와 마찬가지로 드높은 기개로 향상을 추구하는 시대가 될 수 없다.

「루쉰을 멀리하면 용렬해진다」의 결론에서 "나는 루쉰을 사랑하지만, 루쉰은 나를 아프게 한다"라고 했는데, 이것은 나의 인생 체험과 내면의 느낌이다. 인터넷에서 2012년 우한武漢시 중학 어문 월례시험에서 나의 이 글이 읽고 이해하기의 시험문제로 사용되고 있는 것을 보았다. 이 두 마디 말의 표준 답안은 결코 내가 생각한 것과 일치하지 않았다. 그런데 여하튼간에 우리는 모두 차츰 루쉰을 더 잘 이해하게 되었다. 그런데 이해하기 때문에 더욱 비애悲哀가 느껴졌다. 루쉰의 전수자로서 우리는 모든 것에 대하여 무능력한 것 같다. 심지어는 스스로의 외침조차도 공허하다고 느끼고 진정 고독자가 된 것 같다. 나의 친구 리신위李新宇 선생은 몇 년 전에 출판한 루쉰연구 저술의 이름을 『루쉰에게 부끄럽다愧對魯迅』라고 지었는데, 나에게 준 충격과 개탄은 영원히 잊을 수 없을 것이다. 그런데 우리는 여전히 외쳐야 한다. 설령 사람 하나 없는 광야를 마주하고 있을지라도.

20년 동안 많은 일이 발생했다. 따라서 최근 중국의 사상문화의 변화를 마주하고 시대에 대한 나의 사고를 최근의 루쉰연구 문장 속에 써내려갔다. 따라서 루쉰의 어떤 관점들은 우리 사회의 발전을 재는 가치기준일 뿐만 아니라 우리가 사회와 시대를 말하는 도구이기도 하다고 말하는 것이다. 물론 나 스스로의 변화 또한 아주 크다. 이 큰 변화는 내가 무슨 지도자 지위를 맡고 있기 때문이 아니라 환경과 심경의 변화 때문이다. 봄, 여름, 가을, 겨울이 돌고 해, 달, 별이 변화한다. 대학의 캠퍼스에서 윤리의 선량함, 학리의 바름, 진리의 고수를 견지하는 것은 교사의 책임이다. 나는 일을 하면서 성장환경이 한 개인과 한 단체 특히 청년들에게 미치는 중요성을 깊이 느꼈다. 나는 대학에서 지도자로서 일한 14년간 다음과 같은 생각을 시종 견지하고 있었다. 학술사상은 영원히 "개성을 고무하고 반역을 보호"해야 한다는 것이다.

인류문명의 과정에서 시대의 차이가 결코 시간의 거리와 정비례하지 않는 때가 있다. 어쩌면 어떤 단계에서는 5년 혹은 10년의 차이가 반세기의 차이보다 훨씬 더 클 때도 있다. 왜냐하면 이것은 사상과 가치관의 차이이기 때문이다. 1980년대부터 살아온 사람들은 1990년대가 문화반성의 시대임을 분명하게 느낀다. 문화반성은 20세기의 문화선택에 대한 새로운 평가이다. 문화선택은 일종의 관념이자 행위이다. 그것은 순수한 문화관과 다르다. 왜냐하면 그것은 문화가치판단에서 가치재구성의 연속과정을 포함하기 때문이다. 문화선택은 동일한 문화시스템 속에서 발생할 수도 있다. 예컨대 아雅문화와 속俗문화 사이, 정신문화와 물질문화 사이에서 말이다. 그런데 우리가 여기에서 말하는 문화선택은 주로 두 가지 문화시스템 사이에서 발생하는 것으로 20세기 중서방의 문화충돌과 융합 속에서 루쉰이 선택한 가치판단과 가치재구성을 가리킨다. 반세기 이전 미래의 중국의 정치 지도자 마오쩌둥이 옌안延安에서 "루쉰의 방향은 중화민족 신문화의 방향이다"라는 유명한 판단을 내린 이래, 루쉰의 문화선택의 가치와 '오사' 신문화의 기본적 본질이 확정된 것 같았다. 모종의 격정이 사라지자 문화심태가 평온함으로 되돌아왔다. 평온함으로 되돌아오는 과정에서 20세기 신문화에 대한 반성을 내용으로 하는 문화보수주의 사조가 조용히 일어났다. 반성도 하나의 청산이다. 따라서 사람들은 '오사' 신문화의 방향에 대한 새로운 한 차례의 청산은 최종적으로 루쉰의 문화선택의 역사적 가치와 당대적 의미에 대한 의심을 만들어냈다. 사람들의 마음 속, 특히 신세대의 마음속의 루쉰의 형상에 차츰 변화가 일어나고 검은 구름이 높이 솟은 산봉우리를 천천히 가득 채웠다.

　나는 후세대로서 누구라도 역사에 대하여 수월하게 평가를 내릴 수 있다고 늘 생각한다. 그런데 이 수월함 속에 종종 역사에 대한 곡해가 포함될 수 있다. 반세기 남짓한 동안 루쉰의 문화선택은 이렇듯 후인에 의해 긍정되고 또 많이 곡해 되었다. 최근 국내외의 문화보수주의 논자들은 바로 루쉰의 문화선택에 대한 의심과 곡해를 통하여 중국 신문화의 가치체계와 실천적 의미를 부정하고 있다.

문화보주수의는 현대신유학과 후식민주의이론을 무기로 민족적 감정의 보호와 출판계의 이익을 도모하는 상업적 기제의 도움을 받아 기세등등하게 전통문화 부흥운동을 벌이고 있다. '국학열'은 점점 높아지고 있다. 각지에서 성대하면서도 이도저도 아닌 공자 제사 대전 행사를 하고 대학교에서는 잇달아 국학원, 국학반을 세우고, 민간에서는 끊임없이 각 가지 '대유大儒'들이 나타나고 있다. 반은 인간이고 반은 신선이고 반은 병적이다. 중산복이나 창파오, 마고자에 연로한 사람은 반드시 백발에 수염이 있고, 그다지 연로하지 않은 사람도 노련하다. 일부러 깊이 있는 척하고 고관의 잔치와 부호의 사무실을 넘나들며 갈피 없는 거대한 담론을 이야기한다. 또 국학 사숙을 건립하여 천부적으로 총명한 아이들을 모아 주례周禮를 행하고 한漢의 복식을 입고 시와 경전을 읊조리고 머리를 흔드는 것이 정말 장관이다. 그리고 출판계도 국학열의 급행열차에 올라 각 가지 종류의 '총서', '경전', '정선精選'이 온 천하에 가득하다. 그야말로 "동풍이 도도하니 동풍을 세차게 한다"는 것인데, 몇 해 전 학자들이 상상한 '중국의 세기'가 곧 다가오는 것 같다. 이러한 문화복고의 조류 속에서 '오사' 신문화의 기치로서 루쉰과 그의 사상은 맨 먼저 충격을 받아 의심받고 부정되고 있다. 국학열과 문화보수주의 조류에 직면하여 현대 인문지식인은 반드시 냉정, 더 나아가 경각심을 충분히 유지하고 있어야 한다.

한 세기 전 루쉰은 근대 중국의 신구 교체의 시대를 살고 있었다. 그 시대 속에서 루쉰은 자신의 문화선택을 확립했다. 루쉰의 문화선택의 기본적 방향은 전통문화를 전체적으로 비판하고 중국문화의 현대적 전환을 촉진시키고 중국의 '깊이 있는 현대화'의 완성을 추동했다. 한 세기 후, 우리는 또 다시 신구 교체의 시대를 살고 있다. 역사는 빙빙 돌아가는 커다란 무대처럼 어제와 오늘, 전통과 현대를 다시 한 번 우리 앞에 펼침으로써 우리로 하여금 다시 한 번 문화선택을 하도록 절실하게 요구하고 있다.

우리는 루쉰 정신을 견지하는 것이 고통스럽고 풍파로 가득하다는 것을 직관적으로 알고 있다. 하지만 루쉰의 문화선택은 중국의 신문화의 건설과 발전을 위한 기본적 기준을 확립했고, 신문화는 아직 완성하지 못한 역사적 과제로서 우리로 하여금 또 한 차례 문화선택에 직면하게 하고 있다. 이때 루쉰의 기준은 물론 우리의 오늘날의 기준이 된다. 따라서 루쉰의 문화선택의 역사적 가치를 다시 한 번 확인하는 것은 대단히 중요한 당대적 의미를 지닌다. 사실 루쉰을 읽고 나서 다시 우리 사회를 읽어보면 루쉰이 우리와 아주 가까이 있음을 발견하게 될 것이다. 멀리 있었던 것은 알고 보니, 루쉰을 가장 필요로 하는 시대에 살고 있는 우리 자신이었던 것이다.

차례

선도와 전도

'대중정치衆治' 비판과 개성중심 의식의 강화

∽◦⟨⟩◦∽

　루쉰의 문화선택은 근대를 초월했다. 그것의 가장 두드러진 특징은 중국 근대문화의 전환과정 중에서 최후단계의 도래를 예고했다는 것이다. 그는 물질변혁, 제도변혁, 관념변혁을 하나의 과정으로 농축시켰을 뿐만 아니라, 이 과정에서 특히 관념변혁이라는 주제를 중시했다. 관념변혁은 두 가지 의미를 포함한다. 하나는 사상의식의 변혁이고 다른 하나는 도덕인격의 변혁인데, 양자는 함께 루쉰의 사상계몽과 도덕구속救贖이라는 완전한 인학人學이론을 구성한다.

1. 사상의 선도

　　─ 현대적 개성의식으로 근대적 정치철학을 부정하다

　사상계몽은 루쉰의 문화선택의 주요한 가치이자 중국 신문화운동의 기본 방향이다. 루쉰의 초기 문화선택 중에서 사상변혁 의식은 도덕변혁 의식보다 강렬했다고 해야 한다. 그는 현대적 개성의식으로 전통적 도덕체계를 비판했을 뿐만 아니라, 현대적 개성의식으로 근대적 정치철학을 비판했다. 사람들이 주목했음에도 난해하게 받아들여진 까닭은 그가 당시 중국에서 실현된 적도 없는 '대중정치'를 명확하게 부정했기 때문이다.

신해혁명 이전, 1907년 루쉰은 「문화편지론」에서 동시대인들의 "우선 타인의 찌꺼기를 주워모아 대중들을 규합하여 항거하자"고 하는 주장을 겨냥하여 "대중정치를 핑계대면 압제는 폭군보다 훨씬 극렬하다"[1]라고 했다. 이처럼 근대 이래의 유신파와 혁명당의 정치적 이상에 대하여 부정적인 판단을 내림으로써 후인들에게 루쉰의 초기 문화선택과 시대의 관계를 분석하는 데 난제를 남겨주었다.

사실, 루쉰과 시대의 관계는 주로 사상이 현실을 선도하는 관계 드러난다.

루쉰의 초기의 문화선택을 20세기 중국사회의 사상환경 속에 두고 본다면, 루쉰의 '대중정치'에 대한 비판은 일반적인 시론에 부합하지 않는다는 것을 발견할 수 있다. 그는 전제專制를 반대하고 정치 변혁을 요구하는 시의적절한 비판자들에 대하여 대담하게 사상비판을 수행했다. 사상비판으로 말하자면 동일한 시간 속에서, 동일한 문제에 있어서의 양자 사이의 다른 '시대' 사상의 차이를 보여주고, 사상에 있어서의 루쉰의 선도성을 보여준다.

---

1   魯迅, 『墳・文化偏至論』, 『魯迅全集』 제1권, 北京 : 人民文學出版社, 2005, 46쪽. 이하 『魯迅全集』으로만 표기함.

'대중정치'는 대의제 정체政體로서 서방 근대의 경험이성의 산물이자 인류의 사회역사의 축적의 산물이다. 그런데 루쉰 등은 역사행위 속에서 부정의 근거 즉, 형식의 합리성 아래 실질을 은폐하고 있는 불합리성을 찾아내었다. 당시 중국의 일반적인 "시대적 요구를 아는 선비"들은 중국사회의 정치적 현실의 필요에 따라 서방 18~19세기 이상주의 사조를 중국 사회와 문화의 변혁을 위한 사상무기로 간주하고, 서방 현대사회의 정치, 경제, 문화 발전의 실제적 상태를 모범으로 간주했다. 그런데 루쉰은 "대중들의 소리에 영합하지 않고" "시대의 풍속에 힘껏 저항하"는 사람을 "시대적 요구를 아는 선비" 중에서도 특출한 사람 즉, 선각자로 간주했다. 그가 사용한 사상무기는 또 다른 사상의 시대—20세기 서방의 유의지론과 생명철학 사상의 시대—로부터 가져온 것이었다.

루쉰이 제일 먼저 받아들인 서방의 사상은 의심할 여지없이 진화론을 핵심으로 하는 서방 근대이성주의이다. 다윈의 진화론, 헥켈의 생물철학 일원론, 존 뮐러와 스펜서, 그리고 메치니코프의 인류문명진화관 등은 모두 루쉰 초기의 인류문명 정체관整體觀에 강력한 사상적 자원을 제공했다. 그런데 이와 동시에 쇼펜하우어, 니체, 스타이머, 키에르케고르의 현대주의 철학사상의 영향도 받았다. 루쉰은 유신인사, 혁명인사에 비해 비판적 무기를 폭넓게 받아들였고 먼저 받아들었다. 그는 근현대서방의 이성주의와 비이성주의 양대 사조체계로 하여금 자신의 초기 정신세계에 병존하게 했을 뿐만 아니라, 후자로 전자를 비판하고 "시대의 요구를 아는 선비"를 비판하고 자신을 비판할 수 있게 되었다.

그의 비판은 중국의 일반적인 시론과 서방의 사회현상을 겨냥하는 데 그치는 것이 아니다. 실질적으로 문명이라는 거대한 시야 아래 한 종류의 문화시대로 다른 종류의 문화시대를 대체하고, 한 종류의 사상으로 다른 종류의 사상을 반성하는 것이다. 서방사회의 문명과정의 득실에 대한 평가로부터 루쉰은 다음을 발견했다.

유럽 19세기의 문명이 그 넓이에서 이전 시대를 초월하고 동아시아를 능가한다는 것은 진실로 살펴보지 않고도 알 수 있다. 그런데 개혁으로 배태되고 반항을 근본으로 하기 때문에 한쪽 극단으로 편향되는 것은 진실로 당연하고 필연적이다. 대저 말류에 이르면 폐단은 스스로 드러난다. 따라서 새로운 종파가 발흥하는데, 특히 그것의 시초로 되돌아가고, 다시 열렬한 감정과 용맹한 행동으로 큰 파고를 일으켜 그것을 소탕한다. 오늘날에 이르러 다시 더욱 기세등등해지고 있다. 그것의 장래의 결과가 어떻게 될지는 대개 경솔하게 예측할 수 없다. 그런데 구폐(舊弊)의 약돌이 되고 신생(新生)의 다리를 만들어 흐름은 바야흐로 길게 가고 갑작스럽게 끝나지 않을 것이다. 그런 즉, 그 본질을 살피고 그 정신을 관찰하면 믿을 만한 증거를 얻을 수 있다. 생각하는 것은 문화는 항상 유심(幽深)함으로 나아가고 인심은 고정불변 하는 것을 편안하게 여기지 않는다는 것이다. 20세기 문명은 당연히 반드시 심오하고 징엄하며 19세기 문명과는 다른 취향에 이를 것이다.[2]

---

2   『墳·文化偏至論』, 『魯迅全集』 제1권, 56쪽.

이렇게 해서 루쉰의 초기 문화선택에는 다음과 같은 복잡한 구도가 나타나게 되었다. 전근대의 '늙은 대 제국'에서 살고 있으면서도 서방 현대문화 가운데 가장 최전방에 있는 사상무기로 '늙은 대 제국'을 비판하였으며, 동시에 '늙은 대 제국'을 비판하는 사람들을 더욱 비판했다. 루쉰의 사상은 "개인에게 맡기고 다수를 배격한다"는 데서 비롯되었으며, 중국 사회의 구체적 발전과정을 초월하여 '대중정치'라는 주장을 부정했다.

2. 근대정치사상사 회고 - '대중정치'에 대한 다섯 번째 비판

'서체西體'로서의 의회정치가 중국에서 제안 된 것은 1883년 추이궈인崔國因의 상주서에서 비롯되었다. 그는 상·하의원의 설립은 "정세에 맞추어 유리하게 이끄는 것이고 자강의 관건이 된다"[3]라고 했다. 허치何啓, 후리위안胡禮垣, 정관잉鄭觀應, 장수성張樹聲 등이 주장했고, 캉유웨이康有爲, 량치차오梁啓超 등 유신파의 대대적인 선전과 기획을 거쳐 점차 20세기 중국사회변혁의 열띤 난제가 되었다. 의회정치에 대한 부정이 긍정보다 훨씬 많았다. 그런데 반대자들의 가치기준과 목적이 완전히 서로 같은 것은 아니었다. 그중에는 보황파保皇派와 혁명파와 같이 정치적 측면에서 반대파들이 있었고, 사상론자와 도덕론자와 같이 정신적 측면에서 반대파들도 있었다. 의회정치에 대한 부정은 시기에 따라 이

---

3   崔國因, 「忌實子存稿」, 熊月之, 『中國近代民主思想史』, 上海 : 上海人民出版社, 1986, 129쪽에서 재인용.

러한 네 종류의 사상적 층위와 단계가 있었다.

　정치적으로 공화를 반대하는 보황파는 후기 캉유웨이가 대표적이고, 량치차오도 공화를 반대하고 군주입헌을 주장했다. '민지民智를 열'고, '민권民權을 일으키'는 데서 시작하여 최종적으로 '관지官智를 열'고 '우리의 황제를 보호'하는 길로 나아가는 것이다. 여기에는 봉건 종법사회의 이른바 '자신을 알아주는 사람에 대한 은혜'와 같은 도덕적인 요소가 포함되어 있기도 하지만, 반대의 주요한 근거는 정치사회학적인 것이었다. 그는 "오늘날 중국 국민은 공화의 국민이 될 수 있는 자격이 있지 않"[4]기 때문에 민주공화를 건립할 수 없을 뿐만 아니라 군주입헌조차도 어렵다고 생각했다.

　　묻건대, 오늘날 중국을 강하게 하고자 한다면 마땅히 의원(議院)으로 돌아가는 것이 시급하지 않은가? 가로되 : 아직은 그렇지 않다. 무릇 나라가 필히 기풍이 이미 개명하고 문학이 이미 성행하고 민지가 이미 형성되었다면 의원을 세워도 좋다. 오늘날 의원을 여는 것은 혼란을 불러오는 길이다.[5]

　량치차오는 '대중정치'를 반대하고 '개명군주론'을 주장했다. 이론적 근거는 주로 보른하크Conrad Bornhak(1861~1944)의 국가객체론에서 가져왔다. 보른하크는 『국가론』에서 국토와 국민은 국가의 객체이고 군주는 국가의 주체라고 했다. 이른바 "공화국이라는 것은 인민 위에

4　梁啓超, 「開明專制論」, 『新民叢報』 제75・76기, 1906.3.
5　梁啓超, 「古議院考」, 『時務報』 제10기, 1896.11.5.

다른 독립된 국권이 없는 것이다. 그러므로 각종 이해관계를 조화롭게 하는 책임은 인민 자신들 속에서 찾을 수 없다"라고 했다. 인민의 이권 경쟁에서 자신 말고 그것을 조화롭게 할 수 있는 타인은 없다. 이런 까닭으로 국가는 반드시 파괴되고 분규가 일어나서 전제 즉, 이른바 '의회전제'나 '민주전제'로 돌아가지 않을 수 없다. 량치차오는 이에 근거하여 공화를 반대하고 군주입헌을 주장했다. "개명전제를 시행하고 10년이 지나서 의원을 열면 이러한 상황에 이르지 않는다"라고 생각했다. 왜냐하면 정부 형식으로 개명전제를 시행하면 10년이면 효과가 나타나기 때문이다. 이와 반대로 국민의 자각에 의지하면 수십 년, 수백 년이 지나도 성과가 나오지 않는다는 것이다.[6] 근대사상사에서 량치차오와 루쉰은 위대한 사상가이고 사상의 심오함과 독창성은 동시대인들을 능가했지만, 두 사람의 사상적 지향은 크게 달랐다고 해야 할 것이다.

'대중정치'에 대한 반대에서 '대중정치'에 대한 긍정으로, 다시 '대중정치'에 대한 반대에 이르기까지 루쉰은 량치차오 등 보황파의 공화정체에 대한 관점에 비해 두 박자 빨랐다. 뿐만 아니라 그의 '대중정치' 사상에 대한 반대는 또한 급진적 혁명파와 도덕파와도 달라서, 분명한 사상적 차이를 보여준다. 루쉰의 '대중정치'에 대한 부정에 나타난 시대적 초월성은 서방 현대주의사조의 영향에서 비롯되었을 뿐만 아니라 또한 당시 중국 정치혁명의 선구자였던 쑨중산孫中山으로부터의 직접적 영향에서 기인한다. 루쉰이 스스로 초기의 이러한 문화선

---

6   梁啓超, 「開明專制論」, 『新民叢報』 제75・76기, 1906.3.

택에 대해 집중적으로 설명하기에 앞서 2년 전, 혁명의 선구자 쑨중산 孫中山은 『민보』 창간 기념일에 발표한 연설에서 잇달아 두 차례 중국 변혁을 위한 전체적이고 연속적인 구상을 제시하고, 서방사회의 폐단 이 중국에 끼칠 영향에 대한 우려를 드러냈다.

구미에서 우려하는 고치기 어려운 적폐라는 것은, 중국은 그 병폐의 영향을 깊이 받지 않았기 때문에 그것을 제거하기 쉽다. 이런 까닭으로 혹 다른 사람들에게는 과거의 옛 자취이지만, 혹 나에게는 바야흐로 다 가올 큰 근심일 수도 있다. 우리 군중의 모든 일을 개선하기 위해서는 동 시에 느슨하게도 하고 팽팽하게도 하지 않을 수 없다. 아아! 낮은 곳을 오른 자는 보는 바가 멀지 않다. 다섯 도시의 저자거리를 돌아다니다 아 름다운 옷을 보면 그것을 갖고자 하고 자신의 몸에 어울리지 않는다는 것은 잊어버리고 단지 앞에 있는 것이 지극히 아름답다고 생각한다. 최 근 지사들은 혀가 헐고 입술이 마르도록 구미에 비견될 수 있도록 중국 을 강하게 하고자 한다. 그런데 구미는 강하지만 그 백성들은 실상 곤궁 하다. 대동맹 파업과 무정부당, 사회당이 나날이 불타오르는 것을 보건 대 사회혁명은 장차 멀지 않았다. 우리나라가 설령 구미와 필적할 수 있 다고 하더라도, 여전히 제2차 혁명을 면할 수는 없다. 하물며 다른 사람 들이 이미 만들어놓은 마지막 궤도를 추수하는 자의 끝은 성취가 없는 것임에랴. 대저 구미사회의 재앙은 수십 년 동안 잠복되어 있었다. 앞으 로 그것을 발견한다고 하더라도 빨리 없어지게 할 수 없다. 우리나라의 민생주의라는 것은 발달이 가장 빠르고 재앙과 해악은 싹트기 전에 미 리 보아냈으니, 진실로 정치혁명, 사회혁명은 단번에 완성할 수 있다.

루쉰과 마찬가지로 쑨중산은 이와 같은 희망과 책임을 소수 '엘리트'에게 기대했다. "오로지 대저 일군의 무리 가운데서 심리가 가장 선량한 소수가 그 군중을 채찍질하여 나아가게 하고 가장 적절한 통치법을 우리 군중에게 맞추고 우리 군중의 진보를 세계에 맞추도록 할 수 있다. 이것이 먼저 알고 먼저 깨달은 자의 천직이다."[7]

『민보』는 쑨중산이 일본 망명 중에 1905년 11월 26일 도쿄에서 창간했다. 동맹회同盟會의 기관지로서 량치차오를 위수로 하는 유신파 잡지 『신민총보新民叢報』와 논쟁을 벌였고, 재일 유학생의 필독 간행물이었다. 이때 마침 루쉰이 도쿄에 있었다. 그는 여러 차례 쑨중산의 강연을 들었고 『민보』는 가장 즐겨 보는 간행물 중의 하나였다. 후에 그는 또 장타이옌章太炎이 머물고 있던 도쿄 『민보』사에서 그의 강연을 듣기도 했다. 1921년 루쉰은 쑨중산 혁명파와 『민보』의 영향에 대해 반어적인 어투로 "대략 15, 6년 전에 나는 혁명당에게 속은 적이 있었다"[8]라고 말하기도 했다. 그런데 당시 루쉰은 서방 현대주의사조에 대하여 왕궈웨이王國維의 순수철학적 수용과 달랐던 것처럼, 그의 근대 중국의 변혁과정에 대한 집약적인 구상 역시 쑨중산의 순수철학적 이해와 같지 않았다. 쑨중산의 이른바 '단번에 완성한다'는 것은 주로 근대 중국의 구체적 민족부흥, 정치혁명, 경제개량을 가리킨다.

우리의 혁명의 목적은 중국을 위하여 행복을 도모하는 것이다. ......
소수 부자의 이익 독점을 바라지 않기 때문에 사회혁명을 하려고 한다.

---

7   孫中山,「『民報』發刊詞」,『民報』 제1호, 1905.11.25.
8   魯迅,『集外集拾遺補編・生降死不降』,『魯迅全集』 제8권, 121쪽.

이 세 가지 중에서 성취하지 못하는 것이 하나라도 있으면 우리의 본의가 아니다. 이 세 가지 목적을 달성한 후에 우리 중국은 당연히 지극히 완미(完美)한 국가가 될 것이다.[9]

쑨중산은 서방 자본주의사회, 특히 그가 숭배했던 미국사회에 대한 깊이 있는 분석을 통하여 계급 억압의 각도에서 원래의 공화 이상을 부정하며 "무릇 아메리카대륙의 부자유는 전제국보다 훨씬 더 심하다"[10]라고 했다. 이는 루쉰의 "대중정치를 평계되면 압제는 폭군보다 훨씬 극렬하다"라는 설과 지극히 가까운 표현이지만, 사고의 각도와 목적에서 커다란 차이가 있다. 루쉰의 사상은 서방 현대주의의 유의지론과 생명철학에서 비롯되었다. 그는 "다함께 옳다고 하는 것이 옳고 홀로 옳다고 하는 것은 그르다고 하면서 다수로 천하에 군림하고 독특한 사람에게 폭력을 가하는 것"[11]을 반대했다. 그런데 쑨중산 등이 관심을 가진 것은 정치제제의 계급적 기초였다.

구미 각국에서는 좋은 과실은 부자들이 다 누리고 빈민들은 반대로 나쁜 과실을 먹는다. 결국 소수인이 문명의 행복을 틀어쥐고 있기 때문에 이러한 불평등한 세계가 되었다.[12]

9 孫中山, 「三民主義與中國之前途」, 도쿄 『民報』 창간 1주년 경축 대회에서의 연설, 1906년 12월 2일.
10 孫中山, 「社會革命談」, 「孫中山選集(上卷)」, 北京 : 人民出版社, 1956, 95쪽.
11 魯迅, 『墳·文化偏至論』, 『魯迅全集』 제1권, 49쪽.
12 孫中山, 「三民主義與中國之前途」, 도쿄 『民報』 창간 1주년 경축 대회에서의 연설. 1906년 12월 2일.

쑨중산은 주로 평등을 정체 변혁의 최종목적으로 간주했다. 후기에는 러시아 10월 혁명의 영향으로 원래 가지고 있던 '대중정치'에 대한 부정에다 더욱 분명한 계급론적 색채를 더하게 되었다. "근세 각국의 이른바 민권제도는 왕왕 자산계급이 독점하여 평민을 억압하는 도구가 되었다. 국민당의 민권주의는 일반평민이 공유하는 것이지 소수인이 획득하여 사사로이 하는 것이 아니다."[13] 이처럼 쑨중산의 의회정치 반대는 루쉰의 사상 논리와 현저한 차이가 있다. 천두슈陳獨秀가 반대한 까닭은 '대중정치'가 다수의 의견을 대표하지 않기 때문이다. 그는 "법률은 강권의 호신부이고 특수세력은 민권의 원수이고 대의원은 속임수이다. 이것들은 결코 공중의 의견을 대표할 수 없"으며, "직접 행동하"고, "법률에 호소하지 않고 특수세력을 이용하지 않고 대표에게 의지하지 않아야 한다"[14]라고 했다. 그런데 루쉰이 반대한 근거는 의회정치가 "대중을 빌어 소수를 업신여긴다"는 것, 즉 개인의 의견을 발표할 수 없기 때문이다. 쑨중산, 천두슈 등이 정치학적 의미에서 출발하여 다수원칙으로 '대중정치'를 부정했다고 한다면, 루쉰은 철학적 의미에서 출발하여 소수원칙으로 '대중정치'를 부정했다는 것을 알 수 있다.

'대중정치'관에 대한 평가에서 루쉰과 장타이옌의 사상이 가장 가깝다고 할 수 있겠지만, 양자 사이에도 다른 점이 있다. 두 사람은 사제 관계이자 혁명단체의 동지이다. 정치학적 측면에서 '대중정치' 즉,

---

13 孫中山, 「中國國民黨第一次全國代表大會宣言」, 『孫中山全集』 제9권, 北京 : 中華書局, 1981, 328쪽.
14 陳獨秀, 『陳獨秀文章選編』 上, 北京 : 三聯書店, 1984, 518쪽.

공화에 대하여 대단히 일치된 의견을 보이며 폭력으로 전제정치를 무너뜨리고 공화정치를 건립할 것을 주장했다. 루쉰은 1903년에 쓴 논문 『중국지질약론』에서 지질구조가 반듯하지 않은 것을 예로 들며 "인류의 역사를 말하는 자는 전제, 입헌, 공화가 정치체제 진화의 통례라고 주장"하지만, "전제가 바야흐로 엄혹해지면 피 묻은 칼날이 돌연 공화를 위해 달려가는 것을 어찌 역사에서 찾아볼 수 없겠는가"[15] 라고 했다. 신해혁명이 발발하자 루쉰은 구체적인 활동에 참가했을 뿐만 아니라, 이론적으로 정치적 권리의 평등이라는 각도에서 혁명을 긍정하고 "공화정치는 모든 사람이 책임을 지고 모두가 주인이 되며 노예와 구분된다"[16]라는 결론을 내렸다.

장타이옌은 같은 해 유명한 문장 「'캉유웨이의 혁명서를 논하다'를 반박하며」를 발표했다. 여기에서 '유혈', '살인'을 들어 혁명과 공화를 반대하는 캉유웨이의 관점을 겨냥하여 '혈전'을 통해서만이 민중은 바야흐로 '자유 의정議政의 권리'를 획득할 수 있다고 했다. 민족주의 혁명가이자 전통학자인 그가 관심을 가진 것은 중국의 민족과 윤리 문제였다. 따라서 그는 '국민은 모두가 평등하다'는 윤리적 각도에서 서방의 의회정치를 비판했다. "피선된 자는 필히 고귀하고 관직에 있는 부류이고…… 토호들의 뜻을 이루기 위해 뇌물이 횡행하"고, 게다가 "(의원을) 채우는 사람은 한족들은 없고, 다른 종족이 특별히 가지고 있는 권리이다. 이에 의회권리는 여전히 한인에게 있지 않다"라고 했다. 더불어 선거구역의 제한으로 "다수가 사정을 잘 모를수록 대중이

---

15   魯迅, 『集外集拾遺補編·中國地質略論』, 『魯迅全集』 제8권, 9쪽.
16   魯迅, 『集外集拾遺補編·『越鐸』出世辭』, 『魯迅全集』 제8권, 41쪽.

두루 아는 자는 토호들이고", 최종적 결과는 예전과 마찬가지로 "상품 上品에 비천한 집안 출신이 없고, 하품下品에 부귀한 집안 출신이 없다. 이름은 국회라고 하지만 사실은 간사한 관청이다". 선거과정의 "간사 하고 허위적인 행위"와 대의과정의 "앉아서 탁상공론하고 오로지 필 히 당의 의견을 진술하는 것만 기대하고 국민의 의견을 진술하는 것은 기대하지 않는다. 이에 공상工商과 여러 정사에 사리사욕을 치우치지 않는 사람이 없"고, 그 결과 의회는 "호족들이 그 다수를 차지하고 소 수는 당해내지 못하니 이기지 못한다"라고 했다. 따라서 장타이옌은 최종적으로 의회의 도덕을 부정했다. "그러므로 의원이라는 것은 국 민의 원수이지 국민의 벗이 아니"고, "공화라는 이름은 칭찬할 것이 못되고, 전제라는 이름은 기피할 것이 못된다"는 것이다. 최종적으로 그는 다시 더 나아가 도리어 '전제'를 긍정하며 "대의정체는 반드시 전제의 장점만 못하"고, "왕 한 사람이 위에서 권리를 잡는 것만 못하 다. 규모가 광대하여 가혹하게 살피지만 두루 행하지 못하므로 백성 은 오히려 죽음에서 구해질 수 있다"라고 했다.[17] 이것은 개명군주제 의 동의어이다! 우리는 드디어 여기에서 지난 몇 년간 해외와 대륙에 서 유행한 소위 '신권위주의'의 근원을 찾을 수 있다. 장타이옌의 바 람은 어쩌면 루쉰이 말한 "압제는 폭군보다 훨씬 극렬하다"의 해석으 로 볼 수도 있다. 그런데 양자 사이에는 사상의 차이가 존재한다. 장타 이옌은 다수와 평등을 원칙으로 삼는 도덕가인 반면, 루쉰은 소수와 독립을 원칙으로 삼는 사상가로서 '인간 세계의 황량함'을 파괴하기

---

17   章太炎, 「代議然否論」, 『章太炎全集』 4, 上海 : 上海人民出版社, 1985, 302쪽.

위해 '정신계의 전사'의 출현을 외쳤다.

개인전제의 권력집중 사회에서 의회정치는 다수로 소수를 억압하는 것으로써 의심할 여지없이 적극적인 효과와 의미가 있다. 이때 그것은 공평의 윤리로 표현될 수 있다. 의회정치는 사람들이 전제통치자로부터 정치적 권리를 나누어가지려는 갈망에서 싹트는데, 이것이 바로 루소가 말한 '일반의지'[18]이다. 그런데 이 통일된 의지의 구현은 반드시 조작과 규범을 통하여 한 명의 완성자, 한 명의 집권자를 만들어내 수 있다. '짐이 곧 국가'라는 공중이 승인하지 않은 전제폭군과 비교하면, '대중정치'라는 정치체제에서 만들어진 집권자는 '일반의지'의 과정을 통하여 보다 큰 권위를 갖게 된다. 이로써 볼진대, 루쉰이 말한 "압제는 폭군보다 훨씬 극렬하다"는 것은 즉, "한 명이 대중을 다스린 것은 과거의 일인데, 대중이 간혹 반란을 일으킨다. 대중이 한 명을 학대하는 것은 오늘날의 일인데, 저항을 허락하지 않는다"[19]라는 것이고, 그가 반복적으로 말한 "공화는 사람을 침묵하도록 만든다"[20]라는 것이다. 이러한 결론은 존 스튜어트 밀의 "전제는 사람을 냉소하도록 만든다"[21]라는 판단과 서로 대응되며, 루쉰 사상이 한층 더 심화되었음을 보여준다.

---

18 【역주】'일반의지(general will)'는 루소의 '사회계약론'의 핵심개념이다. 그에 따르면 국가는 국민 개개인의 자유로운 계약으로 형성되며, 그 계약에 따라 성립된 공적 인격의 의사를 '일반의지'라고 한다.

19 魯迅, 『集外集拾遺補編·破惡聲論』, 『魯迅全集』 제8권 28쪽.

20 魯迅, 『而已集·小雜感』, 『魯迅全集』 제3권, 554쪽.

21 쓰루미 유스케(鶴見祐輔)의 『思想·山水·人物』 중의 「書齋生活及其危險」에서 재인용, 『魯迅全集』 제10권, 227쪽.

3. '대중정치'의 사상적 본질 – 개성의지에 대한 말살의 합법화

자연상태에서 인간의 자유의지는 인성발전의 가장 아름다운 경지이고, 규범적 전제가 제시되는 것은 인성에 대한 속박이다. 이상적 사회형태는 최대한 인위적인 규범을 줄이고 최대한 인간의 자유의지를 드러내는 것이다. '대중정치'의 사회적 기초는 다수원칙이다. 근대 중국의 지식인이 누차 강조한 존 스튜어트 밀의 '최대 다수의 최대 행복'이라는 명언은 다수원칙의 구체적인 표현이다. 그런데 다수주의는 윤리나 이익원칙이어야 하지 사상원칙, 인학人學원칙이 되어서는 안 된다. 사상의 가치기준은 도덕이나 공리의 기준이 아니라 개인과 자유의 기준이다. 캉유웨이가 말한 바와 같이 "사람은 각각 원질原質이 구분되"고, "각각 하나의 혼을 가지고 있"고, "사람마다 각각 자주自主의 권리가 있다".[22] 캉유웨이는 서방의 '천부인권'과 인간 평등에 비추어 도덕기준과 사상기준의 차이를 이해했다. 사상의 기준이나 '인간'의 기준은 사회의 물질과 재부처럼 평균분배가 원칙이 될 수 없다. 사상의 원칙은 소수원칙이다. 사상의 새로움과 변화는 모두 소수에서 시작되는 것이다. 다수를 원칙으로 삼는다면 필히 같음을 추구하고 다름을 없애야 한다. 개인의 사상적 개성을 말살할 뿐만 아니라 전 사회의 정신을 응고시키고, 더불어 끊임없이 '당동벌이黨同伐異'의 참극을 만들어내게 된다. 그것이 '사회여론'의 형식으로 비인도적 보편화를 실현하고자 할 때, 루쉰이 말한 '무물의 진無物之陣'과 '이름이 없고 의

---

22 康有爲, 「實利公法全書」, 朱維錚 編, 『中國現代學術經典·康有爲卷』, 石家莊 : 河北敎育出版社, 1996, 28쪽.

식이 없는 살인집단'을 이루게 된다. 이러한 "사회에서 다수의 옛사람이 흐리멍덩하게 전한 도리라는 것은 그야말로 말도 안 되고, 역사와 숫자의 힘으로 뜻에 맞지 않는 사람을 죽일 수 있게 된다".[23]

'대중정치'는 사람들에게 정치참여의 권리를 부여하지만, 다수원칙을 기초로 개성의지의 말살을 합법화할 수 있다. 사회생활 측면에서 개인의 자유가 부족하고 정치적 측면의 '최빈수'의 하나로서 제한적인 평등의 권리만 가진다면, 그렇게 되면 반드시 개인주권과 개성의식을 상실하게 된다. 개인의 자유는 정치적 보장을 필요로 하지만, '대중정치'의 다수원칙은 결코 이것을 충분히 보장해주지 못한다. 자유의 보장이 없는 '대중정치'는 실질적으로 '당동벌이', '다수를 빌어 소수를 배제하'는 '다수주의' 사상과 도덕의 법률적 구현이다. 그것은 다음 두 가지 부정적인 결과를 초래할 수 있다. 하나는 '군중'의 '엘리트'에 대한 도덕적 토벌과 인신공격으로 사회사상의 동일화, 더 나아가 정체를 초래한다. 다른 하나는 '다수의 의견'이라는 명분과 절차로 독재수단을 합도덕화, 합법률화 한다. 이러한 상황에서는 어떤 폭정과 악행도 '다수의 의견'과 '인민'이라는 명분으로 행해질 수 있다.

앞에서 말했듯이 루쉰의 '대중정치'에 대한 비판은 주로 정치학적 의미에서가 아니라 인학이나 생명철학적 의미에서 이루어졌다. '대중정치'는 단순한 정치형태와 국가학설로서 루쉰의 문화비판의 시야에 들어간 것이 아니다. 루쉰의 비판은 군체群體 중심의 생명가치관에 있었다. 그의 비판의 적극적 의의는 역사적 존재에 있는 것이 아니라 역

---

23   魯迅, 『野草·這樣的戰士』, 『魯迅全集』 제2권, 219쪽.

사적 논리에 있고, 정치사에 있는 것이 아니라 사상사에 있다. 루쉰의 '대중정치'에 대한 선도적 비판에는 군체 중심을 개인 중심으로 바꾸는 반反전통의 생명가치와 자유의지가 내포되어 있으며, 근대의 기타 사상가, 혁명가들과는 다른 현대적 성격을 담지하고 있다.

군체와 개인의 관계를 어떻게 확립하는가는 근대 이래 줄곧 중국의 지식인들을 곤혹스럽게 만든 문제이다. 심지어 중국 지식인의 모든 고통과 흥분은 여기에서 근원하지 않은 것이 없다고도 말할 수 있다. 루쉰은 자신의 '입인立人' 사상을 형성하고 발전시키는 과정에서 개성 의식의 견지에 대하여 흔들린 적이 없었다(설령 '입인' 사상이 원래 민중의 도덕인격을 긍정하는 기초에서 형성되었으며 후에 계급의식에 대한 긍정이 더해졌다고 하더라도). 루쉰은 중국 근대의 특출한 사상가였다.

유신파와 혁명파의 '신민'이나 '민본'에 대한 강조에 '입인'에 대한 사고가 포함되어 있다고 하더라도 그들의 초점은 모두 근대 중국문화의 전환 가운데서 규범문화인 '법'의 변혁에 너무 가까이 가 있었다. 따라서 그들이 표현한 사상계몽의 방향은 대부분 정치변혁이나 민족 혁명의 측면에 머물러 있었다. 유신파는 중국 민중의 자질이 저급하고 공화국의 공민이 되는 자격을 갖추지 못했다고 생각했다. 따라서 군주입헌 즉, '개명전제'를 주장하고 민족혁명과 정치혁명을 분리하여 광서光緖를 위수로 하는 황권통치의 합리성을 극력 옹호했다. 그런데 혁명파는 민족혁명 없이는 정치혁명의 성공도 없다고 강조하고, 정치혁명과 민족혁명을 연계했다. 이들의 '입인'의 기점은 종족의 해방과 황권의 전복에 착안하여 '노예의 노예'를 '국민'으로 끌어올리는 것이었다.[24] 예를 들어 왕징웨이汪精衛는 "우리 국민은 국민사상이 있다. 그런데 전제의 독이 그것을 억누르기에 충분했다. 민족사상이 있었으나 군신의 의리가 그것을 소멸하기에 충분했다", "우리의 목적은 우리 민족의 국민이 민권입헌의 정체(보통 민주입헌 정체라고 하는 것)를 만들고자 하는 것이다. 따라서 정치혁명, 종족혁명이 아니면 그 목적을 이룰 수가 없다"[25]라고 했다. 이런 까닭으로 량치차오를 위수로 하는 『신민총보新民叢報』와 쑨중산을 위수로 하는 『민보』 사이에 격렬한 논쟁이 일어났다. 이 논쟁은 결국 신해혁명의 발생으로 끝이 났다. 그러나 민족 부흥과 정치 변혁에 대한 혁명파의 요구는 '배민排滿'과 '대중정치'를 최고의 이상으로 간주하게 만들었다. 그런데 유신파와 혁명파의 사회변혁 사상의 힘은 ('광복대한光復大漢'을 구호로 삼은) '복고'의식과 군체의식이며, 모두 개인의 권리에 대한 중시를 중심으로 한 것은 아니었다.

이론적으로 중국의 근대적 '계몽'과 '구망救亡'을 억지로 분리해서 본다면, 그렇다면 '계몽'은 '생존의 계몽'과 '자유의 계몽'으로 분리할 수 있다. 물론 양자 사이에 결코 구체적인 시대적 경계는 없다. 전자의 실현은 군체의 각성에 의지해야 하며, 따라서 그것은 군체의식을 강조한다. 후자의 실현은 개체의 각성에 의지해야 하며, 따라서 그것은 개체의식을 강조한다. 양자를 중서의 문화충돌이라는 환경 속에 놓으면 그들의 상이한 문화적 가치지향[26]을 발견하는 것은 어렵지 않다.

---

24 陳天華, 「猛回頭」, 『中國近代思想史參考資料簡編』, 北京 : 三聯書店, 1957, 702쪽.
25 汪精衛, 「駁『新民叢報』最近之非革命論」, 『民報』 제4호, 1906.4.
26 【역주】 '가치지향(value orientation)'은 사람이 어떤 행동을 하려고 할 때 대상, 수단 등 선택상황과 부딪히게 되는 상황에서 특정 가치를 의도적으로 추구하도록 작용하는 힘을 가리킨다.

루쉰의 서방 현대주의 철학의 수용과 '대중정치'에 대한 생명철학적 의미에서의 부정은 그 자체로 문화선택에 있어서의 현대문화 가치지향을 명확하게 보여주고 있다. 또한 혁명파와 유신파의 전통문화 가치지향도 분명하게 드러난다.

중국 근대문화의 변혁 초기 황준셴은 중국인을 '세 가지가 없는 백성'으로 "권리사상이 없고, 정치사상이 없고, 국가사상이 없다"라고 했다.[27] 또한 여기에서 시작하여 근대 중국 지식인의 국민성 개조에 대한 정치학적 이해는 윤리학과 생명철학적 이해보다 훨씬 중요했다. 정치적 권리의 요구에 있어서 '대중정치'가 군권君權에 대한 거대한 전복이라는 것은 의심할 여지없다. 그런데 여기에 내포된 개인의 권리에 대한 요구는 정치학적 의미에서의 민권의 군권에 대한 파괴에 제한되어 있다. 여기에서 민권은 '개성'이나 '인권'과 동일시 할 수 없다는 것은 지적할 필요가 있다. 민권의 원래적 의미는 일종의 정치적 요구이고, 그것의 도덕적 표준은 '다수'와 '평민'을 기준으로 한다. 즉, 밀이 말한 '최대다수의 최대행복'이라는 것이다. 그것은 정치적 권리에서의 평등과 도덕적 평가에 있어서의 군체원칙을 통하여 정치와 도덕의 완전한 결합인 '인민'으로 쉽게 전화된다. 따라서 급진적인 정치학적 의미와 보편적인 윤리학적 의미 아래에서 사상적, 도덕적 '개성'에 대한 말살을 완성한다. 사실상, 중국 근대의 문화적 전환의 세 번째 단계인 관념변혁의 단계가 도래하기 이전에는 군체 중심은 중국의 보편적 인성의 가치 기준이었다. 군체원칙에 대하여 아무리 극단적인 이

---

27 黃遵憲, 「駁革命書」, 『新民叢報』 제24기, 1903.

해를 내놓더라도 여전히 숭고하다는 도덕적 평가를 얻을 수 있었다. 이와 반대로 개체 중심의 가치관은 지금까지 이러한 명성을 얻은 적이 없고, 기껏해야 '군체와 개체의 일체' '소아와 대아의 결합'일 따름이었다.

이러한 사상적 전통과 현실적 배경 아래에서, 루쉰은 전제에서 '대중정치'의 주장에 이르기까지 모두 개인독재와 군체중심으로 관철되어 있기 때문에 '개성을 신장한다'는 사상적 요구를 실현할 수 없다고 보았다. 그는 '대중정치'의 군체중심 의식에 대한 부정을 통하여 개체중심에 대한 주장을 표현했다. 이것은 중국사상사에서 중요한 가치를 지니고 있으며, 그로 하여금 '오사' 신문화운동의 '관념변혁' 단계에서 진정한 의미에서의 선구자가 되게 했다. "개인에게 맡기고 다수를 배격한다"는 사상은 루쉰의 인격이상의 경지이며, '다수'의지 하의 '대중정치'는 "개인을 찢고 사라지"게 하는 최대의 적이 되었다. 루쉰은 "뜻은 대개 이러하다. 무릇 하나의 개인은 그의 사상과 행위는 반드시 자기를 중추로 삼고 또한 자기를 궁극으로 삼아야 한다"라고 강조했다.[28] 이러한 개성과 자아에 대한 극단적인 추구는 사상형식에서 다음과 같은 의미를 띠게 했다. 인류의 보편정신으로서 당시 실존하는 인류의 가장 합리적인 정체에 대한 비판은 궁극적으로 정치의 완전성에 대한 회의로 나아갔다.

1927년은 루쉰 사상의 전환점으로 간주되는 해이다. 이해 루쉰은 상하이 국립 지난豐南대학에서 '문예와 정치의 갈림길'에 관한 강연을

---

28   魯迅, 『墳·文化偏至論』, 『魯迅全集』 제1권, 52쪽.

했는데, 사람들은 종종 이 글을 의식적으로 회피한다. 내용의 핵심은 정치와 문예, 정치가와 예술가의 관계를 말하는 것이지만, 실질은 정치, 통치 기능과 사상, 개성의 본능 및 그것의 관계에 대한 철학적 해석이다. 루쉰은 '대중정치'를 포함하여 전제와 기타 일반적인 비현대적 정치에 대하여 부정하고 있다. 그렇게 함으로써 초기의 '대중정치'와 이후의 전제에 대한 구체적인 정치학적 의미에서의 비판을 형이상학적인 정치철학 비판으로 옮겨갔다.

우선 루쉰은 정치와 문예의 기능과 가치에 대하여 분석했다. 그는 "정치는 현상을 유지하려 하"고 문예는 "현상에 안주하지 않는"데, 이것이 바로 정치와 문예의 '영원'한 모순을 본능적으로 결정짓는다고 했다. 루쉰의 "현상에 안주하지 않는다"에 대한 이해는 분명 문예를 말한 것에 지나지 않는 것이 아니라 실제적으로는 일반적인 선진적 사상을 가리키는 것이다. 문예와 정치의 충돌은 사상과 권위, 사상과 현실의 충돌이다. 이 글은 사상의 맥락에서 초기 '대중정치'에 대한 부정과 상당히 일치하고 있고, 19세기 이후 흥기한 "현상에 안주하지 않는 문예"사상에 대한 루쉰의 긍정 역시 분명히 알 수 있다. 문예와 정치의 충돌에 대하여 루쉰은 다음과 같이 설명했다. "정치는 현상을 잡아매고 통일시키려 하고, 문예는 사회의 진화를 촉진하여 그것으로 하여금 점차 분리되게 한다. 문예는 사회를 분열시키지만, 사회는 이렇게 해서 비로소 진보하기 시작한다."[29] 사회의 발전은 사상의 동일함이 아니라 사상의 다양함에서 비롯된다. 사회의 진보는 "현상에 안

---

[29]   魯迅, 『集外集 · 文藝與政治的岐途』, 『魯迅全集』 제7권, 116쪽.

주하"는 데서가 아니라 "현상에 안주하지 않"는 데서 비롯된다. 루쉰은 일찍이 이것에 대해 잠언 식으로 개괄했다. "불만은 향상의 바퀴이며, 스스로 만족해하지 않는 인류를 싣고서 인도人道를 향하여 전진할 수 있다. 스스로 만족해하지 않는 사람이 많은 종족은 영원히 전진하고 영원히 희망이 있다. 남을 나무랄 줄만 알고 반성할 줄은 모르는 사람이 많은 종족은 재앙이로다! 재앙이로고!"[30] 루쉰은 사상의 개성화를 사회발전의 동력기제로 보고, 자신의 개성화된 사상의식을 지키는 것이 바로 역사와 사회 발전의 전체적 요구에 따르는 것이라고 했다.

이러한 인식은 초기 사상의 선도성의 관성적 영향에서 비롯되었다. 영원히 "현상에 안주하지 않는 것"은 시종일관 시대적 사상의 최전방에 있겠다는 것인데, 이것 역시 이러한 사상의 관성적 작용이다. 루쉰은 자신의 중국 사회변혁의 길에 대한 경험의 총결을 통하여 20세기 최첨단의 혁명사상을 자발적으로 수용하고 견지했다. 그는 혁명사상에 대한 깊이 있는 이해로써 당시 사회에 대하여 정치비판과 사상비판을 수행했다. 그런데 루쉰에게 있어서 정치의식은 단일한 것이었고 문화의식은 정체整體적인 것이었다. 따라서 그는 일반적인 문예와 정치 즉, 사상과 권위, 이상과 현실의 관계에서부터 시작하여 정치에 대한 형이상학적인 분석을 진행했다. 그중 가장 놀랄만한 것은 미래의 프롤레타리아정권과 작가의 관계에 대한 분석과 예측이다. 루쉰이 보기에 사상개성과 정치규범의 관계에서 양자의 모순은 영구적이고, 이 것은 이상과 현실의 모순이다. 이런 까닭으로 문예가의 비극은 장차

---

30   魯迅, 『熱風·隨感錄六十一』, 『魯迅全集』 제1권, 376쪽.

보편적이 될 것이라고 했다.

정치가는 영원히 문예가가 그들의 통일을 파괴한다고 탓한다. 편견이 이러하므로 따라서 나는 여태까지 정치가와 이야기하지 않으려고 했다.

문예가의 이전의 말에 대하여 정치혁명가는 원래 찬동했다. 혁명이 성공하면 정치가는 예전에 반대했던 사람들이 사용한 낡은 수법을 다시 사용하기 시작한다. 문예가에게도 여전히 불만을 갖게 되는 것을 피치 못하고, 또 반드시 몰아내려 하거나 혹은 그의 머리를 베어버린다. 그의 머리를 베어버리는 것은 앞에서 내가 말했듯이 그것은 정말 좋은 방법 이다. 19세기부터 지금까지 세계문예의 추세는 대체로 이러했다.[31]

루쉰은 또한 소비에트혁명 이후의 사실을 거울로 삼았다. "예세닌 과 소볼리, 그들은 모두 혁명을 구가했다. 나중에 그들은 자신이 희망 을 구가하던 현실의 비석에 부딪혀죽었다. 그때 소비에트가 성립했 다!" 그가 훗날 후펑胡風에게 보낸 편지를 연상하게 한다. 자신이 프롤 레타리아혁명 진영에서 "늘 쇠밧줄에 결박된 채로 있었고 십장은 뒤 에서 채찍으로 나를 때렸다. 내가 아무리 열심히 해도 때리는 것 같았 다"[32]라고 하는 내면의 고통스런 탄식과, 「취한 눈 속의 몽롱」에서 '황 금세계'에 대한 회의, 혁명 성공 후에는 "적어도 어쨌거나 군인이 되 어 북극권으로 가야 하"고, "번역과 저서는 모두 금지가 된다"라는 단 정은 모두 동시대인들과 당대인들로 하여금 전율을 느끼게 한다. 루

---

31   魯迅, 『集外集・文藝與政治的岐途』, 『魯迅全集』 제7권, 119・120쪽.
32   『魯迅書信集・1935年9月2日致胡風』, 『魯迅全集』 제13권, 543쪽.

쉰의 회의와 비판은 사람들이 인정한 것처럼 "오로지 나만이 프롤레타리아이다"라는 극 '좌' 경향과 종파주의에 대한 비판이다. 동시에 정치 일반의 완전무결하지 않은 성격에 대한 부정적 의식을 띠고 있으며, 철학에 있어서의 부정의 부정 법칙에 대한 이해를 드러낸다. 루쉰에게 있어서는 어떤 사물이든지 '중간물'에 불과하고 진화의 사슬 상의 한 고리이며, 이런 까닭에 완전하다거나, 궁극적 가치를 지니고 있는 것이 아니다. 프롤레타리아혁명과 문예는 정치의식의 진화의 사슬에서 최선봉에 있는 고리이다. 이런 까닭으로 루쉰은 당시 중국공산당 내의 문예계 일부 지도자들에 대하여 약간의 불만과 비관적인 예측을 하고 있었음에도 불구하고, 뒤돌아보지 않고 프롤레타리아혁명의 길을 선택했다. 왜냐하면 그는 정치에는 정치의 논리가 있고 예술에는 예술의 논리가 있고 사상에는 사상의 논리가 있다는 것을 알았기 때문이다.

프롤레타리아혁명과 문예 진영으로 귀의한 것은 사실의 '교훈'이자 루쉰 자신의 사상발전의 필연적인 선택이다. 루쉰의 정치에 대한 평가 또한 그의 일관된 개성주의사상에 부합한다. 그것은 정치학, 정치철학, 인간학에 대한 루쉰의 평가기준, 이론구상 그리고 현실적 운용의 차이를 반영한다.

4. 선도로 말미암은 전도-'대중정치' 비판의 시차와 이질성

루쉰의 '대중정치'에 대한 비판은 본질적으로 가치관념에 대한 변혁과 확립이다. 그는 진제사회에서 생활하며 형이상학적 생명철학으로써 봉건전제와 싸우는 공화정치의 이상에 대하여 도덕적, 사상적인 회의를 표명했다. 이렇게 함으로써 사상과 현실의 관계를 판정하는 데 전도가 일어났다. 사상사에서 전도는 자연스럽고 필요한 현상이자, 한 시대의 여러 사상의 모순이 발생하는 근원이라고 해야 할 것이다. 전도의 본질은 가치판단과 시대사회 사이의 대응관계의 모순과 간격이다. 그것은 일반적으로 다음 두 가지 방향으로 표현된다. 하나는 사상이 시대를 초월하는 선도성이며, 다른 하나는 사상이 시대보다 정체되는 낙후성이다. 전시대 혹은 복고의 범주로 분류되고 인정된다고 하더라도 그중에는 왕왕 복잡하고 심지어는 전도의 가치를 포함하고 있기도 하다. 루쉰 초기의 문화선택은 의심할 여지없이 대부분 선도적인 것에 속한다. 그것은 주로 사회발전에 대한 즉각적인 비판과 미래 예측의 적극적인 의미로 표현된다. 이 점은 그로 하여금 근대중국의 가장 깊이 있는 사상가로서의 자질을 갖추게 했다.

그런데 문화의 선도적 선택은 그 자체로 양날의 검이다. 한편으로는 선구적인 사상으로 사회를 인도하고 영원히 "현상에 안주하지 않"는 동력을 만들어준다. 다른 한편으로는 다음과 같은 논리로 들어갈 수도 있다. 즉, 선도적이기 때문에 전도가 일어나고, 전도되었기 때문에 정체가 따르는 것이다. 여기서의 정체는 대부분 형식적이지 내용적이지는 않다고 하더라도 그렇다.

선도와 정체는 그 자체로 풀기 어려운 사상의 수수께끼이다. 루쉰이 개성주의사상으로 '대중정치'와 정치 일반에 대해 부정한 것은 사상사에서 적극적인 의미가 있다. 그런데 사상사에서의 적극적인 의미

(문화학, 생명철학)는 결코 사회발전사(구체적인 사회제도의 변혁)에서의 적극적인 의미와 완전히 같은 것은 아니다. 역사의 합논리성은 결코 역사의 실존성과 같지 않다. 역사 자체와 논리적 구상은 일치해야 하는 것이지만, 양자의 일치는 종종 최후 시각, 즉 역사가 이미 과거가 되었거나 후인이 역사에 대하여 총결하고 반성할 때만이 발생한다. 루쉰 초기의 문화선택의 선도성 역시 대체로 역사의 논리를 중시하고 역사의 논리에 부합하는 것이었다. 하지만 반드시 모두 다 역사적 과정에 부합하는 것은 아니었다. 전도의 근원은 루쉰이 사실적 과정보다 사상적 과정을 중시했다는 데 있었다.

루쉰 초기의 문화선택에서 가장 두드러진 것은 '대중정치'에 대한 구체적 부정과 '복고' 경향에 대한 도덕적 호감이었다. 루쉰의 '대중정치'에 대한 부정이 가져올 수 있는 부정적 의미를 살펴보기로 하자. '입인'을 목적으로 하는 루쉰의 초기 문화선택은 "개인에게 맡기고 다수를 배격한다"라고 하는 사상에서 출발하여, 결국에는 중국 사회변혁의 합리적 과정인 '대중정치'에 대한 부정으로 향했다. 그리하여 다음과 같은 결과를 낳게 되었다. 일반적 인학이론의 구성에서 보면, 루쉰은 중국사상에 완전히 새로운 내용을 부여했고 중국의 민족인격에 보편적 이상의 기준을 확정했다. 그런데 구체적 사회변혁의 과정에서 보면, 루쉰의 '대중정치'에 대한 부성은 중국사회의 일반적 사상을 초월하는 동시에 중국사회의 일반적 현실을 초월했다. 그것의 가장 큰 원인은 그가 서방 19세기 사회현실을 중국사회의 발전의 전철로 간주함으로써 중서의 사회발전의 시차, 즉 세계문화에 대한 중국의 사상과 현실의 상대적 낙후성을 소홀히 했다는 것이다.

'대중정치'와 '물질'을 비판한 루쉰의 사상무기는 현대주의철학으로 물질문명이 완숙하고 공화정체가 경직화된 19세기 서방문화에서 탄생했다. 이것이 비판하는 대상은 두 종류의 '19세기 대 조류'이다. 하나는 "다수로 천하를 다스리고 독특한 자에게 난폭하게 구는 것"이고, 다른 하나는 물질문명이 "모든 존재의 근원으로 간주되"고, 더불어 "장차 그것으로써 정신계의 모든 일을 개괄하는 것이다".[33] 이런 까닭으로 루쉰은 자신의 문화선택에서 "개인에게 맡기고 다수를 배격한다", "물질을 공격하고 정신을 신장한다"라는 가치지향을 확정지었다.

쇼펜하우어, 니체 등의 서방 19세기 문명에 대한 부정은 시의적절한 비판이라고 할 수 있다. 왜냐하면 그들이 비판한 대상은 이미 보편적 사실을 구성하고 있을 뿐만 아니라 주류적 역량을 가지고 있었기 때문이다. 루쉰은 19세기 서방사회라는 이 흠집 있는 사과에서 쇼펜하우어, 니체 등 현대주의사상의 핵심만 잘라내어 동시대이지만 질적으로 다른 중국사회에 적용했다. 다시 말하자면 루쉰은 중국의 봉건주의시대에 현대주의사상을 들여왔다. 시의적절한 사상에서 시의적절하지 않은 사상이 되었고, 이에 비교적 큰 사상의 거리, 비교적 큰 시공간적 전도를 형성하게 되었던 것이다. 따라서 마찬가지로 '대중정치'에 대한 비판은 서로 다른 의미를 지니게 되었다. 솔직하게 말하자면, 루쉰의 '대중정치'에 대한 비판이 깊이 있는 사상이라는 것은 의심할 여지가 없지만 현실적 의미에서의 크고 작음, 이점과 폐단은 간단하게 판정할 수 있는 것이 아니라 생각된다.

33 　魯迅, 『墳 · 文化偏至論』, 『魯迅全集』 제1권, 49쪽.

당시 중국사회로 말하자면, 정치, 경제, 문화 할 것 없이, 물질문명, 제도규범, 관념의식 할 것 없이 모두 서방보다 낙후되어 있었다. 문화적 시대로 말하자면 서방사회가 19세기라면, 중국사회는 그 이전 세기에 속했다. 중국은 아직 중세기에서 벗어나지 못했던 것이다. 이런 상태 아래에서 서방에서는 이미 경직화된 공화정체이지만, 중국에서는 아직 실현되지 못한 정치이상으로 무수한 인인지사(仁人志士)들이 그것을 위해 피 흘리며 분투하고 있었다. 양무운동, 유신변법, 공화쟁취까지 차례대로 나아가는 사회변혁으로서의 '대중정치' 정체는 중국에서 특별히 중요한 의미와 가치가 있었다. 이것은 중국사회의 발전과정에 의해 결정된 것이었다. 비록 서방의 의회제가 결코 중국의 모든 문제를 해결할 수 없다고 하더라도 말이다.

루쉰 초기의 정신세계에는 추상적, 사변적인 색채가 구체적이고 실천적인 색채보다 농후했다고 말해야 한다. 초기 '대중정치'에 대한 도덕적 비판—"대중정치를 평계대면 억압은 폭군보다 훨씬 극렬하다"—은 한 가지 중요한 사실적 전제를 초월한 것이다. 그것은 바로 중국의 봉건전제사회의 존재이다. 기본적 인성을 말살한 유구한 역사와 봉건전제 정치제제가 여전히 존재하고 있었다. 그는 자신의 문화선택을 다음과 같은 기준으로 확정했다. 서방의 의회정체를 초월하고 중국 전통의 봉건전제를 초월하여 충분한 개성의 자유를 추구하고 '입인'을 추구하는 것이었다.

자유는 인류의 천성이고 자유 추구는 인류의 궁극적 이상이다. 하지만 인류의 자유는 필연적으로 구체적 사회규범의 제한을 받고 있으며, 개성과 자유에 대한 억압으로 말하자면, 전제가 '대중정치'보다

"훨씬 극렬하다"는 것은 인류사회의 보편적 사실이다. 민주정치 대의제로서 '대중정치'는 다수원칙으로 소수 '엘리트'를 말살할 수 있다고는 하지만, 다수원칙은 '짐은 곧 국가'라는 개인독재에 대한 가장 강력한 제한이며, 이것은 인류사회 수백 년 경험의 총결이자 자유를 향한 '다리'이다.

민주정치제제로서 '대중정치'는 청말 사회에 아직 형성되지 않았고 봉건전제정치 권력의 격렬한 배척을 받았다. 유가의 도덕학술을 가치체계로 삼는 중국의 전제정치는 개성과 자유의 최대장애였다. 따라서 '대중정치'의 주장 자체만으로도 봉건전제에 대한 가장 직접적인 비판이었다.

량치차오는 '개명전제론'을 주장하기에 앞서 일찍이 봉건전제정치에 대하여 가장 강력하고 가장 깊이 있는 비판을 했다. 그는 유가, 특히 순경荀卿의 '인치人治'설을 부정하는 것에서부터 시작했다. 중국은 "국가를 군주의 사유로 여기므로 군주의 법은 반드시 한 사람을 이롭게 하는 것이다. 다수로 하여금 그 권리를 장악하게 하면 곧 세워진 법은 반드시 다수에게 이롭다"라고 했다. 그는 밀의 '최대다수의 최대행복'을 기준으로 삼고 "다수의 이익이 한 사람의 이익보다 중하며, 민중의 이익이 관리의 이익보다 중하고, 다수의 이익이 소수의 이익보다 중하다"라는 정치윤리관을 제시했다. 그런데 량치차오에 따르면 "중화 수천 년 동안 나라는 법이 없는 나라가 되었고 백성은 법이 없는 백성이 되었다".[34] 그는 일본학자 코자이 세이요高材世雄의 관점을 빌어

---

34   梁啓超, 「論立法權」, 『新民叢報』 제2기, 1902.

중국은 "수천 년 피고름의 역사에서 전제정체의 태胎의 독을 입지 않는 일이 하나도 없다"라고 했다. 그는 중국 정치의 폐단을 '10가지 악업惡業'으로 개괄했다. '10가지 악업'의 발생 근원은 "전제정체에 있지 않은 것이 없다. 전제정체라는 것은 사실 수천 년 동안 집안을 무너뜨리고 나라를 망하게 한 총근원이었다".[35] 전제가 나라를 해치고 사람을 해친다는 인식은 당시 진보적 지식인의 공통된 인식이었고, 그것은 역사비판이자 현실반항이었다. 격정으로 팽배한 혁명당원들은 "전제여! 전제여! 억압의 결과이자 망국부흥의 원인이다",[36] "천하의 정체 가운데 전제보다 해로운 것은 없고 천하의 고통 중에 전제정부의 압제보다 처참한 것은 없다"[37]라고 외쳤다.

봉건전제정체가 인류에게 남긴 최대의 재난은 개성을 말살하고, 정치의 강권과 도덕의 교화를 통하여 노예성을 길러 자아를 상실하게 한 것이다. 이점에 관하여 황준센黃遵憲은 명대후기 전제정치의 악행을 예로 들어 깊이 있는 분석을 했다.

명 중엽이래로 직언하는 신하의 필사적인 간언과 당인(黨人)들의 조정에 대한 의론은 가장 왕성한 일이었다. 우리나라 초기에 이르러서도 여파는 사라지지 않았다. 그 폐단을 바로잡으려는 자를 극력 줄이고 점

---

35 '10가지 악업'은 다음과 같다. "하나는 귀족독재, 둘은 황후의 전횡, 셋은 적서의 자리다툼, 넷은 후손이 없는 때의 옹립, 다섯은 종실과 제후의 권력탈취, 여섯은 권신의 찬탈과 시해, 일곱은 군인의 발호, 여덟은 외척의 횡포, 아홉은 간신의 착취, 열은 환관의 권력 도적질이다."「論專制政體有百害於君主而無一利」,『新民叢報』 1902, 21기.

36 遁園,「論民族之自治」,『揚子江』 제3기, 1904.

37 轅孫,「露西亞虛無黨」,『江蘇』 제4기, 1904.

차 사라지게 했다. 간간이 둘, 셋 강직하고 꼿꼿한 신하가 있었으나 반드시 수 차례 고통을 가했다. 오늘 저녁에는 앞자리에 앉았으나 내일 저녁에는 하옥되고, 오늘은 처형장에 있었으나 내일은 제위에 오르는 자가 끊임없이 이어졌다. 죽일 수는 있어도 뺏을 수는 없는 기운을 힘써 억눌렀다. 그들을 묶고 내달리게 하고 채찍을 가했다. 군권(君權) 독단의 설을 주장하며 모든 사대부들을 노예로 만든 후에야 안심했다.[38]

수천 년의 경영을 통하여 중국의 봉건전제정치는 봉건도덕체계와 서로 어울려서 지극히 엄밀하고 '완미完美'한 체계가 되었다. 피통치자는 단기 혹은 일시적 전제와 폭정에 '적응하지 못하'여 항쟁을 일으키기도 하지만, 폐쇄된 문화환경에서 장기적 전제는 민중으로 하여금 적응하게 하고 그 결과 노예근성이 길러졌다. 따라서 일시적 전제에서는 반역자가 생겨날 수 있으나 장기적 전제에서는 반드시 노예가 만들어진다. 전제정치는 최종적으로 윤리질서, 사상, 심지어는 문화적 특성으로 변화한다. 아직 실현되지 않은 '대중정치'에 비해 전제가 개성과 자유의 최대의 적이라는 점은 의심할 여지없다.

루쉰은 정치가도 아니고 정치학자도 아니다. 사상가와 시인이라는 역할에 맞고 이를 중시했기 때문에 그는 선도적인 사상을 지니게 되었고, 정치학에 대하여 일종의 시화詩化된 철학적 이해를 하게 되었다. 청말 중국사회의 현실은 다음과 같았다. 개성 사상의 대립은 봉건전제정체이지 '대중정치'정체가 아니었다. 루쉰의 봉건전제에 대한 사

---

38   黃遵憲, 「水蒼雁紅館主人來簡」, 『新民叢報』, 제24기, 1903.

상적 비판은 반드시 봉건전제의 적인 '대중정치'에 대한 비판을 통하여 완성할 필요는 없다. 생명철학 혹은 시화된 인학의 비판의 대상을 시공을 초월하여 잘못된 대상으로 연결되었다. 어쩌면 도리어 전제에 대한 비판의 색채를 약화시킬 수도 있고, 심지어는 비판자에 대한 비판으로 말미암아 부정의 부정이라는 선도적 사유노선을 따라서 저도 모르게 '적의 적은 나의 친구'라는 괴상한 논리로 향할 수도 있었다.

인류의 사상발전사에는 왕왕 다음과 같은 현상이 존재한다. 선도와 복고가 모두 현실을 비판할 때 양자는 가치판단에서 현상적 혹은 사상적 일치를 이루게 되고, 계속해서 왼편으로 돌면 최종적으로 오른쪽으로 도는 사람과 동일한 방향에 설 수도 있다. 서방 현대주의철학을 무기로 한 루쉰의 '대중정치'에 대한 비판에는 이와 같은 혐의가 있다. 엄동설한에 난로가 필요한데, 루쉰은 봄이 오면 난로가 너무 뜨거울 것이라고 예상하고 사람들에게 부채를 건네주고 있는 것이다. 시공간의 지나친 초월은 최종적으로 직접적이고 객관적인 효과에 있어서 난로를 반대한 사람과 일치하게 된다.

루쉰 초기의 문화선택에 있어서의 선도성, 예견성은 최종적으로 기묘하게 어떤 형식에서 가장 보수적인 문화선택과 만나게 된다. '대중정치'에 대한 비판과 '복고'에 대한 숭앙이 대상의 일치를 보게 되었다는 것이다. 어쩌면 사람들에게 다음과 같은 감각을 갖게끔 만들었을 수도 있다. 루쉰의 '대중정치'에 대한 비판은 선도적 사상에서 비롯되었다고는 하지만 결국은 보수로 귀결되었을지도 모른다는 것이다. 왜냐하면 전근대 시기 즉, 루쉰이 말한 '예비 시대', 혹은 "마침 '대시대'를 향해가고 있는 시대"의 중국의 사회정치와 사상의 변혁으로 말하자면, 전제에 대한 비판은 공화에 대한 비판에 비해서, 복고에 대한 비판은 새것 추구에 대한 비판에 비해서 보다 실제적인 의미가 있고 사회와 시대의 절박한 필요에 보다 적절하기 때문이다. 적어도 루쉰 초기의 문화선택 가운데 "지금의 것을 취하고 옛것으로 돌아간다取今復古"라는 가치지향에는 문화적 가치판단의 이중성과 가치재구성에 있어서의 조화와 절충론의 색조를 띠고 있다.

5. 풍부한 깊이와 복잡함의 통일
─사상계몽과 정치구망의 정체적 설계

20세기 초의 루쉰에게 다가갈수록 나는 더할 나위 없이 복잡한 정신세계를 마주하고 있는 것처럼 느껴진다. 그런데 이것은 결코 '미궁'도 아니고 주체의 가치판단이나 가치지향이 없는 사상의 수수께끼 덩어리도 아니다. 루쉰은 위대하고 출중한 사상가이다. 우리는 거의 한 세기의 시간으로 그의 진정한 위대함을 증명할 수 있었다. 그는 '사람의 아들'이자 '전사'이다. 정치와 문화, 사상과 도덕, 역사와 오늘이 서로 엉켜있고, 심지어 충돌하기까지 하는 사상구조는 그의 사상의 더할 나위 없는 풍부성을 보여준다. 그것은 하나의 엄밀한 정체整體이다. 우리는 다양한 측면, 다양한 각도로 루쉰의 문화선택을 전면적으로 인식하고 이해해야 한다.

공시성의 측면에서 본다면, '대중정치'의 부정과 공화의 지향은 사상과 행위의 모순으로 드러난다. 그런데 통시성의 측면에서 보면, 이러한 모순은 루쉰 초기의 문화선택에서의 완전성과 연속성을 보여준다. 정신구조로 말하자면, 형이상학적 사상논리와 형이하학적 사회실천으로 나눌 수 있고, 정신역정으로 말하자면 현재사고와 미래사고로 나눌 수 있다. '대중정치'에 대한 복잡한 이해로부터 루쉰 초기의 문화선택이 정치학과 생명철학에 대한 남다른 이해를 엿볼 수 있다. 그의 '입인' 사상은 정치변혁과 사상변혁의 관계에 대한 집중적인 사고로 드러난다. 생명철학의 관점에서 그는 개성사상의 발양을 강조하고 더 나아가 '대중정치'를 부정했다. 정치철학의 관점에서는 '현재'와 '행동'의 의미를 강조했고, 따라서 '유혈공화'에서 프롤레타리아혁명에 이르기까지 모두 이러했다. 이 양자를 통어하는 것은 시종일관하는 '입인'에 대한 주장이다. '대중정치' 비판과 혁명당 참가, 정치에 대한 형이상학적 부정과 프롤레타리아 해방운동에의 투신, 이 사이에 있는 갖가지 모순, 갖가지 곤혹은 모두 '입인', '인성을 완전함에 이르게 하다致人性於全'로 해석할 수 있다. '입인'은 순수 사상적인 것에 지나지 않는 것이 아니라 오히려 구체적인 행동이다. 사상은 영원히 선도적이고자 하고 행동은 반드시 시의적절하고자 한다. '사람의 나라'의 붕괴는 전통사상의 무게와 정치의 독에서 비롯된다. 따라서 '사람의 나라'를 중건하기 위한 두 가지 대 전제는 사상의 계몽과 정치적 구원이다. 루쉰은 이 두 가지 모두에서 제일 앞줄에 서 있었다. 그는 자신의 사상과 행동으로 이 양자를 한 몸에 받아들었다. 그의 내면은 가치의 모순으로 인한 고통을 늘 견디고 있었지만 말이다. 고통은 사상의 깊이에서 비롯되었으며, 사상의 고통은 가치의 자원으로 전화될 수 있었다. 오늘날 우리는 마침내 이러한 고통에서 다음과 같은 의미를 깨달을 수 있게 되었다. 정치혁명의 승리는 결코 사상과 도덕에서의 성공과 같지 않고, '중국 신문화의 방향'은 아직까지 최종적으로 확립되지 않았고, '사람의 나라'는 아직도 상당히 요원하다는 것이다.

　루쉰 초기의 문화선택은 그의 사상 발전의 기초이고, 지난한 역정의 논리의 기점이다. 이어지는 수많은 문화적 명제의 최초의 기인은 모두 여기에서 찾을 수 있다. 그런데 세계의 존재방식에 대한 그의 인식과 마찬가지로, 그의 사상은 애초의 생각을 품고 있기도 하고 발전하기도 했다. 시간의 순서에 따라 처음부터 그의 초기 세계로 들어가면, 우리는 수많은 수수께끼 같은 장벽 앞에서 헤매게 될 것이다. 그런데 잠시 수수께끼 장벽 아래에서 문을 찾아 들어가겠다는 생각을 포기하고 그 장벽을 뛰어 올라 그의 이후의 사상의 강물을 따라 흘러내려가고, 그런 다음 다시 거꾸로 올라 처음으로 되돌아가보면 저도 모르게 환해질 것이다. 그의 정신세계의 모순성은 풍부성으로 전화되었다. 층층겹겹, 들쭉날쭉하면서도 가지런한 것이 하나의 완전하고도 유동적인 세계이다. 생명철학, 정치적 실천, 도덕의 복귀 등에서 근대 이래 중국사회와 문화 변혁의 구체적 과정, 시간의 차이, 역사적 의미를 집약적으로 보여주며, 더불어 스스로 체계화된 '인성을 완전함에 이르게 한다'라는 인학이론을 구성했다.

　루쉰 초기의 문화선택이라는 이 사상적 기점에서 그의 전체 문화가치판단과 가치재구성의 궤적을 살펴보면, 그 궤적은 시학에서 윤리학으로, 철학에서 역사학으로, 사상의 논리에서 사상의 실천으로 향하는 변화과정이다. 따라서 더 나아가 동서방의 문화충돌을 특징으로 하는 중국문화의 제3차 전환[39]에서 루쉰의 문화선택은 중서의 상호보

충에서 현대 중심의 변혁과정까지 거쳤고, 근대중국의 비교적 완전하고 과학적인 문화철학 이론을 완성했음을 보여준다.

루쉰이 세계에 남긴 가장 고귀한 문화유산은 다음과 같다. 형이상학적인 보편적 인문정신과 형이하학적인 구체적 사회변혁의 사상실천에서의 결합이다. 그는 역사를 관철했을 뿐만 아니라 논리를 제공했다. "그는 자신의 주의력을 역사에 대한 고찰과 현실에 대한 해부로 돌렸고, 자신의 필치를 현실로 향하게 하여 더욱 깊이 있고 끈질기게 냉정한 분석을 중시하"[40]여 합리성의 경지와 현실성의 존재로 역사를 구축했다. 루쉰 초기의 문화선택은 풍부하고 복잡하다. "인성을 완전함에 이르게 한다"는 주장에서 인성 구성에 있어서의 남다름을 알 수 있고, "개인에게 맡기고 다수를 배격한다", "물질을 배격하고 정신을 신장한다"는 그의 초기 문화선택의 가장 중요한 사고를 드러냈다. 그것은 다름 아닌 '입인立人'의 기본 사상 즉, '개성의 신장'을 확립하는 것이다. 여기에는 근대 중국의 가장 위대한 사상가로서의 루쉰의 기본적인 자질이 잘 드러나 있다. 이것은 시종일관 변함없이 진화론과 사상계몽이라는 사상적 궤도를 따라갔고 자신의 정신세계의 정점에

---

39 장푸구이에 따르면 중국문화는 역사의 발전에 따라 3차례의 커다란 전환과정을 거쳤다. 제1차 전환은 춘추전국에서 진한 시대에 이르는 과정에서 일어났다. 귀족화된 '천조(天朝)문화'가 정통성을 상실하고 세속화된 '호족문화'로 대체되었다. 제2차 전환은 남북조와 수당시기에 일어났다. 북방 소수민족 문화와 불교문화의 충격을 특징으로 한다. 제3차 전환은 19세기에 시작된 것으로 중국 역사상 가장 격렬하고 고통스럽고 긴 과정으로 '서학동점(西學東漸)'이 특징이다. 제3차 전환은 다시 3단계로 나누어지는데, 물질변혁, 제도변혁, 관념변혁이 그것이다. 각각 양무운동, 유신변법과 신해혁명, '오사' 신문화운동이 그 중심에 있다. 張福貴, 「思想變革－中國文化的三次轉形與魯迅文化觀的確立」 참고.
40 劉中樹, 「魯迅的文學觀」, 長春 : 吉林大學出版社, 1986, 67쪽.

높이 걸려 있었고 그의 기타 사상과 실천 활동을 통어했다.

개괄적으로 말해서 루쉰 초기의 문화선택은 결코 중국문화의 제3차 전환과정 중의 세 단계의 상이한 중심을 단순하게 취사선택한 것이 아니라, 집약적으로 점차로 세 번째 단계를 향하여 전이되었을 따름이다. 1902년의 「중국지질약론」에서 1908년의 「파악성론」에 이르기까지 그 사이에는 '물질'의 변혁에 대한 긍정에서 '법'의 변혁까지, 최종적으로 '마음'의 변혁을 확정 짓는 분명한 구상이 존재한다. 구체적인 행위의 관점에서 보아도 일련의 전환, 변화가 있었는데, 사상의 과정과 함께 움직였다. 광산학 공부와 의학 공부에서부터 마지막으로 문학으로 생을 마칠 때까지, 일련의 정치적 사건에 참여하는 것을 포기한 적이 없었다.

사상의 현실에 대한 선도성으로 인해 초래된 역사의 결여는 결국 루쉰 자신의 구체적인 사회변혁의 실천과 이러한 실천에 대한 이해로 채워졌다. 짙은 안개가 사라지고 우리가 발견하는 것은 더할 나위 없는 완전한 세계이다.

'상덕尙德'의 본질

인학 사상의 전통모델과 현대의식

⁕⁕⁕

　루쉰의 문화선택 가운데 사상의 선도성과 도덕의 회귀는 모두 중국 변혁의 과정과 궁극적 이상에 대한 그의 이해를 보여준다. '입인'에 대한 강조는 그의 문화선택으로 하여금 정신변혁을 우선으로 하는 '상덕'이라는 전통적 가치모델의 성격을 띠게끔 만들었다. 사실, 소위 문화보수파이든지, 급진파이든지, 절충파이든지 간에 중국 지식인들은 대체로 다 이러한 사상노선을 가지고 있다. 본질적으로 말하자면, 20세기 중국의 문화변혁은 중국 지식인의 정신세계 속에서 가치관념이나 도덕체계의 변혁으로 비춰졌고, 사람들은 그것을 노래하고 그것을 슬퍼했다. 특히 중국문화의 근대적 전환의 세 번째 단계에 들어서면서 사상도덕에 대한 공격이나 보위는 전대미문의 수준에 도달했다. 그런데 이전의 물질문화와 제도문화의 변혁 과정에서 관념문화의 변혁은 시대적 관심의 초점이 된 적이 없었다.

　물질문화의 변혁단계에서 열강의 무력침입은 서방의 물질문화의 발달을 잘 보여주었다. 이런 까닭으로 '물질'에 대한 관심은 시대의 중심이 되었다. 제도문화의 변혁단계에서는 권력과 폭력의 대항이 보여준 민족투쟁과 정치투쟁이 시대의 중심이 되었다. 그것은 중국문화의 변혁으로 하여금 외층의 '사물'의 변혁에서 '법'의 변혁의 층위로 들어가게 했다. 즉, '용用'의 측면에서 '체體'의 측면으로 향했던 것이다. '무술변법'에서 '신해혁명'에 이르기까지 사상문제는 여전히 뒷자리에 놓여있었고 사람들의 관심의 초점이 되지 않았다. 그런데 한 가지 반드시 중시해야할 것이 있는데, 그것은 바로 신해혁명의 사상사적 가치이다. 정치혁명과 민족혁명으로서의 가치는 의심할 여지없이 인정받았다. 뿐만 아니라 오늘날에 이르기까지 신해혁명의 '불철저' 함을 용서하지 않고 있지만(루쉰 역시 이러했다), 이로부터 완성한 제도문화의 변혁은 전통적 관념문화로 하여금 그것의 가장 중요한 보호층을 상실하게 했으며, 견고한 정치의 껍질이 무쇠주먹에 의해 부서지면서 사상의 연약한 몸을 드러냈고, 그리하여 그것에 대한 비판이 가능해졌다. 따라서 신해혁명으로 말미암아 신문화운동의 선구자들은 사상혁명을 수행하는 데 필요한 정치적, 법률적 보장을 받을 수 있게 되었다고 할 수 있다. 이리하여 역사는 근대 중국문화의 전환으로 하여금 세 번째 단계 즉, 관념문화의 변혁단계로 나아가게 했다.

　루쉰은 선도적이다. 그는 걸출한 사상능력으로 근대 중국의 문화적 전환의 세 단계를 집약했다. 루쉰은 '덕을 숭상했다'. 그는 사상적 의미에서 물질과 제도변혁이라는 두 단계를 건너뛰고, '물질의 숭상'과 '법의 숭상'을 건너뛰었다. 자신의 문화선택의 논리기점을 사상도덕의 변혁으로 확정함으로써 근대 중국의 문화적 전환에 있어서 관념문화의 변혁단계로의 진입을 앞당겼다.

　루쉰은 사상도덕혁명을 중심으로 하는 문화선택을 했고 중국의 전통문화 가치체계의 본질을 장악했다.

　유가문화는 기본적으로 윤리정치를 중심으로 하고 현대문화는 상대적으로 이익과 인간을 중심으로 한다. 유가문화는 '상덕'을 중시하고, '상덕'은 중국문화의 기본적 특징이다. 중국철학에서 우주본체론의 선천적 허약함은 도덕철학의 비범한 발달을 이끌었다. '상덕'의 가치모델은 철학에서 다음과 같은 인식으로 드러난다. 세계의 의미에 대한 추구는 세계 그 자체의 존재에 대한 관심을 넘어서고, 인간관계에 대한 인식은 인간 그 자체의 가치에 대한 인식을 넘어선다. 서방문화와 비교하여 중국문화는 도덕문화의 구성을 중시하고 지식구조는 도덕에 관한 학설일 뿐이다. 그것은 도덕을 본체화하고 자연과 진실존재의 외부에 존재하는 윤리세계를 만들어내고 오랜 기간 유전된 신화를 만들어내었다. 이렇게 함으로써 사람들로 하여금 자신과 외재세계의 진실존재의 가치와 의미에 대한 판단과 탐색을 결핍하도록 만들었다. 중국 고대사상사에서 인간의 본체론에 관한 학설은 장편의 윤리저작의 짧은 서언에 불과하다. 유가문화의 윤리 중심은 '인간'에 관한 사고가 아니라 '인간 되기'에 관한 요구이다. 이러한 가치모델 아래에서 사람들은 규범인의 사상과 도덕의 울타리를 만들고 고정된 인격모델을 만들어 신사상이라는 어린 양을 포위하고 꼼짝 못하게 만들었다. 중국 전통도덕체계 중에 불합리한 모든 것은 다 여기에서 생겨났다.

　유가의 윤리중심의 가치 기준은 군체 지상적이고, 개체의 가치를 부정하는 것이다. 따라서 중국 고대철학의 범주는 오로지 '대大'에 관한 개념이 존재할 뿐이고 '소小'에 관한 개념은 극히 드물다. '도道', '천天', '태극太極', '리理' 등은 무형의 무한대이다. 그런데 '소'는 그저 '기러기 털鴻毛', '땅강아지와 개미螻蟻', '모래沙' 등이 있을 뿐이다. '원자', '에테르' 등 서방철학과 과학에서 말하는 형이상학적, 형이하학적 '소'의 개념은 근대에 이르러서야 비로소 중국에 들어왔다. 삼강오륜의 윤리질서에서 한 인간이 사회적 가치가 있는지, 사회에서 인정받고 보호받을 수 있는지는 사상의 뛰어남이나 인격의 진실함에서 결정되는 것이 아니라 '임금은 임금답게, 신하는 신하답게, 아버지는 아버지답게, 자식은 자식답게'라고 하는 사회적 관계에 적응하느냐에 달려있다. 남자는 관리가 되고 벼슬을 함에 있어 신하로서 황제에 복종할 때만 비로소 가치가 있게 된다. 집에서 어버이를 섬김에 있어 효자로서 부친에게 복종할 때만 비로소 가치가 있게 된다. 여자는 반드시 "집에서는 아버지를 따르고, 시집가서는 남편을 따르고, 남편이 죽으면 아이를 따라"야 하며 시종 독립적 존재로서의 가치는 없다. 인간은 어떤 위치에 있게 될지 결정되어지며 위치에 따라 구체적인 도덕의 무도 결정된다. 만약 이런 관계를 떠나거나 위배되면 가치를 상실하고 '난신적자亂臣賊子'가 되고 고독자가 되어 기존의 윤리관계의 배척을 받고 사회에 의해 버림받게 된다. 따라서 '머리를 내민 서까래가 먼저 망가진다' '머린 내민 새가 총에 맞는다' '숲속에서는 바람이 불면 큰 나무가 먼저 부러진다'라는 말이 대대손손 전해지는 입신출세의 잠언이 되었던 것이다. 루쉰의 소설 「고독자」에서 웨이롄수魏連殳는 사회에 반항하고 전통에 대한 반항으로 시작하지만, 진정한 내면적 원망願望

에 부합하지는 않는다고 하더라도 결국 사회로 회귀하고 전통에 회귀하는 것으로 끝난다. 사상과 행위가 대중들과 다르기 때문에 웨이렌수는 본가 사람들에 의해 '이류異類'로 취급당하고 생활과 사상의 고독자가 된다. 루쉰 또한 이와 유사한 사상 역정을 경험했다. '오사' 신문화운동 시작부터 루쉰은 꿈에서 깨어났으나 갈 곳이 없는 고통 속에 조용히 침잠해있었다. 그는 후에 이러한 사상의 역정을 「외침·자서」에서 다시 서술했다.

> 나 스스로의 적막만은 쫓아낼 수가 없었다. 왜냐하면 이것은 나에게 너무나 고통이었기 때문이다. 나는 그래서 갖가지 방법으로 스스로의 영혼을 마취시키고 나로 하여금 국민 속으로 잠겨 들어가도록 했으며, 나로 하여금 고대로 되돌아가게 했다. 나중에도 몇 가지 더욱 적막하고 더욱 비애스런 일을 몸소 겪거나 방관했는데, 모두 내가 돌이켜보고 싶어하지 않는 것이었고 기꺼이 그것들과 나의 머리가 함께 진흙 속에서 사라지기를 원했다. 그런데 나의 마취법도 이미 효과를 거둔 듯하고 더 이상 청년시절의 강개격앙의 뜻은 없어졌다.[1]

인간의 본체적 가치에 대한 인식과 사상, 그리고 사회변혁의 의미에 대해서 말하자면, 웨이렌수도 작가 루쉰도 모두 '이류'로서의 존재가 '용중庸衆' 식의 동류보다는 존재 의미가 훨씬 크다. 그것은 유가의 '예'에는 부합하지만 정리에는 맞지 않는 도덕질서를 파괴한다. 수천

---

[1]　魯迅, 『吶喊·自序』, 『魯迅全集』 제1권, 北京 : 人民文學出版社, 2005, 440쪽.

수백 년 동안 사람들이 흥미진진하게 이야기해 온 '공융孔融의 배 양보'[2] 이야기는 아이들에게 다음과 같은 것을 알려준다. 내면의 진정한 욕망을 멈추기 위해서는 어른과 윗사람의 안색에 주의해야 하며 거짓말 하는 것을 배워야한다는 것이다. 전통적 유가도덕 체계는 허위를 만들 뿐만 아니라 허위를 필요로 한다. 그것의 도덕가치관은 모순적이고, 이러한 모순은 필연적으로 이중인격을 길러낸다. 한편으로는 '만 가지 악행의 으뜸은 음란함이다'라고 하면서 다른 한편으로는 '불효에 세 가지가 있는데, 후손이 없는 것이 제일 중하다'라고 주장한다. 동일한 행위에 대해 두 가지 완전히 다른 도덕평가가 있는 것이다. 표면적인 덕행은 유가적 선비의 존재의 근본이지만 본능의 강렬한 욕망은 억제하기 어렵다. 따라서 언행불일치, 표리부동할 수밖에 없게 된다. 즉, '입으로는 인의도덕을 말하면서 마음속으로는 남자는 도적이고 여자는 창녀이다'라고 하는 허위적이고 모순적인 행위로 엄격하나 거짓인 도덕적 요구와 억누를 수 없는 본능적 욕망을 실현하는 것이다. 루쉰은 이에 대해 아주 심각하게 생각했고, 이로 말미암아 허위에 대한 비판은 루쉰의 필생의 문화적 주제가 되었던 것이다.

20세기 초 루쉰은 다음을 지적했다. "아버지의 은혜는 앞에서 가르치고 황제의 은혜는 뒤에서 베풀었지만, 넓적다리 살을 베어내는 인물은 결국 아주 드물다. 이것은 중국의 낡은 학설, 낡은 수단이 실제로 자고이래로 결코 좋은 결과를 낸 적이 없고 나쁜 사람을 더 나쁘게 하

---

2   【역주】『세설신어전소(世說新語箋疏)』에 "공융은 4세 때 형들과 배를 먹는데, 번번이 작은 것을 먹었다. 사람들이 그 까닭을 물었다. 답하여 가로되 '어리므로 작은 것을 취하는 것이 마땅합니다'라고 대답했다"는 이야기가 나온다.

고 좋은 사람은 남과 자신에게 다 도움이 안 되는 이유 없는 많은 고통 당하게 하는 것이 아닌 것이 없음을 증명한다고 할 수 있다."[3] 「즉흥일기馬上日記」에 근거하면 1926년 7월 뜨거운 여름밤 루쉰은 모기가 무는 가운데 일본학자 야스오카 히데오安岡秀夫가 쓴 『소설로 본 지나의 민족성』이라는 책을 독파했다. 이 책을 다 읽은 루쉰은 "땀이 등을 적시는 것을 피할 수 없었다". 이것은 물론 뜨거운 날씨 때문만은 아니었다. 중국의 민족성에 대한 야스오카의 최종적 개괄은 '체면'이었다. 루쉰이 보기에 체면은 바로 허위였다. 루쉰은 허위적 국민 가운데 '상등인'에 대해 집중적으로 비판했다. "신, 종교, 전통의 권위에 대하여 그들은 '신뢰'하고 '복종'하는가, 아니면 '두려워하'고 '이용하'는가? 잘 변하고 전혀 지조가 없는 것만 보아도, 그들은 아무것도 신뢰하고 복종하지 않는다. 그저 언제나 내심과 다른 허세를 보일 뿐이다."[4]

행위의 모순은 사람의 사욕에서 비롯된다. 장기적인 허위적 도덕의 가르침 아래 유가의 일부 도덕규범은 실질적으로 인류의 '사덕私德'이 되어버렸다. 표면적으로는 유가도덕의 군체 중심은 공덕公德을 추구하는 것으로 보이지만, 군체 지상의 가치지향에서 자아는 인멸되고 군체와 동일시된다. 이것은 무개성사회의 사적 소망인 안전욕구[5]를 드러낸다. 사덕은 본질적으로 말해서 자아 형상을 중심으로 삼는 것이지 타인과 사회의 형상을 중심으로 삼는 것이 아니다. 주요 근거는 다음과 같다.

---

3   魯迅, 『墳·我們現在怎樣做父親』, 『魯迅全集』 제1권, 142쪽.
4   魯迅, 『華蓋集續編·馬上支日記』, 『魯迅全集』 제3권, 346쪽.
5   【역주】'안전욕구(safety needs)'는 안정, 생활보장, 공포로부터의 해방 등을 가리키는 말로 인간의 자아실현을 위한 기본적인 욕구 중 하나이다.

첫째, 가족관념은 인류공덕과 서로 배치된다. '아버지가 자식을 위해 숨겨주고, 자식이 아버지를 위해 숨겨준다'[6]라는 것이야말로 널리 알려진 '사덕'이다. 공자의 후손 공융孔融은 "눈비로 곡식이 끊기"자 동행을 먹어치운 관양추管陽秋 형제의 죄를 면해준 준 일이 있는데, 이것은 '사덕'이 정점에 이르도록 한 것이다. 공융은 "관양추는 조상이 물려준 육체를 사랑했다. 동행을 먹었다고 해도 혐의가 없다"고 했는데, 왜냐하면 "죽임을 당한 자는 말할 줄 아는 새나 짐승과 같을 따름이다"라고 했다.[7] 이것은 그야말로 "예라는 명분으로 사람을 먹는 것이다".

둘째, 자아도덕 형상은 사회정의와 배치된다. 유가문화의 '상덕'은 사람들로 하여금 일종의 정신요구 즉, 도덕적 자아실현감을 유난히 강하게 함으로써, 도덕실현자로 하여금 '숭고한 이기심自私'을 드러내게 한다. 자아도덕형상의 완전무결함을 위하여 덕으로 원수를 갚고 선으로 악을 대한다. 타인으로 하여금 도의라는 심리적 부담을 지게 함으로써 자신은 도의의 영웅이 되고 타인은 모두 '소인'이 된다. 뿐만 아니라 선으로 악을 대하는 것은 나쁜 사람들이 악을 저지르고 좋은 사람은 억울한 일을 당하고 결국 사회의 정의를 파괴하는 것과 같다. 여기에서 사덕은 직접적인 이기심에 지나지 않는 것이 아니라 '예', '인' 등의 윤리규범을 중간고리와 명분으로 삼아 자아형상의 숭고감을 획득하고 최종적으로 '이기적'이라는 개인의 도덕목적을 실현하는 것이다. 도덕적 자아형상 요구는 중국인들이 허명虛名을 중시하고 실제적 행위에는 힘쓰지 않도록 만들었다. 루쉰은 이를 중국인의

---

6   【역주】『論語·子路』제13에 나오는 말이다.
7   傅云,「傅子」, 嚴可均『全晉文』권49.

'체면'이라고 했다. '체면' 문제는 '중국정신의 강령綱領'이고, 중국의 유가의 도덕규범은 사람의 천성에 위배된다고 여겼다. 많은 경우 이러한 도덕규범과 도덕행위는 바깥을 향하여 남들에게 보여주는 것이며 갈수록 형식화되기 때문이다. 따라서 '체면'의 심리기제 아래에서 자아형상감, 혹은 타인형상감은 도덕의 주요내용과 목적이 되었다.

셋째, '상덕'의 본질적, 실리적 목적은 '상덕'이 요구하는 이상적 인격과 모순이 된다. 유가적 도덕은 세속화된 것이고, '상덕'의 동력은 도덕심에만 있는 것이 아니라 많은 경우 실리를 추구하는 마음에 있다. 덕행은 이익을 낳을 수 있고 이익추구가 반드시 '상덕'보다 우선한다. 예컨대 '효'는 유가문화의 윤리적 요구이지만, 심층적 본질과 결과는 이익추구이다. 아버지를 섬기고 임금을 섬기면 결국 입심양명이라는 이익을 얻을 수 있다는 것이다.

> 무릇 사람이 벼슬에 나아가기 전 집에서 어버이를 섬기는 것을 효라고 한다. 나아가 조정에서 벼슬을 하며 임금을 섬기는 것을 효라고 한다. 어버이를 섬기고, 임금을 섬길 수 있으면 곧 입신할 수 있고 그런 연후에 세상에 이름을 날릴 수 있다. 아버지를 섬기는 것에서 그것을 미루어 임금을 섬기고 어른을 섬기면 모두 충순(忠順)할 수 있다. 그렇게 되면 이름을 날릴 수 있고 관직을 보지할 수 있다. 집에서 지내면서 효도할 수 있으면 관직이 없어도 관리가 된다. 그런데 효경(孝敬)과 충순의 일은 모두 존귀한 사람과 손윗사람에게 유리하고 비천한 사람에게는 이롭지 않다. 비록 명예로 장려하고 관직으로 유혹하지만 존귀한 사람과 손윗사람에 대하여 결국은 지극히 불평등하다는 느낌을 피할 수 없다.[8]

루쉰은 "유가의 은혜는 깊고도 멀다", "한대에는 효렴孝廉을 뽑았고 당대에는 효제역전과孝悌力田科가 있었고 청 말에도 효렴방정孝廉方正이 있었는데, 모두 관직으로 바꿀 수 있는 것이다"라고 했다.[9] 효는 일종의 도덕인격 요구에서 이익 요구로 이행했다. "작은 것을 보면 큰 것을 안다. 우리는 이로써 '유가의 학술'을 이해할 수 있고 '유가의 효능'을 알 수 있다."[10] 유학 사전에는 인생人生과 '공명功名'이 동의어이다. 가족, 계급, 민족은 '사덕'이 부단히 확장한 것으로 '인류'의 시선은 거의 포함되어 있지 않다.

'상덕'의 가치모델 아래에서 모든 것은 범도덕화된다. 유가문화는 일종의 도덕학설이 되고 국가는 도덕실체가 되고 도덕지상이 정치, 경제, 법률, 철학, 종교, 습관 등 중국 전통사회의 각 측면에 삼투했다.

중국의 전통적 정치는 법제정치가 아니고 윤리정치이다. '상덕' 가치모델의 옥토는 인치人治사회이고 인치사회는 도덕에 의해 지탱된다. 인치사회는 합리적 제도규범이 결핍되어 있기 때문에 사회의 정치운용 과정에서 인성의 결핍과 위배가 나타날 때 필연적으로 본성의 도덕보다 높거나 심지어는 초월하는 것으로 보충하고 미화하게 된다. 들어가서는 효도하고 나와서는 충성하며, 효에서 시작하고 충에서 그친다. 군주정치에 대한 무조건적 복종은 유가윤리정치의 가장 큰 특징으로 군권은 부권을 확대한 것이다. 장스자오章士釗는 청년시절 '효'는

8   吳虞, 「家族制度爲專制主義之根據論」, 石峻 主編, 『中國近代思想參考資料簡編』, 北京 : 三聯書店, 1957, 1036쪽.
9   魯迅, 『墳·我們現在怎樣做父親』, 『魯迅全集』 제1권, 142쪽.
10   魯迅, 『且介亭雜文·儒術』, 『魯迅全集』 제6권, 34쪽.

'군주의 큰 권력'으로써 "포악한 통치자가 세상 사람을 제도하여 노예로 들어가게 하는 귀중한 뗏목寶筏"이라고 했다.[11] 등급의 존비를 중시하는 '삼강오상'과 '설례존군說禮尊君의 핵심'에는 "모두 군주전제의 악취를 머금고 있다"[12] 유가의 봉건예교도덕과 전통적 봉건전제정치는 표리의 관계이자 상보상생의 관계이다. "운명을 거스르고 군주를 이롭게 하는 것을 충이라고 한다."[13] 인간의 생명본능과 개체의식을 위배하고 군주에 대한 경외의 마음을 절대적으로 유지하는 것은 일반 신민의 당연한 의무이다. 이러한 도덕적 신념은 인간의 정상적인 판단능력에 영향을 끼쳤고 사상에 차꼬를 채우고 봉건전제의 절대적 권력을 강화했다. 도덕에 있어서의 '맹목적인 충성'은 필연적으로 정치에 있어서의 전제를 길러내고 조장하기 때문이다. 『예기ㆍ표기表記』에서 말한 바와 같이 "군주를 섬김에 귀하게 될 수도 있고 천하게 될 수도 있고 살 수도 있고 죽을 수도 있지만, 난리를 일으키게 해서는 안 된다". 이러한 신념의 지배 아래 신하는 황제가 '내린 사약'을 받으면서도 '황제의 은혜에 감사'하며 만세삼창을 하는 기이한 현상이 끊임없이 나타났다. 인류사회에서 보기 드문 이러한 처벌방식은 전형적으로 '예의 이치로 사람을 죽이는 것'이고, 사람으로 하여금 자신의 도덕신념에 기대어 생존욕망을 이겨내고 자신의 생명을 훼손시키도록 했다. 중국정치사에서 이러한 충군관념은 중요한 위치를 차지했다.[14]

---

11 「箴奴隷」, 張枬ㆍ王忍之 編, 『辛亥革命前十年間時論選集』 제1권 하책, 北京 : 三聯書店, 1963, 706쪽.

12 陳獨秀, 「舊思想與國體問題」, 『新青年』 제3권 제3호, 1917.5.1.

13 楊倞 注, 耿之 標校, 『荀子ㆍ臣道』, 上海 : 上海古籍出版社, 1996.

14 張福貴ㆍ劉三富, 「儒家道德體系與時代文化精神的價値錯位」, 郝長海 外編, 『沈思集』,

윤리정치는 비현대적 정치이며, 현대정치는 민주법제 정치이어야 한다. 윤리정치의 실행규칙은 등급제와 덕행론으로 유가의 종법관념은 정치에 있어서 반드시 등급제로 표현되었다. "귀천을 등급 짓고 존비를 밝히는"[15] 윤리질서로 말미암아 필연적으로 '예는 아래로 백성들에게 닿지 않고 형벌은 위로 사대부에게 닿지 않'는 정치제도가 출현했다. 등급제의 본질은 인간의 불평등이다. 백성으로서, 특히 가장 약한 자는 의무만 있을 뿐 권리는 없다. 서민사회의 최대의 정치적 이상은 '부모 같은 관리'가 '백성을 위해 주인이 되'고 '백성을 자식 같이 사랑하'는 것이고 그러한 통치 아래 평안하게 부역을 하고 곡식을 바치고 세금을 내는 것이다. 따라서 루쉰은 중국인은 "여태까지 '사람'의 자격을 얻은 적이 없었다"라고 했다. "만일 어떤 폭력이 '사람으로 하여금 사람이 못 되게 하'고 사람이 못 되게 할 뿐만 아니라 소, 말에도 못 미치게 하고 아무것도 아니게 만든다면, 소, 말을 흠모하여 '난리 통에 사람은 태평시절 개만도 못하다'는 사람들의 탄식이 나올 때, 그런 다음 사람에게 소, 말의 가격과 대략 비슷하게 쳐준다. 예컨대 원나라 법률에는 다른 사람의 노예를 때려죽이면 소 한 필을 배상해주었다. 이렇게 하면 사람들은 기뻐하고 복종하며 태평성세를 노래했다. 왜인가? 왜냐하면 그는 사람 취급은 못 받았지만 필경 소, 말과는 동등해졌기 때문이다."[16] 등급은 사회의 계층, 계급의 구체적 존재형식이며 보편적 관념의 존재형식이다.

長春：吉林人民出版社, 1996.

15 戴德, 『大戴禮記·盛論』(영인본), 北京：北京圖書館出版社, 2004.

16 魯迅, 『墳·燈下漫筆』, 『魯迅全集』 제1권, 北京：北京人民出版社, 2005, 223쪽.

소설 「쿵이지」는 이제까지 봉건과거제와 지식인의 약점에 대한 비판으로 평가되었으나, 사실 루쉰이 진짜로 가리킨 바는 봉건등급제와 우매한 용중에 대한 비판이다. 그렇지 않다면 쿵이지에 대해 표현하고 있는 작가의 마음 깊은 곳의 인도주의적 동정을 해석할 수가 없다. 소설이 선택한 아이의 시점은 다음과 같은 의미가 있다. 등급제 관념이 세상 경험이 거의 없는 아이들을 포함하여 전체 사회에 삼투했다는 것이다. "쿵이지는 서서 술을 마시고 창산長衫을 입은 유일한 사람이다"는 말은 중국의 전통사회에서는 지식, 도덕 할 것 없이 모두 반드시 권력의 고리를 통과해야지만 자신의 가치를 실현할 수 있다는 것을 보여준다. 다 같은 독서인이라고 해도 딩丁거인에 대하여 사회는 보편적으로 경외심을 표하고 있을 뿐만 아니라 그의 집의 물건도 훔쳐서는 안 된다고 생각한다. 권력계층에 진입하지 못한 독서인은 권력계층에 진입한 독서인에 의해 다리가 분질러져도 당연한 일이 된다. 그가 '나'에게 '후이囘'라는 글자를 설명해 줄 때 "나는 거지와 마찬가지인 사람이 나를 시험할 자격이 있는가,라는 생각을 하고 얼굴을 돌리고 더는 아는 척하지 않았다". 다시 말하면 정치권력구조의 가운데로 진입하지 못하면 덕행은 공리적 가치로 전환되지 않고 사람도 일반적인 사회적 지위를 상실하게 된다는 것이다. 만약 쿵이지가 여전히 유가도덕의 형이상학적 믿음을 굳건히 지키고 있었다면, 그저 '독선기신獨善其身' 즉, 자신의 도덕수양에 의지하여 의미세계의 규범을 실현할 수밖에 없었을 것이다. 하지만 이것은 정신적 부담을 가중시키고 도덕과 처지의 대비에 따른 고통이 수반될 수밖에 없고, 심지어는 지옥 속의 '좋은 귀신'이나 될 수 있을 따름이다. 그의 의미세계가 또 다른 진실의 외부세계를 마주할 때 '독선기신'의 도덕신화는 조용히 부서지고 그것의 본질적 비현실성을 드러내고 "마귀가 와서 문을 두드리게 될 것이다".

윤리정치의 심리적 기초는 도덕의 자기완성이다. 유가도덕은 특히 정치가의 덕행을 강조한다. 그것은 '내성외왕內聖外王'이라는 이상적 모델로 요堯, 순舜, 우禹, 문왕文王, 주공周公 등의 '인격신'을 만들어냈다. 그런데 루쉰은 「중국의 왕도에 관하여」에서 "중국에서는 사실 근본적으로 왕도가 있었던 적이 없"고, "인민들이 노래한 것은 패도의 경감이나 혹은 더 가중되지 않기를 바랐기 때문이"고, "장구한 역사 속의 사실이 증명한 바에 따르면, 예전에 진짜 왕도라는 것이 있었다고 말한다면 망언이고 지금 아직도 있다고 말하는 것은 신약이다"라고 했다.[17] 도덕은 전통사회의 정치생활 속에서 허식화·형식화되었다. 중국에서 정치가는 반드시 영웅과 군자의 통일이어야 했고 권력은 반드시 권위와 결합해야 했다. 성공한 사람이라면 자신의 능력으로 천하를 바꾸려고 했을 뿐만 아니라 덕행으로 천하를 정복하고자 했다. 군주가 밝고 신하가 어질면 천하에 도가 있게 되고 혼탁한 군주와 간교한 신하가 있으면 천하에 도가 없어진다. 개인의 품행은 절대적으로 중요했으며 도덕은 결정적인 판단기준이 되었다. 윤리정치의 가장 분명한 실행궤적은 비논리적이고 비합리적이었으며, 그것의 정치적 국면의 미래방향을 예측할 수가 없었다. 왜냐하면 통치자로서 그 개인의 변수가 너무 컸기 때문이다. 윤리정치는 사람들에게 '개명군주'의

17　魯迅,『且介亭雜文·關於中國的兩三件事』,『魯迅全集』 제6권, 10쪽.

은택을 가져다줄 수 있지만, 혼탁한 군주의 무도無道함이나 '황제는 현명하나 간신이 권력을 잡'는 혼란하고 어두운 국면이 만들어질 가능성이 훨씬 더 많다. 법리적 규범이 없고 군왕의 권력을 제한할 수 없으면 개인의 덕행이 유일하고도 최종적 정치적 희망이 된다. 덕을 숭상한다는 해명은 정치적 파동을 심화시켰을 뿐만 아니라 추악함과 권력의 욕망을 은폐했다. 통치자는 언제라도 봉건정치에 맞는 합법적이고 합리적인 해명을 만들어낼 수 있었다.

유가문화는 '상덕'으로 정신적 시스템의 윤리질서를 만들어냈고, 이 윤리질서는 현실적 정치질서 윤리정체政體로 전화하여 윤리를 정치화하고 정치를 윤리화했다. 서방 중세사회의 정치는 비이성적이었고, 그 비이성은 종교의 일반화 즉, 정교합일에서 비롯되었다. 중국 전통사회의 정치적 불합리성은 정치와 도덕의 지나친 통일에서 비롯되었다. 현실정치의 운용에서 유가가 구성한 가치이성세계는 반드시 정치권력이라는 구체적 고리에 의지해야만 실현되고 설명되었다.

유가문화의 윤리중심관념의 사회화와 구체화의 극단적 형태는 봉건도덕의 법률화이다.

도덕관념은 일종의 행위준칙으로 개성과 공공성을 모두 포함하고 있다. 도덕이 법률형식으로 변화하면 도덕준칙의 국가화이고 도덕의 공공성이 한 걸음 더 강화되는 것이다. 도덕행위는 이것에 상응하는 '도덕심'에서 기원한다. 인간은 이 마음과 함께 일종의 도덕환경을 형성하고, 도덕의 자율은 본래 강박적인 구속력을 지니는 것은 아니지만 법률화되고 나면 전 사회에 대한 강제적인 구속력을 갖게 된다. 루쉰은 「나의 절열관」에서 "도덕 이것은 반드시 보편적이어야 한다. 사람마다 행해야 하고 사람마다 행할 수 있고 또 자타 양쪽 모두에게 이익이 있어야 비로소 존재의 가치가 있게 된다"[18]라고 했다. '도덕심'이 없고 또 사회여론을 두려워하지 않는 자에 대해서는 도덕규범은 효력을 상실하게 된다. 어떤 도덕체계가 통치지위를 획득하고자 한다면 그것을 법률화하는 것보다 더 효과적인 방식은 없다. 유가도덕이 관방법률로 확정되면 그것은 강제적 성질을 갖게 된다. 삼강오상의 윤리질서를 위배하는 자는 모두 유죄로 판결되며 구체적 징벌을 받게 된다.

유가의 도덕경전 『효경·개종명의開宗明義』에는 "신체 터럭 피부는 부모에게서 받은 것으로 감히 훼손할 수 없다는 것이 효의 시작이다. 몸을 세워 도를 행하고 후세에 이름을 남겨 부모를 드러나게 하는 것이 효의 끝이다. 대저 효는 부모를 섬기는 것에서 시작하고 다음에는 군주를 섬기고 몸을 세우는 것에서 끝난다"라고 했다. '효'는 행위규범의 기점이고 확장하면 '충'이 된다. 따라서 효는 개인도덕에서 정치품격으로 상승했으며 더욱 높고 더욱 절박한 요구를 갖게 되었고 이에 따라 법률화도 필연이 되었다. 『효경·오형五刑』에는 "오형에는 삼천 가지 죄가 속해있지만 불효만큼 큰 것은 없다"라고 했다. 효도가 중국에서 법률화된 역사는 아주 오래되었다. 하夏대에 이미 법률체계에 들어갔다고도 한다. 공자는 서주의 예법전통을 추숭하여 효의 핵심적 지위를 강조했다. 『논어·학이學而』에는 "군자는 근본에 힘쓰고, 근본이 서면 도가 생긴다. 효제孝悌라는 것, 그것은 인仁의 근본이다"라고 했다. 북제北齊시대에는 '중죄십조重罪十條'가 있었는데, 제5조가 '악역惡

18   魯迅, 『墳·我的節烈觀』, 『魯迅全集』 제1권, 124쪽.

逆'이고 제8조가 '불효'였다. 隋의 「개황률開皇律」은 북제의 법률을 계승했다. '중죄십조'를 '십악十惡'으로 바꾸었을 따름이다. 그중의 '악역'과 '불효'는 모두 자녀가 부모나 어른을 대하는 행위에 맞춘 계율로 이른바 '십악불사十惡不赦(열 가지 악행은 용서하지 않는다)'는 바로 여기에서 비롯되었다. 이후 '불효'는 줄곧 봉건법전에서 용서할 수 없는 첫 번째 죄명이었다. 당대의 「정관률貞觀律」은 「개황률」과 「무덕률武德律」의 기초 위에 '오형'과 '십악'의 법률을 확정했고, 그후 「당률소의唐律疏議」는 '악역'과 '불효'에 대해 구체적으로 규정했다. '악역'은 조부모, 부모 등 직계 어른을 구타하거나 살해하는 것이고 '불효'는 '부모를 잘 모시'지 않는 것뿐만 아니라 '위배하는 것도 있었'고, 더 나아가 '조부모, 부모의 상을 듣고도 숨기고 곡으로 애도를 표하지 않는 것'도 '불효'라는 죄명에 포함되었다. 「청률淸律」에 규정된 '십악' 가운데 '대불경大不敬'[19]과 '불효'는 각각 1, 2위에 해당한다. 「청률」에는 부모상이나 남편상 중에 시집, 장가가는 자는 곧장 100대라는 규정도 있다. 명부命婦[20]가 남편이 죽고 재가를 하는 경우도 죄는 이와 같았다. '충'은 본래 '효'보다 정치적 함의가 더욱 강한 행위이므로 법률화는 당연하다. 그런데 '효도'의 법률화는 인간에 대해 더욱 광범위하고 더욱 세분화된 구속성을 갖는 것이다.

역대통치자의 세분화와 강화를 거치면서 '충', '효'는 더 이상 도덕적 감화와 이익의 유혹이 아니라 법률적 위협이 되어 '불충', '불효' 행위는 '십악불사'의 죄로 간주되었다. 도덕의 검은 법률의 마수를 거쳐

---

19 【역주】 '대불경'은 황제의 인신, 권력, 존엄을 침해한 죄를 가리키는 말이다.
20 【역주】 천자로부터 봉호(封號)를 받은 부인을 이르는 말이다.

더욱 예리해지고 반역자의 숨통을 끊었다. 민간사회에서 대대로 전송된 '포청천包青天' 신화에서 포증包拯이 강권에 저항하고 '왕자의 범법은 서민과 죄가 같다'라는 법리를 받들어 정의의 작두를 들어 올릴 때 사람들은 환호와 찬미 속에서 포대인의 세 작두의 형상과 용도의 차이가 보여주는 윤리적 의미를 소홀히 했다는 것을 지적할 필요가 있다. 다시 말해 평등의 법률을 행사한다고 하면서 여전히 불평등한 수단을 사용했다는 것이다. 황실의 친족과 외척에게는 용머리작두, 왕공대신에게는 호랑이머리작두를 사용하고 평민백성에게는 개머리작두를 사용했다. 윤리적 질서는 나면서부터 죽을 때까지 동반하는 것이다.

도덕체계의 건립은 강력한 정치적 보호가 있어야 할 뿐만 아니라 학리적, 논리적 지지가 있어야 한다. 전통적 도덕은 사람들을 길들이기 위해서 우선 설득을 해야 했다. 철학화는 유가문화의 윤리중심가치관의 시스템화로서 사람들을 설득하는 이론체계가 되고, 아雅문화 측면에서 유가사상이 표현된 것이다.

원시유가는 세속화된 도덕학설이다. 그것은 형이상학적 의미세계를 구축하는 철학범주가 결핍되어 있으나 벌써부터 윤리를 철학화하는 경향을 드러내고 있었다. 유가윤리의 철학화의 두드러진 특징은 '천인합일天人合一'론과 예교의 이학理學화이다. 인간의 '예'는 "하늘에 뿌리를 두고 땅에서 뒤섞이"며, "그것을 잃은 자는 죽고 그것을 얻는 자는 산다".[21] 한漢의 유가 동중서董仲舒는 "인간은 자연질서의 복사이다", "행함에 윤리가 있는 것은 천지를 복사하는 것이다"[22], "왕도의 삼

21 『禮記·禮運篇』, 上海 : 上海古籍出版社, 1987.
22 董仲舒, 『春秋繁露·人副天數』, 上海 : 上海古籍出版社, 1989.

강은 하늘에서 구할 수 있다"[23]라고 하며 '천인합일'의 우주관을 체계적으로 제시했다. 정주程朱이학에 이르러 유학은 마침내 본체론 측면에서 윤리의 철학화 과정을 완성했다. 원시유가시대의 윤리인 '예'를 선험적으로 존재하는 '천리天理'로 상승시켰다. "이 일이 있기 전에 먼저 이 이치가 생겼다. 군신이 있기 전에 먼저 군신의 리理가 있었고 부자가 있기 전에 먼저 부자의 리가 있었다."[24] 따라서 "인욕人欲을 버리고 천리를 보존"해야 한다. 이 우주관은 중국 고대사회에서 인생관의 근본으로 간주되었고 현대사회에서도 인간과 자연의 화해의 학설로서 현대적인 의미로 적극적으로 해석되고 있다. 그런데 본질적으로 말해서 그것이 반영하는 것은 자연관이 아니라 하늘을 거슬러 행동하는 윤리관이다. 만약 유가가 천리를 자연으로 해석했다면 "천리를 보존하고 인욕을 멸한다"는 논리는 생겨나서도 안 되고 생겨날 수도 없다. 왜냐하면 '인욕' 또한 '천리'이기 때문이다. 루쉰은 인성이나 도덕은 모두 천성, 즉 자연적 욕망의 표현이어야 한다고 여겼다. 그는 「우리는 지금 어떻게 아버지 노릇을 하는가」에서 부모와 자식의 자연적 관계로 후천적인 유가의 장자중심 도덕관을 부정했다. "부모가 자식을 낳으면 동시에 천성적인 사랑이 생겨난다. 이 사랑은 아주 깊고 넓고, 아주 오래되어 바로 분리되지 않는다." 사랑의 힘 외에 '은혜와 위엄, 명분, 천경天經과 지의地義' 등은 결코 진정으로 그들을 '연결'할 수 없다. 루쉰은 생명진화론에서 출발하여 유가의 효도에 대해 근본적으로 부정했다. "넘어서려면 변화해야 한다. 따라서 자손은 조상의 일을

---

23   董仲舒, 『春秋繁露・基義』, 上海 : 上海古籍出版社, 1989.
24   黎靖德, 『朱子語類』 권95, 北京 : 中華書局, 1986.

마땅히 변화시켜야 한다. '3년 동안 부모의 도를 바꾸지 않으면 효라고 할 수 있다'는 말은 당연히 왜곡된 설이고 퇴행의 병근이다"[25]라고 했다. 따라서 그는 인류로서 후세대는 어른을, 장래는 현재를 언제나 초월한다고 생각했다. 곽거경郭居敬의 『이십사효二十四孝』에 나오는 '곽거郭巨가 아이를 묻다'[26]라는 식의 장자중심 윤리관은 본질적으로 약자에 대한 살해이다. "중국사회는 '도덕이 좋다'고 말하지만 실제로는 서로 사랑하고 서로 돕는 마음이 너무 결핍되어 있다. 곧 '효', '열' 같은 도덕도 모두 옆 사람은 아무런 책임을 지지 않고 하나 같이 어린아이, 약자를 손보는 방법이다."[27]

도덕은 인간의 본성에서 시작된다. 유가문화가 주장하는 '천인합일'설은 결코 자연을 중심으로 인간의 윤리가치관을 확립한 것이 아니라 인위적인 자연으로 도덕법칙을 확립한 것으로 자연으로 하여금 '예'와 '리'의 실증이 되게 했다. '천일합일' 중의 '천'은 결코 자연 본체가 아니다. 그것은 유가도덕의 비유체이다. 자연은 인간의 윤리관념의 외부에 존재하는 것이 아니라 인간의 윤리관념이 그것의 성질을 규정하는 것이다. 자연의 하늘은 인성의 하늘이 되었고 유가의 우주관은 마침내 인성론이 되었다. 윤리는 형이상학적 '리'로 상승하여 인간 본체와 자연 위에 높이 거하고, 만사와 만물은 무궁한 윤리의 그물에 휩싸이게 되었다. 의심할 여지없이 이것은 유가가 직조한 윤리의

---

25 魯迅, 『墳·我們現在怎樣做父親』, 『魯迅全集』 제1권, 140쪽.
26 곽거는 진(晉)나라 사람으로 부친 사후에 모친을 봉양하다 아이가 태어나자 모친에게 소홀히 할까 두려워 아이를 묻기로 했는데, 땅을 파자 황금이 나와 모친과 아이를 모두 잘 부양할 수 있게 되었다는 이야기이다.
27 魯迅, 『墳·我們現在怎樣做父親』, 『魯迅全集』 제1권, 142쪽.

그물이다. "자연계의 안배를 알지 못하고 건건이 이 요구와 반대로, 우리는 고대로부터 하늘을 거슬러 일을 행했다. 따라서 인간의 능력은 대단히 위축되고 사회의 진보도 이에 따라 멈추었다."[28] 이러한 도덕세계에서 하늘은 사람과 더불어 봉건예교의 노예가 되고 예교는 차가운 빛을 발하며 황제의 관冕에 새겨졌다. 유가문화는 자연의 윤리화 과정을 거쳐 전통적 도덕과 왕권으로 하여금 신성감과 영구성을 획득하게 했다.

유가문화의 윤리중심이 경제적 영역에서 전형적으로 표현되는 형식은 다음과 같다. 바로 '의를 중시하고 이익을 가벼이 여긴다'는 가치관과 '근본을 중시하고 말단을 누른다'는 경제경책이다.

윤리중심의 유가문화정신은 인간의 '심성', 품덕을 강조하고 점차적으로 인간의 정신생활을 기초로 한 완전한 '의리를 중시하고 이익을 가벼이 여기는' 도덕평가체계를 만들었다. 이러한 평가체계는 줄곧 중국인이 자랑하는 주도적 인생관으로 민족의 미덕으로서 세계에 표방하고 있다. '극기복례'를 목적으로 삼는 원시유가는 필연적으로 자신의 본능적 욕망을 억제하고 대의大義를 이루기를 강조하고 의義를 중시하고 이利를 가벼이 여길 것을 주장했다. 공자는 의리와 이익의 분별義利之辯로 군자와 소인을 분별했다. "군자는 의를 밝히고 소인은 이를 밝힌다." '군자'는 반드시 욕망도 없고 나도 없이 '안빈낙도安貧樂道' 해야 한다. 왜냐하면 "군자는 본디 곤궁하"기 때문이다. 이런 까닭으로 공자는 평생 "이익에 대해 거의 말하지 않았"고 "이익에 따라 행동

28   魯迅,『墳·我們現在怎樣做父親』,『魯迅全集』제1권, 137쪽.

하"는 결과는 필연적으로 "원망이 많아진다"라고 여겼다.[29] 맹자는 양梁의 혜왕惠王에게 "하필 이익을 말씀하시는 것입니까?"라고 진언했고, "상, 하가 교대로 이익을 취하면 나라가 위태로워진다"고 했다.[30] 한의 유가 동중서에 이르러 의리와 이익의 분별은 진일보하여 인간과 비인간의 분별이 되었다. "하늘이 인성에 대하여 인과 의를 행하고 수치를 부끄러워하게 했다. 새나 짐승처럼 그렇게 구차하게 삶을 도모하고 구차하게 자신을 이롭게 하지 않는다"[31]라고 했다. 이익의 중시는 예와 의를 실현하는 장애가 되고 재앙의 근원이 된다. 이욕과 물욕의 배척은 줄곧 유가의 윤리중심의 영향을 받은 중국 지식인의 전통가치관이었다. '의리를 중시하고 이익을 가벼이 여기'는 가치관의 경제적 기초는 사회의 물질적 재부가 부족한 소농경제였고, 그것의 사회적 심리의 기초는 '빈부를 고르게 한다均貧富'는 이상이었다.

유가윤리는 농업경제의 안정적, 반복적, 화해롭고, 고요한 사회적 특징을 체현했으며, 이러한 사회적 특징은 봉건정체의 요구에 가장 적합했다. 따라서 중국인의 생존요구의 기초에서 역대통치자들은 '중농억상重農抑商(농업을 중시하고 상업을 억압한다)'의 경제정책을 시행했다. 농업을 근본으로 삼고 상업을 말단으로 삼는 것은 유가의 '의리를 중시하고 이익을 가벼이 여기'는 도덕관이 경제행위로 전화된 형태이다.

도덕의 관습화는 유가의 윤리중심 가치관이 속俗문화의 측면에서

---

29   각각 『論語』의 「里仁」, 「衛靈公」, 「子罕」, 「里仁」편에 나온다. 上海 : 上海古籍出版社, 1991.
30   『孟子·梁惠王章句上』, 上海 : 上海古籍出版社, 1991.
31   董仲舒, 『春秋繁露·竹林』, 上海 : 上海古籍出版社, 1989.

표현된 것이다.

관습은 한 민족의 역사형성과 고유한 규정이 이어져서 습관이 된 풍속으로 역사문화의 축적이자 속문화적 특징을 지니고 있다. 유가문화는 농업사회의 가치체계로서 광범위하고 장구한 영향력을 가지고 있다. 그것은 사범교육, 관방의 의지와 국민의 자질 등의 작용을 통하여 하층사회와 개인의 내면으로 침투하여 점차적으로 사회관습과 민족심리로 변화했다. 법률 등의 물화된 규범에 비해 훨씬 보편적이고 훨씬 깊이 들어가고 훨씬 오래된 습관의 힘이 되었다. '충효절의' 등의 윤리범주는 점차적으로 예속禮俗의식이나 민간규범으로 변화했다.

1903년 『대륙大陸』 잡지에 실린 글에 따르면 청말 중국에 들어온 서양인은 "부모가 죽자 펄쩍 뛰며 아이 장난처럼 가짜 울음을 울"고, "또 곡을 잘 하는 사람을 고용하여 종일토록 소리 지르게 하고, 그 일을 하는 사람이 노래선생과 같"은 관습에 대하여 혼란스러워했다. 뿐만 아니라 황제를 만날 때 "세 번 절하고 아홉 번 머리를 조아리고 여러 번 이름을 외치는데, 그 수고로움에 익숙한 사람들은 체조하는 것 같았다"고 했다. 필자는 "안타깝도다, 문文이 우월한 나라에서 허위적 관습이 있지 않음이 없구나. 우리 지나는 특히 문이 우월한 나라 중에서도 문이 우월한 나라이다. 전제의 나라는 허위를 원기로 삼지 않음이 없는데, 우리 지나는 특히 전제의 나라 중에서도 전제가 우월한 나라로다"라고 탄식했다.[32] 민간에서 효도는 신부의 '울보 가마'로 변화했고 남존여비는 신혼 밤의 '살기등등한 방망이'로 변화했는데, 모두 유가

---

[32]　「廣解老篇」, 『大陸』 제9기, 1903.8.

윤리가 관습화된 극단적 모습이다. 각각의 민족 구성원으로 말하자면, 유가적 사상도덕의 관습화는 어느 정도 생래적인 것이 되었으며, 생활 속에 굳어진 의식은 생로병사의 모든 생활의 마디마디를 관통하게 되었다. 뿐만 아니라 장기적으로 형성된 특정한 예의와 풍속에 관한 의식은 나날이 확대되고 있는 문화교류의 과정에서 거대한 문화적 신비감과 예술적 심미감을 갖추게 됨으로써 더욱 특별한 것으로 보이게 만들었다.

관습화와 유사한 유가도덕의 준종교화는 유가의 윤리중심 가치관이 속문화 측면에서 표현된 또 다른 모습이다.

유가는 내세를 중시하지 않고 귀신 관념이 없다. "공자는 괴이한 것, 힘으로 하는 것, 어지러운 것, 귀신에 대한 것은 말하지 않았다"고 했다. 이러한 관념은 현세의 도덕세계를 구성했다. 그런데 '리理'라는 선험적 존재와 '예'라는 법률화, 관습화된 현실적 존재로 말미암아 유가의 윤리중심 가치관은 천명이라는 권위가 부여되었다. 그것은 불가의 인과율을 융합하여 전통 중국인, 특히 중국 농민의 마음과 일상생활 속에서 점차 신학화되었다. 예컨대 황권숭배, 등급관념, 종법의식 등은 세속사회를 초월하는 신화체계를 만들어내어 중국인의 사상과 생활을 선험적으로 제약했다. 그런데 대대로 전해진 습득과 신격화 속에서 알게 모르게 유가적 도덕관념의 내세시스템이 만들어졌다. 루쉰의 소설 「복을 비는 제사祝福」에서 샹린사오祥林嫂는 '과부의 재가'에 반항하지만 강제로 재혼하게 됨으로써 전통사회가 여성에게 규정한 도덕수절을 지키지 못하게 된다. 이로 말미암아 사후 저승세계에서 염라대왕이 톱으로 육신을 반으로 갈라 두 명의 '죽은 귀신' 남편에게 나누어주게 될까 두려워한다. 그래서 여러 해 동안 피땀으로 번 돈을 사당으로 가져가 '속죄'의 문턱 값으로 바친다. "천 사람이 밟고 만 사람이 넘어가게 하"는 굴욕을 당할 자격을 얻은 이후에 그녀는 비로소 스스로 유교의 사회규범적 요구에 부합하는 '사람'이 되었다고 여긴다. 유가도덕은 '천명관'을 통하여 어리석은 사람을 만들어낸다. 왜냐하면 그것의 전제정치학은 반드시 민중의 어리석음 위에 만들어지기 때문이다. 유교는 종교가 아니며, 엄격한 교칙이나 교의도 없다. 이로 말미암아 순수종교의 전파 과정에서 있을 수 있는 한계도 없다. 순수종교에 비해 유가관념체계가 가지고 있는 뚜렷한 장점은 종교의 신성성을 지니면서도 종교의 신비성은 없는 세속화된 준종교라는 것이다. 신성성은 순수종교의 권위성을 갖게 하고 세속화는 순수종교가 가지지 못한 광범성을 갖게 했다. 따라서 유가적 도덕관념은 궁궐의 전당 위에 높이 걸려있을 뿐만 아니라 궁벽한 시골까지 산포되어 대대손손 중국인의 혈액 속에 깊이 스며들게 되었다.

역사의 과정 중에 유가도덕은 각각의 측면과 고리로부터 차츰 신성화, 세절화細節化되었고, '덕'을 으뜸으로 하는 '상덕'은 결정된 전통이 되었다. 루쉰은 이러한 역사적 사실과 사상전통을 마주하고 초기의 문화선택에서의 정치관 구성과 마찬가지로 사상과 문화변혁을 통하여 중국문화의 변화와 국민성의 개조를 추진했다. 이것은 중국 전통 사회의 '상덕' 가치관에 적합한 것이었다. 다시 말하자면, 루쉰은 중국 전통사회와 문화의 본질을 잡고 '그 사람의 방법으로 그 사람을 다스린다'라는 방식으로 봉건사상과 문화를 비판했다.

루쉰의 '상덕' 가치관은 결코 일원적이거나 불변하는 것이 아니었다. 루쉰은 종래로 단순한 사변적 철학가가 아니었다. 그는 전사이자 현대적 실천사상가이다. 그의 사고에서 중국의 현대화과정은 사회전체의 변화과정이었다. 각각의 과정에는 완전하게 서로 같지는 않은 변혁의 중심이 있고, 완전하게 서로 일치하지는 않은 변혁의 순서가 있다. 예컨대 루쉰은 형이상학적인 도덕과 사상의 변혁을 강조하는 동시에 형이하학적인 정치규범과 경제제도의 변혁에 대한 관심을 소홀히 하지 않았다. 철인이자 시인으로서 정신의 변혁을 더욱 중시했을 따름이다.

본질적으로 루쉰은 전통적 '상덕'의 가치판단의 방식으로 전통적 도덕체계 그 자체를 비판했다. 루쉰은 결코 아주 분명한 현대적 의미를 드러내지는 않았다. 우리가 그의 '상덕'의 가치판단으로 깊이 들어갈 때 비로소 완전히 새로운 사상가의 모습을 보게 될 것이다. 그는 전통문화에 대한 파괴로부터 현대문화에 대한 건설을 향해 걸어갔다. '상덕'의 형식을 이용하여 '상덕'의 내용을 바꾸었다. 루쉰은 현대인류의 도덕체계로 전통적인 비인간적 도덕체계를 대체했고, 윤리 혹은 '예'에 대한 중시에서 인간 그 자체에 대한 관심으로 방향을 바꿈으로써 사상계몽의 주제를 '상덕'의 형식 속으로 옮겨 놓았다.

'상덕'과 '입인'을 핵심으로 하는 루쉰 초기의 문화선택 사이의 관계에 대하여 다음과 같은 결론을 내릴 수 있다. 전통적인 '상덕'이라는 가치판단방식으로 반전통적 가치재구성의 내용을 확립했고, 이 가치내용은 점차적으로 분명해질 전통적 윤리도덕에 대한 전면적인 부정이었다. 사상혁명을 우선으로 하는 문화선택의 확립은 '어둠의 갑문' 속 봉건예교의 '식인'의 비밀을 간파한 것이다. 20세기 초 사상혁명이라는 루쉰의 문화선택은 조금 뒤 일어날 신해혁명의 주제에 대한 사전예고이며, 이후 그것의 견지와 발전은 신해혁명 주제의 사후보충이라고 할 수 있다. 그는 기타 신문화운동의 선구자들과 함께 사상혁명이라는 주제로 정치혁명과 민족혁명이 남긴 정신의 공백을 채워 넣었다. 루쉰과 같은 인물들이 있었기 때문에 중국근대사는 비로소 충실해졌다.

엘리트의식과 평민의식

초기 인문정신의 두 가지 사상

‘개인에게 맡기고 다수를 배격한다’라고 하는 기본명제가 루쉰의 사회정치의 변혁과 인간의 사상의식과의 관계에 기초한 사고라고 한다면, ‘물질을 배격하고 정신을 신장한다’라는 기본명제는 사회문명의 변혁과 인간의 도덕인격과의 관계에 치중한 사고이다. 이 명제에서 루쉰이 중점적으로 이야기하는 것은 중국문화의 제3차 전환 중 제2단계의 주제에 대한 그의 이해이다. 비판자와 비판대상으로 말하자면 루쉰은 여전히 제3단계의 주제를 기준으로 삼고 있지만, 내용은 앞의 명제와 다른 점이 있다. 최전방을 향하여 하나로 합치는 것이 아니라 원점을 향하여 회귀하고 있다.

1. '그들의 마음은 순백하다'

– 상고사회에 대한 도덕적 그리움

"물질을 배격하고 정신을 신장한다"라는 명제에는 루쉰 초기의 문화선택 중의 도덕인격적 경향과 서방의 생명철학, 유의지론, 그리고 중국 문화시스템 중의 '상덕' 가치모델의 영향을 보여준다.

루쉰은 20세기 문명이 19세기 문명과 '다른 취향'은 바로 "오로지 물질만을 주장하는 사람이 많고"[1] "지사와 영웅이 많은 것을 걱정하고 보통사람이 적은 것을 걱정하"[2]는 것이라고 생각하고, '내면의 빛內曜'으로 "시커먼 어둠을 파괴하고", '마음의 소리心聲'로 "허위와 거짓에서 벗어나"[3]야 한다고 했다. "개인에게 맡기고 다수를 배격한다"라는 기본명제에서 루쉰이 중시한 것은 사상개성이다. 그런데 "물질을 배격하고 정신을 신장한다"라는 기본명제에서 중시한 것은 도덕본성이다. 사상개성은 일종의 사회적 의식이다. 그것은 서방 현대주의사조를 바탕으로 하고 현대적 색채를 띤다. 그런데 도덕본성은 일종의 본능의 생명의식이다. 그것은 인류 상고사회의 소박한 인격을 이상으로 삼는 동시에 복고적 경향을 보인다.

루쉰은 이러한 사상적 기점에서 출발하여 '내면의 빛'과 '마음의 소리'에 대한 도덕적 갈망으로 중국의 '지사와 영웅'을 비판하고 마침내 '숭덕'이라는 전통적 사유의 옛길을 따라서 고유문화의 원류와 만났

---

1   魯迅, 『墳・文化偏至論』, 『魯迅全集』 제1권, 57쪽.
2   魯迅, 『集外集拾遺補編・破惡聲論』, 『魯迅全集』 제8권, 北京 : 人民文學出版社, 29쪽.
3   위의 책, 25쪽.

다. 그리하여 루쉰은 새로운 사상으로써 '복고'라는 도덕의 문을 두드려 열었다.

우리 중국을 돌이켜보건대, 예로부터 만물을 두루 숭상하는 것을 문화의 근본으로 간주했고 하늘을 경외하고 땅에 예의를 갖추었다. 이것은 법식이 되어 발육하고 자라나서 흐트러짐 없이 가지런해졌다. 하늘과 땅을 으뜸으로 하고 그 다음은 만물이 차지했다. 무릇 일체의 예지(叡智), 의리(義理)와 나라, 가족의 제도는 이것에 근거하여 시작과 기초가 되지 않은 것이 없다. 효과로 드러나는 것은 이름 붙일 수 없을 정도로 컸다. 이로써 구향(舊鄕)을 가벼이 여기지 않았으며, 이로써 계급이 생겨나지 않았다. 그것이 하나의 풀, 나무, 대나무, 돌이라고 하더라도 다 신비한 성령이 깃들어 있고, 현묘한 이치가 그 속에 있어서 다른 사물과 같지 않다고 보았다. 숭배하고 사랑하는 것이 많기로는 세상에 필적할 만한 나라가 없다. 그런데 민생이 많이 어려워지자 이 본성은 날로 옅어졌다. 무릇 오늘날에 이르러서는 다만 옛사람의 기록과 타고난 기질을 상실하지 않은 농민에게나 발견할 수 있을 뿐이다. 사대부에게서 그것을 찾는다면 참으로 어려울 것이다. ……그 다음으로 과학을 구실로 삼는 사람도 있다. 중국의 고색창연한 신룡(神龍)을 의심하는 사람들인데, 유래를 따져보면 사실 외국인이 뱉은 침을 주워 모으는 데 있다. 이들 무리는 이익과 권력을 말고는 마음속에 깊은 생각이 없다. 중국의 법식이 쇠미해지는 것을 보고는 돌 하나 꽃 하나도 업신여기고, 그리하여 흠집을 들추고 쑤셔댄다.[4]

여기에는 주목할 만한 두 가지 생각이 있다. 첫째, 서방 유의지론이 중국 고대의 범신론 내지 '천인합일'설과 맞아떨어진다는 것이고 물활론物活論에 대한 중시를 드러내고 있다. 이것은 루쉰으로 말하자면 결코 우연한 일치가 아니라 기존의 사상전통 아래서의 공명일 것이다. 여기에서 다수를 버리고 '나를 중심으로 삼고 스스로를 고양하'는 인생관에서뿐만 아니라 물활론의 우주관에서도 서방 유의지론자 쇼펜하우어의 루쉰에 대한 영향을 볼 수 있다. 쇼펜하우어는 범의지론자이다. 그는 세계의 만사, 만물에는 모두 자아의 의지가 있다고 생각했다. 산천초목도 마찬가지이나 인간의 의지가 최고 의지라고 보았다. 루쉰은 이것을 주요한 사상의 틀로 삼고 중국의 전통적 우주관에 관한 기억을 보태어 '문명의 신비한 뜻神듭'을 추구했다. 둘째, "지금을 취하여 옛으로 돌아간다取今復古"라는 구상이 드러내는 고유문명에 대한 긍정이다. 이러한 긍정은 주로 상고사회의 "소박한 백성은 그들의 마음이 순백하다"고 하는 도덕적 인격에 대한 그리움이고, 그는 향후 민족 인격의 전진적 발전을 추동하는 동력을 찾아서 '입인'이라고 하는 총체적 목적에서 도덕적인 이상적 인격의 구조를 완성하고자 했다.

복고 또한 일종의 현실에 대한 부정이다. 만약 인류의 본성으로의 회귀를 목적으로 삼는다면 복고는 또한 영원한 인류학적 가치를 가지고 있다. 루쉰이 상고사회를 도덕인격의 이상적 경계로 삼은 것은 인류의 소외현상에 대한 비판을 보여준다. 인성의 도덕에서 루쉰은 시종 '복고'—인간사회의 원점으로의 복귀—를 주장했다. 인간 본성

---

4   魯迅, 『集外集拾遺補編·破惡聲論』, 『魯迅全集』 제8권, 29~30쪽.

의 선함, 인간사회의 원점의 숭고함과 자연에 대한 승인은 사회현상
에 대한 비판으로 이것은 최종적으로 문명과 역사의 종적 발전에 대한
부정으로 나아갔다. 「문화편지론」에서 루쉰은 다음과 같이 말했다.

> 유물(唯物)의 경향은 본래 현실을 기초로 한 것이다. 사람의 마음에
> 스며든지 오래되었고 그침이 없었다…….
> 19세기 말엽에 이르러서 그 폐단이 더욱 두드러졌다. 모든 사물을 물
> 질화하지 않음이 없었고 정신(靈明)은 날로 잠식되었고 종지(宗旨)는
> 용렬해졌다. 사람들은 오로지 객관의 물질세계가 추세라고 여기고 주관
> 의 내면정신은 내버려두고 돌아보지 않았다.[5]

이러한 편견은 문명물질에 대한 인간의 단일한 이해에서 비롯되었
다. 역사의 발전과 문명의 확장은 단일한 선적 발전이 아니라 긍정적,
부정적 두 가지 선으로 구성되어 있다. 선형적 발전사관은 과학이성
을 탄생시켰고 부정적 발전은 비관적 생명철학을 낳았다. 전자는 기
존의 문명구조를 옹호하며 끊임없이 풍부하게 하는 정향正向적 건설구
상이다. 후자는 기존의 문명구조를 비판하며 끊임없이 반성하는 역향
적 건설구상이다. 문명발전의 정, 반 양극은 모두 의미가 있다. 낙관과
비관, 촉진과 반성이 그것이다. 부정적 사고는 반증주의[6]로 현실을 설
명한다. 그것의 실질은 문명의 진전에 대한 조정이고 문명의 발전은

---

5   魯迅, 『墳·文化偏至論』, 『魯迅全集』 제1권, 54쪽.
6   【역주】 반증주의(Falsificationism)는 반증된 가설이나 이론이 더 우수한 가설이나 이
    론으로 대체되어 과학이 발전한다고 보는 학설이다.

시시각각 수정과 조정이 필요하다는 것이다. 이것은 본래 일종의 자아의 완성이다. 루쉰이 비판하는 것은 문명의 현상이다. 진화론적 사상은 그로 하여금 선형적 발전의 역사관을 부정할 수 없게 했고 문명의 과정 자체를 비판하게 만들었다.

문명은 인류의 사회발달이 가장 구체적으로 외재적으로 드러난 것이다. 특히 근대 산업문명의 거대한 성취는 사람들로 하여금 문명에 대하여 물질화된 이해를 하게 했다. 사실, 문명 자체는 분리할 수 없는 정체整體이다. 즉, 서로 보완하고 서로 추진, 전화하는 물질과 정신의 적극적 결합이다. 이로써 말하자면, 문명의 발전은 일종의 '작용'으로 물질과 정신의 내외 일체화에 대한 이해를 포함한다. 루쉰은 19세기 문명의 '공통적 폐단'은 바로 발전 결과의 일면성에 있다고 여겼다.

> 외(外)를 중시하고 내(內)를 버리고 물질을 취하고 정신을 상실했다.
> 수많은 민중들은 물욕에 휩싸이고 사회는 초췌해지고 진보는 멈추었다.
> 이에 모든 거짓, 허위, 죄와 악이 그것을 타고 싹트지 않음이 없었고 정신(性靈)의 빛은 더욱 어둡고 희미해졌다.[7]

이것은 결코 중국문화와 사회만의 독특한 현상은 아니다. 루쉰은 폴란드, 인도 등의 국민의 심성을 예로 들어 이것을 입증했다.

근대 중국은 예악이 붕괴되고 인심이 옛날과 달라지고 종교의 신과 왕권의 신 모두 인간으로부터 멀어졌다. 정치는 사상을 속박하고 환

---

7   魯迅, 『墳·文化偏至論』, 『魯迅全集』 제1권, 54쪽.

경은 인성을 부식시켰다. 루쉰은 정치적 구망과 사상적 계몽이라는 중임을 짊어지는 동시에 도덕적 구원이라는 중임을 짊어졌다. 따라서 그는 모든 것을 부수고 새롭게 건설했다. 당대 사회는 그에게 사상의식 개조의 내용과 틀을 제공했지만 도덕적 인격 중건의 모범을 보여주지는 않았다. 그는 당대 사회의 종점에서 과거로 돌아가 도덕가들이 상상한 도덕세계를 찾아야 했다. 그 세계는 바로 상고시대에 있었다. 이러한 도덕세계의 존재는 비록 역사를 되돌려 증명하지는 못한다고 해도 루쉰은 그가 잘 알고 있는 사랑스러운 농민과 기타 노동자들의 몸에서 그것의 그림자를 보았다. 루쉰의 '인간의 나라人國'은 완전한 인성에 관한 이상적 그림의 현시인지 모른다. 실존하는 것이 아니라 논리적인 것이지만, 루쉰은 그것에 대한 의심을 하지 않았다. 마지막까지 그는 실제 행동으로 그것을 실천했다. '순백'하고 '평화'로운 도덕적 인격에 대한 갈망은 루쉰의 문화선택 과정의 시작에서 끝까지 관철되고 있다.

일반적으로 말해서 농민과 기타 노동자를 마주한 중국의 근대 지식인들은 도덕적 인격에 있어서의 동일시와 귀의가 있었고 심지어는 그들보다 못하다는 인격적 비하감이 있었다. 루쉰은 훗날 「사소한 사건一件小事」에서 이러한 반성적인 도덕적 참회를 서술했다. 소설 속의 노동자들은 사상의식이 아무리 몽매하고 노예성이 짙다고 하더라도 도덕적 인격이 진실하고 순박하다는 공통점을 가지고 있다. 루쉰은 사상계몽이라는 기준으로 아Q, 룬투閏土, 샹린싸오祥林嫂들의 '싸우지 않음不爭'을 비판했지만 동시에 깊이 '그들의 불행을 애달파哀其不行'했고, 이들을 동정하고 사랑했다. 동정과 사랑은 인격의 진실과 순박함에서 비롯되었다. 이 점은 대개 20세기 중국지식인들의 공통된 인식이었다. 위다푸郁達夫의 소설 「봄바람에 흠뻑 취한 밤」에서 '나'는 스스로 여공 천얼메이陳二妹의 도덕과 비교하는데, 이 비교를 통하여 영혼의 정화와 인격의 승화를 경험한다. 빙신冰心에게 이러한 비교는 심지어 선천적이고 부자세습적이다. 그녀의 소설 「분分」은 계급의식 생성의 표지로 평가되었지만, 도덕적 인격의 의식적 비교일 가능성이 더 크다. 한날 한 곳에서 태어난 두 젖먹이는 부모의 신분적 차이로 말미암아 나자마자 강건함과 나약함, 용감함과 비겁함의 차이가 생겨나게 된다. 선충원沈從文은 노동자와 기녀를 지식인과 비교하면서 비열한 인격을 후자에게 넘겨주었다.

루쉰은 도덕 중건의 기준을 그가 말한 '천성을 잃지 않은 농민'에게 두었다. 여기에서 중국 지식인 고유의 도덕적 원죄의식 즉, 노동자를 '의식을 제공하는 부모'로 간주하는 양심의 가책 심리를 볼 수 있다. 이들의 원죄의식은 기독교의 원죄의식과 달리 인류 본성의 생명의식이 아니라 후천적인 사회적 윤리이지만 그 무게감은 마찬가지이다.

"대개 지나간 문명의 폐단이 정신性靈에 깊이 스며들어 뭇 백성들은 모두 섬약해지고 타락해짐이 날로 더욱 심해졌다."[8] 사회문명의 발달이 지불한 가장 무거운 대가는 예스럽고 소박한 인성의 상실이다. 인심이 옛날 같지 않아지자 숭고의 원점은 자연스럽게 루쉰이 상상한 도덕적 이상과 인격 중건의 가치지향이 되었다. 본질적으로 보면 이러한 상상은 보편적 반反문화정서를 가지고 있고 단순하게 어느 한 개별

---

8   魯迅, 『墳・文化偏至論』, 『魯迅全集』 제1권, 56쪽.

적인 문화체계에 속하는 것이 아니다. 그런데, 그것이 구성하는 근대문화(특히 물질화된 근대문화)에 대한 비판은 최종적으로 '복고'의 경향을 띠게 된다. 서방 현대주의사조도 마찬가지이며, 루쉰 역시 이 점에서 예외일 수 없는 것 같다. 당시의 사상계몽가들과 다른 점은 루쉰이 사상계몽이라는 주제 아래 '용중庸衆'을 비판하지만, 도덕적 구속救贖이라는 주제 아래 '용중'에 대하여 보편적인 도덕적 인격으로 경모하고 있을 뿐만 아니라 이러한 경모는 특정한 '농부'에서 전체 민족인격으로 확대되고 중국문화에 대한 찬미로 확대되고 있다. "광막한 아름다움이 가장 사랑스러운 우리 중국이여! 진실로 세계의 천부天賦, 문명의 비조이다."[9] 당시의 쇠약함과 곤경을 마주하고 그는 수천 년 동안 스스로 하나의 체계를 만들어낸 중국 고유문명에 대한 총결에서 드물게 전체적으로 긍정적인 평가를 내렸다.

대저 중국은 아시아대륙에 우뚝 서있다. 문명이 선진적이고 사방의 이웃은 중국과 비길 바가 못 된다. 고개를 들고 활보함으로써 더욱 특별히 발달하게 되었다. 오늘날에 이르러 비록 쇠락했다고는 하나 오히려 서구와 대립하고 있으니 이것은 다행이다. 그런데 지난날이래로 관문을 닫지 않고 세계의 대세와 더불어 서로 접촉하여 사상을 만들어내고 날마다 새로운 것을 지향했다면 오늘날은 바야흐로 우주에서 우뚝 솟아 다른 나라에 손색이 없고 찬란한 빛이 장엄하여 허둥지둥 변혁하는 일은 없었을 것임은 미루어 알 수 있는 것이다. 그러므로 중국의 위치를 서

9   魯迅, 『集外集拾遺補編·中國地質略論』, 『魯迅全集』 제8권, 5쪽.

로 헤아려보고 중국의 해후를 따져보면 진단(震旦)의 나라됨의 득과 실이 드러남이 적다로 말할 수 없다. 득이라는 것은 문화가 다른 나라의 영향을 받지 않아 스스로 특이한 광채를 띄고 있다는 것이다. 근래에 들어 도중에 쇠퇴하고 있지만 세상에서 드문 예이다.[10]

이러한 쌍향적 가치판단과 마찬가지로 루쉰은 당시 "청년들이 생각하는 바는 대개 옛 문물에 죄악을 들씌우거나 심지어 중국말과 문자를 야만이라고 배척하고 사상이 조악하다고 경멸한다. 이러한 풍조가 흥기하자 황망히 서구의 문물을 들여와 그것을 대체하고자 한다"[11]라고 하며 반대를 표시했다. 앞에서 말한 '지사와 영웅'과 달리, 루쉰은 여기에서 중국문화의 곤경과 사회적 쇠락의 내적 원인에 대해 많이 강조하지 않는다.

그런데 중국은 어떠한 나라인가? 백성들은 농경을 즐겨하여 고향을 떠나는 것을 경시했다. 천자가 원정을 좋아하면 들에 있는 사람들이 번번이 원망했다. 무릇 스스로 자랑하는 것은 바로 문명의 광화미대(光華美大)였다. 폭력을 빌려 사방 오랑캐를 능멸하지 않았고 평화를 소중히 여겼으니 천하에 드문 예이다. 다만 평온함이 오래 지속되어 방위가 날로 느슨해졌고 호랑이, 이리가 갑작스럽게 들어와 백성은 이에 도탄에 빠지게 되었다. 그러나 이것은 우리 백성의 죄가 아니다. 피를 마시는 것을 싫어하고 살인을 싫어하고 차마 이별을 견디지 못하고 힘써 일하는

---

10   魯迅, 『墳·摩羅詩力說』, 『魯迅全集』 제1권, 101쪽.
11   魯迅, 『墳·文化偏至論』, 『魯迅全集』 제1권, 2005, 57쪽.

것을 편안히 여기는 것은 사람의 본성이 그러한 것이다. 만약 모든 천하의 습속이 중국과 같다면 톨스토이가 말한 바와 같이 대지 위에 종족이 많고 나라가 달라도 이 경계, 저 경계를 지킬 뿐 서로 침범하지 않고 만세가 지나도 난리가 일어나지 않는 것도 가능할 것이다.[12]

루쉰은 중국의 현실적 곤경을 외부원인으로 돌리고 있을 뿐만 아니라 톨스토이의 사고를 따라 중국의 민족인격을 세계의 보편적 기준으로 삼을 수 없는 것에 대해 우려하고 있음을 알 수 있다. 이로써 말하자면 루쉰 초기의 문화선택은 그가 비판한 '지사와 영웅'에 비교해보면 결코 보편적 선진성을 띄고 있지 않는 것 같다. 문화가치의 판단에서 고유문명에 대하여 전체적으로 긍정하고 있다. 이러한 긍정은 이후의 루쉰에게는 볼 수 없는 것이다. 그런데 루쉰은 이처럼 '복고'적 경향을 띄지만 결코 상고사회를 도덕적 구원의 최종점으로 간주하지는 않았다. 그는 과거의 경지를 추구하지만 '오늘'을 방기하지 않았다. "오늘을 취하여 옛날로 돌아가서 따로 새로운 종파를 세운다取今復古, 別立新宗"라고 했다. 종교의 신도와 수구파의 현실사회에 대한 거절과 방기를 포함하고 있지 않다. 예스럽고 순박한 인성에 대한 그의 추구는 '입인'이라는 논리의 기점이자 내용의 구성이다. 봉건사회의 도덕관념과 달리, 상고시대의 생명본성은 인류의 정감과 도덕적 중건의 공통적 가치자원의 하나이여야지 쓸어버려야 하는 역사의 쓰레기가 되어서는 안 된다.

---

12   魯迅, 『集外集拾遺補編·破惡聲論』, 『魯迅全集』 제8권, 35쪽.

루쉰의 '복고'는 결코 역사의 도태가 아니다. 그것의 대부분은 사상의 논리와 도덕적 상상 속에 존재하며, 하나의 시적 묘사이다. 이점에 대해서 루쉰은 종신토록 자신의 생각을 바꾸지 않았다. 후기에 인성 복고의 노선을 더욱 분명하고 명확하게 수정했을 따름이며, 상고사회와 향촌사회를 최종점으로 삼아 유교시대를 넘어서고 유교의 윤리도덕을 중국의 인성 소외의 주요 근원으로 간주했다.

중국에서 마음이 순백하고 '성인의 문도'의 유린을 겪은 적이 없는 사람이라면 모두 자연스럽게 이러한 천성을 발견할 수 있다.

'성현의 책'을 읽은 적이 없는 사람은 명교(名教)의 부월 아래에서도 이러한 천성을 때때로 드러내고 때때로 싹을 틔웠다. 이것이 바로 중국인이 비록 쇠락하고 위축되었다고는 하나 아직까지 멸절하지 않은 까닭이다.[13]

이로써 루쉰의 인간사회의 원점에 대한 도덕적 경모는 최종적으로 복고의 형식으로 유가의 도덕체계를 비판하는 것을 목적으로 했음을 알 수 있다. 루쉰은 비현대적 사상가에 속하지 않는다. 적어도 그의 도덕이상국의 중요한 지주는 인류의 현대도덕체계였다. 인류의 본성은 모든 미덕을 배척하지 않기 때문이다.

---

13   魯迅, 『墳·我們現在怎樣做父親』, 『魯迅全集』 제1권, 138·140쪽.

2. 평민의식과 엘리트의식
- 도덕적 구속^{救贖}과 사상 계몽의 통합

"개인에게 맡기고 다수를 배격한다"와 "물질을 배격하고 정신을 신장한다"라는 이 두 기본명제는 루쉰의 문화선택의 주요한 내용을 구성한다. 두 명제는 시간의 관점으로 보면 문화선택의 초시간성과 역逆시간성을 보여준다. "개인에게 맡기고 다수를 배척한다"는 미래를 향한 발전이고 현대인의 인성지상의 사상의식을 구성하는 것으로 선도적, 외향적 문화가치지향을 보여준다. "물질을 배격하고 정신을 신장한다"는 과거를 향한 발전이고 잃어버린 '순백'하고 '평화'로운 도덕적 인격을 추구하는 것으로 자연으로의 복귀라는 문화가치지향을 보여준다. 그런데 이 두 가지 명제는 사회의식으로 보자면 사상계몽의 '엘리트의식'과 도덕적 회귀의 '평민의식'이라는 분명한 차이가 있다.

'엘리트의식'은 현대사상가의 가장 기본적인 소양이다. 이것은 초기 루쉰의 정신구조에서 "개인에게 맡기고 다수를 배격한다"라는 현대인문정신과 "힘껏 습속에 반항한다"라는 사상품격으로 표현되었다.

의심할 여지없이 개성주의를 주요내용으로 하는 '엘리트의식'의 구상은 높은 곳에 앉아서 아래를 내려다보는 것이며 자신과 국민의 정신적 인도로서 엄격한 의미에서의 사상계몽적 성질을 띤다. 높은 곳에 앉아서 아래를 내려다보는 데서 "용중을 희생으로 삼아 한두 명의 천재의 탄생을 기대하는 것만 못하다"[14]라는 급진적 태도를 취하기까지

---

14   魯迅, 『墳·文化偏至論』, 『魯迅全集』 제1권, 53쪽.

했다. 그런데 루쉰의 엘리트의식에서 '정신을 중시한다', '개인에게 맡긴다'라는 사상 내용이든지, 아니면 "절망적으로 분투하고 의도는 준엄하다"라는 의지의 기질이든지 간에 모두 중국근대사상사에서 특수한 가치를 가지고 있다.

'개인을 중시한다'라는 주장은 루쉰의 '엘리트의식'의 핵심일 뿐만 아니라 중국사상의 일대 전환으로 개척의 의미가 있다. 사회학적 시각에서 보면 중국의 전통사상규범은 명확히 군체적 시스템에 속하며 '독특한 사람'을 억압하거나 압살한다. 따라서 개인은 모종의 특정한 사회관계에 의탁해야만 존재가치를 가질 수 있게 된다. 루쉰은 한편으로 서방 현대철학사상을 받아들여 "자유는 힘으로 얻고 힘은 바로 개인에게 있다"[15]고 했다. 다른 한편으로 중국문화의 군체의식 중심의 전통사상의 통치를 거울로 삼아 자아를 상실하고 '뛰어난 선비'를 압살하는 '용중'을 공격하고 비판했다. 더 나아가 문화의식(비정치의식)에서 개인을 다수를 내려다보거나 다수에 대립되는 위치에 놓았다. "희망은 오로지 위대한 선비 천재에게만 기탁한다. 우민愚民을 중심으로 삼는다면 해악은 뱀, 전갈과 다르지 않다."[16] 이러한 엘리트의식은 루쉰으로 하여금 문화선구자의 소질을 갖추게 했고, 더불어 개성주의를 핵심으로 삼아 중국현대의 사상계몽운동의 기점을 확립하게 했다.

'평민의식'은 루쉰이 종신토록 추구한 도덕적 인격이다. 여기에는 '백성을 위해 주인 노릇을 한다'라는 전통 민본사상이 포함되어 있고 서방 인도주의적 근대사상이 포함되어 있지만, 후자가 훨씬 중요하다.

---

15   魯迅, 『墳·文化偏至論』, 『魯迅全集』 제1권, 52쪽.
16   위의 책, 53쪽.

이러한 근대화된 '평민의식'은 '용중'을 비판한 '엘리트의식'에 드러나 있다. 루쉰의 '용중' 비판에서 비판대상 자체에 지나치게 관심을 가져서는 안 되고 정치학적 의미에서 개인과 군체의 관계에 대한 분석을 지나치게 중시해서도 안 되며, 비판의 내용과 목적에 대한 이해를 중시해야 한다. '평민의식'은 사상계몽, '국민성 개조'라는 미래적 요구에서 비롯되었고 루쉰의 중생평등, 약자를 돕고 강자에 항거하는 숭고한 도덕적 경지에서 비롯되었다. "협俠을 존중하고 의義를 숭상하며, 약자를 돕고 불공평함을 바로잡고 권력자들의 어리석음을 전복한다"[17]고 했다. 이러한 '평민의식'은 유구한 윤리학적 의미를 갖추고 있으며 몇 세대 동안 지식인의 인격적 이상이 되었다.

'엘리트의식'의 구상이 위에서 아래로 향하는 계몽적 성격을 띠고 있다면, '평민의식'은 주로 아래에서 위를 향하는 것으로 '대변'하는 성격을 띠고 있다. 이로써 보건대, 이 사상은 주로 두 가지 측면으로 구성된다.

첫째, 아래로 향하는 '용중'에 대한 비판에서 드러나는 것은 계몽의식이다. 민중의 노예'근성'에 대한 비판을 통하여 민중을 구원한다. '용중'에 대한 루쉰의 비판은 사상적 내용으로 말하자면 '용중'의 감히 "강자에게 힘껏 항거하"지 못하고 도리어 "군중을 빌어 소수를 업신여기"는 '노예의 성질'에 대한 비판이다. 그것의 목적은 민중을 비인非人의 지위에서 '진인眞人'의 지위로 올리고 '백성'과 '신민臣民'을 공민으로 변화시키고자 하는 데 있다. 루쉰의 사회적 이상은 건전한 평

---

17   魯迅,『摩羅詩力說·文化偏至論』,『魯迅全集』제1권, 82쪽.

민사회를 건설하는 것이었다.

둘째, 위를 향한 '권위를 반대하'고 '강자를 반대하'는 싸움에서 드러나는 '대변'의 성격이다. 그는 "야만인을 싫어하지 않고 그 속에 새로운 힘이 있다고 말"[18]한 니체를 빌려와 "아래를 존중하고 위를 가벼이 여긴다"라는 도덕적 원칙을 세웠다. 여기에는 본래의 자연상태로 돌아가고자 하는 '반反근대', '반反문화'적 의미가 포함되어 있다. 그런데 '반근대'의식은 앞서 말한 '엘리트의식'에 의해 조절되어 그것이 결코 존재하지 않는다는 것을 증명했다. 설령 그 속에 원점으로 회귀한다는 의미가 포함되어 있다고 하더라도 근대중국의 복고주의 조류와 다른 점이 있었다. 후자는 전통으로 회귀하고 전통문화 자체를 입인의 기초와 이상으로 삼는 것이지만, 루쉰은 예스럽고 순박한 백성에 대한 도덕적인 긍정을 통하여 '권위'와 '상등인'의 귀족의식과 허위적 인격을 길러내는 전통문화 자체를 비판했다. 만약 누군가 사상의식에서가 아니라 사회적 지위나 도덕적 인격에서 스스로 '지사'나 '영웅' — '엘리트' —이라고 여긴다면, 그것은 바로 루쉰의 비판과 부정의 대상이 된다. 이러한 '평민의식'이 표현해내는 도덕적 비판을 통하여 중국의 윤리역사에서 중요한 의미를 띠게 되었다.

사실, 유교도덕 체계를 중심으로 하는 전통도덕은 '자기를 이기고 예로 돌아간다克己復禮', '사람의 욕망을 없애고 하늘의 이치를 보존한다減人欲而存天理'라는 강제적 규범을 요구하여 인간 내면의 진정한 욕망을 구속하고 억압한다. 그런데 인간의 자연욕망은 막을 수 없는 것이

---

18   위의 책, 66쪽.

다. 사회 속의 인간들은 어쩔 수 없이 '말로는 옳다고 하고 속으로는 아니라고 하'고 '겉과 속이 일치하지 않'는 허위적 생존방식을 통하여 예교규범에 맞추면서도 내면의 욕망을 만족시키고자 하는 목적을 실현한다. 이런 까닭으로 전통도덕은 그 자체로 허위를 필요로 하고 허위를 만들어내게 된다.

루쉰의 청년시절 '평민의식'에 관한 구상은 의심할 여지없이 문화사와 윤리학에 많은 계시를 준다. 즉, 문화심리와 도덕인격을 제거한 '귀족의식'은 당대 대중문화와 그것의 심리에 역사적 이해를 가능하게 해주고 더불어 그러한 가짜 권위문화, 스스로 대단하다고 생각하고 자기와 다른 사람들을 배격하는 위僞도덕자들에 대한 냉정한 분석을 가능하게 한다. '평민의식'은 도덕인격이자 문화가치관념이다. 그것은 최근 발흥하고 있는 대중문화를 평가하는 데 한 가지 기준을 제공해준다. 대중문화의 발흥은 우선 다년간의 문화적 속박에 대한 반발에서 비롯되었으며 그 후에는 문화발전의 선봉화, 귀족화 경향에 대한 보복이라는 것을 알아야 한다. 하물며, 사람들의 문화의식이 억압에서 자유를 향하고, 사회의 문화구조가 하나에서 다원을 향하는 것은 바로 현대문화발전의 요구에 부합한 것이다. 진리로 통하는 길은 절대 한 가지만 있는 것은 아니다. 그런데 왕왕 숭고라는 이름으로 평민의식과 대중문화를 배척한다. 그것의 사상적 근거 중의 하나는 바로 소위 '루쉰의 애국주의 정신을 계승한다'라는 설이다. 루쉰이 특정 의미에서의 '애국주의자'에 속하는지는 별로로 논하더라도 그들의 루쉰 정신에 대한 해석은 편파적이다. 루쉰의 인문정신 가운데 '힘껏 강자에 항거한다'고 하는 평민의식을 소홀히 한 것이다. 오늘날 권위

문화에 대한 비판은 대중문화에 대한 비판에 비해 더욱 중요한 의미가 있고, 뿐만 아니라 비판자의 도덕인격을 더욱 잘 드러낼 수 있다. 과거 특정한 시대에 형성된 단일성이 다원적 정신구조로 전화되었고, 귀족 문화심리와 문화독점행위를 없애고 문화와 사상을 수용하고 선택할 대중의 권리를 인정하여 대중문화, 권위문화, 엘리트문화의 '삼분천하'를 받아들여야만 비로소 루쉰의 문화선택 가운데서 평민의식에 대한 전면적인 이해가 가능해진다.

　루쉰의 문화선택에서 엘리트의식과 평민의식은 모종의 모순상태로 표현되는 것 같다. 과거에는 왕왕 정치학의 시각에서 개념화된 해석을 내놓았다. 루쉰의 '초기 사상의 한계'인 '엘리트의식'은 후기의 '계급의식'('평민의식'의 연장)과 서로 대립되며, 따라서 부정적으로 평가했다. 사실 루쉰 사상의 발전에서 '엘리트의식'과 '평민의식'은 발전의 선후 단계라고 말할 수 없으며, 더욱이 후자가 전자를 부정하는 대체관계도 아니다. 그것은 총체적 정신의 통섭으로 하나의 완정한 상태의 사상체계를 구성하는 것이다. 이러한 정신은 '엘리트의식'이 보여주는 '용중'의 '용렬庸'함을 반대하는 것과 '평민의식'이 보여주는 '지사'의 '허위僞'를 반대하는 것의 결합이며, 양자는 최종적으로 사상계몽과 도덕비판이라는 근본적 목적으로 귀결된다.

　엘리트의식은 사상과 심리에서 개인과 다수의 대립으로 표현된다. "다수의 학설은 그릇되고 도리에 맞지 않고, 개성의 존중은 마땅히 크게 펼쳐야 한다"[19]라고 했다. 선철들의 경험 가운데서 루쉰은 "세속의

19　魯迅, 『墳·文化偏至論』, 『魯迅全集』 제1권, 54쪽.

혼미함에 분노하고, 진리가 빛을 숨기는 것을 슬퍼"하고, 따라서 "진리를 사수하여 어리석음과 우둔함에 항거한다"[20]라는 인식에 대하여 강력한 동의를 표시했다. "강하게 분노하고 잘 싸우고 활달하고 생각할 줄 아는 선비"[21]가 되고자 힘쓰고, "강건하게 항거하고 파괴하고 도전하는 소리"[22]를 내고자 했다. 윤리학적 의미에서 평민의식은 도덕인격에 대한 진리의 추구로 표현되는데, '진리'는 이른바 '영웅지사'의 '허위'와 서로 상대적인 말이다. '진인眞人'은 "그 가면을 벗고 진실한 마음으로 생각하"고 "진솔하고 성실하며, 꺼리고 숨기는 것이 없"어야 한다.[23] 루쉰은 평민과 '지사' 사이에 대하여 실제 사회적 지위와 상반되는 도덕적 평가를 내렸는데, 여기에는 평가자 자신의 나로드니키주의民粹主義적 품격을 드러냈다. 이로써 엘리트의식과 평민의식이 각각 두 가지 다른 각도의 가치판단을 보여주고 있음을 알 수 있다. 개인이 군체보다 중요하고 하등인이 상등인보다 우월하다는 것이다. 전자는 사상의식에서 인간의 정신의 자유와 독립을 강조한 것이고 후자는 도덕인격에서 인간의 도덕에 있어서의 자연과 진솔함을 제시한 것으로 양자는 루쉰의 '입인立人'의 전체적 표준을 구성하고 있다. "대개 오로지 소리가 마음에서 나오고 내가 나에게로 되돌아가면 사람은 비로소 자기가 있게 된다. 사람이 각각 자기가 있으면 사회의 커다란 각성이 가까워지"[24]고, 최종적으로 "인성이 완전함에 이른다"[25]고 하는 목적

---

20 魯迅,『墳·摩羅詩力說』,『魯迅全集』제1권, 81쪽.
21 위의 책, 76쪽.
22 위의 책, 75쪽.
23 위의 책, 84쪽.
24 魯迅,『集外集拾遺補編·破惡聲論』,『魯迅全集』제8권, 26쪽.

을 실현하게 된다는 것이다.

루쉰의 '용중'에 대한 비판의 뿌리는 그들이 자아를 상실하고 압제에 "항거하지 않"기 때문이다. 개성과 자아를 갖춘 '엘리트 선비英士'와 비교하여 루쉰은 자아를 상실한 민중들을 강력하게 부정했다. 그런데 민중을 폭군, '허위적인 선비僞士'와 비교할 때 루쉰은 즉시 명확하게 "(프랑스에서는—역자) 신분의 높고 낮음을 하나로 평등하게 하고 정치의 권력은 백성을 중심으로 했다"[26]라고 하며 전자에 대한 동정을 표현했다. 왜냐하면 "군주의 권력을 빌"려 "한 가지 뜻으로 홀로 만민 앞에 군림했다. 아래에 있는 사람은 그것을 누를 수 없었고 아침저녁으로 열심히 오로지 영토 확장에 힘쓰며 백성들을 물, 불에 빠지도록 몰아붙이면서 전혀 마음에 동요하는 바가 없었"[27]기 때문이다. 루쉰은 "자유를 고취하고 압제를 공격하"[28]는 정치의식을 허위를 물리치고 진리를 보존하는 도덕적 요구와 연결지음으로써 '엘리트의식'과 '평민의식'으로 하여금 심층에서 일치하도록 만들었다. '용중'과 '엘리트 선비'에 대한 개별적 평가에서 이러한 통합과 통일을 보여주고 있다. '용중'에 대하여 루쉰은 그들의 사상의 몽매함을 강조하고 도덕의 '순백'을 긍정했다. "그들의 불행에 슬퍼하고" "그들이 싸우지 않음에 분노한다"는 말에는 평민의식과 엘리트의식의 정치적 의미에서의 전체적 내용을 보여주고 있다. '엘리트 선비'에 대해서는 "하늘과 싸우고 세속에 항거하는爭天抗俗"[29] 그들의 사상을 찬양하고 "진솔하고 성실하

25   魯迅, 『墳·科學史敎篇』, 『魯迅全集』 제1권, 35쪽.
26   魯迅, 『墳·文化偏至論』, 『魯迅全集』 제1권, 49쪽.
27   위의 책.
28   魯迅, 『墳·摩羅詩力說』, 魯迅, 『墳·文化偏至論』, 『魯迅全集』 제1권, 86쪽.

며, 거리끼고 가리는 것이 없는" 그들의 도덕을 긍정했다.

사상의식에서의 '특출'함과 도덕인격에서의 '진솔'함은 루쉰의 "인성을 완전함에 이르게 하다"는 것의 주요 내용이다. 새로운 세기의 교체기를 마주한 지금 루쉰의 문화선택에서의 사상도덕적 취향을 되돌아보는 것은 의미가 있다. "시속時俗에 힘써 항거하고" "강자에게 힘써 저항한다"는 것은 사상의식과 도덕인격에 대한 이중 비판, 특히 '강자'에 대한 비판으로 표현되어야 한다. '시속'을 구성하는 내용 중의 하나인 민중에 대해서 말하자면, 오늘날의 민중의 사상과 도덕적 상황은 루쉰이 마주한 민중과 확연히 다르다. 루쉰은 권위와 전제에 의한 민중의 정신의 마비 즉, 각성되지 않은 사상의식을 비판하고 민중을 '일깨우'기 위하여 사상과 정치에 있어서의 '계몽'을 진행했다. 이와 반대로 민중의 도덕인격 상의 '진솔함' '예스러움과 순박함古朴'을 긍정하고 건전한 인성의 하나로 간주했다. 그런데 오늘날의 민중은 사상의식과 도덕인격에서 왕왕 이중성을 보이고 있다. 사상의식의 각성과 도덕의식의 '하락'이 그것이다. 역사의 발전으로 말미암아 일반 민중은 점차 경직된 의식상태에서 멀어지고 '일깨워'진 후의 사상적 상태가 되었다. 그런데 각성된 이후 현실에 대한 실망으로 말미암아 현실사회에 대한 관심을 버리고 개인의 물질생활의 발전을 도모하여 결과적으로 도덕심이 약화되고(적어도 표현 형태에서는 그렇다), 정치의식과 도덕인격의 전도가 일어났다. 도덕인격의 하락은 경제철학과 인생철학의 관계에 대한 이해의 변화로 말미암은 것이다. 루쉰은 청년시절 도덕의 '반박귀

---

29   魯迅,『墳·摩羅詩力說』, 魯迅,『墳·文化偏至論』,『魯迅全集』제1권, 68쪽.

진返璞歸眞'으로 물화된 시대에 저항할 것을 주장했다. 그런데 현대 사회의 인생철학의 문제점은 공동윤리정신의 상실이다.

공동윤리정신은 인간관계와 개인행위를 통합하는 기제이다. 그것은 우선 개인행위의 규범으로써 윤리질서의 확립을 위한 것이고, 따라서 자신의 행위와 사회의 도덕적 환경에 대하여 기본적 믿음과 만족할 만한 기대를 갖게끔 하는 것이다. 동시에 그것은 사회적 존재의 공동성과로써 사회성원들이 함께 누리고 이로써 경계와 마찰을 줄이고 교제의 '원가'를 줄여준다. '나는 사람들을 위하고 사람들은 나를 위함'으로써 사회문명의 협력관계를 수호하고 인간의 생존과 발전에 정상적 환경을 가질 수 있게끔 한다. 따라서 공동윤리정신은 일반 인생철학의 중심내용이 되어야 한다. 그런데 사람들이 원하든 원치 않든 공동윤리정신의 상실은 이미 목하 사실이 되었다. 사장경제가 완전하지 않은 상황에서 당대 중국은 관념사회에서 이익사회로 변화했고 사람의 사회적 존재는 정치인에서 경제인으로 역할에 변화가 일어났다.

이러한 변화는 우선 인생철학의 변혁이라는 적극적인 의미를 띠고 있다. 그것은 과거 오랜 기간 동안 자아의 가치와 개인의 이익을 극단적으로 부정했던 것에 대한 반발이다. 변혁의 시대에 이러한 변화는 필연적으로 사람들로 하여금 당대의 행위(예컨대 배금주의, 물욕팽창 등)에 대한 반성에서 과거의 인생관념에 대한 반성으로 이어지게 했다. 1970년대 무욕, 무아의 극단화된 인생관은 실질적으로 사회도덕의 한계를 넘어서는 행위였다. 경제적 이익은 인간의 권리이고 도덕적 규범은 인간의 의무이다. 도덕의 한계를 넘어서는 것은 권리를 의무로 대체하는 것으로 최종적으로 "번뜩 떠오르는 '개인이라는 글자'와 매섭게 싸우자" "차라리 사회주의의 풀을 원하지 자본주의의 싹을 원하지 않는다"라는 극단적 상황이 만들어졌다. 지나친 포식은 지나친 기아에서 비롯되듯이 사욕의 팽창은 과거 사욕의 압살에 대한 반발이다.

이와 동시에 이러한 변화는 인생철학의 비속화라는 소극적인 결과를 가져왔다. 지나친 기아는 지나친 포식을 향하게 했고, 그것의 근본 동력은 욕망의 비이성적 몰이였다. 시장경제 원칙의 도덕영역으로의 침범은 도덕주체로 하여금 자신의 행위규범의 방향을 상실하게 하여 시장의 공리원칙이 도덕의 선악원칙을 완전히 대체하게끔 만들었다. 이것은 시장이 한계를 넘어선 것으로 도덕의 대대적인 하락과 인생관의 대패배를 가져왔다.

이로써 도덕의 한계 초월과 시장의 한계 초월은 모두 부적절한 인생관과 가치지향이 만들어 낸 것임을 알 수 있다. 구체적으로 말해서 의義와 리利, 도덕과 시장의 이해에 대한 이원대립적 태도에서 기인한 것이다. 도덕의 하락사태를 극복하기 위해서는 반드시 이원대립적 측면에서 현실의 경제관계와 도덕으로 되돌아와야 한다. 그럼으로써 이성의 원칙으로 자아와 타인, 공리와 선악, 시장과 도덕에 대하여 경계를 긋고 위치를 결정하고 새로운 공동윤리정신을 확립해야 한다. 당대사회로 말하자면 시장을 규범화함으로써 군체의 이익을 중심으로 하여 시장이 침략한 도덕의 영역을 되찾아오는 것이 시급하다. 도덕의 최종점은 전인류의 이익을 목적으로 삼아야 한다. 따라서 한 세기 전 루쉰은 지극히 진실하고 순수한 도덕적 이상을 우리에게 제시했다고 할 수 있다. 비록 당대사회에서 그것의 실현은 요원하다고 하더라도, 그것은 여전히 새로운 상황에 맞는 도덕철학이자, 위도덕과 비도덕에 대한 강력한 비판이다.

심층 현대화

루쉰의 문화선택의 인류성과 시대성의 기준

루쉰은 자신의 문화선택을 통하여 5·4신문화운동의 방향을 세웠고 20세기 중국을 위하여 끊임없는 심화라는 현대화의 기준을 마련했다. 현대화의 갈망과 실천은 20세기의 세계적 운동이자 20세기의 문화정신이다. 따라서 루쉰의 현대화 기준에는 또한 금세기의 인류성과 시대성의 표준이 새겨져 있다. 이러한 기준에서 루쉰은 문화의 특수성을 평면적으로 강조하는 '국수國粹'론과 '국정國情특수'론을 비판하고 문화동일성의 원리로 중국문화의 현대적 전화에 있어서의 인류성과 시대성의 표준을 견지했다. 그는 문화동일성과 문화특수성과의 관계에 대한 분석을 통하여 실제적으로 비판적 의의가 있는 문화철학이론을 만들었다.

1. '국정특수'론 – 전통문화의 배제와 변형 기능

'국정國情특수'론은 20세기 중국문화의 현대화 과정의 가장 커다란 난제로 지지자와 반대자 모두 진지하게 분석하고 토론해야 하는 문제이다. 이것을 현대화의 유일한 장애로 간주하는 것은 지나친 단순화일 수 있지만, 적어도 현대화과정의 기점에서 그것이 만든 부정적인 결과는 분명 긍정적인 결과보다 많았다. 루쉰의 문화선택 가운데서 옛것을 견지하고 변혁을 거절하는 국수주의에 대한 비판의 견지에서 말해보면, '국정특수'론은 현대적 전환의 심리적 장애, 잘못된 이론적 인식, 그릇된 현실적 조치로서 의심할 여지없이 부정적이다.

'국정특수'론의 문화철학의 근거는 문화특수성의 원리이다. 루쉰은 국수파에 대한 비판을 통하여 문화특수성의 원리가 문화의 전환에서 두 가지 부정적 작용을 할 수 있다고 했다.

첫째, 외래문화에 대한 배척 작용에서 방어심리로 표현되고 나아가 낙후를 보호하는 구호가 된다는 것이다.

루쉰은 종신토록 국수파에 대한 비판에 힘을 쏟았다. 이러한 비판은 그로 하여금 중국문화의 전환에서 독특한 역사적 지위를 가지게 했다. 심지어 루쉰 정신을 이해하려는 사람들의 마음속에 다음과 같은 인상을 남겼다고 말할 수도 있다. 구문화는 루쉰으로 인해서 죽었고 신문화는 루쉰으로 인해 살았다는 것이다. 심지어는 구문화가 죽음에서 다시 부활하고, 신문화가 탄생했으나 성장하지 못한 것은 루쉰의 세계 바깥, 그 이후의 일이라는 것이다. 엄격하게 말해서 국수파와 '국정특수'론자의 문화의 가치판단은 결코 같지 않다. 외래의 배척과 전

통의 고수에 있어서 전자가 후자보다 훨씬 심하고, 시대와의 간극에
도 훨씬 큰 전도가 존재한다. 그들은 중국문화의 특수성을 견지할 뿐
만 아니라 전통문화를 지나치게 미화하고 문화특수성이라는 후문으
로부터 문화동일성이라는 무대 앞쪽으로 걸어간다. 중국문화의 특수
성을 인류문화의 동일성으로 확대하고 전통문화를 인류문명의 가치
기준으로 간주함으로써 문화의 자기숭배심리를 드러낸다. 이러한 문
화심리는 1990년대에 이르러 더욱 심하게 표출되었다.

'국정특수'론은 외래에 대한 배척과 전통에 대한 고수에서 국수파
와 다를 게 없지만, 그것의 문화철학적 근거는 문화특수성에서 시작
해서 문화특수성에서 끝내는 것이다. 그들은 결코 자신을 세계문명의
입법으로 간주하지 않는다. 그저 자신의 밭을 지킬 따름이다. 전자의
전통적 '천조天朝'문화심리와 달리 그들은 그처럼 강렬한 문화적 자기
숭배 심리가 없고, 그저 문화적 자기보위심리로 표현될 뿐이다. 그들
은 중국의 문명화가 사해의 표준이라는 자신감을 상실했기 때문이다.

루쉰은 「수감록 39」에서 '국정특수'론자의 '진짜와 똑같다'라고 하
는 심리를 분석했다.

들도 보도 못한 학리(學理)와 법리(法理)가 앞을 가로막고 있어 큰
걸음으로 활보할 수 없다는 것이다. 이리하여 이들은 삼일 밤낮의 고심
끝에 마침내 한 가지 병기를 생각해내고, 이 이기(利器)가 있어야만 '리
(理)'자 항렬의 원흉을 일률적으로 숙청할 수 있다고 했다. 이 이기의 거
룩한 이름은 바로 '경험'이다. 이제 다시 새로운 아호(雅號)가 보태졌으
니, 바로 너무나도 고상한 '사실(事實)'이라는 이름이 그것이다.

경험은 어디에서 얻는 것인가? 바로 청조에서 얻는 것이다. 경험은 우물쭈물하던 그들의 목청을 높였다. "개는 개의 도리가 있고 귀신은 귀신의 도리가 있고 중국은 다른 나라와 다르므로 중국의 도리가 있다. 도리란 저마다 다른 법인데 무조건 이상(理想)이라고 하니 심히 원통하다." 이런 때야말로 상하가 한마음으로 재정을 관리하고 종족을 강하게 만들어야 하는 때이고, 게다가 '리'자가 붙은 것들은 태반이 서양물건이므로 애국지사라면 마땅히 배척해야 한다는 것이다.[1]

'국정특수'론은 고유문화에 대한 미련과 편애로 표현되는데, 따라서 그것은 우선 중국문화의 현대적 전환에 있어서의 심리적 장애가 되었다. 미련과 편애는 민족문화에 대한 친화감에서 비롯된다. 이러한 정감요소의 작용 아래 문화가치에 대한 판단에 착각이 일어나고 문화 재구성에는 환각이 나타나게 된다. 정감은 겨울눈과 같이 모든 더러움과 추악함을 은폐하고, 중화의 대지는 깨끗함만이 드러난다. 사랑은 심지어 추를 미로 간주하게 한다.

'원래부터 이러한 것'이기만 하면 무조건 보배가 된다. 이름 모를 종기마저도 중국인의 몸에 난 것이라면 "붉은 종기 난 곳은 도화 꽃처럼 요염하고, 곪은 곳은 진한 젖처럼 아름다운" 것이 된다. 국수가 존재하는 곳은 오묘하기가 형언할 수 없다. 반면 이상가들의 학리와 법리는 서양물건이므로 당연히 전혀 입에 올리지 않게 될 것이다.[2]

---

1   魯迅, 『熱風·隨感錄三十九』, 『魯迅全集』 제1권, 北京 : 人民文學出版社, 2005, 333~334쪽.

강력한 세력의 외래문화를 마주한 '국정특수'론자는 심리적으로 균형을 잃었고 언어는 정상성을 상실한 듯했다. "즐거움樂은 그들을 넘어서지 못하니, 그들과 더불어 고통苦을 겨룬다! 미美는 그들을 넘어서지 못하니, 그들과 더불어 추醜를 겨룬다"[3]라고 했다. 일종의 숭고한 문화콤플렉스에서 나왔다고 하더라도 이러한 초조는 그들이 사랑하고 고수하는 고유한 문명이 분명 궁지와 말로에 이르렀음을 보여주고 있을 따름이다.

상당기간 『동방잡지』의 주편을 맡았던 두야취안杜亞泉은 "물질문명은 지엽이고 정신문명이 근본이다"라는 사유방식으로 외래문화의 진입을 막았다. 그의 가장 강력한 논거는 "한 나라에는 한 나라의 특성이 있고, 그런 즉 한 나라에는 또한 한 나라의 문명이 있다"는 것이었다.[4] 1930년대 중반에 전개된 '본위本位문화건설' 대토론에서 '중국문화의 특수성'은 본위문화파의 주요 근거였다. 그들은 "중국은 세계의 한 고리이지만, 그런데, 중국은 처음부터 끝까지 중국이고 중국은 자체로 특수성을 가지고 있다"[5]라고 했다. 사실, '국정특수'론의 제창은 편집적인 문화정서일 뿐이고 이론적 주장일 뿐이다. 그런데 중국문화의 현대화로의 전환이라는 지난한 시기에 그것을 정확하게 이해하지 못하면 결국 변혁을 거절하고 낙후를 보호하는 구호가 되고 말 것이다.

문화발전 과정에서 낙후된 처지에 놓여 있는 어떤 문화가 일률적으

---

2 魯迅, 『熱風・隨感錄三十九』, 『魯迅全集』 제1권, 334~335쪽.
3 林損, 「苦樂美醜」, 『新靑年』 제4권 4호.
4 杜亞泉(高勞), 「現代文明之弱點」, 『東方雜誌』 제9권 제11호.
5 漆琪生, 「中國本位文化運動的歷史意義與實質」, 馬若芳 編, 『中國文化建設討論集』 上篇, 上海：上海國音書局, 1936, 54쪽.

로 자신의 특수성을 강조한다면(국수파의 고유문명에 대한 집착과 숭배는 포함하지 않는다), 문화적 보수파는 그 속에서 변혁을 반대하고 낙후나 심지어 반동을 보호하는 이론적 근거를 찾을 수 있게 된다. 최소한 전통을 변혁하려는 사람들을 지원을 하지 않게 될 수 있다. 아편전쟁 이후 개명 사대부의 유신변법 주장을 겨냥하여 봉건수구파는 '중국국정'에 부합하지 않는다는 근거로 정체政體의 변혁을 반대했다. 1914년에서 1915년까지 위안스카이袁世凱는 제제帝制로 회귀하기 위한 여론을 조성했다. 그의 고문과 주안회籌安會는 중국은 '국정이 특수'해서 공화에 적절하지 않고 제제를 시행하기에 좋다는 설을 퍼뜨렸다. 마르크스주의, 레닌주의가 중국에 처음 도입되던 당시 이를 반대하던 사람들도 '국정의 특수'를 이론적 논거로 삼았다. 제1차 국공합작시기 국민당의 이론가 다이지타오戴季陶는 국가의 이름으로 공산당원을 배척하고 '중국의 국정'은 프롤레타리아혁명과 맞지 않는다고 했다. "문화인이 미미하고 경제가 이처럼 낙후된 나라"에서 "공업의 프롤레타리아독재로 혁명건설의 목적을 달성하고자 하는데, 도대체 할 수 있는 것인가?"라고 했다. 더 나아가 그는 중국 공산당원에게 다음과 같이 권고했다. 당신들은 시대가 아직 공산주의를 필요로 하지 않는다는 것을 알고, 따라서 공산주의의 이름을 공개적으로 꺼내지 못하고 국민당의 이름을 빌려 일하고 있으면서 어째서 시원스레 정직하게 "삼민주의를 유일한 이론으로 여기고, 국민당을 유일한 구국의 정당으로 여기"지 않는가?[6] 장제스蔣介石도 마찬가지로 프롤레타리아 혁명이 '중국 국정'과 '민족

6   戴季陶, 「國民革命與中國國民黨」, 『戴季陶主義研究資料選編』, 北京 : 中國人民大學出版社, 1986, 35~43쪽 재인용.

성'에 맞지 않는다고 여겼다. 1927년 4월 25일 그는 창사長沙 시민 환영대회에서 「우리 당의 국민혁명과 러시아 공산혁명의 구별」이라는 제목의 강연에서 다음과 같이 말했다. "미움이 동기가 되는 혁명은 결코 중국의 민족성에 맞지 않습니다. 왜냐하면 동기가 미움이므로 행동은 틀림없이 잔혹하고 비열하게 됩니다. 뿐만 아니라 남에게 손해를 끼치고 자신의 이익을 도모하려고 할 것입니다. 이것은 완전히 중국의 민족성과 반대입니다. 몇천 년 동안 중국의 윤리관념은 모두 이타적인 것이지 이기적인 것이 아니었습니다. 따라서 중국민족의 고유한 특성은 평화적이고 관대하고 광명정대합니다. 다른 사람으로부터 잔혹한 대우를 받기를 원하지 않고 마찬가지로 잔혹한 수단으로 다른 사람을 대하기도 원하지 않습니다." "어떤 한 나라가 채택한 혁명주의와 방법을 다른 나라에 그대로 적용해서는 안 됩니다. 왜냐하면 갑국의 국정에 맞는 혁명주의와 방법이 반드시 을국에 맞는 것은 아니기 때문입니다."[7] 우선 이러한 관점의 역사적 진실성에 대한 평가는 논하지 않기로 하고, 논리만 가지고 말해보면 오늘날 우리에게 너무나 익숙한 것이다. '국정특수'론은 고유한 문화의 낙후, 추악, 반동에 대한 유력한 변호가 된다. 이러한 정치적, 문화적인 역행은 결코 진정한 중국의 국정에서 출발한 것이 아니며 각각 당파의 목적과 이익의 필요와 관련이 있는 것이다.

변혁에 대한 반대를 목적으로 하는 '국정특수'론 제창자들의 사상적 본질은 외래문화의 수용을 거절하는 것인데, 이 외래문화 가운데

---

[7]　蔣介石, 「本黨革命與俄國共産革命的區別」, 秦孝儀 主編, 『先總統蔣公思想言論總集』 제10권, 臺北 : 中國國民黨中央委員會黨史委員會, 1984, 390쪽.

는 그들이 인정한 선진문화도 포함되어 있다. 사사건건 국정특수를 우선으로 하고 외래의 것을 배척하고 변혁을 거절하는 것은 문화발전의 자발적인 낙후를 보여줄 따름이다. 천두슈陳獨秀는 "혁신을 결심했다면 모든 것에 대하여 서양의 새로운 법을 채용해야 하지 무슨 국수, 무슨 국정이라는 귀신의 말로 훼방을 놓아서는 안 된다"[8]라고 했다.

둘째, 외래문화를 수용하는 데서 '국정특수'론은 변형기제를 가지고 있는데, 이는 고유문화의 소극적 동화작용으로 드러난다.

20세기 중국문화의 현대적 전환은 항거할 수 없는 시대적 조류였으며, 외래문화의 강세로 말미암아 중국 고유문명은 전통적 우세를 상실했다. 서학동점의 세 과정을 거치면서 서방문화는 한 걸음 한 걸음 죄어오고 한 층 한 층 깊이 들어왔다. 이러한 상황은 중국 전통문화로 하여금 '탁고개제托古改制' 식의 견강부회 기제를 촉진하게 함으로써 외래문화의 수용에 한계를 가지게 되었다. 그런데 '국정특수'론은 이러한 한계적 수용으로 하여금 변형을 낳게 만들었다.

루쉰은 이러한 변형을 '염색항아리' 효과라고 불렀다. "외국 물건은 중국에 들어오기만 하면 검은 색 염색항아리 속에 들어간 것처럼 색깔을 잃지 않음이 없다는 것이 안타깝다."[9] "중국인은 변화에 능하지 않다고 누가 말했는가? 매번 새로운 사물이 들어올 때면 처음에는 배척하지만 좀 믿을만하다고 생각되면 당연히 변화한다. 그런데 결코 자신을 새로운 사물에 맞추어 바꾸는 것이 아니라 새로운 사물을 자신에게 맞도록 바꾸는 것일 뿐이다."[10]

8   陳獨秀, 「今日中國之政治問題」, 『陳獨秀文章選編』上, 北京 : 三聯書店, 1984, 268쪽.
9   魯迅, 『熱風・隨感錄四十三』, 『魯迅全集』 제1권, 346쪽.

또 다른 신문화운동의 선구자 리다자오李大釗도 루쉰과 같이 느꼈다. 그는 서방문명이 중국에 들어오면 언제나 크고 작은 변형이 일어나는 것을 목도했다. "크게는 정치제도, 작게는 의복과 신발에 이르기까지 서방인들이 그것을 사용하면 정신이 환히 빛나고 아주 편리한데, 일단 우리의 손에 들어오고 우리의 몸에 걸치면 곧 온갖 기괴한 모습이 되고 부자연스럽고 불편해져서 끝내 어울리지 않는 모습이 된다." 리다자오는 이런 현상이 발생하는 근본 원인은 서방문화가 아니라 중국문화에 있다고 여겼다. 왜냐하면 "동양문화는 정적인 것을 주로 하고 서양문화는 동적인 것을 주로 하"는데, 중국인은 "정적인 정신으로 동적인 물질제도와 기기 등등을 사용하므로 이러한 현상은 반드시 피할 수 없"[11]기 때문이다. 루쉰 등과 정치적 노선에서 다른 길을 갔던 뤄자룬羅家倫도 같은 관점을 가지고 있었다. 그는 "무릇 새로운 것이 중국에 들어오면 중국의 구식 색채가 더해지지 않은 것이 없고 결국 '이도저도 아닌 것'이 될 때까지 더해진다"[12]라고 했다.

문화는 가치체계로 가치체계에 따라 필연적으로 각각 다른 기능을 가지고 있다. 문화의 변혁이 체계적 변혁이 아니라면 그것의 고유한 기능 역시 근본적 변화가 일어나지 않는다. 이와 반대로 외래문화가 진입하면 동화기능을 거치면서 자신과 다른 것으로 하여금 변형을 일으키게 한다. 20세기 중국문화의 현대적 전환은 본질적인 것도 있고 비본질적인 것도 있다. 그런데 체계적 전화라고는 할 수 없고, 그것이

---

10   魯迅, 『華蓋集·補白』, 『魯迅全集』 제3권, 109쪽.
11   李大釗, 「東西文明根本之異點」, 『言治』 계간 제3책, 1918.7.
12   羅家倫, 「近代中國文學思想之變遷」, 『新潮』 제2권 제5호, 1920.9.1.

수용한 서방문화에 변형이 발생한 것은 필연적이었다.

어떤 문명이라도 하나의 부분으로써 다른 문화가치체계 속으로 진입하려면 변화되어야 하고 다양한 정도의 변형이 일어난다. 변형은 적응과 효력발생의 과정이기도 하다. 최종적 결과로 보자면, 변형이 전혀 일어나지 않는 문화수용은 존재하지 않는다. 그런데 문화변형의 결과는 적극적 의의와 소극적 의의가 있다. 적극적 의의는 낙후된 문화가 선진적 문화에 의해 흡수되는 상황에서만 생겨날 수 있다. 루쉰은 원대 몽고인과 청대 만주인을 동화한 경험담의 문화적 과대망상증을 비판했다.

이런 의견이 지금은 대단히 착오적이라는 것을 알지 못한다. 우리가 어떻게 몽고인과 만주인을 동화시킬 수 있었는가? 그들의 문화가 우리보다 많이 낮았기 때문이다. 만약 다른 사람의 문화나 우리의 적이 더 진보했다면 그 결과는 크게 달랐을 것이다. 그들이 우리보다 더 총명하다면, 이때는 우리가 그들을 동화시킬 수 없을 뿐만 아니라 도리어 그들은 우리의 부패문화를 이용하여 우리 이 부패한 민족을 다스리게 되었을 것이다. 그들은 중국인에 대하여 터럭만치도 안타까워하지 않고, 당연히 우리가 부패하도록 내버려둘 것이다. 지금 중국의 구문화를 존중하는 다른 나라 사람이 정말로 있다고 하는데, 어디 진정으로 존중하는 것이겠는가, 이용하는 것에 불과할 따름이다![13]

13   魯迅, 『集外集拾遺·老調子已經唱完』, 『魯迅全集』 제7권, 324쪽.

'부패민족'과 '부패문화'는 중국민족과 문화 속의 부패하고 질이 낮은 부분에 대한 루쉰의 시적 개괄이다. 이러한 구조는 필연적으로 부분적으로 수용한 현대문화에 소극적 변형을 일으킨다. 이러한 문화체계 속에서 루쉰은 "중국은 본래 새로운 주의를 낳는 곳이 아니고 새로운 주의를 수용하는 곳이 아니었다. 설령 우연히 외래사상이 좀 들어온다고 해도 금방 색깔을 바꿔버리는데, 게다가 많은 논자들은 도리어 이것을 긍지로 느낀다"[14]라고 했다.

중국의 근대사는 반드시 세계를 마주해야하고 반드시 세계를 받아들여야 하는 문화변혁의 과정을 겪었다. 서방문화의 시야에서 중국은 자연경제시대의 문화시스템으로써 발견된 세계였다. 그런데 중국으로 말하자면, 서방문화의 출현은 세계를 발견한 것이자 '천하'의 파멸이고 중국이 세계문화라는 거대한 흐름 속으로 강제로 들어가는 것을 의미했다. 이것은 중국이 세계로 진입하고 현대문화를 받아들이는 천재일우의 기회이기도 했지만, 이 기회가 동반한 고통이 지나치게 무거웠다. 고통은 정치적 폭압과 경제적 침입이 가지고 온 굴욕에서 비롯되었을 뿐만 아니라, 또한 현대문명과 전통문명 사이의 거대한 낙차가 만들어 낸 심리적 동요에서도 비롯되었다. 그런데 전통적 의미세계에 기생한 '국정특수'론자는 후자의 고통을 감내하기 어려웠다. 따라서 수구守舊를 위한 구신求新의 노력은 필연적으로 자강을 쇠퇴해버린 의미세계를 유지하려는 노력으로 변모시켰다. '그릇은 바꾸어도 도는 바꾸지 않는다'는 모순된 문화논리의 작용으로 새로운 사물을

---

14   魯迅, 『熱風·隨感錄五十九』, 『魯迅全集』 제1권, 371쪽.

수용한다고 해도 "결코 자신을 새로운 사물에 맞추어 바꾸는 것이 아니라 새로운 사물을 자신에게 맞추어 바꾸는 것일 따름이었다".[15] 루쉰은 과학을 예로 들어 전통문화의 이러한 변형 기능과 현대문화가 중국문화체계에 진입한 이후의 운명에 대하여 다음과 같이 말했다.

> 과학은 중국문화의 부족을 보충하기에 충분하지 않았을 뿐만 아니라 중국문화의 높이와 깊이를 한층 더 증명해주었다. 풍수는 지리학에 부합하고 문벌은 우생학에 부합하고 연단은 화학에 부합하고 연날리기는 위생학에 부합하는 것이다. '글자점'이 '과학'에 부합한다는 것은 그 중 하나에 불과할 따름이다.[16]

과학은 중국문화의 높이와 깊이를 한층 더 증명해주었을 뿐만 아니라 중국문화의 광대함을 더욱 촉진시키는 것이기도 했다.

> 그래서 마작 테이블에서는 전등이 촛불을 대체하고 법회의 단상에서는 조명등이 라마를 비추고 무선전파음이 날마다 방송하는 것은 왕왕 「살쾡이로 태자를 바꾸다(貍貓換太子)」, 「옥당춘(玉堂春)」, 「보슬비에게 감사하다(謝謝毛毛雨)」가 아닌가?
>
> 매번 하나의 새로운 제도, 새로운 학술, 새로운 명사가 중국에 들어올 때면 검은 색 염색항아리에 들어간 것처럼 금방 새까만 뭉치가 되어 사리사욕을 불태우는 도구가 되었다. 과학도 그중 하나에 불과할 따름이다.

---

15 魯迅, 『華蓋集·補白』, 『魯迅全集』 제3권, 109쪽.
16 魯迅, 『花邊文學·偶感』, 『魯迅全集』 제5권, 505쪽.

마지막으로 루쉰은 "이러한 폐단을 없애지 않으면 중국은 백약이 무효이다"[17]라고 탄식했다. 앞서 '염색 항아리' 기제는 '국정특수'론의 최종적 효과라고 말했다. 왜냐하면 체계로서의 문화는 그 자체로 자신과 다른 문화의 수용에 대하여 완충과 감손 기능을 가지고 있기 때문이다. 문화적 전통이 유구하고 문화적 축적이 풍부할수록 이러한 기능은 더욱 강해지고 외래문화와의 동화를 배척하는 힘은 더욱 강하다. 중국의 전통문화는 약세문화를 동화하고 강세문화를 배척하는 풍부한 기능과 경험을 가지고 있다. 현대문화의 체계가 전체적으로 수용되는 것이 아니라 부분적으로 수용될 때 배척의 힘과 동화의 힘이 동시에 발휘되고 그 결과는 수용한 현대문화의 기능이 바뀌게 되는 것이다. 이러한 상태에서 수용된 현대문화의 부분은 원原문화체계의 기능을 상실하고 현現문화체계의 기능을 획득하여 현문화체계의 존재를 지지하게 된다. 고대사회에서 약세 혹은 낙후한 문화를 마주한 중국문화는 승화식의 동화를 보여주었고 일찍이 '대한大漢'문화, '대당大唐'의 웅대한 기세를 창조했다. 그런데 현대사회에서 이러한 고로한 이야기에 심취하여 '오래된 곡조'를 노래하는 것은 '국정특수'론 탄생의 원인이 되었다. 루쉰은 "어떤 사람들은 우리 중국에는 '특별한 국정'이 있다고 말한다 ― 중국인이 진짜로 이렇게 '특별'한지는 나는 모르겠다. 그런데 나는 누군가 중국인은 이렇다고 말하는 것을 들었다. 만약 이 말이 진짜라면, 그렇다면, 내가 보기에 특별한 까닭은 대체로 두 가지가 있다"고 하면서 두 가지 원인을 지적했다. 하나는 "중국인은

---

17   魯迅, 『花邊文學·偶感』, 『魯迅全集』 제5권, 506쪽.

기억력이 없다"는 것이고 둘은 "개인의 낡은 곡조를 아직 다 부르지 못했는데, 국가는 이미 여러 차례 멸망했다"는 것이다.[18]

'오래된 곡조'는 찬란한 역사에 대한 찬미이다. 찬란함은 이미 과거가 되었고 찬미는 그저 추억이 되어버렸다. 사실 근대 중국인으로 말하자면, 역사의 찬란함은 역사적 지식에 대한 이해를 제외하고는 어떤 실질적인 의미도 없었다. 설령 아무리 찬란하다고 해도 당대인과는 무관하며 그저 조상들에게 속하는 것일 따름이다. 그것은 사라진 의미세계가 되었다. '오래된 곡조'의 읊조림은 그저 과거에 심취하게 하고 지금이 어제보다 못하다고 탄식하게 하는 것이며, 따라서 외래문화에 대한 방어심리를 강화할 따름이다. 이러한 '오래된 곡조'는 심지어 민족문화심리로 하여금 정상적인 상태에서 벗어나게 할 수도 있다. 낙후와 괴멸이 바꿀 수 없는 현실이 되자, 당대 영화와 연극은 무술을 겨루는 양놈들이 하나하나 중국의 무림고수의 발아래 엎드리고 중국인의 기개가 얼마나 대단한지에 관한 유치한 이야기를 했다. 일부 사람들은 그것을 민족의 강성에 대한 가장 좋은 증거로 간주하고 자신과 세계를 향해 과시했고, 강렬한 민족적 자신감은 극도의 민족적 허영심에 의해 대체된 것처럼 보였다. 보편적 심리상실은 초조한 정서를 야기했고, 팽창한 방어기제는 외래문화의 변형뿐만 아니라 전통과 자신마저도 변형을 일으키게 했다. 루쉰이 말한 바와 같이 "우리들의 오래된 곡조는 또한 서서히 죽이는 무른 칼"[19]이었던 것이다.

---

18   魯迅, 『集外集拾遺 · 老調子已經唱完』, 『魯迅全集』 제7권, 322쪽.
19   위의 책, 325쪽.

2. 루쉰 문화철학의 두 가지 개념
─ 문화적 동일성과 문화적 특수성

20세기 중국문화의 현대적 전환의 과정에서 국수파와 '국정특수'론은 서로 다른 단계에서 외래를 배척하고 전통을 지키는 동일한 임무를 담당했다. 문화적 전환의 기점에서 국수파가 제일 먼저 모습을 드러냈다. 그들은 민족문화의 친화감, 국민과 세계문명의 대세와의 거리를 빙자하여 일시에 '세계 제일의 중화문명'이라는 문화적 백일몽 속에 빠져들게 만들었다. 그런데 서학동점西學東漸의 심입과 세계에 대한 국민의 이해가 깊어짐에 따라 고유한 민족문화의 친화감으로 전통문화의 퇴조를 막을 수 없게 되자 국수파의 문화적 백일몽은 저절로 파괴되어 점차 전통문화를 고수하는 힘을 잃게 되었다. 이에 제2차 방어선이 만들어졌는데, '국정특수'론의 신속한 등장이었다. 제창자들은 민족문화의 친화감을 계속 이용하고 전통문화의 퇴조를 어느 정도 인정하는 전제 아래 문화적 특수성을 이론적 근거로 삼아 '국정특수'론을 제출했다. 오늘날까지도 그것은 중국의 현대적 전환에서 가장 큰 사상적 장애가 되고 있다. 그것이 이론적인 논리성을 갖추고 있기 때문이다. 한 가지 문화, 민족, 국가는 다른 문화, 민족, 국가와 비교하여 어쨌거나 특수성을 가지고 있기 마련이다.

유구한 역사와 찬란한 성과를 창조한 문화 시스템으로써 중국문화는 다른 문화와 비교해서 여러 가지 특수성을 가지고 있다. 언어문자, 생활습관에서 민족심리에 이르기까지 자신의 고유한 전통을 만들었고, 또 바로 이런 까닭으로 서방인들의 주목을 받았고 매혹시켰다. 그런데 이와 같다고 하더라도 민족이나 문화의 특수성을 지나치게 강조하고 이것을 낙후하고 수구적이고 역사의 조류에 맞지 않는 것에 대한 변명으로 간주한다면 민족이나 문화의 발전에 도움이 되지 못한다. 그런데 중국문화의 제3차 전환의 장구한 시간에서 '국정특수'론은 줄곧 사람들의 머리 속에 견고하게 자리 잡고 있었다. 게다가 근년에 이르러서는 의심의 여지가 없고 논쟁의 여지가 없이 주도적 지위를 차지하게 되었다. 그런데 중국현실에 기반하지 않고 변혁을 거절하고자 하는 문화심리에서 나온 것이라고 한다면, 이 이론은 중국문화의 전면적 전환을 위해 극복해야 할 주요한 사상적 장애가 되어버렸다고 할수 있다. 뿐만 아니라 인류문화, 세계문화의 공통성을 경시하기 때문에 원래 상대적으로 합리적이었던 이론은 편협해지고 현대 인류문화의 시대적 발전에 뒤처지게 되고 말았다.

루쉰이 말한 '오래된 곡조'는 문화적 민족성 혹은 특수성에 대한 강조와 견지를 가리킨다. 그는 "무릇 오래된 곡조는 어느 한 시기가 되면 그만 불러야 한다. 무릇 양심이 있고 각성한 사람이라면 어느 한 시기가 되면 자연스레 오래된 곡조는 더 이상 불러서는 안 되고 그것을 버려야 한다는 것을 안다"고 했다. '오래된 곡조'는 한 민족의 오래된 영웅이야기를 전송할 수도 있고 민족의 영혼에 족쇄를 채울 수도 있다. 그런데 문화적 민족성이나 특수성은 문화적 시대성의 수요에 부응하여 변화해야 한다. 이것은 루쉰이 자신을 위해서, 더더욱 민족을 위해서 결행한 문화선택이다.

내 생각에 유일한 방법은 우선 오래된 곡조를 버리는 것이다. 낡은 문장, 낡은 사상은 모두 현 사회와 아무런 관계가 없게 되었다. 과거 공자가 열국을 주유하던 시대에는 우마차를 탔다. 지금 우리가 아직도 우마차를 타고 있는가? 과거 요순시대에는 진흙그릇으로 먹었다. 지금 우리는 무엇을 사용하고 있는가? 따라서 오늘날의 시대에 살고 있으면서 고서를 받들고 있는 것은 아무런 소용이 없는 것이다.[20]

사실상 루쉰은 문화철학의 중요한 명제, 즉 문화의 특수성을 제시하고 해석하고 있다.

민족문화의 특수성은 고정불변 하는 개념이 아니라 인류문화의 공동 진보에 따라서 자신의 내용을 부단히 변화시키고 그 자신도 당연히 시대성을 갖추고 있는 것이다. 따라서 문화적 특수성은 결코 '국정특수'론의 기초가 될 수 없다. 한 민족, 한 문화는 그것이 만들어진 날로부터 오늘날에 이르기까지 길고 변화무쌍한 발전의 길을 걸어왔다. 오늘이라는 이 잠깐 동안의 종점에서 최초의 기점을 되돌아보면 어떠한 문화라도 종점과 기점은 완전히 다른 모습이고 변화가 일어나지 않는 것은 거의 없다는 것을 알 수 있다. 중국의 몇 천 년 동안의 문화발전과정으로 말하자면 정치제도, 경제형식, 풍속습관, 윤리관념 등 각 방면에서 깜짝 놀랄만한 변화가 있었다. 복식문화에는 민족성이 가장 많이 반영되어 있다. 양복, 중산복에서 창파오와 마과,[21] 두건 등 유가 복식까지, 다시 가슴을 드러내는 당나라 복식과 높은 관을 쓰는 초나라의 복식에 이르기까지…… 도대체 어느 것이 민족 '특수성'이 있는

---

20   魯迅, 『集外集拾遺 · 老調子已經唱完』, 『魯迅全集』 제7권, 325쪽.
21   【역주】 우리나라의 두루마기와 마고자에 해당하는 중국의 전통적 복식이다.

대표적 복식이라고 할 수 있는지에 대해서 분명하게 대답하기 어려울 것이다. 신해혁명 전야 루쉰을 포함한 일반 혁명당원들은 모두 청조의 두발모양과 복식을 바꾸는 것을 반청복명反淸復明의 주요 고리로 간주했다. 어떤 사람들은 일본의 와후쿠和服에서 계발을 받아 한, 당의 복장으로 돌아가자고 주장하기도 했다. 신해혁명 이후 양복이 유행했는데, 옛것을 고수하는 사람들의 공격을 받았다. 위안스카이는 스스로 황제에 오르고 예스럽지도 않고 현대적이지도 않은 '어복御服'을 만들고 동시에 창파오와 마과를 일반예복으로 정했다. 5·4운동 이후 베이징대학은 교풍을 정돈하면서 창파오와 마과를 교복으로 정했다. 루쉰은 이에 대해 날카롭게 분석했다.

옛제도를 회복한다고 해도 황제(黃帝)로부터 송, 명에 이르기까지의 의상을 단시간에 분명하게 정리하기란 실로 어렵다. 연극무대의 옷차림을 배우려고 해도 망포와 옥대, 흰 밑창의 검정 장화를 신고 오토바이에 앉아서 서양요리를 먹고 있으면 그야말로 좀 우스꽝스러워진다. 따라서 이리저리 고쳐서 대략 결국 긴 옷에 마과를 입는 것이 안전했던 것이다. 마찬가지로 외국복식이지만 벗어버릴 수가 없었던 것일 터이다 ― 이것은 그야말로 좀 이상하다.[22]

문화의 민족성이나 특수성은 시대와 역사에 따라 형태가 변화하므로 고정불변 하는 내용도 없고 어느 시대에나 불러도 되는 '오래된 곡

---

22   魯迅, 『花邊文學·洋服的沒落』, 『魯迅全集』 제5권, 479쪽. 【역주】 '망포'는 명청시대 대신들이 입던 예복이다.

조'는 없다. "하늘이 바뀌지 않으면 도도 바뀌지 않는다天不變道亦不變"는 우주문화관은 인간이 점차 소멸하는 그러한 의미세계에서만 존재할 수 있다. 시대의 변화에 따라 특수성의 내용도 부단히 변화한다. 그 변화는 결국 특수성의 상실, 더 나아가 인류의 공통적인 요구에 맞추는 것을 가치지향으로 한다. 이러한 의미에서 소위 '국정특수'론은 문화철학 가운데서 하나의 동태動態적 명제이라고 할 수 있다.

루쉰은 문화특수성에 대한 해석과 더불어 이것에 상응하는 문화철학명제, 즉 문화의 동일성에 대해 이야기했다. 이것 역시 그의 문화선택에 나타나는 하나의 중요한 경향이다.

문화의 동일성을 인정하는 것은 문화의 특수성을 이해하기 위한 전제이다. 다시 말해 '국정특수'론에 대한 인식은 문화의 동일성, 인류의 공통성을 승인한다는 전제 아래에서 완성되어야 한다.

편집적인 '국정특수'론에 대한 루쉰의 비판에는 문화적 동일성이라는 전제에 대한 승인이 포함되어 있다. '국정특수'론에 대한 루쉰의 비판이 문화선택 중의 가치판단을 보여준다고 한다면, 그의 문화적 동일성에 대한 승인은 그의 문화선택 중의 가치재구성을 보여준다고 할 수 있다.

루쉰의 문화적 동일성에 대한 승인은 구체적 사상행위에 대한 강조가 아니라 주로 문화발전의 전체적 경향에 대한 긍정에서 드러난다. 이 전체적 경향이란 바로 세계현대문화의 틀 아래에서 중국문화의 현대적 전환과 중국민족 인격의 현대적 재구성이다.

루쉰은 우선 인류의 정신과 생명의 향상 노력이라는 공통적 경향을 긍정했다. "생명의 길은 진보적이고 언제나 무한한 정신의 삼각형의 빗변을 따라 위를 향해 걸어간다. 아무것도 그것을 제지할 수 없다." "어떠한 암흑으로 사상의 조류를 경계하고 어떠한 비참함으로 사회를 습격하고 어떠한 죄악으로 인도人道를 모독하더라도 완전함을 갈망하는 인류의 잠재력은 언제나 이러한 마름쇠를 밟고 앞을 향해 나아간다."[23] 향상이라는 정신생명의 길은 인류가 생물의 공통성에서 보여주는 문화적 공통성이다. 문화철학의 공통성 개념은 통계학적 개념이 아니며 반드시 수량상의 일치를 포함하는 것도 아니다. 그것은 주체적 혹은 단계적 공통발전의 추세와 욕망을 가리킨다. 루쉰이 말한 인류 공통의 정신생명의 길은 기타 근대중국문화의 철인들이 언급한 공통성과 일치하고 동시에 전대인들과 동시대인들에 비해 더욱 보편적인 문화철학과 생명철학적인 의미를 가지고 있다. 탄쓰퉁譚嗣同은 의, 식, 주와 이동 등의 생리적 요구에서 중국과 서방의 인류공통성을 긍정했으며, 동시에 당시의 "서양인이 중국의 잔여물을 훔쳐서 그것을 정련하여 도리어 중국을 압도했다"라는 논조를 조악한 논리라고 비판했다. 그는 "저들은 곧 중국의 성인이 없었기 때문에 재사才士가 모자라지 않았다"고 했고, 더 나아가 "도는 성인이 독점하는 것이 아니라는 것은 중국이 사유私有하는 것이 아니라는 뜻과 같다"라고 하였다.[24] 후스와 펑유란馮友蘭도 인류의 이성구조의 상동성으로 중서의 생활방식, 정신적 요구의 '대동소이'에 대해 이야기했다.[25]

---

23   魯迅,「熱風·隨感錄六十六」,『魯迅全集』제1권, 386쪽.
24   譚嗣同,「思緯氤氳臺短書·報貝元征」,『譚嗣同全集』, 臺北 : 臺灣華世出版社, 1977, 428쪽.
25   각각 胡適,「讀梁漱溟先生的『東西文化及其哲學』」(『胡適文集』三, 北京 : 北京大學出版社, 1998)과 馮友蘭,「一種人生觀」(『三松堂全集』제2권, 鄭州 : 河南人民出版社, 2001)

근대 이래 서학동점의 과정에서 서화파, 본토파, 절충파를 막론하고 자신의 문화관을 확립하는 데 종종 중서문화의 차이성에 대한 강조를 논거로 삼았다. 루쉰의 문화선택에서의 가치판단도 예외일 수 없다. 그런데 루쉰의 장점은 그가 중서문화의 차이성뿐만 아니라 문화철학의 시각에서 양자의 공통성을 보아냈다는 데 있다. 따라서 일반적인 인류문화의 이질관異質觀과 인류생리의 동일관同一觀을 넘어서서 그것을 인류문화의 공통적 명제로 만들었다.

루쉰의 문화선택에서의 인류동일성 명제는 근대 이래 산업혁명이 가져온 인류문명의 세계화라는 전제 아래 만들어진 것이다. 세계시장의 개척과 경제질서의 건립, 특히 과학문화의 전파는 세계로 하여금 하나의 정신적 정체整體가 되게 했다. 천두슈가 "학술은 인류의 공유물"로 "국가의 경계라고 할 수 있는 것이 없다"[26]라고 말한 것과 같다. 과학정신은 과학적 성과를 담지체로 삼아 신속하게 세계로 전파되어 인류문화의 현대적 전환과 동일성 경향의 유력한 추진기가 되었다.

이러한 "천하의 대세는 이미 날로 하나로 뒤섞이"[27]는 시대에 인류문화정신의 일치 또한 피할 수 없는 추세가 되었다. 루쉰은 '인류의 도덕'[28](상고시대와 현대를 포괄한)을 중국문화의 현대적 전환의 가치지향과 문화선택의 기준으로 삼았다. "인류가 아직 성장하지 않았으니 인도도 물론 아직 성장하지 않았다. 하지만 여하튼 거기에서 무성하게

에 나온다.

26 첸쉬안퉁(錢玄同)에게 보낸 천두슈(陳獨秀)의 편지. 石峻, 『中國近代思想史參考資料簡編』, 北京 : 三聯書店, 1957, 1034쪽.
27 嚴復, 「救亡決論」, 石峻, 『中國近代思想史參考資料簡編』, 北京 : 三聯書店, 1957.
28 魯迅, 『熱風 · 隨感錄四十』, 『魯迅全集』 제1권, 338쪽.

자라나…… 장래에는 결국 하나의 길을 걸어가게 될 것이다"²⁹라고 했다. 왜냐하면 세계이든 중국이든 모두 현대화의 궤도로 들어가게 되고, 걸어가든 밀려가든 반드시 하나의 방향을 따라가게 되기 때문이다. 이런 까닭으로 루쉰은 중국문화의 운명에 대하여 민족의식을 넘어서는 달관적인 태도를 보였는지 모른다. 그는 지우 쉬서우창許壽裳에게 보낸 편지에서 다음과 같이 말했다.

나라 안을 두루 살펴보니 하나도 좋은 모습이 없네. 그런데 소생은 생각이 꽤 바뀌어 전혀 비관하지 않는다네. 대개 나라(國)의 관념의 어리석음은 성(省)의 경계와 유사하다네. 만약 인류를 착안점으로 삼으면 중국이 개량한다면 진실로 인류의 진보한다는 증거가 되기에 족하고(이런 나라도 개량할 수 있다는 것 때문이네), 중국이 멸망한다면 또한 인류가 향상한다는 증거가 되네. 이런 나라의 사람이 생존할 수 없다는 것은 인류의 진보이기 때문이라네.

"만약 인류를 착안점으로 삼으면"은 루쉰의 문화선택의 최종적 가치기준라고 말할 수 있다. 그의 문화선택에서 문화적 특수성과 문화적 공통성은 분리할 수 없는 한 쌍의 범주이다. 여기에는 대조, 상호보충, 통일이 있다.

인류의 문화적 공통성에 대한 루쉰의 인정은 문화적 특수성의 편협한 이해에 대한 비판에서 완성되었다. 루쉰은 고유문명에 대한 악감

---

29   魯迅, 『熱風·隨感錄六十一』, 『魯迅全集』 제1권, 375~376쪽.

정으로 충만한 것처럼 보인다. 그는 '종기'와 '부스럼'으로 자신의 악감정을 드러냈다.

무엇을 '국수'라고 하는가? 문면으로 보면 반드시 한 나라에만 있는 것으로 다른 나라에는 없는 사물이다. 바꾸어 말하면 바로 특별한 것이다. 그런데 특별하다고 해서 반드시 좋은 것은 아닌데, 어째서 보존해야 하는가?

예를 들어 한 사람의 얼굴에 종기가 생겼고 이마에 부스럼이 올랐다면 확실히 다른 무리들과 다르고 그의 특별한 모습을 보여주므로 그의 '정수'라고 할 수 있다. 그런데 내가 보기에는 이 '정수'를 제거하여 다른 사람들과 같게 만드는 것이 더 낫다.[30]

"다른 무리들과 다른"데서 "다른 사람들과 같은" 것으로 변하는 것은 바로 특수성에서 동일성으로 가는 것이며 전통에서 현대로 가는 것이다. 이후 루쉰은 또 특수성과 동일성이라는 기본명제 아래 '계급의식'과 '인류의식'이라는 두 가지 개념을 제출했다.

3. 두 가지 사상주제의 대비 – 계급의식과 인류의식

현대인은 영원히 '세계적' 인간이어야 한다. 루쉰의 정신세계에는 최종가치[31]에 대한 관심이 매우 적다고 말해야 한다. 복고식의 인류

---

30   魯迅, 『熱風 · 隨感錄三十五』, 『魯迅全集』 제1권, 321쪽.
31   【역주】 '최종가치(terminal value)'는 지혜나 구원처럼 인간이 살아가는 동안 획득하고자 하

'대동'이상과 귀족화된 인류의 '보편적 인성'이론에 대하여도 비판을 가했다. 그런데 이런 비판은 변증적 사유 논리체계 아래의 분석으로서 그것은 루쉰의 정치문제와 문화철학문제에 대한 관심의 차이를 드러낸다. 정치학적 문제에서 루쉰은 량스추梁實秋 등의 현실사회에서의 인간의 계급성에 관한 부정을 비판했다. '문학과 땀'에 관한 분석에서 추상적이고 보편적인 인성은 존재하지 않고 구체적인 인성만이 존재한다는 결론을 내림으로써 정치학적 문제에서의 루쉰의 계급론 주장을 드러냈다.

그런데 여기에는 두 가지 사실을 명확히 할 필요가 있다.

첫째, 루쉰의 '추상적 인성'에 대한 비판은 당시 정치비판의 요구에 따른 것이다. 1920년대부터 국민정부는 '윤리 건설', '국민도덕 건설'을 시급한 임무로 간주했다. 장제스는 선두에서 "우리나라 고유한 인류관계를 발전시키자", "민족 고유의 도덕을 회복하자"[32]고 주장했다. 이러한 주장에 대해 천리푸陳立夫 등이 이론적으로 해석하고 지지했다. 천리푸는 "인仁과 애愛는 천성에 뿌리를 두고 있다"는 선험적 인성론을 주장하며, "인류사회의 개조는 미움에서 출발해서는 안 된다. 미움에서 출발하면 반드시 미움으로 귀결된다. 따라서 사랑에서 출발할 수밖에 없다. 사랑에서 출발하면 사랑의 뿌리와 싹은 먼저 끊어질 수가 없다. ……만약 먼저 내부에서 계급투쟁이 생겨나면 사랑의 뿌리와 싹부터 끊어져서 절대로 꽃을 피우고 열매를 맺을 수가 없다"[33]라고

는 존재양식이나 목표를 뜻한다.
32 蔣介石, 「三民主義之體系及其實行程序」, 呂希晨, 『中國現代文化哲學』, 天津 : 天津人民出版社, 1993, 542쪽에서 재인용.

했다. 이러한 도덕적 주장은 정치적 목적에서 비롯되었다. 장제스, 천리푸 등의 인성론과 소위 '전 인류' '전체 민중'의 '공동이익'인 '공생공존'이라는 주장은 5·4신문화'와 중국 프롤레타리아계급 혁명운동을 배척하기 위해서 만들어진 이론이라는 것은 분명하다. 그런데 량스추의 인성론이 객관적으로 이들과 기본적으로 같은 논리를 가지고 있었기 때문에 루쉰의 비판을 받았다. 전제와 권위에 반항하는 것을 필생의 사명으로 간주한 루쉰은 필연적으로 억압받는 프롤레타리아와 함께 하는 정치적 길을 선택했다. 그는 정치집단과 '식객 문인'들이 그들의 정치적 통치를 공고히 하기 위해 제출한 도덕적 명제에 대하여 정치적 비판을 가했다. 그런데 이것은 결코 문화적 공통성이라는 문화철학명제에 대한 부정으로 간주해서는 안 된다. 그저 문화선택 가운데서 다른 단계의 다른 사고일 따름이다.

둘째, 프롤레타리아혁명 운동 내부의 단편적인 계급론에 대한 루쉰의 비판은 문화선택 전체의 요구에 따른 것이다. '혁명문학'의 제창자들이 양극화된 사유방식으로 계급성이 인성의 전체 내용이라는 극단적인 주장을 펼치자 루쉰은 예리한 눈으로 인간이든 문학이든 할 것 없이 계급성을 "모두 지니고 있다"고 하더라도 결코 계급성"만 있는" 것은 아니라고 했다. 루쉰의 시야에서 인간은 상대적으로 항상恒常적인 보편성을 지니고 있기도 하고 역사적 특수성을 지니고 있기도 하다. 추상적 인성과 구체적 인성이 현세를 살아가는 인간을 구성한다. 이 출발점에서 한 단계씩 내려가면 우리는 문화의 상태常態와 변태變態,

---

33 陳立夫, 『生之原理』, 天津 : 天津人民出版社, 1993, 543쪽.

심층과 표층이라는 상이한 구조에 관한 루쉰의 사고를 발견할 수 있다. 이상의 두 가지 비판은 루쉰의 전체 문화선택에서 다른 형태와 다른 구조 아래서의 표현이다. 우리는 다음과 같은 결론을 내릴 수 있다. 루쉰은 장제스, 천리푸 등 통치집단의 문화철학관점에 대해서는 주로 정치학적 비판을 가했는데, 변태적 상황 아래에서 표층구조에서 문화와 인간은 특수성을 지닐 수 있음을 밝혔다. 프롤레타리아혁명 운동 내부의 단순한 정치학적 관점에 대하여 루쉰은 주로 문화철학적 비판을 가했는데, 상태적 상황 아래에서 심층구조에서 문화와 인간은 동일성을 지닐 수 있음을 밝혔다. 이 두 가지 비판은 착안점이 다르면서도 상호보충적이다. 그것은 루쉰의 문화선택의 전체성과 변증성을 반영할 뿐만 아니라 중국 근대사회와 인간의 변혁이라는 두 종류의 서로 분리되면서도 합일되는 가치를 반영한다.

루쉰의 계급론은 개성의식과 자유사상의 기초에서 형성된 것이다. 후자가 전자에 앞서 제출되었고, 보다 중요한 것은 사상 전체에서의 연속과 발전이라는 점이다. 이러한 발전은 개인적 사고의 방향이 아니라 사회현실이 결정한 것인데, 중국의 다른 작가들의 방향과 근사하다는 것은 이 점을 증명한다. 자유개성을 가치기준으로 하면, 중국에서 자유개성에 대한 가장 강력한 억압은 바로 계급적 억압이다. 이런 까닭으로 계급적 억압에 대한 반항은 루쉰과 다수 중국 작가들이 주목하고 강조한 주제이다. '오사' 시기 개성해방 주제가 1930년대 사회해방의 주제로 전화된 것 역시 이로 말미암은 것이다. 이것은 '혁명소설'의 역사적 가치에 대한 평가에서 가장 전형적으로 드러난다.

혁명소설의 주제와 내용은 대부분 '혁명＋연애'이다. 이 주제는 지금까지 부정적 의미로 평가되었다. 사실 이 주제와 내용은 '오사'의 개성 주제에서 사회 주제로 전환하고 합류하는 시기의 특정한 형태이다. 여기에는 사회주체의식이 확립될 때 인간의 주체의식이 지니고 있는 내재적 계기를 볼 수 있고, 사회주체의식이 형성되고 개체의 주체의식을 이끌고 녹여내는 과정을 볼 수 있다.

인간의 사회성은 인간은 보편적 군체이익을 개인 활동의 최종적 원칙으로 삼아야 하고, 개체는 사회에 대한 공헌을 통하여 자신의 존재, 본질과 가치를 증명하기를 규정한다. 혁명소설은 바로 이점에 대하여 의미 있는 탐색을 하고 있다. 그것은 오래된 사랑 주제에 사회해방의 혈액을 주입함으로써 곤경에 빠진 개체의식이 필요로 하는 길을 제시했다. 흥링페이洪靈菲의 소설 「망명流亡」의 주인공 선즈페이沈之菲는 "사람은 반드시 밥을 먹어야하는 것처럼 반드시 연애가 필요하다. 왜냐하면 연애하기와 밥 먹기, 이 두 가지 중대한 일은 자본제도에 의해 망가져서 마음 놓고 연애하고 마음 놓고 밥 먹을 수 없게 되어버렸기 때문이다. 따라서 혁명이 필요하다!"라고 했다. 여기에서 작가는 개성해방과 사회해방의 인과관계에 대하여 정확한 이해를 하고 있다. 원래 사랑의 자유를 얻기 위한 개인적 추구였던 것이 동지와 의기투합하는 사회의식 위에 세워졌던 것이다.

혁명소설에 관해 상당히 널리 퍼진 생각은 다음과 같다. 혁명소설은 인물의 사상이 변화하는 데 있어서 사랑의 역할을 지나치게 중시하고 종종 사랑의 비극을 혁명에 참여하게 되는 동기로 삼는다는 것이다. 우리는 개성의 자유이든 사회의 해방이든 모두 환경의 변혁 혹은 반항을 전제로 한다는 것을 알고 있다. 환경에 대한 반항은 반드시 자아와 사회로 하여금 관계를 발생시킨다. 곤궁한 노동자가 처음에는 개인의 원한으로 혁명에 참가하게 되는 것을 인정하는 것처럼, 혁명소설 또한 개체의식의 사회해방을 향한 전화라는 내재적 논리와 외재적 현실을 포착한다. 외재현실의 작용 아래 이러한 내재논리의 지속적 발전은 인간의 사회적 주체의식의 최종적 확립을 구성한다.

인간의 현대화의 본질은 자아가치와 사회가치의 충분한 실현에 있다. 전체 사회구조와 마찬가지로 인간의 가치는 저층의 물질영역, 상층의 정신영역, 중간의 정치영역을 포괄한다. 정신영역은 정치의 중개를 통하여 물질영역의 제약을 받고 물질영역에 영향을 미친다. 인간의 이상적 발전 형태는 바로 이 세 가지 영역에서의 가치의 전면적 실현이다.

본체론으로 말해보면, 인간은 물질세계의 장기적 발전의 산물이다. 인간은 자신의 사유활동을 통하여 자신에 대한 자의의식을 실현하고 더불어 자연과 사회 속의 주체로서의 정체성을 획득한다. 그런데 유한한 존재물로서 인간 주체의 정체성은 공간적으로든지, 시간적으로든지 간에 모두 무한한 물질본체와 그 존재형태에 속한다. 이러한 의미에서 인간은 정신 활동의 체현으로서 반드시 객관물질존재의 제약을 받는다. 개성자유의 구호는 인간의 사회활동 속에서의 정신가치를 긍정하고 논증하며 인간의 주체로서 지니고 있는 기능을 보여준다. 하지만 인간의 정신역량의 무한성을 강조하고 인간의 주체적 활동을 모종의 관념과 정신의 단일본체로 간주하고 이러한 주체의 정신 활동을 문화의 발전과정의 동력으로 보는 것은 필연적으로 주관유심론의 오류에 빠지게 된다. 동시에 개체로서의 인간은 결코 독립적 생명세계가 아니라 계급과 민족의 일원으로 존재하는 것이다. 개인의 해방은 반드시 계급적, 민족적 해방을 전제하며, 정신의 해방은 또 반드시 물질적, 정치적 해방을 조건으로 한다. 이 두 근본적 전제와 조건을 떠난다면, 모든 개성의 자유나 정신의 해방은 다 뿌리 없는 나무와 같다.

'오사' 이후 중국사회의 현실상황과 중국작가의 선천적 우환의식, 입세제민入世濟民의 문학관념은 인간의 해방을 정신영역으로 귀결시키고 인간을 순수개체적 존재로 간주하게 만들었을 것이다. 인간은 물질, 정치에서와 마찬가지로 정신 영역에서도 통치계급의 억압과 약탈을 받아왔다. 그렇다고 하더라도 루쉰이 나열한 순서에 따르면 중국인의 현실적 삶에는 첫째는 생존하고자 하고, 둘째는 따뜻하게 입고 배부르게 먹고자 하고, 셋째는 발전하고자 한다. 정신에서의 개성자유는 틀림없이 발전의 내용에 속한다. 광대한 노동자들에 대해 말하자면, 생존과 의식을 해결하지 못한 상태에서 정신적 도덕발전을 사치스럽게 이야기하는 것은 실현하기도 어렵고 공명을 얻기도 어렵다. 오늘날 루쉰의 소설 「죽음을 슬퍼하다傷逝」, 「고독자孤獨者」 등의 주제를 어떻게 해석하든지 간에 물질적, 정치적 요소가 쥐안성涓生과 쯔쥔子君의 이별의 비극과 웨이롄수魏連殳의 자기파괴적 삶에 중요한 역할을 했다는 것을 인정하고 있다. 훗날 루쉰은 피비린내 나는 현실 앞에서 '지극히 조심스럽고 온당하기 그지없'는 "아이를 구하라"라는 호소를 한 것은 확실히 지나치게 공허하고 무력한 것이었다고 한탄하기도 했다.

인간의 자유의 발전은 상호 불가분의 두 가지 과정이 있는데, 바로 정신 활동과 실천 활동이다. 개체적 인간이든, 군체적 인간이든 그 정신 활동은 실천 활동 속에서 발생하고 발전할 수 있다. 인간의 능동성은 최종적으로 인간의 실천성이 세계를 개조하는 구체적 활동으로 표현된다. '오사'시기 봉건주권의 붕괴에 따라 개성과 자유를 추구한 작가들은 정치적 보호를 상실한 봉건윤리체계를 맹렬하게 공격했지만, 이러한 공격은 형이상학적이고 추상적인 비판에 한정되었다. 개성자유의 구호는 결코 구체적 변혁과정에 의해 정착되고 실현되지 못했으며, 형이상학적인 정신적 목적에 상응하는 보편적 사회적 실천으로 물화되지 못했다. 인간의 자아의식과 자유의 발전은 결코 추상적 도덕양식에 머무는 것이 아니라 구체적 사회변혁 중에서 특정한 내용을 획득해야 하는 것이다. 그렇지 않으면, "이러한 주체성은 실제에 도달하지 못하고 또한 행위의 규정성에도 도달하지 못하고, 여전히 자신의 내부에 머무르며 더불어 현실성이 결핍하게 된다".[34] 사실상 개인은 결코 진정한 해방과 실체적 자유를 얻지 못했다.

첨예한 계급투쟁의 시대에 진입하자 실제적 사회변혁활동은 이미 당시 중국의 역사적 주제가 되어있었다. 사회를 직면하고 인민을 사랑하고 더불어 예술로 인생과 사회를 개조하고자 한 작가들은 모두 추상적 도덕구호를 헛되이 지키고 있을 리가 없었다. 그들은 현실 그 자체로 '인류'와 '인간의 해방'의 내함을 다시 이해하고자 했다. 피통치 계급으로 말하자면, 인간의 해방의 구체적 실천과제는 우선 계급해방이었다. 인간의 해방과 마찬가지로 계급해방 역시 다층적 의미를 지니고 있다. 그것은 계급의 정치해방, 물질해방, 정신해방을 포함한다. 혁명소설 이후 작가들은 프롤레타리아계급의 정치적, 경제적 해방을

---

34   黑格爾(G.W.F.Hegel), 『法哲學原理』, 北京 : 商務印書館, 2002, 167~168쪽.

예술세계의 무대로 올리고 개인의 도덕적 반항(개성자유)에서 경제에서의 군체의 반항(계급해방)으로 확장시킨 주인공을 집중적으로 표현했다. 뿐만 아니라 이로 말미암아 광대한 민중들이 군체적 주체의식을 확립하여 사회변혁실천에 투신하는 정신풍모를 보여줌으로써 소설의 주제는 보편적 사회적 의미를 획득하게 되었다. 동시에 이러한 소설에서 작가들은 군체의 이익을 목적으로 삼는 정치적, 물질적 해방이 개체의 정신상의 해방과 서로 모순되지 않음을 표현하고자 했다. 시시각각 인생을 직면한 현대사상가로서 루쉰은 끊임없이 현실 속에서 사상자원을 흡수하고 자신의 문화선택의 내용을 충실히 하고 조정하고자 했다.

4. 문화적 동일성 명제 – 인류 공동의 문화자원에 대한 인식

루쉰의 문화선택에서 '세계인' 개념과 '문화적 동일성'이라는 명제의 제출은 근대 이래의 중국의 문화적 전환에서 총괄적이고 계시적인 역할을 하고 있다.

우선 루쉰의 문화선택에서 문화적 동일성 명제는 중국문화의 전환에서의 문화적 '인류관'을 제시하고 있다.

중화민족은 '천조天朝'라는 유서 깊은 문화심리가 있다. 이런 심리는 고대에는 '화이지변華夷之辨'으로 상당한 사실감이 있는 중화문화의 보편가치관을 형성했다. 근대에 이르러 현대화라는 가치기준 아래에서 '천조' 문화심리는 점차 협애하고 낙후된 지역문화관으로 변모했다.

이러한 문화관의 고수는 필연적으로 현대적 전환의 심리적 장애가 되었고, '국정특수'론의 구성 근거가 되었다.

'국정특수'론에 대한 루쉰의 비판은 인류문화관으로 현대문화를 동일시한 데서 드러난다. 문화철학의 이론적 의미에서 말하자면, 서방문화, 동방문화를 막론하고 전통문화, 현대문화를 막론하고 모두 인류문화의 구성성분이다. 여기서 말하는 구성성분은 공간적 의미에서 누적이 아니라 시간적 의미에서 인류문화 공동의 전체적 존재이다. 문화의 수용자에 대해서 말하자면 어떤 문화적 종류도 모두 인류문화이다. 족군문화, 지역문화는 이런 의미에서 말하면 원래의 각각의 특성을 소거하고 인류실존의 공동문화가 된다. 따라서 현대문화에 대한 수용은 원래의 이異문화적 가치가 인류문화적 가치로 전화되고 수용은 외재적 의무가 될 뿐만 아니라 내재적 권리가 된다. 오늘날 각 민족, 지역, 국가의 구성원으로 말하자면 모두 현대문화를 수용하고 누릴 자격이 있으며, 그들이 수용한 것은 단순한 서방문화가 아니라 인류문화의 공동성취이다. 따라서 중국문화의 외래문화에 대한 수용, 전통문화의 현대적 전환을 위해서는 우선 '인류문화' 의식을 건립해야 한다. 문화적 수용을 스스로의 당연한 문화적 권리로 간주하고 문화수용 과정에서의 이질감을 약화하고 문화전환의 주동성을 강화해야한다. 과거 중국문화가 주변 민족과 지역의 공동문화자원이었던 것과 마찬가지로 오늘날, 서방문화를 주요내용으로 하는 현대문화 역시 중국을 포함한 모든 지역의 공동문화자원이 될 수 있다. 이 점에서 말하자면 현대문화는 서방의 독점적인 것이 아니라 현존하는 인류의 공동재부가 되어야 한다. 어떤 개인, 민족이라도 그것을 취하고 누릴 권리가 있다. 이러한 이해는 '인류문화'관 아래서의 문화심리의 전화이자 현대화의 구체적 내용이다. '인류문화'관 아래에서는 자기의 것이 아닌 문화는 없고, 모두 자기의 문화에 속한다. 문화의 시간성(전통과 현대), 문화의 공간성(민족과 지역)은 모두 새로운 의미를 갖게 된다. 바로 이런 인식의 전제 아래서만 동서방문화는 비로소 상보성, 용융성의 기초를 갖게 된다. 천두슈는 '화이지변'을 고수한 국수파에 대한 비판을 통하여 이와 같은 '인류문화'관을 드러냈다.

> 만약 민족문화를 전세계문화로부터 이탈시켜 고립적으로 간주하고 국수를 전세계 학술로부터 이탈시켜 고립적으로 간주하여 낡은 것과 잔존한 것을 고수한다는 기치 아래 눈을 감고 스스로 크다고 여기고 외래의 것을 배제하며 역외의 학술의 수입을 거절하고 외국의 과학적 방법으로 본국의 학문을 정리하는 도구로 삼는 것을 거절한다면, 모든 학술은 비교연구의 기회를 상실하게 된다. ……이러한 국수가는 그야말로 너무 썩어 문드러졌다![35]

이상은 목하 유행하고 있는 "중국인은 중국인이 만든 자동차를 타야하고, 중국인은 중국인이 만든 영화를 보아야한다……"라는 말의 윤리논리를 생각나게 한다. 이 논리가 포함하고 있는 민족감정은 나무랄 데가 없지만, 그야말로 인류문화의 동일성, 심지어 인류공동의 본성에 대한 배반이다. 이 논리에 따라 "미국인은 미국인이 만든 ……

---

35   陳獨秀, 『陳獨秀文章選編』 下, 北京 : 三聯書店, 1984, 641쪽.

을 ……해야 하"고, "러시아인은 러시아인이 만든 ……을 ……해야 하"
는데, 이렇게 가다보면 세계는 장차 어떻게 될 것인가? 자동차와 영화
그 자체가 외국에서 온 것임을 알아야 한다. 만약 인류문화에 동일성
이 없다면, 한 가지 문화는 한 민족에게만 속하고, 문화의 교류와 전파
도 일어나지 않았을 것이고 세계문화는 지금까지 아직도 씨족부락시
대에 머물러 있을 것이다. 이 논리에 따르면 고대 주변민족과 지역의
중국문화에 대한 수용 또한 설명할 수 없게 된다. 만약 인류문화의 동
일성의 각도에서 고대 주변민족과 지역의 문화심리로 사고한다면, 그
렇다면, 오늘날 중국인이 서방문화를 수용하는 데 느끼는 불균형심리
역시 평화롭게 바뀔 것이다.

당대 인류문화의 발전 추세는 각 민족문화의 공통성이 날로 각각의
특수성을 대체하는 것이다. 인류문화의 일보 전진은 민족문화의 특수
성의 약화 혹은 상실을 역사의 대가로 삼은 것이라고 말할 수도 있다.
비록 이 대가가 무겁고 종종 문화심리의 균형상실과 곤혹을 수반한다
고 하더라도 말이다.

인류문화의 발전은 지금까지 대체로 세 종류의 문화시대를 거쳐 왔다.

첫 번째 시대 : '점의 문화시대'이다. '고립적 동일성의 시대'라고
부를 수도 있다. 각 원시 군체가 서로 고립된 상황에서 공동의 문화성
과를 만들어냈다. 물이 가까우면 그물을 엮고 배를 만들었고, 산이 가
까우면 활을 굽혀 화살을 쏘았다. 토템, 생식숭배, 원시종교가 유사하
다. 원시적 인류문화군체는 서로 연관이 없이 평행, 발전했고 그 동력
과 기제는 생명본능의 자연환경에 대한 적응방식과 자기조절에서 유
래한다. 지구는 인류에게 유사한 생활환경을 제공했으므로 각각 독립

적 인류문화군체는 인류 최초로 공동문제에 직면하게 되었다. 따라서 이러한 기초에서 상대적으로 독립적이면서도 공동성을 띤 인류원시문화를 탄생시켰다. 이것은 최초의 인류문화의 공동성시대이다.

두 번째 시대 : '원의 문화시대'이다. 다중심의 지역문화시대로 '확대된 동일성시대'라고 부를 수 있다. 제한적 교류 아래에서 모종의 상위문화가 중심이 되어 지역적 문화공동체문화권을 형성했다. 각 문화권은 중심적 지위를 가진 문화의 민족 특성을 보여준다. 유가문화권, 불교문화권 등이 그것이다.

세 번째 시대 : '구의 문화시대' 즉, 전면적 동일성의 시대이다. 인류문화는 전방위적, 입체적인 교류가 이루어지고 모종의 상위문화권을 기본틀로 삼아 전지구적 범위에서 공동발전의 추세를 형성하고 문화의 세계성, 공동성이 나날이 문화의 민족성, 특수성의 발전을 제약하고 대체한다. 이것은 바로 새로운 인류문화의 공동성 시대이다. 이 시대에서 시간과 공간은 모두 의미를 상실한다.

이상 세 시대의 교체는 인류문화의 부단한 발전과 통일을 향한 과정이다. 인류의 자연속성과 사회속성의 욕망에서 보자면, 공동성 혹은 공통성은 기본적 특징이다. 물질적으로는 풍요와 발달을 추구하고 정신적으로는 자유, 쾌락을 추구하는데, 인류문화의 발달과 전파는 바로 이를 기초로 발생한 것이다. 앞서 말했듯이 어떤 한 국가, 한 민족은 다른 한 국가, 한 민족과 비교했을 때 특수성이 있지만, 이와 동시에 공통성도 지니고 있다. 당대 인류 선진문화의 신속한 전파와 수용은 바로 이러한 공동성의 존재를 설명해주며, 이것은 또한 지금까지 인류문화가 끊임없이 공동발전을 향해 가는 장소이기도 하다. 자신을 바꾸기를 거절하고 공동성을 부인하면 필연적으로 문화적으로 낙후하게 된다. 이러한 결말을 피하고자 한다면 우선 인류문화의 공통성을 인정해야 한다. 반대로 만약 자신의 특수성을 지나치게 강조한다면 자신을 변혁하는 능력 내지 의지를 의심하지 않을 수 없다.

다음으로 루쉰의 문화선택에서의 인류문화 동일성의 명제는 당대의 '중국특색' 이론에 대한 적극적 이해에도 중요한 계시적 의미를 지니고 있다.

'중국특색'론은 개념에 있어서 루쉰의 문화동일성 명제와 상반되는 것 같지만, 중국사회와 문화의 전환이라는 현대화 방향을 가지고 말한다면 근본적으로 일치되는 점이 있다. 본질적으로 보면, '중국특색'은 인류 문화동일성 명제가 현대적으로 전화된 중국의 형식이다. 게다가 그것은 문화특수성 명제를 현대적으로 전화한 것이다. 그런데 루쉰의 문화선택이 '중국특색'론에 가지는 가장 큰 의미는 특수성 명제에 대한 문화동일성 명제의 계시에 있다.

문화동일성 명제의 본질은 인류문화의 현대적 전화라는 공동가치의 방향이고, 현대화라는 의미에서 '중국특색'에 대하여 반드시 적극적으로 해석해야 한다. 반드시 덩샤오핑鄧小平의 개혁개방의 총체적 구상 속에서 그것에 대해서 깊이 있게 이해해야 한다.

첫째, 사회발전형태에 대하여 논리적으로 분석해야 한다. '중국특색'은 '국정특수'로 오독되어서는 안 된다. '국정특수'는 사회의 현존 형태이지만 '중국특색'은 사회발전의 미달성형태이다. '국정특수'를 '중국특색'으로 이해하면 전자에서 후자에 도달하는 발전과정을 홀시하고 사유방식의 정태화, 즉 사회발전사상의 보수화가 되고 만다. '중국특색'은 '국정특수'론에 기반하여 확정된 것이나 후자의 최적화된 조합이다. "우리나라는 봉건사회가 2천여 년 지속되었고 인구가 많을 뿐만 아니라 기초가 박약하여 경제기초와 과학기술문화가 낙후되었다."[36] 이것은 '국정특수'이지만, 결코 미래의 '중국특색' 사회발달의 정도를 사전에 한정 짓는 것은 아니다. '중국특색의 사회주의를 건설하자'는 이론은 이러한 한계를 돌파함으로써 세계적 현대화와 보조를 맞추는 발달 수준에 도달하기 위한 것이다. 그렇지 않으면 사회주의 사회의 우월한 점을 증명할 수 없을 뿐만 아니라 중국의 낙후는 문화, 민족의 본연적 낙후이며 영원할 것임을 보여주게 된다. 따라서 '국정특수'론은 여기에서 낙후를 보위하는 방어적인 소극적 구호가 된다.

둘째, '중국특색'에 대한 이해는 반드시 인류 문화동일성을 인정한다는 전제 아래 진행해야 한다. 유구한 역사를 가지고 찬란한 성취를 창조한 문화체계로서 말하자면, 중국문화는 기타문화와 비교하면 여러 특수성을 지니고 있다. 다양한 문화체계 사이에서 문화교류가 일어나는 중요한 동인 중의 하나는 각 문화의 특수성이다. 그런데 특수성에 대한 이해는 반드시 인류 문화발전의 공동성이라는 전제 아래 완성된 것임을 승인하고 받아들여야 한다. 그렇지 않으면 특수성에 대하여 고립적이고 폐쇄적으로 이해하게 되며, 따라서 한 문화와 다른 문화 사이의 내재적 관계를 단절하게 된다.

문화는 전파성이 있다. 한 문화의 요소는 그 문화체계 속에서 만들어지고 다른 문화체계에 의해 받아들여지는데, 이것은 상이한 문화체

---

36 『新華文摘』, 제11기, 1994.

계 사이에 공동성의 기초가 있음을 설명한다. 인류사의 발달과정과 추세로 말하자면 각 문화 사이의 공통성은 날이 갈수록 각자의 특수성을 대체하고 녹여내는데, 이것은 인류의 문화발전 과정에서 지불하는 무거운 대가이다. 만약 문화특수성을 유일한 명제로 보고 문화동일성 명제를 받아들이지 않는다면, 이른바 '21세기는 중국의 세기'라는 예언도 성립될 수 없다. 왜냐하면 세계의 기타 문화체계와 비교하면, 중국문화는 이질적 문화이고, 각각은 특수성을 가지고 있으므로 중국문화도 인류공동의 문화적 주체가 될 수 없을 것이기 때문이다.

5. 문화의 시대적 명제 – 중국의 문화적 전환의 현대화

문화적 가치의 판단에는 시대성이 있고, 시대적 차이는 필연적으로 본질적 차이를 가져온다. 루쉰의 문화선택은 하나의 완정한 사고와 실천과정이며, 이러한 과정의 결정적 고리는 시대성과 현실성이다. 문화동일성과 특수성에 대한 그의 판단에서 가장 중요한 기준은 문화의 시대성 명제이다. 루쉰은 세계의 시대라는 높이에 준거하여 영원히 실천한 사상가이다.

"현재를 부여잡자"[37]라는 말은 루쉰의 문화선택의 기점과 종점을 관통하고 있다.

루쉰의 문화선택의 문화시대성 명제의 첫 번째 의의는 복고문화가

37　魯迅, 『華蓋集 · 雜感』, 『魯迅全集』 제3권, 52쪽.

치관에 대한 부정이다. 마르크스는 시간은 인간의 생명의 척도일 뿐만 아니라 인간의 발전의 공간이라고 말했다. 여기에서 마르크스는 인간 존재의 두 가지 형식 즉, 생명의 존재와 의미의 존재를 가리키고 있다. 이 두 존재에서 '현재'는 공동의 형식이다.

선형적 시간 개념으로 보면, '현재'는 과거와 미래를 연결하는 시대로서 어떤 사물, 생명이라도 반드시 가지고 있는 존재와 발전의 과정이다. 문화시대의 개념으로 보면 20세기 '현재'는 고대문화와 현대문화, 전통문화와 외래문화가 함께 모이는 과도기적 고리이다. 따라서 전자의 의미에서 보면, 루쉰이 '현재'에 주목한 것은 실질적으로 '장래'에 착안 한 것이다. "왜냐하면 장래의 운명은 일찌감치 현재에서 결정되기 때문이다."[38] 선형적 시간 차원에서 현재는 과거와 장래 사이이고, 현재는 앞의 것을 계승하고 뒤의 것을 열어젖히는 것으로 존재의 '중간물'이다. '현재의 도살자'들은 '현재'를 죽이고 '장래'를 죽이는 것이다. 하지만 "장래는 자손의 시대이다".[39] 선형적 발전의 시간 논리에 따라 루쉰은 전통을 비판하고 자신을 비판하고 더불어 간절하게 "아이를 구하라"라고 외쳤다. 후자의 의미에서 보면, 루쉰이 '현재'에 주목한 것은 사실상 중국문화와 세계현대문화 사이의 시차의 대비에 착안한 것이다. 낡고 낙후된 문화시대를 넘어서서 현대적 전화라는 시대요구를 완성하자고 주장했다. 루쉰이 보기에 중국은 비록 자연시대로 보자면 20세기이지만 문화시대로는 고대에 속했다. "오대, 남송, 명 말의 상황을 오늘날의 상황과 비교해보면 그것이 너무도 유

---

38   魯迅, 『墳·我們現在怎樣做父親』, 『魯迅全集』 제1권, 138~139쪽.
39   魯迅, 『熱風·現在的屠殺者』, 『魯迅全集』 제1권, 366쪽.

사해서 깜짝 놀라게 된다. 시간의 흐름이 유독 우리 중국과는 무관한 것 같다. 현재의 중화민국은 여전히 오대이고, 송말이고 명말이다."[40] 두 번째 의미에서의 '현재'에 대한 강조는 루쉰의 문화선택에서 시대 명제의 핵심이다. '현재'는 두 종류의 문화시대의 대비이자 전이이다.

'문화시대'는 사상적 의미이고 가치관념이다. 그런데 '자연시대'는 단순한 시간개념으로 실제존재 외에는 어떤 부가적 의미도 담겨있지 않다. 루쉰이 주목한 것은 어떻게 중국문화의 고시대로 하여금 인류의 현대문화시대로 진화하게 하는가의 문제였다. 이러한 전화를 완성하려면 우선 복고심리와 미래에 대한 공상을 극복해야 한다. 루쉰은 쉬광핑許廣平에게 보낸 편지에서 "내가 보기에 모든 사상가들은 '과거'를 그리워하지 않으면 '장래'에 기대를 걸고 있습니다. 그런데 '현재'라는 제목에 대해서는 백지답안을 제출합니다. 아무도 약방문을 내지 못하기 때문입니다"[41]라고 했다. '장래'는 '현재'에 달려있다. 그렇다면, '장래'에 대한 이상적 추구는 '현재'에 의지하기만 한다면 실현의 가능성이 없다고 할 수 없지만, '과거'를 그리워만 한다면 터럭만치도 희망이 없다. 루쉰은 시대의 입을 빌어 '과거'와 '장래'에 대한 불만을 드러냈다.

당신들은 모두 나의 현재를 모욕한다. 이전이 좋은 사람은 스스로 돌아가라. 장래가 좋은 사람은 나와 함께 앞으로 걸어 나가자.[42]

---

40   魯迅, 『華蓋集·忽然想到』四, 『魯迅全集』 제3권, 17쪽.
41   魯迅, 『兩地書』, 『魯迅全集』 제11권, 20쪽.
42   魯迅, 『集外集·人與時』, 『魯迅全集』 제7권, 35쪽.

복고의 폐해는 그것이 정감상의 심태에 있는 것이 아니라, 문화적 판단과 구성의 비현대적 가치지향이라는 데 있다. 중국역사에서 '현재'에 대한 부정은 거의 대부분 예외 없이 복고적 가치지향에서 비롯되었다. 설령 미래에 대한 이상적 기대라고 하더라도 원고遠古의 경계에 대한 복귀에 지나지 않았다. 복고는 과거를 최고의 경계로 간주하는 것으로서 필연적으로 변혁을 거절하고 현재를 부정하는 것을 전제로 한다. 그것은 문화의 체계적 발전의 선상에서 종점을 설정하는데, 이 종점은 바로 역사의 묘비이다. 따라서 복고론이나 순환론은 중국인의 역사관이나 문화관의 '낡은 곡조'가 되었다. 이로 말미암아 복고적 가치지향을 극복하는 것은 중국문화의 현대적 전화의 최대과제가 되었다. 20세기 중국문화사에서 이것은 신문화의 선구자들의 공통된 인식이었다.

리다자오는 1918년 『신청년』에서 「오늘今」이라는 제목의 글을 발표했는데, '과거'와 '장래'를 서로 견주며 '현재'의 가치와 의미를 토론했다. "무한한 '과거'는 모두 '현재'를 귀결점으로 삼는다. 무한한 '미래'는 모두 '현재'를 연원으로 삼는다. '과거', '미래' 사이에는 전부 '현재'가 있어서 연속을 이루고 영원을 이루고 시작도 없고 끝도 없는 대大실재를 이루게 된다." 이다자오는 다음과 같이 생각했다. '오늘'에 불만을 가진 사람은 두 가지 파가 있다. 하나는 '현재'의 모든 현상에 대하여 다 만족하지 못하는 사람들인데, 이로 말미암아 '과거'를 회고하고자 하는 생각이 생겨난다. 그들은 '오늘'의 모든 것이 늘 좋지 못하고 옛것은 모두 좋다고 생각한다. 정치, 법률, 도덕, 풍속 모두 '오늘'이 옛보다 못하다는 것이다. 이 파의 유일한 희망은 복고에 있으며, 그들은 마음과 힘을 모두 복고운동에 바친다. 다른 하나는 '현재'의 모든 현상에 대하여 만족하지 않는다는 점에서는 '오늘'을 혐오하는 복고의 일파와 완전히 똑같다. 그런데 이들은 과거를 생각하지 않고 '장래'만을 고대한다. '장래'를 고대한 결과 왕왕 몽상으로 흐르고 허다한 "지금 노력할 수 있는 일도 내버려두고 하지 않고 다만 허무하고 아득한 허망한 경계에 탐닉한다. 이 두 파는 모두 진화에 도움이 되지 않을 뿐만 아니라 진화를 매우 지체시킬 수 있다". 그는 마지막으로 아래와 같이 개괄했다.

> 오인(吾人)은 살아감에 있어서 '오늘'을 혐오하고 헛되이 '과거'를 회상하고 '장래'를 몽상함으로써 '현재'를 잘못 소모해버리는 노력을 하지 않겠다. 또한 '오늘'의 경계에 자족하고 '현재'의 노력을 꺼내어 '장래'의 발전을 전혀 도모하지 않아서는 안 된다. 마땅히 '지금'을 잘 사용하여 '장래'의 창조를 위해 노력해야 한다.[43]

루쉰의 문화선택에 있어서 문화시대성 명제의 두 번째 의의는 동태적 문화가치관에 대한 긍정이다. '현재를 부여잡다'는 말은 반反복고, 반反공상적인 가치지향을 보여준다. 그것은 루쉰의 문화선택에 구체적이고 생생한 내용을 보태주었다. 현재는 시공간적 환경일 뿐만 아니라 활동하는 문화형태이다.

'현상유지'는 기존 질서와 기존 사실에 대한 승인이며, 그것은 전통

---

43   李大釗, 「今」, 『新靑年』 4권 4호, 1918.4.15.

과 습관에 대한 준수와 현실에 대한 소극적 태도를 표명하는 것이다. 본질적으로 말하자면 변화에 대한 거절이다. 이로 말미암아 '현상 유지'의 사상은 '장래'가 아니라 '과거'로 향하는 것이며, 따라서 문화적 가치지향에서 복고와 방법은 다르지만 결과는 같다고 할 수 있다. 루쉰은 현상유지는 복고, 도태와 마찬가지로 변혁에 장애가 된다고 여겼다. 현상유지는 과거로 회귀하여 이상적 경계를 찾는 의식이 없다는 것뿐이다. 그것은 점차적으로 소극적이고 어쩔 도리가 없다고 하는 인생태도로 바뀌게 된다.

현상유지는 어느 시기나 다 있었고 찬성하는 사람 또한 적을 리 없었다고 말한다. 하지만 어느 시기에도 성과를 얻은 적은 없었다. 왜냐하면 실제적으로 아무 것도 할 수 없기 때문이다. 가령 옛날에 이 방법을 사용했다면 지금의 현상이 없을 것이고, 지금 이 방법을 사용한다면 마찬가지로 장래의 현상이 없을 것이며, 멀고 먼 장래에 이르기까지 모든 것이 다 태고와 다름이 없을 것이다.

현상유지는 듣자하니 아주 온건한 것 같지만, 실제적으로는 실행할 수 없는 것이다. 역사적 사실은 부단히 그것이 다만 "결코 그러한 일이 없다"는 것을 증명하고 있다.[44]

'현재를 부여잡다'와 '현상유지'의 가장 근본적 차이는 가치지향에 있어서의 동태와 정태의 구분이다. 현상유지는 변혁을 거절하고, 현

---

44   魯迅, 『且介亭雜文・從"別"字說開去』, 『魯迅全集』 제6권, 291~292쪽.

재를 기점이자 종점으로 간주하는 것이며, 관심을 기울이는 것은 존재의 상태이다. 그런데 현재를 부여잡는 것은 변혁을 주장하고 현재를 기점으로 삼고 장래를 일시적인 종점으로 간주하는 것이며, 관심을 기울이는 것은 실천과정이다. 루쉰의 문화선택에 있어서의 가치판단과 가치재구성은 모두 이러한 동태적 과정 중에서 발생했다. 루쉰이 말한 것처럼 "일찍이 호사스러웠던 사람들은 복고를 하려고 하고, 지금 호사스러운 사람은 현상을 유지하려고 하며, 호사스러웠던 적이 없는 사람들은 혁신을 하려고 한다". 현상을 유지하려는 까닭은 공리功利에 관한 사고에 있다. 변혁의 동력은 공리에 관한 사고 외에 형이상학적인 역사적 요구가 있어야 한다.

루쉰의 동태적 문화가치관에 대한 긍정은 문화의 시대적 차이와 문화의 가치차이의 관계에 관한 해석에서 더욱 잘 드러나 있다.

한 시대는 한 시대의 가치체계가 있고, 한 시대의 종결은 한 가지 가치체계의 해체를 상징한다. 어떠한 문화적 의미도 영원한 가치를 가지고 있는 것은 아니다. 루쉰의 '현재를 부여잡다'는 것은 변혁을 승인하고 변혁을 추구하는 것이고 영원한 가치의 선택을 부정하는 것이다. 영원의 가치관은 실질적으로 평가의 기준을 문화의 역사적 과정에서 분리시키는 것이다. 근대 시기 누군가 다음과 같이 말한 것과 같다. "신과 구에 대하여 누가 실제로 그것을 판단하는가? 또한 오로지 '현재'일 따름이다", "신와 구는 '현재'에 의지하여 존립해야 하는 것처럼 신과 구의 경계는 반드시 진짜로 가를 수 없다", "'현재'는 어디에서 말미암는지 아는가? 가로되, 과거와 미래를 알고 있는가, 그것은 과거도 아니고 미래로 아니므로 '현재'라고 이름을 지었다. '현재'에는 또한 과거, 미래가 있"어서, "오랫동안 존재한 학설은 필히 통하지 않는다".[45] '현재'는 일종의 의미이고 기준이다. 문화가 생명력을 얻고자 한다면 그 가치체계는 반드시 시대의 변화에 상응하여 반응하고 조정해야 하며, 다른 시대에는 왕왕 다른 본질을 띄게 마련이다. 이것은 문화시스템이 시간의 지속에 따라 스스로 양의 증감과 질적 변화가 일어나서일 뿐만 아니라, 더욱이 시대 자체가 문화시스템에 대해 제기한 요구와 확립한 규범 때문이기도 하다. 어떤 문화이든지 시대성이라는 가치기준 아래 반드시 변화가 일어나고, 반드시 당시의 규범에 준수하게 된다. 한 문화의 고유한 가치가 무한한 지속성을 가지고 있는 것은 아니며, 그 특수성 역시 필연적으로 시대에 따라 감소하게 된다. 이런 의미에서 말하자면, 진정한 '문화본위'는 존재하지 않으며, 시대성이야말로 문화의 본위이다. '시대성'은 하나의 개념, 명제로서 형식적 의미와 내용적 의미를 갖추고 있다. 형식적 의미에서 그것은 평가기준과 가치관으로 추상화되고, 내용적 의미에서 그것은 '한 시대의 문화' 즉, '현대문화'의 선택을 완성한다. 이로써 전통을 반대하고 변혁을 주로 하고 현재를 부여잡아서 현대문화를 건설한다는 루쉰의 전 사고를 전면적으로 이해할 수 있다.

문화의 시대적 의미와 기준 아래에서 루쉰은 유교를 주체로 하는 전통문화가 시대와 부합하지 않는다고 보았다.

루쉰은 초기 지우 쉬서우창과 불교에 대해 이야기하면서 공교孔敎에 때해 다음과 같이 단언했다. "불교는 공교와 마찬가지로 사망했으며

---

45 敢生,「新舊篇」, 張枬·王忍之 편,『辛亥革命前十年間時論選集』제1권 하책, 北京：三聯書店, 852쪽.

영원히 부활할 수 없다."⁴⁶ 후스 또한 "유학이 변하여 종교가 되고, 위설偽說과 왜곡이 많아졌고", 또한 '과분한 특권'을 가지고 있으며, 이미 '자살'하여 죽어버렸다고 말했다.⁴⁷ 중국문화의 전화는 인류성과 현대성을 지향했으며, 이것은 루쉰의 문화선택이기도 했다. 인류적, 현대적 문화의 특징은 인간 주체의 각성을 표지로 삼는다. 루쉰이 보기에 유교의 특질은 '민중을 다스리는 자'를 위해 복무하는 것이지 결코 민중을 위해 복무하지 않는다. "『송頌』시는 벌써부터 아첨하고 있고, 『춘추』는 벌써부터 숨기고 기만하고 있고, 전국시대에는 유세가들이 벌떼처럼 일어났지만 과격한 말로 놀라게 하거나 듣기 좋은 말로 감동시키는 것이었다. 따라서 과장하고 젠체하고 거짓말하기가 끝이 없이 계속되었다."⁴⁸

유가문화는 중화전통문명의 주체로서 중화민족이 수천 년 동안 의지해온 사상이자 도덕적 기초이고 인류를 위한 찬란한 성취를 거두었다. 그런데 루쉰은 「소리 없는 중국無聲的中國」에서 "우리가 살아가고자 한다면 우선 청년들이 더 이상 공자, 맹자와 한유韓愈, 유종원柳宗元의 말을 이야기하지 말아야 한다. 시대가 같지 않고 상황도 다르다"라고 했다. 20세기 루쉰 등 신문화의 선구자들은 도덕체계로서의 유가문화의 비현대적 성격을 선고했다. 그렇다면 21세기를 마주하고 있는 지금 유가문화는 또 어떤 운명을 맞이하게 될 것인가? 유가도덕체계의

46　許壽裳, 『亡友魯迅印象記』, 臺北 : 臺灣峨嵋出版社, 1947.
47　胡適, 「佛敎的使命」, 鄧國衛, 「關於魯迅所言儒敎已亡」(『廣東魯迅硏究』 제3・4합기, 1996)에서 재인용.
48　魯迅, 『僞自由書・文學上的折扣』, 『魯迅全集』 제5권, 北京; 人民文學出版社, 2005, 62쪽.

가치관은 또 어떤 의미와 작용을 가지게 될 것인가? 이것은 루쉰 등의 후대인들이 진지하게 생각해보아야 할 문제이다.

최근 해내외의 학술계, 정치계, 경제계가 주목하고 있는 문제 중의 하나는 유가문화와 미래시대의 관계이다. 해외의 신유학은 앞장서서 드높은 기세로 유가문화부흥론을 외치고 있다. 그것은 모종의 이데올로기의 보호 아래, 문화적 콤플렉스의 유인 아래, 출판계의 상업적 기제의 추동아래 마침내 흥기하여 급속도로 퍼지고 있다.

유가문화부흥운동의 창도자들은 비록 다양한 동기와 목적에서 출발했지만, 유가문화에 대해서는 긍정적인 해석을 내린다는 점에서는 일치한다. 그들은 전통문화의 생명가치에 대해 강렬한 자신감을 내보이며 유가문화의 미래적 발전에 대한 낭만적 그림을 그리고 있다. 21세기는 중국의 세기이자 유가문화의 시대라는 대담한 예측을 하기도 하고, 문화의 발전단계 원리에 근거하여 문화발전은 '30년 하동河東, 30년 하서河西'인데, 이전 30년이 서구문화가 독자적으로 이끌었다면, 이후 30년은 유가문화를 주체로 하는 중국문화가 서방문화의 중심지위를 대체할 것이라고 본다.[49] 영국의 역사철학가 토인비는 21세기는 서방문명이 쇠퇴하고 인류는 불가피하게 집단적 자살의 길로 들어가게 될 것인데, 인류가 이 운명을 피할 수 있는 유일한 길은 수천 년의 오래된 문명의 역사를 가진 중국문화라고 했다.[50] 전통문화 콤플렉스에서 비롯된 유가문화부흥론은 하나의 이론과 심리로서 학계, 정계,

---

[49] 季羨林, 「從宏觀上看中國文化」, 『北京大學紀念"五四"運動七十周年論文集』, 北京 : 北京大學出版社, 1989, 4쪽.

[50] 毛峰, 「休養生息, 文化培育 : 中國文明的復興之路」, 『中華文化研究』, 1993 창간호 참고.

상업계에 깊이 스며들어갔다. 동풍이 세차게 불어오니 동풍을 세차게 뒤흔드는 것이다. 흡사 중화문명이 인류문명의 역사적 원류가 되었을 뿐만 아니라 현대문명의 원류가 된 듯하다. 갖가지 예언과 추단은 모두 유가문화가 인류의 미래사회를 구원하는 영단묘약이라는 데로 모아졌다. 문화의 어머니가 철권통치자를 정복하고 이데올로기의 차이는 유가부흥의 호소에 의해 은폐되었다. 통일적이고 강대한 복고문화 진영이 세계의 현대화라는 거대한 흐름 속에서 형성되었다.

사실 유가문화부흥론이 작금에 이르러서야 비로소 제기된 것은 아니다. '서학동점'의 그 날부터 이 소리는 끊임이 없었다. 특히 20세기 초 량치차오, 량수밍梁漱溟 등의 '동방문화파'가 대표적이다. 동방문명으로 서방문명을 구원하고자 했으며, 서방문명은 이미 '피폐'해졌으며 오로지 '중국의 길, 공자의 길'로 가야만이 구원할 수 있다고 보았다.[51] 또한 당시의 신문 보도에 따르면, 구미, 일본에도 "20세기는 장차 지나인의 세계가 될 것이다"[52]는 주장이 있었다. 다이지타오戴季陶 역시 "중국문화의 세계적 가치는, 강조하자면 세계 대동의 기초가 되어야 한다"[53]라고 했다. 그런데 초기 공산당원 덩중샤鄧中夏는 일찍이 량수밍 등의 동방문화론에 대하여 실질적으로 "개인의 주관에 기대어 '깔끔하고 재미있는' 문화윤회설을 만든 것이다"[54]라고 비판했다. 정이 깊어질수록 일방적인 생각이 깊어지는 법이다. 한 세기가 지나갔

51　梁漱溟, 『東西文化及其哲學』, 北京 : 商務印書館, 1987년 영인본.
52　「二十世紀之中國」, 『國民報』 제1기, 1901.5.
53　戴季陶, 『孫文主義之哲學的基礎』, 廣州 : 廣州民智書局, 1925.
54　鄧中夏, 『中國現代的思想界』, 曾樂山, 『中西文化和哲學論爭史』(上海 : 華東師範大學出版社, 1987) 132쪽에서 재인용.

다. 우리는 량치차오가 상상한 인류의 동방문명 중심시대의 도래를 보지 못했으며, 도리어 상반된 모습 즉, 동방문화의 서방문화와의 동일시를 보고 있다. 새로운 세기가 시작되었고 우리의 새로운 문화에 대한 상상도 시작되었다. 역사는 우리에게 어떤 모습을 보여주려고 하는가? '중국모델'이 있었고, 그후 '중국몽'도 있었다. 현대사회의 변화에 있어서의 유가문화의 가치와 의미에 대하여 정확하고 분명한 인식과 판단을 하지 않는다면, 결과는 참으로 걱정스러워질 것이다. 그것은 바로 일방적인 생각이 깊어지는 것이다.

현재 중국은 태산 같은 문제를 안고 있다. 태산 같은 문제를 마주하고 혹자는 이 문제를 회피하기 위하여 유가문화의 부흥이라는 약방문을 처방할 수도 있다. 나는 염황炎黃의 자손으로서 마음 깊은 곳에서 그러한 문화카니발이 도래하기를 희망하고 있다. 중화문명이 발양하여 인류 문명의 만 가지 꽃의 뿌리가 되는 것이다. 하지만 문화의 가치와 생명은 인위적인 호소에 의해 결정되는 것이 아니라 시대와 사회의 자연적인 선택에 달려있다. 중국전통문화가 21세기 중국과 세계문명의 진행과정에서의 가치와 의미를 확정 짓고자 한다면, 반드시 우선 목전의 문화선택과 재창조에서 중국에서 가장 결핍되고 가장 극복해야 할 최우선적인 문화요소가 무엇인지, 목전의 다양한 문제들이 발생하는 주요 원인은 무엇인지를 확정해야 한다. 문제를 명확히 한 이후에 다시 이것으로 중국문화와 서방현대문화의 기본 성질을 돌이켜보아야 한다. 이렇게 하면 양자 사이의 긍정적이고 부정적인 가치를 인식할 수 있게 되며, 그리하여 미래 중국의 발전과정에서의 문화가치지향을 확정지을 수 있게 될 것이다. 나는 루쉰이 살았던 시대와 마찬가지로 목하 중국에서 가장 먼저 극복해야 하는 것은 여전히 전통과 습관이라는 장애라고 생각한다.

　유가문화의 가치체계가 21세기 인류사회의 가치가 될 수 있는가는 매우 회의적이다. 냉정히 말하자면 나는 그런 기미를 보지 못했다. 21세기가 '중국의 세기'라는 억측은 20세기 70년대 이후 일본 등 동아시아 국가와 지역의 경제발달에서 비롯되었다. 그런데 일본 경제의 비약에서 유가문화의 역할을 확인하기 전에 우선 다음과 같은 문제에 대답을 해야 한다. 일본 경제의 비약이 유학이 '국학'이었던 메이지유신 이전이 아니라 왜 서방문화의 충격 이후에 발생했는가, 하는 문제이다. 같은 이치로 중국경제의 발전은 왜 개혁개방 이전이 아니라 그 이후인가? 왜 다 같이 유가문화권임에도 한반도 남쪽의 경제는 발달하고 북쪽은 발달하지 않았는가? 유가문화가 경제발전의 동력이라면 왜 '유가문화권'에 들어간 적이 없는 국가들이 현대적 전화를 거쳐 경제의 신속한 발전을 이루었는가? 사실 돌이켜 보면 오히려 다음과 같은 인상을 줄 수도 있다. 기타 요소를 제거하면 유가윤리의 본위, '의리를 중시하고 이익을 경시하는' 가치 관념이 현대화과정에서 부정적 역할을 했다는 것이다.

　사회의 진전과 유가문화 가치의 관계로 말하자면, 양자는 다른 시제와 다른 성질로 표현된다. 후현대사회에서는 현대의 문화가치체계가 이미 확립되어있고 비非현대문화의 도전과 충격을 두려워하지 않는다. 뿐만 아니라 현대문화가 완숙됨에 따라 윤리를 본위로 하는 유가문화는 도리어 '물화'된 사회의 사람들에게 정신적 위로와 심리의 조절을 가져다 줄 수 있다. 이런 까닭으로 유가문화는 후현대사회에 비본질적 적합성이 있다. '비본질'적이라고 하는 것은 사방사회에 끊임없이 중국의 전통문화를 숭배하는 사람이 있다고 하더라도 결코 인류사회 발전의 근본적 가치로써 수용하는 것은 아니라는 점이다(심지어는 논자 자신의 실제 삶의 이상으로 간주하는 것도 아니다). 오히려 그것은 '문화적 미이라'에 대한 감상취미라고 할 수도 있다. 심미적 욕망이 공리적 욕망보다 훨씬 큰 것이다. 이것은 루쉰이 누차 단언한 바와도 같다. "일부 외국인들은 중국인이 영원히 그들이 감상할 수 있도록 바치는 거대한 골동품이 되기를 희망한다. 이것은 비록 가증스러운 것이기는 하나 이상하지는 않다. 왜냐하면 그들은 어쨌거나 외국인이기 때문이다. 그런데 뜻밖에도 중국이 자신으로는 충분하지 않다고 여기고 소년, 갓난아이를 끌어다 다함께 그들의 감상자에게 바치는 거대한 골동품이 되려고 한다. 그런 즉, 무슨 마음으로 살아가고 있는지 정말 알 수가 없다."[55] 이 말에는 문화적 권리의 불평등이 포함되어 있다. 왜냐하면 현대화를 향유하는 것은 모든 민족의 평등한 권리이기 때문이다. 현대문화는 인류 공동의 문화적 자원이다. 일찍이 인류문명을 위해 거대한 공헌을 한 중화민족은 현대문명의 은혜를 누릴 권리와 자격을 충분히 갖추고 있다. 이 점에 대하여 우리 스스로 우선 명확한 인식이 있어야 한다.

전현대사회에서 유가문화는 사회의 윤리질서를 유지하게끔 했다. 왕권강화를 통하여 인치국가의 지위를 강화했으며, 더불어 협동적 중앙집권은 사회적 생산력의 수준을 초월하는 많은 거대한 프로젝트를

---

55   魯迅, 『華蓋集·忽然想到』六, 『魯迅全集』제3권, 46쪽.

완성했다. 이런 사회에서 그것은 본질적 적합성을 갖추고 있었다. 그런데 현대화로 전환하는 사회에서 유가문화는 본질적 부적합성을 드러냈다. 왜냐하면 한 국가, 한 문화가 전통에서 현대로 향해가는 것은 사실상 낡은 것을 파괴하고 새로운 것을 세우는 과정이며, 그것이 직면한 최대의 과제는 어떻게 고유문화의 타성을 극복하고 외래의 현대문화를 최대한 수용하는가에 있기 때문이다. 고유문화를 보호하는 것은 본능이다. 역사의 결정과 전승傳承은 일부러 주장할 필요가 없이 뿌리가 깊은 것이다. 전통의 최대기능은 고유한 것을 고수하고 외래의 것을 배척하는 것이고, 자기 내부의 이질적인 요소를 죽이는 것이다. 따라서 목하 현대적 전환의 과정에서 반反전통의 힘을 확장하는 것이 사회, 문화적 전환의 속도를 높이고 깊이를 더 하기 위한 가장 좋은 방법이라고 할 수 있다. 중국은 이미 전환의 과정에서 한 세기나 주저했다. 역사와 세계가 우리에게 준 기회는 많지 않다. 세기의 교체기가 하나의 새로운 기점이 되어야 한다. 루쉰이 우리에게 알려 준 것은 다음과 같다. 인류의식으로 밑그림을 그리고 민족특색으로 테를 두르고 시대성을 기준으로 삼는 것이다. 이것이 중국문화의 현대적 전환의 기본적 가치지향일 것이다.

'나래주의拿來主義'

문화선택의 목적론과 방법론에 대한 해석

근대 이래 중국문화의 현대적 전화의 과정에서 가치판단과 가치재구성을 주요 내용으로 하는 문화선택에서의 어려움은 중국의 지식인들을 꼼짝 못하게 만들었다. 처음 그 순간부터 '복고론', '서화론', '절충론'이라는 세 가지 문화선택은 상생상극하고 소장기복하면서 중국과 함께 반세기의 지난한 역정을 걸어왔다. 이것은 한 민족의 '문화의 지난한 여정'이었다.

1. 전통의 세계를 나와서 – 문화선택의 마음 여정

'복고론'의 유치함과 진부함은 시대의 발전에 따라 사실로 증명되었고 '서화론'의 비문화적 의도는 정치이데올로기에 의해 부정되었다. 그런데 오로지 '절충론'만이 처음부터 불편부당한 완전무결한 구상으로서 최고의 합리적 가치를 인정받았다. 루쉰의 문화선택은 대다수의 사람들에게서 대부분의 시간 속에서 이곳에 위치지워졌다. 따라서 루쉰은 20세기 중국문화를 발양광대한 사람이 되고 사후 '민족혼'으로 평가되었으며, 사람들은 바로 이런 시각으로 그를 이해하고 인정했다. 전통문화의 활발한 생기를 증명할 때면 좌우지간 루쉰의 세계 속으로 들어가 도움을 받으려 했다. 하지만 이런 의미가 루쉰의 세계에서 차지하는 위치가 얼마나 미미하고 그의 진정한 의도가 무엇인지는 상관하지 않았다.

어떤 평가대상도 모두 주체에 의거해서 그것의 본질을 확정지어야 한다. 루쉰의 문화선택의 본질은 유가가 주체가 된 전통문화에 대한 그의 철저한 부정을 통해서 확립하고 인정되어야 한다. '철저한 반전통'(현대화를 기준으로 삼는 것)은 루쉰의 문화선택의 기본이라고 말할 수도 있다. 비록 그 사이에 온건함에서 격렬함으로, 모호함에서 분명함에 이르는 짧은 변화의 과정이 있기는 하지만 말이다.

루쉰은 초기에 '현재를 취해 옛날로 돌아간다取今復古'의 아름다운 희망으로 자신의 문화선택의 방향을 탐색했으나, 이후에는 철저한 반전통에 노력하기로 결정했다. 그의 '『삼분三墳』, 『오전五典』'[1]에 대한 전면적인 부정과 "중국 책은 읽지 않는다"라는 극히 지당한 주장에서 우리는 쇠락한 전통에 대한 비판적 힘을 느낄 수 있는데, 이것은 구체적인 부정이다. 동시에 전통문화에 대한 루쉰의 부정은 거시적 관점에서의 정체整體적 부정임을 보아내어야 한다. 이것은 '의미'와 가치체계의 부

---

1   魯迅, 『華蓋集・忽然想到(六)』, 『魯迅全集』 제3권, 北京 : 人民文學出版社, 2005, 47쪽.

정이라고 할 수도 있다. 따라서 사람들이 루쉰을 절충론자 내지 전통 문화의 일반적 계승론자로 만들거나 루쉰의 정신세계에서 전통문화 에 대한 긍정적 예증을 찾아내고자 할 때도 마찬가지로 우리의 루쉰의 문화선택에 대한 기본적 이해를 전복하지 못한다. 주체가 확정되면, 부분이나 세절의 배반은 결정적 의미를 지니지 않는다.

주목할 만한 것은 루쉰이 가지고 있는 우환의식이 바로 전통문화 특 히 유가문화의 영향 때문이라고 생각하는 자못 일반적으로 받아들여 지는 관점이다. 사실상 이 관점은 다음과 같은 의미를 포함하고 있다. 전통에 대한 비판에서 드러난 루쉰의 우환의식은 바로 전통사대부의 정신이며 전통에 대한 계승을 보여준다는 것이! 이것은 전통문화 콤 플렉스 속에 구성된 이상한 논리이다. 루쉰의 문화선택의 주체적 방향 을 곡해할 뿐만 아니라 그 선택의 인류적 의의를 약화시키고 그의 문 화선택과 인격을 제한적으로 이해함으로써 루쉰의 중국사상문화사에 서의 현대적 요소를 제거한 것이다. 사상과 도덕적 경계로서 우환의식 은 어떤 특정한 민족이나 집단에 속하는 것이 아니며, 그것은 인류의 공통적 성격이고 미덕이다. 우환의식으로 말하자면, 예수, 무하마드, 석가모니, 프랑스대혁명 시기의 '롤랑 부인(1754~1793)'과 동서방의 철학자와 지식인들이 공맹, 정주程朱, 중국의 지식인들에 비해 결코 약 하지 않다. 이것은 '성실, 용감함'으로 세계의 모든 민족의 미덕을 이 야기할 수 있는 것과 마찬가지이다. 우환의식은 결코 중국 전통문화와 중화민족의 전리품이 아니다. 뿐만 아니라 솔직히 말하자면 루쉰의 우 환의식은 서방의 악마파 시인과 현대의 인도주의와 개성주의 사조로 부터 더욱 많은 영향을 받았다. 왜냐하면 우환의식의 내용이 전통문화와 배치되고 전통적인 '우환'(굴원屈原식의 우환)과 많은 거리가 있기 때문이다. 루쉰은 사상내용에서부터 사상형식까지 모두 현대화한 현대적 사상가이다. 루쉰의 문화선택에 대한 다양한 곡해는 전통문화의 변형기제의 강대하고도 보편적인 힘을 보여줄 따름이다.

2. '철저한 반전통' – 문화적 전환의 방법론적 가치

루쉰의 문화선택에 있어서의 철저한 반전통적 정향은 일종의 문화가치론이자 문화가치재구성의 방법론이다. 과거에도 현재에도 루쉰은 중국사상문화사에서 과격파의 대표인데, 과격하다는 평가는 문화선택에 있어서의 전통문화에 대한 철저한 부정에서 기인한다. 상대적으로 '절충론'은 공평타당하고 변증적인 추상적 논리로서 진리성을 띤다는 가치평가를 얻기도 한다.

우선 문화가치재구성이론으로서 '절충론'은 중국문화의 현대적 전환과정에서 모순의 균형을 맞추고 편파적인 것을 억제하는 작용을 한다는 것을 인정해야 한다. 뿐만 아니라 그것은 문화발전사에 대한 인식의 결과이기도 하다. 초기 루쉰의 '문화편향'에 대한 교정은 이러한 인식을 보여준다. 그런데 구체적인 실천과정을 거치면서 루쉰은 재빨리 이러한 문화재구성이론의 비실천적 허구성을 인식한다. 루쉰은 이러한 문화이론에 대하여 다음과 같이 묘사했다.

중학을 체(體)로 하고 서학을 쓰임(用)으로 하는 것은 요즘 사람을

경시하지 않고 또 옛 사람을 사랑하는 것이다.[2]

때에 맞추어 적당히 처리하는 것은 지극히 타당한 절충이다.[3]

'절충론'은 문화가치재구성의 논리적 과정에서 만들어지는 것이지만, 재구성의 실천과정에는 응용할 수 없다. 그것은 논리적이지만 비실천적이다. '누이 좋고 매부 좋은' 문화이론은 문화가치재구성의 목적이어야지 방법은 아니다. 루쉰은 '절충론'의 오류는 '누이 좋고 매부 좋은' 순수 논리의 허구성에 있다고 여겼다. 그것의 논변의 공식은 '……해야 하고, 또 ……해야 한다', '한편으로는……, 또 한편으로는……'으로 언어적 표현이나 이론적 설명에서 변증성과 논리성을 갖추고 있다고 해도 '누이 좋고 매부 좋은' 사유방식은 그 자체로 극단적으로 상충적이고 비변증적인 것이다. 하나의 사상이나 사물이 "유행할 때 만약 폐해가 없다면 어찌 더 없이 너무 좋은 것이 아니겠는가? 하지만 실제적으로 이런 일은 결코 없다. ……모두 다 이롭고 한 가지 폐단도 없는 일은 없다. 그저 크고 작음을 계량해볼 수 있을 따름이다".[4] 루쉰은 또 대단히 세속화된 비유로 이런 관점을 서술했다.

사실 세계에는 이처럼 마음에 흡족한 일이라는 것은 절대로 없다. 설령 소 한 마리라고 해도 생명을 희생해야 한다. 게다가 공자에게 제사를

---

2   魯迅, 『華蓋集·論辯的靈魂』, 『魯迅全集』 제3권, 33쪽.
3   魯迅, 『熱風·隨感錄四十八』, 『魯迅全集』 제1권, 352쪽.
4   魯迅, 『且介亭雜文二集·從"別字"說開去』, 『魯迅全集』 제6권, 292쪽.

지내면 밭을 갈수가 없고 고기를 먹으면 우유를 짤 수 없다. 하물며 한 사람이 우선 스스로 살아가야 한다면, 선배 선생들을 등에 업고 살아가야 한다. 살아 있을 때는 선배 선생들의 절충을 공경히 받들어야 한다. 아침에는 두 손을 맞잡고 절을 올려야 하고 저녁에는 악수를 해야 한다. 오전에는 '음향, 빛, 화학, 전기'를 운운하고, 오후에는 '공자 왈, 시경에서 가로되'하지 않는가?[5]

논리적 가치는 반드시 실천과정을 거쳐서 인증해야 한다. 실천성은 논리 본체의 중요한 특징이다. 사회발전의 법칙은 문화발전의 법칙이다. 유효한 이론은 구체적이어야 한다. 그런데 중국의 전통적인 중용 논리와 문인의 '청담淸談', '공담空談' 습관은 사상 논리의 실천성을 경시하게 만든다. "중국인은 대개 글을 쓰면 언제나 '이로운 점이 있지만 폐단도 있다'라고 말한다. 이것은 지식계급의 사상을 가장 잘 대표해준다. 사실 어떤 것이든지 모두 폐단이 있다. 밥 먹는 것도 폐단이 있다. 그것은 우리에게 영양을 준다는 점에서는 이롭지만, 다른 한편으로 우리의 소화기관을 피로하게 한다는 점에서 그것은 나쁘고 폐단이 있는 것이다. 만약 일을 하는 데 하나하나 다 살펴봐야 한다면 어떤 일도 할 수가 없다."[6] 한 가지 선택은 다른 한 가지 선택의 희생을 대가로 한다. 문화선택에서 어려운 상황에 직면하면 양자의 이점과 폐단의 대소를 견주어보고 선택의 결단을 내려야 한다. 누이 좋고 매부 좋은 일을 할 수는 없다. 루쉰은 그러한 "중中은 비록 나쁜 점이 있다고

---

5   魯迅, 『熱風·隨感錄四十八』, 『魯迅全集』 제1권, 北京; 人民文學出版社, 2005, 353쪽.
6   魯迅, 『集外集拾遺補編·關於知識階級』, 『魯迅全集』 제8권, 225쪽.

해도 또한 좋은 점도 있다. 서西가 비록 좋은 점이 있다고 해도 또한 나쁜 점도 있다"는 논리를 '미온설微溫說'이라고 했다.[7] 이것은 흠 잡을 데는 없어도 실제적 가치는 전혀 없다. 어떤 이론에 대하여 여러 번 시험해보고 맞지 않으면 우선 이 이론 자체의 가치를 의심해야지 억지로 현실을 이론에 맞추려고 해서는 안 된다.

'절충론'의 실천에서의 가치 없음은 '누이 좋고 매부 좋다'는 허황한 순수 논리라는 것 외에도 문화적 전환기라는 특수한 문화적 환경에도 있다. 문화적 전환기는 바로 문화의 과도기이다. 과도기는 신구 문화가 불균형의 힘으로 대비되는 상태이다. 오래되고 강하고 보편적인 구문화, 고유문화에 비해 신문화, 외래문화는 약하고 고립되어 있다. 외래문화와 고유문화는 각각의 친화력과 역사성이 있다. 고유문화는 민족전통문화로서 그 자체로 역사적인 자연존재에 속하고 그 문화 속에 있는 사람들의 생존환경이다. 외래문화는 이런 강점이 없고 자신과 다른 문화존재이다. 이런 까닭으로 변증이나 과학처럼 보이는 '절충론'을 신문화 구성의 방법으로 간주하면, 왕왕 실제적 효력이 발생하지 않는 것이다.

중외의 문화유산에 대한 '비판적 계승'은 인류사회 각 시대의 문화적 이상이자, 동시에 20세기 중국의 문화적 전환의 최종목적이기도 하다. 그런데 역사적 과정에서 목적의 확정과 목적의 실현이 결코 일치하지 않는 때가 있다. '비판적 계승'이라는 목적은 왕왕 '비판적 계승'이라는 방법으로 실현할 수 있는 것이 아니다. 다시 말하면 '절충

---

7   魯迅, 『集外集拾遺 · 報「奇哉所謂……」』, 『魯迅全集』 제7권, 264쪽.

론'은 문화재구성의 목적론으로 간주할 수는 있지만 문화재구성의 방법론이 될 수는 없다는 것이다. 목적론을 방법론으로 간주하고 실천에 적용할 때 목적론 그 자체가 자신을 실현하는 데 장애가 된다. 목적론의 확정과 목적을 실현하는 방법의 사용은 완전히 다르기 때문이다.

문화적 전환의 과도시대에 루쉰은 결코 '비판적 계승'이라는 문화가치재구성의 목적을 부정하지 않았다. 다만 현대화라는 기준 아래 '철저한 반전통'을 이러한 목적을 실현하는 방법으로 간주했던 것이다. 다시 말하면 루쉰이 바꾼 것은 현대문화구성의 과정과 방법이지 결과와 목적이 아니다. 앞에서 말한 바와 같이 '방법론'은 '목적론'과 같지 않고, 철저한 반전통은 최종적으로 문화의 현대화와 같지 않다. 따라서 이런 의미에서 보자면 '목적론'으로서의 '중국문화의 현대화' 구상은 아마도 '비판적 계승'설, 또는 '절충론'으로 변화될 수도 있다.

지금까지 '철저한 반전통' 구호는 '전반서화' 주장과 판에 박은 듯이 같고 경전에 어긋나고 조상을 망각한 것이라는 혐의를 받고 있다. 게다가 이데올로기 분석을 가한다면 아마도 더욱 안 좋은 결론에 도달하게 될 것이다. 그런데 이 구호나 주장을 중국의 현대문화 건설의 목적이 아니라 방법론으로 본다면 중국문화의 시의적절한 전환에 적극적인 촉진작용을 할 것이며, 따라서 중국문화의 현대화 과정을 가속화할 수 있을 것이다. 나의 이러한 사고는 문화발전에 있어서의 정반正反합력 추진이론에 근거한다.[8]

---

8   나는 이런 생각을 한 뒤에 후스(胡適)의 '중국문화타성'론에 생각이 미쳤다. 그는 다음과 같이 주장했다. 신문화의 생기와 예기로 오래된 문화의 타성과 무기력을 떨쳐내고 중국문화로 하여금 외래세력의 충격을 거쳐서 그것을 빛나고 성대하게 한다는 것

소위 문화발전의 정반합력 추진이론은 역학力學에서의 작용력과 반작용력 원리에서 계발을 받은 것이다. 역학에서 물체의 운동방향은 작용력과 반작용력의 상호 소장의 결과로 형성된 합력의 방향, 즉 양자의 중간 방향이다. 어떤 한 방향의 힘이 크면 물체의 운동 방향은 그쪽으로 기운다. 문화의 발전 특히, 전환기의 문화발전은 형태적으로 일종의 물리적 운동이라고 할 수 있다. 외래문화의 가치지향은 중국문화의 전진적 발전을 추진하는 작용력이고, 전통문화의 주체는 이러한 운동을 막는 반작용력이다. 중국문화의 길고 찬란한 역사에서 전해진 무거운 짐과 견고한 민족문화 심리구조, 그리고 이데올로기에 있어서 서방문화에 대한 부단한 배척반응으로 말미암아 근대 이래 중국문화의 제3차 전환의 전체 과정에서 전통의 힘은 반전통보다 훨씬 강했다. 다시 말하면 중국문화의 전진발전을 추진하는 힘이 언제나 고유의 저항력에 비해 약했다. 이와 같은 힘의 대비 속에서 반전통의 충격을 강화하지 않으면 전통의 저항력을 파괴하기가 아주 어려웠다. 이렇게 되면 중국문화의 발전과정 역시 필연적으로 지체되거나 정체되었을 것이다. '비판적 계승'설은 문화건설의 방법론으로 사실상 벌써부터 그리고 지금 현재도 이러한 결과를 가져오고 있다. 설령 '비판'과 '계승'의 전제가 정확하다고 하더라도 전통의 힘이 반전통의 힘에 비해 확실히 더 강력할 때 이러한 방법으로 그것이 기대한 이상적 목적을 실현하기란 아주 어렵다. 왜냐하면 이 방법은 전통의 힘이 반전통의 힘에 끼치는 강대한 저항력이라는 현실적 존재를 무시한 정태적

이다. 「試評所謂"中國本位文化的建設"」, 天津, 『大公報』, 1935.3.31.

분석에서 구상된 것이기 때문이다. 치우침 없는 온화한 반전통('비판적 계승')에서 출발하여 전통의 힘의 거대한 반작용을 거침으로써 결과적으로 종점에 이를 때는 반전통의 힘이 크게 약화되고, 소위 '비판적 계승' 역시 '계승'만 남고 '비판'은 없어지게 된다. 이것은 발전소에서 이용자에게 전기를 공급하는 것과 마찬가지이다. 전기기구의 정해진 전압보다 높지 않은 비슷한 전압으로 송출한다면, 전기회로에서 강력한 전기저항이 존재하기 때문에 전류가 종점에 도달할 때는 정해진 전압보다 낮아지게 된다. '비판적 계승'설은 문화적 전환에서 전통의 힘이라는 이러한 '전기저항'의 존재를 무시한 것이다. 기점을 종점으로 간주한 결과는 공평하고 치우치지는 않지만, 사실상 효력이 없는 이론이 되고 끝내 문화적 전환에 있어서의 어둔 길을 비추지 못하게 되고 만다.

이와 반대로 중국의 문화적 전환에서 전통의 힘이라는 강대한 저항력의 존재를 충분히 고려하고 전환의 기점에서부터 '철저한 반전통'이라는 급진적인 방법을 사용한다면, 신구의 충돌이라는 마찰 이후 '합력'의 종점에 도달할 때는 '비판적 계승'이라는 이상적 상황에 도달할 수 있게 된다. '철저한 반전통'을 출발점으로 삼고 수단으로 삼는다면 중간의 전통의 힘과의 마찰 과정을 통하여 '비판적 계승'이라는 종점, 목적에 도달하게 된다는 것이다. 문화발전의 실천과정에서 이것은 왕왕 단순하고 정태적인 '비판적 계승'에 비해 보다 실제적인 가치가 있다. 중국문화의 변혁에서는 더욱 이러하다. '5·4' 신문화운동 과정에서 처음에 후스, 천두슈 등이 문언문을 백화문으로 바꾸자고 하자 린수林紓, 장스자오章士釗 등의 보수파는 강력하게 반대하며 고

문을 폐지하고 백화를 사용하는 것은 고유문명에 부합하지 않는다고 주장했다. 그런데 당시 첸셴퉁錢玄同이 한자를 폐지하고 라틴문자를 사용하자고 주장하자 비로소 보수파들은 두려움을 느끼게 되었다. 상대적으로 그들은 후스 등의 백화문 주장이 온건, 타당하여 수용 가능한 것으로 간주하게 되었던 것이다. 얼마간의 마찰이 지나고 1920년대 백화문은 마침내 합법적인 지위를 얻고 '국어'가 되었다. 이렇게 해서 라틴문자(기점) ─ 문언문의 라틴문자에 대한 저항력(중간과정) ─ 백화문(종점)이라는, 편향을 통해서 중도를 획득한 것이다. 만약 백화문을 기점으로 삼았다면 백화문(기점) ─ 문언문의 백화문에 대한 저항력(중간과정) ─ 반문반백半文半白(종점)이라는 또 다른 결과를 가져오게 되었을 것이다. 물론 백화문의 최종적 확립에는 다른 요인들이 있었다. 일본의 메이지유신에서도 이와 유사한 현상이 있었다. 당시 유신파들은 '언문일치' 운동을 벌렸고 '탈아입구脫亞入歐'로 현대적 전환을 이루고자 했으며, 결과적으로 '서화'의 과정에서 거대한 저항력에 부딪혔다. 이러한 저항력을 극복하는 과정에서 나온 이른바 '로쿠메이칸鹿鳴館' 현상과 모리 아리노리森有禮의 '인종개량'의 주장에 생각지 못한 힘이 없었다고 말할 수 없다. "높은 것에서 모범을 취하면 중간 정도의 결과를 얻게 되는 법이다."

구 진영에서 빠져나온 루쉰은 다음과 같은 사실을 분명하게 인식했다.

구사회의 근간은 원래부터 대단히 견고하다. 새로운 운동에 훨씬 큰 힘이 있지 않으면 그것의 어느 것도 흔들 수가 없다. 뿐만 아니라 구사회에는 신세력으로 하여금 타협하지 못하도록 만드는 좋은 방법을 가지고 있지만, 그것은 스스로 결코 타협하지 않는다. 중국에도 많은 새로운 운동이 있었지만 번번이 모두 새로운 것이 옛것을 당해내지 못했다. 그 원인은 대체로 새로운 측에 결연하고도 광대한 목적이 없었고 요구가 아주 적고 쉽게 만족했기 때문이다.[9]

전환 중의 중국은 축적된 고유문화와 문화심리가 변화와 새로움을 요구하는 주장에 변형이 일어나도록 만든다. '중용'은 가치론일 뿐만 아니라 방법론이다. 이것은 내용에서 형식에 이르기까지 전통을 고수하고 변혁을 거절하는 문화저항운동이다.

중국인의 성정은 언제나 조화와 절충을 좋아합니다. 예를 들어 당신이 이 집은 너무 어두우니 여기에 창문 하나를 내자고 하면 사람들은 틀림없이 허락하지 않을 것입니다. 하지만 만약에 당신이 지붕을 허물자고 주장하면 그들은 조화를 거론하며 창문을 내기를 원할 것입니다. 더 급진적인 주장이 없으면 그들은 언제나 평화적인 개혁조차도 하지 않으려 할 것입니다. 당시 백화문이 통용될 수 있었던 것은 중국의 글자를 폐지하고 로마자모를 사용하자는 의론이 있었기 때문입니다.[10]

루쉰은 중국문화의 특징을 '경직화硬化'라고 하면서 "체질과 정신이 다 벌써부터 경직화된 인민"과 "경직화된 사회"에 대해서는 반드시 '강산제'와 '큰 채찍'을 사용해야한다고 했다. 루쉰 이전에도 이런 방

---

9   魯迅, 『二心集·對於左翼作家聯盟的意見』, 『魯迅全集』 제4권, 240쪽.
10   魯迅, 『三閑集·無聲的中國』, 『魯迅全集』 제4권, 14쪽.

법론의 효과를 이야기한 선각자들이 있었다. 그들은 "본성에 뿌리박힌 독, 그것을 심은 지 2천 년이 되었다. 그것을 파괴하고 씻어내고자 한다면 독으로써 독을 치료하지 않으면 안되"고,[11] "개혁의 초기 교왕과정矯枉過正하는 시기는 반드시 거쳐야할 단계로 빠뜨릴 수 없다"고 했다.[12] 이후 류스페이劉師培는 1904년 '최초의 급진파'라는 이름으로 『중국백화보』 제6기에 「급진의 장점을 논함」이라는 제목의 급진적인 글을 발표했다. '급진'은 "거리끼는 바가 없는 것"이며 "중국인은 일을 함에 있어 가장 느긋하다. 이런 사람에게는 세 가지 마음이 있는데, 하나는 공포, 하나는 걱정, 하나는 아쉬움이다"고 했다. 그는 "파괴를 실행해야 한다. 천하의 일에 파괴가 없으면 건설도 없다. 평화당의 사람은 각각의 일을 다 보전하려고 하고, 급진파의 사람은 각각의 일을 다 파괴하려고 한다"고 주장했다. "대개 중국이 망한 원인은 다 '평화'라는 두 글자에 있다."[13] 우리가 루쉰의 '철저한 반전통'이라는 문화선택을 문화재구성의 목적론이 아니라 방법론으로 간주한다면 그의 가치도 더욱 쉽게 수용되고 이해될 수 있을 것이다. 중국문화의 실제에서 출발하여 방법론과 목적론의 관계라는 시각에서 '비판적 계승'과 '철저한 반전통'에 대하여 공정한 평가를 한다면 양자는 근본적으로 대립하는 것이 아니고 후자에 입각해야 한다는 것을 알 수 있을 것이다. 이것은 중국문화의 재구성에 결코 손해가 되는 것이 아니다.

---

11   李群, 「殺人篇」, 張枏·王忍之, 『辛亥革命前十年間時論選集』 제1권 상책, 北京 : 三聯書店, 1963, 22쪽.
12   朱志父, 「剪辮易服說」, 張枏·王忍之, 『辛亥革命前十年間時論選集』 제1권 상책, 北京 : 三聯書店, 1963, 472쪽.
13   劉師培, 「論激烈的好處」, 『中國白話報』 제6기, 1904.

'철저한 반전통'의 방법론은 구체적 실천과정을 통하여 최종적으로 '비판적 계승'이라는 목적론의 가치를 획득할 수 있다. 근대 이래 중국문화의 변혁에 대하여 수많은 논쟁이 있었지만, 현대화로의 전화가 차츰 강력한 추세가 되었다. 각종 문화적 가치관이 물마루와 협곡에서 충돌하고 모이고 요동치는 조류의 힘 속에서 '철저한 반전통'은 이미 빠트릴 수 없는 존재가 되었다.

　1950년대의 소련 학습과 60~70년대의 '문화대혁명'을 교훈으로 삼아 외국모델(외래문화) 답습과 '철저한 반전통'의 오류를 소리 높여 말하는 사람도 있다. 나는 이 두 가지가 결코 '비판적 계승'론자의 사실적 근거가 될 수 없고 사람들은 도리어 그 속에서 상반된 결론을 얻었다고 생각한다. 1950년대 중국의 '소련 답습의 경험'은 '답습'의 여부가 아니라 선험적 이론 모델의 사용이 문제였다. 당시 중국공산당원들의 사회주의에 대한 인식의 정도와 이데올로기에 비춰보면 소련모델의 답습은 아마도 최선의 선택이었을 것이다. '소련모델'이 중국에 적절하지 않았다고 한다면, 그것의 실천은 소련에도 적합하지 않았음을 증명했다고 할 수 있다. 뿐만 아니라, '답습' 이후 우리는 비로소 오늘날과 같은 인식을 가질 수 있게 되었으며, 비로소 신성불가침의 경직화된 교조주의를 도태시키고 '중국 특색의 사회주의 건설' 이론을 제출하여 사회의 전면적 발전을 목적으로 하는 현대화과정으로 나아갈 수 있게 되었던 것이다. 이외에 '소련모델'에 대한 부정이 오늘날 우리가 서방문화를 계속 배척하려는 근거가 될 수 없고, 특히 '소련답습 모델'은 공교롭게도 서방문화의 진입을 억누르기 위한 것이기도 했다. 마찬가지로 '문화대혁명'의 비극 역시 오늘날 '철저한 반전통'의 역사적 잘못을 증명하는 것이 될 수 없다. 반대로, '철저한 반전통'의 필요를 더욱 절실하게 했다고 할 수 있다. 표면적으로 보면 '문화대혁명'은 '네 가지 낡은 것'을 타파하고 '네 가지 새로운 것'을 세우고 고대의 기물을 파괴하고 서책을 불태웠다. 하지만 파괴한 것은 모두 전통문화의 견고한 형태─귀한 문화적 재산─였지, 전통문화 중의 정신적 유산─개인숭배, 봉건 가부장제, 혈통론, 연좌제 등─은 도리어 계승되고 악질적으로 팽창하고 급속도로 전개되었다. 따라서 '문화대혁명'은 결코 진정한 반전통이라고 할 수 없다. 오히려 전통의 악질적 발전이고, 수 세대의 중국인이 수천 년 동안 이어진 봉건 전통문화에 의해 '벌을 받은 것'이자 역사의 채무를 상환한 것이다! 뿐만 아니라 몇몇 어느 개인에게 모든 책임을 지을 수 없으며, 무거운 봉건의 역사, 봉건전통의 정신에게 책임을 지워야 한다. 전통이 이러한 민중을 만들었고, 민중이 이러한 영수를 만들었던 것이다. 영수는 또 자신의 권위로 전통을 발전시켰으며, 전통은 그리하여 또 이러한 민중들을 만들었던 것이다……. 따라서 봉건전통에 변화가 생기지 않으면 비극은 재연될 수 있고 역사는 악성 순환하고 중국에 황제가 나올 수도 있게 될 것이다. 중국사회와 중국문화에 대한 루쉰의 비관은 어쩌면 바로 여기에 있다고 할 수 있다.

3. '나래주의'의 문화철학적 해석
- 자발성, 정체성整體性, 자연선택의 원칙

루쉰의 문화선택이 후인들에 의해 '비판적 계승'이라고 평가될 때 유명한 '나래주의拿來主義'가 이론적인 근거가 된다. '나래주의'라는 제목의 글에서 사람들이 주목하는 것은 다음과 같은 말이다. "사용하거나 보관하거나 파괴한다." 이리하여 '나래주의'는 '비판적 계승'과 같아지는 것이다.

기존의 이론에 대하여 가장 가치 있는 태도는 자신의 사상으로 그것을 동일시하거나 그것을 전복하는 것이다. 하지만 기존의 사상을 방향으로 삼는 것은 일반화된 사상, 타인의 사상의 관성적 연속에 불과하다. 루쉰의 문화선택에 있어서의 '나래주의'에 대한 이해 역시 이러한 관성을 피해야 한다.

'철저한 반전통'이 루쉰의 문화선택에 있어서의 가치판단이라고 말한다면, '나래주의'는 주로 가치재구성으로 드러난다. 루쉰은 '철저한 반전통'과 '나래주의'를 통하여 가치판단과 가치재구성을 하나의 완정한 과정으로 조합했다. 이 과정은 바로 중국문화의 현대화, 세계화 과정이다.

'나래주의'는 루쉰의 문화선택에 있어서의 자발성, 정체성, 자연선택의 원칙을 보여준다.

자발성은 '나래주의'라는 문화선택의 문화심리 원칙이다. 이 원칙은 그 자체로 전통적 천조天朝문화심태와 구분되는 현대적 문화심리이다.

'나래주의'와 대응되는 개념으로 루쉰은 '문닫기주의閉關主義'와 '보내기주의逸去主義'라는 두 개념을 제시했다. 전자는 "자신도 가지 않고 다른 사람도 오지 못하게 하는 것"이고, 후자는 "살아있는 사람이 골동품을 대신하는 것"이다. 이 두 주의는 중국인이 외국인과 외래문화를 대하는 데 있어서 일관적으로 배척하는 태도를 반영하며, '천조'의 붕괴이후 '천조'의 문화심태의 잔재이기도 하다. 특히 후자는 일종의 문화적 몽상으로서 사라져버린 중국인의 전통이라는 의미세계에만 존재하는 것이다.

현대화는 20세기 인류문화의 동일성의 표현 형태이다. 그런데 이러한 동일성의 형태는 각각의 문화시스템에서 나오는 반응과 나타나는 과정이 다르다. 서방문화의 시스템에서 현대화는 내재성의 자연발생적인 과정이라면, 중국의 현대화는 외래의 압박과 도전으로 말미암아 자신의 문화시스템의 기능 밖에서 피동적으로 발생한 것이다. '서학동점'의 과정은 서방정치의 강권과 경제의 약탈을 수반하고 있었다. 중국의 현대화의 발생은 망국, 망종亡種과 동시에 일어났다. 이러한 특정한 환경에서 현대화의 기점은 '부득이 한' 피동적 선택이었다. 그런데 고유문명의 찬란한 역사는 사람들로 하여금 심리적 고통을 겪게 했고, '오랑캐 제압'을 위해서 '오랑캐를 스승으로 삼'지 않을 수 없었다. 따라서 모든 근심, 두려움, 맹목, 거짓은 이로 말미암아 생겨났고 중국의 현대화 과정에서의 장애와 편향을 낳았다. 지극히 보편적이고 지극히 정상적인 문화방어심리 또한 이에 따라 발생했다. 이러한 방어심리는 심지어 새로운 것과 변화를 추구하는 주장에도 내포되어 있었다. 뿐만 아니라 옛것을 지키고자 해도 모름지기 우선 새로운 것을 추구해야만 했다. 근대의 걸출한 혁명가 천톈화陳天華는 당시 민감하게 지적했다. "옛것을 고수하지 않겠다면 그만이다. 옛것을 고수하고자 한다면 단호하게 새로운 것을 추구하지 않을 수 없다. 진정으로 새로운 것을 추구하는 것에는 옛것을 고수하는 마음도 아주 깊다. 조상의 옛 토지를 상실한 지 수백 년 되었다. 아직도 도로 찾아와서 풀 하나 나무 하나라도 외족이 차지하는 것을 허용하지 않으려고 한다면, 어찌 옛것을 고수하고자 하는 마음이 더 승하지 않겠는가? 만약 오로지 몇 마디 서양말을 배우고 서양인이 사는 곳에 가서 얼치기가 되고서도 마침내 스스로 새로운 것을 추구하는 당파라고 자처한다면, 이런 사람은 한족의 쓰레기이지 어찌 새로운 것을 추구한다고 말할 수 있겠는가. 팔고팔운八股八韻을 고수하면서 그저 요행히 공명을 얻기를 바라고 그밖에는 일률적으로 신경 쓰지 않는데, 이것은 사람의 마음이 전혀 없는 사람이니, 어찌 옛것을 고수한다고 말할 수 있겠는가! 이 두 종류의 사람은 말할 것도 못된다. 진정으로 옛것을 고수하고 진정으로 새로운 것의 합류를 추구하기만 하면 이것의 이익은 대단히 크다."[14] 그러나 진정으로 옛것을 고수하는 것은 진정으로 새것을 추구하는 것일 수 없다는 것은 위원魏源부터 '10명의 교수'[15]에 이르기까지, 다시 오늘날에 이르기까지 대단히 보편적인 문화심리이다.

피동적 현대화는 외래문화를 최종적으로 받아들이지 않을 수 없다

---

14   劉晴波·彭國興 編, 『陳天華集·猛回頭』, 長沙 : 湖南人民出版社, 2008.

15   【역주】1935년 1월 10일 왕신밍(王新命), 허빙쑹(何炳松) 외 10명의 교수가 연명으로 「중국본위의 문화건설선언(中國本位的文化建設宣言)」이라는 글을 『문화건설(文化建設)』월간에 발표하여 후스 등의 '전반서화' 주장을 반대했는데, 이를 일러 '10명의 교수 선언'이라고 한다. 이 글로 말미암아 중국문화에 관한 대토론이 일어났다.

는 것이며, 그것은 사람들을 안심하도록 하는 결과를 가져올 수도 있다. 루쉰이 「나래주의」를 발표한지 9년이 되는 1943년 원이뒤^{聞一多}는 이 과정과 결과에 대하여 생동적인 형상으로 묘사했다.

본토형식의 꽃은 만발하고 나면 반드시 지게 마련이다. 이것은 모든 생명의 규율이다. 그리고 두 문화의 물결이 확대되어 만나고 교직하게 되면 새로운 이국형식이 필연적으로 끼어 들어오게 된다는 것 역시 일찍이 역사적 운명이 결정한 것이다. 이국형식은 아마도 벌써부터 도래했을 것이다. 최소한 한나라 조정 때 불교가 처음으로 수입될 때 도래했다. 당신은 몇백 년 동안 그것을 주목하지 않을 수 있다. 주목하게 된 뒤에도 여전히 미룰 수 있고 다시 몇백 년을 미루고 주저할 수도 있다. 마지막에 가서는 어쩔 수 없이 비로소 목숨을 걸고 받아들이게 되는 것이다! 그런데 그것은 그저 시간의 문제이다. 어쨌거나 자신의 꽃을 더 이상 피울 도리가 없으면 당신은 그것의 운명을 인정해야 한다. 새로운 종자가 외부에서 와서 당신에게 재생의 기회를 준다면 그것은 당신의 복이다. 당신에게 그것을 받아들일 용기가 있으면 당신이 총명하다는 것이고 기꺼이 세심하게 길러낸다면 재주가 있는 것이다. 그 결과 놀랍게도 그리 초라하지 않는 꽃떨기를 피운다면 더더욱 스스로 자부심을 가져도 좋다.[16]

이 글에서 원이뒤는 중국문화는 "'주는 것'에 용감하고 '받는 것'도

---

16   聞一多, 「文學的歷史的動向」, 『聞一多全集』 제10권, 武漢 : 湖北人民出版社, 1994, 19쪽.

너무 겁내지 말아야" 할 뿐만 아니라 "'받는 것'에 용감"해야 하고, "그 저 '받는 것'에 겁내지 않는 것으로는 부족하며 진정으로 '받는 것'에 용감해야 한다"고 했다. "'받는 것'에 너무 겁내지 않는 것"만으로는 부족하다. 이것은 바로 피동적 현대화과정이며, 피동적 현대화는 문화건설의 소극성이라는 결과를 가져오게 된다. 이러한 결과는 현대화의 통속화('피상적 서화'), 변형(견강부회, 감손), 반복(느린 속도, 중복)으로 나타난다. 루쉰은 「거울보기 유감」에서 역사를 본보기로 삼고, 외래문화에 대한 두 가지 태도를 서술했다.

  무릇 외래의 사물을 사용할 때 저들을 포로로 데리고 온 것처럼 마음대로 부리고 전혀 마음에 개의치 않는다. 일단 쇠약해지고 쇠퇴할 즈음이 되면 신경도 쇠약해지고 과민해진다. 매번 외국의 것을 만날 때면 마치 저들이 나를 포로로 삼는 것처럼 거절하고 놀라고 물러나고 도망가고 떨면서 한 덩어리로 뭉친다. 또 기필코 한 편의 도리로 은폐하려고 한다. 이렇게 해서 국수(國粹)는 마침내 허약한 왕과 허약한 노예의 보배가 된다.[17]

피동적 현대화는 비자각적 현대화이다. 이러한 문화심리는 현대화과정으로 하여금 적극적인 논리적 전제와 선도적 역량을 상실하게 만든다. 따라서 고유문화의 시스템 역시 생명력을 상실하게 된다.
  루쉰은 문화를 생명유기체로 보았다. 사람과 마찬가지로 문화에는

---

17   魯迅, 『墳・看鏡有感』, 『魯迅全集』 제1권, 209쪽.

삶도 있고 죽음도 있다고 여겼던 것이다. 삶은 그것의 개방적 기능이고 죽음은 그것의 보수적 기능이다.

문화는 부단히 발전하고 변화하는 유기체로 발생, 발전, 노화 혹은 전환의 과정이 있다. 문화의 최초 발생은 인간에 대한 자연환경의 자극과 인간의 반응에 따라 진행되며 자연스럽다는 특징을 지닌다. 이런 까닭으로 인류의 원시단계에서 각각의 집단은 상대적으로 격리된 생존과정에서 독립적으로 인류공통의 원시문화를 창조했다. 물가에서는 배를 만들고 그물을 엮었으며, 수렵을 하는 데 활을 굽혀 화살을 쏘았다. 정착하여 가족을 이루면서 도기를 제조했다. 이때 자연환경과 인간의 자연적 능력이 상호작용하여 문화의 창조동력이 되었다.

문화발전단계의 문화창조는 인간의 자연과 자연적 능력에 대한 초월로 표현되었다. 문화창조는 더 이상 자연을 유일한 대상으로 삼지 않고 인간의 창조물(사회환경 포함)에 대한 재창조를 중시하기 시작했다. 뿐만 아니라 인간의 창조력도 자연의 힘에서 생각의 힘으로 옮겨감으로써 문화는 깊어지기 시작했다. 인류는 자신의 생각에 대하여 다시 생각하는 능력을 갖게 되어 관념문화와 규범문화를 만들고 비교적 견고한 민족심리를 형성하고 문화의 독특성, 즉 민족성도 나날이 선명해졌다.

하나의 문화가 자신의 축적을 통하여 주변문화의 발달정도보다 훨씬 뛰어나게 되면 노화기에 진입하게 된다. 문화의 노화의 특징은 두 가지가 있다. 하나는 완미함이고 둘은 강직화이다. 완미하기 때문에 그것은 외래문화의 진입을 거절하고 배척할 수 있는 자격과 능력을 갖추게 된다. 이러한 배척 기제가 일단 해당 문화의 견고한 특징이 되면 문화유기체는 차츰 봉쇄를 향해 걸어가게 된다. 후에 그것이 배척한 문화가 자신의 문화보다 분명히 수준이 높아지고, 더불어 배척기제를 통하여 고유문화를 더욱 발전시키는 자기내부의 새로운 문화요소를 압살하게 되면, 선진적이었던 것은 낙후된 것이 되고 완미함은 강직화로 가게 된다. 강직화된 문화는 자신의 발달의 역사에서 자신의 존재를 유지하는 물질의 힘과 정신의 힘을 찾을 수밖에 없고, 그것의 문화가치관에는 과거로 향하고자 하는 강렬한 사고가 내포되어 있다. 일반적으로 말해서 문화의 역사가 오래될수록 성취는 더욱 찬란하고 과거로 향하고자 하는 심리도 더욱 두드러지고 보다 쉽게 강직화되고 결국에는 문화 전체의 낙후, 심지어 소멸을 초래하게 된다. 조셉 니담 (1900~1995)은 "중국은 회전 숫돌처럼 계속해서 부단히 불꽃을 내뿜어서 서방의 부싯깃을 태웠다. 회전 숫돌은 여전히 지지대 위에서 계속해서 돌고 있으며 흔들거리지도 않고 소모되지도 않는다"[18]라고 말했다. 역사의 찬란함은 후손들에게 역사의 지식과 기억을 제공해주는 것 외에는 그다지 큰 실제적인 의미가 없다. 과거에 침잠하는 것은 복고심리를 강화하고 문화변혁에 대한 저항력을 증대시킬 뿐이다. 찬란함은 과거에 속한 것이고 선조에게 속한 것이다. 후손이나 현재에 대해 말하자면 지나가버린 좋은 꿈일 따름이다.

발생, 발전에서 노화, 강직화에 이르는 것이 문화발달사의 전체 과정이 되어서는 안 된다. 왜냐하면 이러한 폐쇄적인 고리를 이루는 것은 결코 완전하고 생명력이 있는 문화가 아니기 때문이다. 어떤 문화

---

18 李約瑟(Joseph Needham), 『李約瑟文集』, 沈陽 : 遼寧科技出版社, 1986, 273・275쪽.

가 노화에 이른 후에 자신의 문화사를 반성하는 능력이 있고(자신숭배의 회고 심리가 아니라), 고유문화에 충격을 가하는 외래문화를 흡수하여 고유문화의 전체적 기능을 바꿀 수 있다면, 이러한 문화는 근본적 전환을 이룰 수 있고, 이로 말미암아 다시 한 번 발전하는 새로운 동력을 획득하게 된다. 문화가 생명력 즉, 전진발전의 새로운 동력을 갖추고 있는지의 여부는 우선 그 내부에 어떤 신생의, 상충하는 요소가 존재하는 지를 보고, 더불어 그 문화의 기능이 이러한 상충하는 요소의 존재를 허락하는지의 여부를 보아야 한다. 바꾸어 말하자면, 생명력을 갖춘 문화의 내부는 영원히 움직이고, 심지어는 모순충돌하고 있다. 따라서 개방기능을 갖춘 문화야말로 비로소 전도가 유망하다고 할 수 있다.

중국문화의 현대적 전환의 주요 동력은 외래문화의 충격이 구성한 외재압력에서 비롯되었지만, 고유문화의 찬란한 역사와 '천조'문화심리는 중국문화시스템의 폐쇄적, 보수성을 낳았다. 그것은 외래문화에 대하여 위축적으로 방어하기도 했지만, 최고의 모습은 주동적 변화와 전화이다. 문화적 전환은 어떤 생명력 있는, 혹은 신생을 얻으려는 문화가 반드시 가야할 길이다. 발생에서 발전, 노화 그리고 전환에 이르는 것은 문화유기체 발전의 완전한 과정이다. 그것은 연속적이고 부단한 연쇄를 구성한다. 전환을 거절하는 것은 의심의 여지없이 고유문화의 멸망을 자초하는 것이고, 당대 인류문화의 연쇄의 외부에 존재하는 고립된 원환이 되는 것이다. 물론 문화적 전환은 전체 문화발전 과정 중에 가장 고통스럽고 혼란스럽고 어려운 것이다. 하지만 문화의 신생은 놓쳐서는 안 되고 다시 오지 않는 계기이며 최종적으로 받아들이지 않을 수 없는 것이다. 루쉰은 그의 '나래주의'로 자신의 문화선택의 독특성을 증명하고 피동적 현대화과정을 주동적 현대화과정으로 변화시켰다. 새로운 것을 추구하는 것은 옛것을 지키기 위해서가 아니라 인간의 생명의 요구에 부응하는 것이고 인류문화의 동일성이라는 시대적 요구에 부응하는 것이었다.

루쉰은 과거에 있었던 모든 것을 소탕하고 현대의 살아있는 문화를 건립하고자 했으며 전통문화에 대하여는 결연한 태도를 보여주었다.

> 우리의 목전의 급한 임무는 이것이다. 하나는 살아야 한다는 것이고 둘은 따뜻하게 지내고 배가 불러야 한다는 것이고 셋은 발전해야 한다는 것이다. 함부로 이 앞길을 막아서는 것은 과거이든 현재이든, 사람이든 귀신이든, 『삼분(三墳)』, 『오전(五典)』, 수많은 송과 원, 천구(天球) 하도(河圖), 금으로 만든 동상과 옥으로 만든 불상, 조상이 전해준 환약과 산약, 신비하게 제조한 고약과 단약이든, 전부 그것을 밟아 무너뜨려야 한다.[19]

루쉰은 고유한 것을 파괴하고 미래의 것을 건설하기로 결정하고 외래의 현대문화에 대하여 주동적으로 '저들을 포로로 데리고 오는' 문화건설의 원칙을 세웠다. "뇌수를 움직이고 눈빛을 발산하여 스스로 가져와야 한다!"[20] 이 원칙의 확립은 루쉰의 문화선택으로 하여금 다음과 같은 세기적인 계시적 의미를 띠게 했다.

---

19 魯迅, 『華蓋集·忽然想到』六, 『魯迅全集』 제3권, 47쪽.
20 魯迅, 『且介亭雜文·拿來主義』, 『魯迅全集』 제6권, 240쪽.

첫째, 문화적 전환과 우수한 고유문화에 대한 강렬한 자신감을 표현했다. 루쉰은 문화선택의 과정을 사람의 음식물 소화과정에 비교했다. 비위가 허약한 자만이 음식물을 까다롭게 고르거나 두려워한다. "이런 두려움으로 꿈짝도 하지 않으면 어찌 진보가 있을 수 있겠는가? 이것은 실재로 역량이 없다는 표시이다. 예컨대 우리가 뭔가를 먹을 때 그냥 먹으면 될 것을 좌고우면하며 소고기를 먹으면서 소화되지 않을까 걱정하고 차를 마실 때도 의심하는 것, 이래서는 안 된다. 노인이 바로 이렇다. 역량이 있고 자신감이 있는 사람은 이 지경에 이르지 않는다. 서양문명도 우리가 흡수할 수 있으면 우리 자신의 것으로 바꿀 수 있다. 소고기를 먹는 것과 같은데, 소고기를 먹는다고 자신이 소고기로 변할 리는 절대로 없다."[21] 외래문화를 거절하고 중국문화의 현대적 전화를 반대하는 것은 적어도 고유문화의 생명가치에 대한 자신감을 상실하고 세계화의 과정에 참여하지 못한다는 것이다. '전통 보위'는 사실 결코 옛것을 고수하는 자의 호소에 달려 있는 것이 아니라 전통 자신이 자신을 보존할 수 있는가의 여부에 달려있다. 어떤 한 문화의 가치관념이 수 세대의 있는 힘을 다한 보호를 받았으나 최종적으로 상실했다면, 그것은 사실 이 관념이 이미 '현대 시대'에 적응하지 못했으며 확실히 마땅히 사라져야했다는 것을 의미한다. 생명은 운동에 달려있다. 문화의 생명 역시 운동에 달려있는 것이다. 그것은 자아부정의 부단한 운동과정이다.

둘째, 중국문화의 전환에서 인류문화의 공동자원을 함께 향유하고

21　魯迅,『集外集拾遺補編·關於智識階級』,『魯迅全集』제8권, 228쪽.

자 하는 권리의식을 표현했다. 앞서 말했듯이, 어떤 민족과 지역의 문화이든 다 인류문화의 공동자원이지 특정한 족군族群에 귀속되는 것이 아니다. 루쉰의 '나래주의'의 문화선택은 인류의 문화적 성과를 함께 향유하고자 하는 권리와 요구를 보여주었다. 세계적인 현대문화의 전파와 교류에서 일찍이 인류문명을 위해 거대한 공헌을 쌓았던 중화민족이야말로 이러한 성과를 수용하고 함께 향유할 최고의 자격이 있다.

셋째, 중국문화의 현대적 전화의 이성의식을 표현했다. 문화의 '보내오기送來'에서 수용자, 특히 약자는 선택의 권리와 기회를 잃게 된다. '보내오기'의 임의성, 이기적 성격과 강요적 성격은 각종 폐단과 손상을 수반한다. "따라서 깨어있는 청년들조차도 서양물건에 대하여 공포심이 생겨나"는데, "이것은 바로 그것이 '보내온' 것이고 '가져온' 것이 아니기 때문이다".[22] '나래주의'의 문화선택은 중국문화의 현대적 전환—외래문화의 수용—으로 하여금 피동적 과정에서 주동적 과정으로 바꾸고 신문화의 건설에서 실천과 선택의 기회를 제공했으며 맹목성을 감소시켰다.

정체성整體性의 원칙은 '나래주의' 문화선택의 구조적 원칙이다. 이 원칙은 문화적 전환에서의 문화형태에 대한 루쉰의 인식을 보여준다.

외재의, 혹은 이질적인 문화형태에 대하여 루쉰은 "우선은 앞뒤를 가리지 않고 '가져오기'를 해야 한다"[23]라고 주장했다. 문화의 선택은 정체整體적인 수용이나 점유 이후에 발생한다. '우선은 가져오기'라는

22   魯迅, 『且介亭雜文・拿來主義』, 『魯迅全集』 제6권, 40쪽.
23   위의 책, 北京 : 人民文學出版社, 2005.

것은 문화선택의 전제와 기초이다. 이러한 전제와 기초를 떠나서는 아무 것도 일어나지 않는다. 문화보수론자들이 말하는 전통문화의 전환에 있어서의 '자기갱신'은 전통문화라는 만고불변의 신화를 반복하는 것에 지나지 않는다.

루쉰은 문화구조의 '체용體用' 분리설을 부정하고 문화의 정체적 구조라는 원칙에 동의했다. 문화는 정체적이며, 그 정체성은 구조형태뿐만 아니라 오히려 시스템의 기능에서 그러하다. 이러한 전제 아래 루쉰의 '나래주의' 문화선택은 '우선'은 '가져오기'를 해야 하고 '전반'적으로 '점유하자'라고 강조했다. '전반'이라는 단어는 '서화'를 주장하든, '반전통'을 주장하든지 간에 모두가 꺼리는 글자이다. 루쉰의 '철저한 반전통'과 문화구조의 정체성의 정의는 일반적 의미에서의 '전반'과 본질적인 차이가 있다. 루쉰의 문화선택에서 '전반'은 논리의 문제이지 실제적 내용이 아니다. 문화구성의 방법으로서 '전반'은 문화의 수용대상에 대한 정체적 점유로 표현되지, 문화구성의 최종형태로 표현되는 것이 아니다. 이런 의미에서 루쉰의 '나래주의'의 정체성 원칙이 20세기 중국의 문화사에 제공하는 가장 중요한 가치는 문화수용의 이해와 취사, 우열에 대한 평가는 미리 확정할 수 없다는 것이다. 이것은 바로 루쉰의 '나래주의'의 마지막 원칙 즉, 자연선택성에도 적용된다.

자연선택성의 원칙은 사실상 정체성 원칙이 한 걸음 더 나아간 것이다. 이 원칙은 문화 수용의 실천 속에서 완성된다. 이런 의미에서 정체성 원칙이 정태靜態적 인식이라면 자연선택성 원칙은 과정적 인식이다. 이것은 루쉰의 '나래주의' 문화선택의 최종 완성의 과정이자 문화

구성의 최종 형태에 대한 확정이다. 루쉰은 '대 저택'을 마주할 때 반드시 '점유, 선택'의 과정을 거친다고 여겼다. '점유'의 기초 위에 '선택'은 "사용하거나 그대로 두거나 파괴한다". 가장 중요한 것은 '선택'의 최종형태가 선험적으로 예정된 것이 아니라 자연선택의 과정이라는 것이다. 본질적으로 문화수용이나 문화적 전환은 논리나 이론 속에서 완성되는 것이 아니라 실천 속에서 완성되는 것이다. 문화전 전환은 부단히 충돌하고 최종적으로 잠시 종점에 이르는 과정이다. 충돌 자체는 대비, 양기揚棄의 자연선택의 과정이다. 이런 까닭으로 서방 현대문화를 마주하고 이러한 과정에 앞서서 추상적으로 그것의 이해와 우열, 적합과 부적합을 결정하는 것은 모두 선험적인 것이다. 그것은 구체적 실천이 아니라 특정한 이념에서 나온 것이다. 량치차오는 주관의식이 실천적 감수보다 강하다고 본 사상가이다. 그는 일찍이 너무나도 가볍게 선험적 문화선택의 모범을 보여주었다.

나는 귀와 눈이 있고, 나는 마음과 생각이 있다. 오늘날 문명이 찬란한 세계에서 태어나 중외고금의 학술을 열거하며 대청마루에 앉아서 그것의 옳고 그름을 비판한다. 가능한 것은 취하고 그렇지 않은 것은 버린다. 이것이 어찌 장부의 가장 즐거운 일이 아니겠는가.[24]

훌륭한 점은 그에게 "귀와 눈이 있고" "마음과 생각이 있다"는 것이다. 안타까운 점은 그가 높은 마루에 단정히 앉아서 문화선택을 단순

---

24 梁啓超, 「保敎非所以尊孔論」, 『飮氷室合集』 文集之九, 北京 : 中華書局, 1932, 59쪽.

화했다는 데 있다. 문화는 생존양식의 수용과 체험이다. 선택은 반드시 체험 이전이 아니라 체험 이후에 발생한다. 그렇지 않다면, 아무리 완전한 이론이라고 하더라도 열매 맺지 않는 꽃에 불과하다.

'세계인' 개념

문화선택의 세계적 시야와 당대의 사상적 가치

　최근 몇 년간 루쉰 평가 문제는 학계, 사회를 막론하고 계속 해서 끊임없이 논쟁이 되고 있다. 이러한 논쟁은 루쉰이 문학세계에 속할 뿐만 아니라 사회영역에도 속하고 역사에 속할 뿐만 아니라 현재에도 속한다는 것을 더욱 확신하게 만든다. 최근 한 세기의 검증을 거쳐 주류 문화의 루쉰에 대한 평가의 냉열, 포폄의 정도는 심지어 사회, 정치형세의 신뢰지수가 되었다고도 할 수 있다. 이와 동시에 루쉰의 사회현실에 대한 영향력 혹은 파괴력이 실재로 상상을 뛰어넘는 것임을 보여준다.

　나는 루쉰의 사상이 이미 일종의 가치기호가 되었고, 그것의 의의는 역사에서뿐만 아니라 현재에도 있다고 생각한다. 루쉰연구는 더 이상 할 말이 없고 할 만한 주제도 없다고 할 때, 이러한 말이 가리키는 것은 바로 루쉰의 역사 연구의 한계성이다. 자료의 발굴이나 지식의 연구 분야에서 그리 큰 공간이 없는 듯이 보이기 때문이다. 그러나 우리가 특정한 금기를 버리면, 루쉰의 사상을 한 걸음 더 들어가 발굴할 수 있고 더불어 당대 중국의 사상문화, 사회현실과 관련시킬 때 루쉰의 사상은 여전히 중국사회에 적실하고 또한 이런 까닭으로 루쉰 사상의 본체에 진정으로 다가가 그 역사적 명제 뒷편의 당대적 가치를 발견할 수 있을 것이다.

일반적으로 루쉰의 문화사상에는 비판과 파괴만 있고 긍정과 건설은 없다고 생각한다. 그리고 이러한 관점은 루쉰 사상의 가치를 높이 평가하는 저작들 속에서도 흔히 보인다. 역사상 완미한 선구자는 아마도 혁명가이자 건설가일 것이다. 그런데 역사 자체는 종래로 완미한 논리에 따라서 발전한 적이 없고, 역사의 결함이 역사 그 자체를 구성한다. 루쉰은 전통사상의 관성을 종결하기 위해 태어났으며, 그가 짊어진 역사적 사명은 고질적인 전통문화를 파괴하고 가치관을 뒤집는 것이었다. 뿐만 아니라 우리가 루쉰의 비판적 사유라는 또 다른 측면으로 소급해가면 루쉰 사상 속에 정면을 향하는 건설적 사고가 존재한다는 것을 발견할 수 있다. 그중 사람들이 그다지 주목하지 않았던 것은 '세계인'인데, 이것은 그의 사상 가운데 대단히 중요한 건설적인 개념이다.[1] 루쉰의 '세계인' 사상에 대한 이해는 일반적인 사전상의 뜻으로 분

---

1 이 개념에 대해서 제일 먼저 살펴본 연구는 취이르(曲一日)의 「루쉰의 '세계인' 개념 토론(魯迅"世界人"槪念漫議)」(『魯迅硏究月刊』 제3기, 1999), 천팡징(陳方競)의 「'세계주의' 문제에 관하여-'오사' 신문화문학운동 중심의 다중 대화(關於"世界主義"問題-"五四"新文化文學運動中心的多重對話)」(『魯迅硏究月刊』, 2003, 7~10기)가 있다. 위페이쉐(于佩學)·장위지(蔣於緝) 역시 「루쉰의 '세계인' 개념을 논하다(論魯迅的"世界人"槪念)」(『魯迅硏究月刊』, 2007, 3기)도 있다. 필자의 『관성의 종결-루쉰 문화선택의 역사적 가치(慣性的終結-魯迅文化選擇的歷史價値)』(長春-吉林大學出版社, 1999)에서도 언급했다.

석해서는 안 되고 고립적으로 이해해서도 안 된다. 반드시 전체 사상체계와 목전의 중국의 사회역사의 문맥 아래에서 읽어야 한다.

1. '세계인' 개념의 사상적 배경
−'세계주의'에 관한 중국의 이해

'세계인' 개념, '세계주의' 사조는 무정부주의, 사회주의 그리고 기독교사상의 특징으로서 전통적인 대동사회 이상을 사상적 토양으로 삼아 중국에 이식되었다.

근대 중국의 사상문화계에 출현한 '세계인' 개념은 '세계주의' 이론 시스템에서 특징적인 사상적 핵심이다. 그것은 이상적인 사회적 성원으로서의 신분표시일 뿐만 아니라 또한 이상적인 정신적 경계에 대한 요구이기도 하다. 루쉰의 '세계인' 개념의 형성은 '세계주의' 사상의 중국에서의 수용과 융합, 영향과 분리할 수 없다. 중국의 '세계주의'에 대한 이해는 주로 두 가지 종류의 차이 내지 대립적인 사상이 존재한다. 하나는 정치제도의 주장에 착안한 '대동사회'의 설계이고, 다른 하나는 '세계주의' 사상을 배척하는 민족주의 입장이다. 후자는 근대 이래 줄곧 중국사회에서 최고의 도덕적 보편성과 역사적 합법성을 갖춘 사상이자, 관방문화와 민간문화 사이에서 공감도가 가장 높은 시대적 사상이기도 하다. 루쉰의 '세계인' 개념은 이 두 종류의 사상과 다른 점이 있다. 이것은 바로 그의 '세계인' 개념에 대한 이해가 중국에서 유행한 사상과 구분되는 주요 표지이기도 하다.

어떠한 외래사상도 최초의 수용은 왕왕 반드시 본토의 고유사상과 연결되어야 하며, 이식과 접목의 과정을 완성해야 한다. 중국사회가 최초로 '세계주의' 사상을 받아들일 때 대부분은 대동사회의 제도적 설계의 관점에서 받아들였고 대동사회와 공상사회주의가 서로 결합되는 특징을 보였다. 혹자는 '세계주의'가 중국에서 일시적으로 가장 영향력 있는 사회사조가 된 까닭은 그것이 가장 쉽게 전통적 대동사회의 이상과 융합되었고 가장 쉽게 광대한 민중들에게 이해되고 받아들여졌기 때문에 사회사상을 동원하고 지배하는 이기利器가 되었다고 말하기도 한다.

사람들은 일반적으로 '세계주의'는 사회적 이상으로서 전인류가 동일한 사회유기체에 속하고 보편적 계약관계를 만들고 넓은 토지와 많은 민중들이 하나하나 평등하고 모든 사람들이 서로 돕고 사랑하는 공동체가 되는 것이라고 생각한다. 공자는 "대도大道가 행해지자 천하가 공기公器가 되"고, "옛사람은 유독 자신의 어버이만을 어버이로 섬기지 않았고, 유독 자신의 자식만을 자식으로 키우지 않았다. 노인으로 하여금 임종을 잘 맞게 하고 장년壯年에는 쓰임이 있고 어린이가 잘 자라게 했다. 홀아비, 과부, 고아, 무자식자, 장애나 질병이 있는 자는 모두 양육을 받는 바가 있었다. 남자는 직분이 있고 여자는 돌아갈 집이 있었다. 재화는 그것이 땅에 버려지는 것을 미워하고 반드시 자기에게만 감추어두지 않았다. 힘은 그것이 사람의 몸에서 나오지 않는 것을 미워하고 반드시 자기를 위해서만 쓰지는 않았다", "이런 까닭으로 간사한 꾀는 막혀서 일어나지 않았으며, 도둑, 절도, 난신, 적자가 생기지 않았다. 따라서 바깥문을 닫지 않았다. 이를 일러 대동이라 한다"

라고 했다.[2] 대동사회 이상의 구체적 상황은 서방의 공상적 사회주의의 묘사와 대단히 유사하다. 이런 까닭으로 다이지타오는 1911년 "사회주의라는 것은 인도주의요, 세계주의이다"[3]라고 이해했다.

'세계주의' 사조가 최초로 중국에 수입된 것은 캉유웨이의 주장, 해석과 분리할 수 없다. 1884년 그는 『예운주禮運注』에서 처음으로 '세계주의' 사상을 언급했다. 유가의 대동사상, 불교와 기독교의 평등사상, 루소의 천부인권설, 그리고 서방의 공상적 사회주의를 하나로 합하여 "세상으로 들어가 민중들의 고통을 바라보며" '구계九界'를 타파하고 '대동'으로 들어가는 사회사상을 제시했다.[4] 서방 세계주의 사조와 중국 전통의 대동사회 이상은 모두 정치적 유토피아의 성질이 있다. 이것 역시 중국이 '세계주의' 사상과 가장 잘 부합하는 지점이기도 하다. 그런데 "세계주의는 결코 대동주의가 아니다. 반대로 세계주의는 각 지방의 특수성이 인류의 공덕公德을 위반하는 경우를 제외하고는 그것을 충분히 인정하고 존중한다. 세계주의에 자유, 민주, 인권이 포함되어 있다는 것은 말할 필요도 없다. 세계주의는 '왕도', '패도'와 전혀 공통점이 없다".[5]

량치차오는 중국에서 최초로 완전한 의미에서의 '세계인'이라는 개념을 제안했다. 그는 1902년에 발표한 「보교保教는 공자 존경 이론이 아니다」에서 다음과 같이 이야기했다. "오늘날 우리나라의 백성은 춘추전국 시대의 사람이 될 수 없다. 그리고 20세기의 사람으로서 헛되

---

2   『禮記·禮運』.
3   天仇, 『無道國』, 『天鐸報』, 1911.2.2.
4   康有爲, 『禮運注』, 北京 : 中華書局, 1987.
5   安希孟, 「從國家主義到世界主義」, 『世界民族』 제5기, 2003.

이 한 마을 한 나라의 사람이 되는 것이 아니라 장차 세계의 사람이 될 것이다." 량치차오에 따르면 '세계인' 사상의 표준은 중생을 제도하는 '불교의 박애', 자유와 박애의 '예수교의 평등', "적을 친구처럼 간주하"고 "백성을 위해 몸을 바치"는 유학, 그리고 "고대 희랍, 근세 구미 철학자들의 학설"의 '겸용과 포괄'이다.[6] 그는 중국의 전통적인 문화 사상, 사회이상, 그리고 경제생산의 방식에는 사회주의, 세계주의의 성질이 있으며 이것이 바로 중국인으로 하여금 국민의 신분으로 성공적으로 전환하게 하는 관건이라고 여겼다. "첫째, 우리나라 국민의 대성공의 근본적 이상은 세계주의이다", "둘째, 인류평등의 이상은 또한 우리나라 국민의 성공의 한 요소이다"라고 했다.[7] 캉유웨이의 영향 아래 량치아오의 사회주의와 세계주의 사상에 대한 이해는 한층 더 깊어졌으며 루쉰과 중국의 지식인들에게 거대한 영향을 끼쳤다.

'5·4' 신문화운동에서 후스, 천두슈, 차이위안페이, 리다자오, 저우쭤런, 다이지타오, 마오쩌둥 등은 캉유웨이, 량치차오와 서방의 공상적 사회주의, 무정부주의 사조의 영향을 받아 이와 유사한 '세계주의' 사상을 형성했다.

후스는 초기 신문화운동의 선구자들 가운데 가장 확고하고 오랫동안 지속했던 세계주의자이다. 그는 미국 유학시절 '세계대동회'의 각종 활동에 열심히 참여했다. '세계학생회'의 회장으로서 후스는 '대동주의 철학' '대동주의의 연혁' '대동주의에 대한 나의 견해' '세계평화

6   梁啓超, 「保教非所以尊孔論」, 『飮氷室合集』 文集之九, 北京 : 中華書局, 1932, 59쪽.
7   梁啓超, 「歷史上中華國民事業之成敗及今後革進之機運」, 葛懋春·蔣俊 編選, 『梁啓超 哲學思想論文選』, 北京 : 北京大學出版社, 1984, 292쪽.

와 종족의 경계', '대동주의' 등 대동주의에 관한 연설을 수 차례 발표했다.[8] 다른 사회주의자와 마찬가지로 천두슈 역시 초기에는 세계주의를 옹호했다. 1917년 8월 그는 타오멍허陶孟和의 에스페란토에 관한 편지에 답하면서 그의 "장래의 세계는 반드시 대동으로 향한다"는 관점이 "대단히 그럴 법하다"고 했다. 뿐만 아니라 더 나아가 '세계의 대동'이 바로 '세계주의'라고 해석했다.[9] 리다자오는 유럽의 '세계연방' '연합정치주의'사상의 영향을 받아 '5·4' 초기 「연합정치주의」라는 글을 발표하여 '연합정치주의'를 통하여 '세계연방'을 실현하고자 하는 사상과 방법을 체계적으로 서술했다. 리다자오의 '세계연방' 구상에는 실제적으로 중국의 '대동' 사상의 요소가 녹아들어가 있다. 그는 인류는 필연적으로 통일되며, '민주주의, 연합정치주의' 등은 모두 오로지 '세계대동'으로 가는 방법이라고 여겼다. 여기에서 주목할 만한 것은 그가 일반인들의 이해와 다른 점이 있다는 것인데, 세계주의와 개성주의의 관계를 당시로서는 드물게 지적했다. "국가, 민족은 모두 개인과 마찬가지로 각각의 개성이 있다. 연합정치주의는 각각의 개성의 자유를 유지할 수 있고 다른 쪽의 침입을 받지 않는다. 각 지방, 국가, 민족 간에도 개인 사이와 마찬가지로 그들의 공통성이 있다. 연합정치주의는 또 그들의 공통성을 완성하고 평등한 조직으로 만들어 그들이 서로 협동한다는 목적에 도달한다." 이다자오의 세계주의에 대한 이해의 핵심은 캉유웨이, 량치차오 등의 이상사회의 제도적 설계를 계승한 것이다. 민족국가, 지역연방에서 세계연방으로, 마지막으

---

8   桑兵, 「世界主義與民族主義−孫中山對新文化派的回應」, 『近代史研究』 제2기, 2003.
9   陳獨秀, 『陳獨秀文章選編』 上, 北京 : 三聯書店, 1984, 234쪽.

로 "세계인이 하나의 인류연합을 조직하여 종족의 경계와 국가의 경계를 완전히 타파한다. 이것은 우리 인류 전체가 향을 사르고 발원하는 세계의 대동이다". "우리는 현재의 세계가 이미 연방의 세계이고 장래의 연방은 반드시 세계의 연방이라는 것을 단언할 수 있다."[10] 이로써 볼진대, '세계인'의 정신 측면에 대한 이해는 리다자오에게 있어서 번쩍거리는 발광점일 뿐 사상의 핵심은 아니라는 것을 알 수 있다.

의심할 여지없이 연구자들이 지적한 바와 같이 루쉰 언설 속의 많은 개념과 마찬가지로 '세계인' 개념은 그가 처음으로 주장한 것도 아니고, 오랜 기간 견지한 개념도 아니다. 그것은 다른 사람의 개념을 차용하여 '화제거리'로 삼은 것으로 다른 유행하는 사상과의 대화를 통하여 자신의 생각을 표현했다. 그런데 여기에 두 가지 주목해야 할 점이 있다. 첫째, 루쉰은 이러한 문화적 선구자들과 '세계주의' 사상에 대한 이해가 다르다는 것이다. 가장 큰 차이점은 그가 사회의 제도측면이나 구조형식에서 세계주의를 이해하거나 선전하지 않았으며 처음부터 "인성을 완전함에 이르게 한다"라는 현대적 인격의 양성 즉, 인간의 정신측면의 변혁에서 '세계인' 개념을 사고했다는 것이다. 둘째, 이 개념은 루쉰의 정신세계에서 고립적, 국부적으로 존재하는 것이 아니라 그의 중심사상 및 당시의 사회현실과 서로 연관되어 있다는 것이다.

사실 세계주의는 사회이상에 지나지 않는 것이 아니라 인간의 정신경계 즉, 전全인류의식이다. 마르크스는 물질생산과 정신생산의 시각에서 '세계사' 개념을 제시했다. 세계사의 형성에 따라 과거 자급자족

---

10   李大釗, 「聯治主義與世界組織」, 『新潮』 제1권 제2호, 1919.2.1.

하고 외부와 왕래가 없던 상태가 각 민족, 각 방면의 상호 왕래와 상호 의존으로 대체되었다.[11] 시장경제와 지구항해라는 역사적 조건 아래에서 비로소 진정한 세계주의가 출현했다. 마르크스는 인류와 세계의 입장에서 민족과 국가의 충돌을 바라보았다. 협애한 민족주의에 대해서는 자신의 조국이라고 하더라도 줄곧 명확하게 비판적인 태도를 견지했다. 그는 민족의 책임과 세계의 책임은 일치해야 한다고 강조했다. "무릇 민족이 민족으로써 한 일은 모두 그들이 인류사회를 위해서 한 일이다. 그들의 모든 가치는 그저 다음에 달려있다. 각각의 민족은 모두 다른 민족을 위해 인류가 그 속에서 자기발전을 경험하는 하나의 주요한 사명(주요한 측면)을 완성한다."

이러한 의미에서 말하자면, '천하를 집으로 삼는다'라고 하는 중국의 전통적인 세계관은 진정한 세계주의의 사회적 기초와 역사적 조건이 결핍되어 있다. 이런 까닭으로 '대동'이상에도 루쉰이 이해한 '세계인'의 정신적 특징이 부족하다. 뿐만 아니라 마르크스의 '세계주의' 사상은 결코 인류의식의 시각에서 당대 사회주의사상체계, 국제공산주의운동의 주류 이데올로기에 영향을 끼치지 못했고, 그저 마르크스의 '세계사'의식을 '국제주의' 사상으로 단순화, 정제화했을 따름이다. 중국의 초기 마르크스주의자는 국제주의사상과 세계주의사상을 뒤섞어 이야기했는데, 사실 양자 사이에는 거대한 차이가 존재한다. 전자는 분명한 계급투쟁 이데올로기와 폭력혁명의 속성을 지니고 있는 반면, 후자는 무계급, 무차별, 평화의 방법으로 사회와 인류자신을

---

11   『馬克思恩格斯選集』제1권, 北京 : 人民出版社, 1974, 42쪽.

변화시키는 것이다.

사상의식의 가치취향으로 보면, 세계주의 사상의 대립면은 민족주의이다. 중국은 민족주의가 지나치게 발달했고 격렬했지만, 인류의식의 세계주의는 유난히 부족했다. 심지어 사람들은 애국의식의 약화를 세계주의 영향 탓으로 돌리기도 했다. 량치차오는 국가주의로 향한 뒤에 세계주의를 돌이켜보면서 "우리나라 사람의 애국심은 오래 되었지만 발달하지 않았다. 이것은 세계주의가 방해가 되었기 때문이다. 세계주의가 작간을 부리면 애국심이 있을 수가 없다"라고 했다. 이것은 그의 초기 입장에서 크게 후퇴한 것이고 심지어는 대립된다. 쑨중산의 삼민주의 사상은 민족주의로 세계주의에 대항하자고 명확하게 주장했고, 후기에는 수 차례 국정특수의 시각에서 세계주의를 비판했다. 비록 서방 각국에는 세계주의가 성행한다고 하더라도 "세계주의가 우리 중국에는 실제로 적합하지 않다는 것을 모른다"라고 했다. 그는 중국에서 민족주의를 제창하는 것이 결코 세계조류에 역행하는 것이 아니라고 했다. "왜냐하면 중국은 장기간에 걸쳐 약해졌고 주권이 상실한지도 이미 오래되었으므로 마땅히 우선 부강을 추구해야 하기 때문"에 반드시 우선 적극적으로 민족주의를 제창해야 한다는 것이다.[12] 쑨중산은 분명 당시 중국 사회, 정치변혁이라는 현실의 제약으로 사상변혁의 주제를 뒤로 미루었던 것이다.

마오쩌둥은 청년시절 캉유웨이의 『대동서』의 영향을 많이 받았다. 1917년 리진시黎錦熙에게 보낸 편지에서 "대동이라는 것은 우리의 과

---

12   梁啓超, 「中國前途之希望與國民責任」, 『飮冰室文集』 제18권, 上海 : 廣智書局, 1903, 49쪽.

녘이다", "우주의 모든 것"이 "함께 성역에 오르"며, "그때는 천하가 모두 성현이고 평범하거나 어리석은 사람이 없다. 모든 세속적 법을 다 파괴하고 화평의 기운을 내쉬고 푸른 바다의 파도를 마신다"라고 했다.[13] 그는 '세계주의'가 바로 "자신이 잘 되기를 바라고, 또한 다른 사람도 잘 되기를 바라"는 주의, 곧 '사회주의'라고 여기고 "무릇 사회주의는 모두 국제적이다"라고 했다. "일부분, 한 국가의 사적인 이익을 경멸하"고 자신이 인류의 일원으로 느끼고 "의미 없는 어떤 한 국가, 한 가정, 한 종교에 예속되어 그들의 노예가 되기를 원하지 않는다"라고 주장했다.[14] 그는 더불어 '신촌운동'이라는 구체적 방안으로 대동사회 이상의 실현을 시험하기도 했다. 후에 마오쩌둥은 사회주의 사상을 받아들여 "계급을 소멸하고, 국가권력을 소멸하고, 당을 소멸하여 전인류가 모두 한 길을 걸어가야 한다. 문제는 다만 시간과 조건이다"라고 주장했다. "노동자계급, 노동인민, 공산당은 타도되는 어떤 문제가 아니며, 열심히 일하고 조건을 만들어 계급, 국가권력, 정당이 아주 자연스럽게 소멸하게 하고 인류로 하여금 대동의 땅으로 들어가게 해야 한다." 모든 마르크스레닌주의자들과 마찬가지로 마오쩌둥은 이러한 이상을 실현하려면 "유일한 길은 노동자계급이 이끄는 인민공화국을 거치"고, "인민공화국을 거쳐 사회주의와 공산주의에 도달하고, 계급의 소멸과 세계의 대동에 도달하는 것이다"라고 했다.[15] 마오

<hr />

13 毛澤東, 「1917年8月23日致黎錦熙信」, 『毛澤東早期文稿』, 長沙: 湖南出版社, 1990, 88~90쪽.
14 『毛澤東書信選集』, 北京: 人民出版社, 1983, 2쪽.
15 毛澤東, 「論人民民主主義專政」, 『人民日報』, 1949.7.1.

쩌둥은 중국 프롤레타리아계급혁명의 승리 경험을 총결하여 아주 명확하게 폭력적 수단으로 새로운 대동사회의 이상을 실현할 수 있다고 했다. 이것은 대단히 주목할 만한 주장이다. 왜냐하면 대동사회를 실현하는 전통적 방식과 차이를 보여주고 있고, 뿐만 아니라 대동사회를 실현하는 수단에 본질적인 변화가 일어났기 때문이다. 이러한 사상과 실천은 마오쩌둥이 청년시절 캉유웨이의 대동사회학설을 처음으로 받아들일 때 이미 드러나고 있었다. "사람들이 현재 대동시대가 아닌 시대에 살고 있으면서 대동을 바라는 것은, 사람들이 곤란한 지경에 처해 있을 때 평안을 바라는 것과 같다. 이런 까닭으로 성현과 단절하고 지혜를 버리고 죽을 때까지 서로 왕래하지 않는 노장老莊의 사회는 헛된 이상적 사회일 따름이다. 도연명陶淵明의 도화원의 형편은 헛된 이상의 형편일 따름이다. 이것은 인류의 이상은 실재성이 드물고 오류성가 많다는 것을 증명한다."[16] 인류의 본성과 말하는 이의 개성이 대동사회 실현의 초심을 변화시켰던 것이다.

천두슈, 리다자오, 마오쩌둥과 마찬가지로, 중국의 초기 공산당원의 대다수는 세계주의의 입장을 견지했다. 중공 '일대一大', '이대二大' 문건에는 다음과 같이 쓰여 있다. "프롤레타리아는 세계적이고, 프롤레타리아혁명도 세계적이다", "노동자는 조국이 없다", 소련과 공산국제야말로 프롤레타리아혁명의 대본영이다.[17] 이로 말미암아 훗날 코민테른, '좌련'이 "무장하여 소련을 보위하자"는 구호가 나오게 되었던 것이다.

---

16 毛澤東, 「讀泡爾生『倫理學原理』的批語」, 『毛澤東早期文稿』, 長沙 : 湖南出版社, 1990, 184~185쪽.
17 楊奎松, 「中國革命與蘇共」, 『東方早報·上海書評』, 2012.2.12.

그런데 이러한 '세계주의'는 원래의 의미와 본질적으로 구분된다. 소련의 계급성이 뚜렷한 이른바 '국제주의'일 따름이다. 소련이데올로기는 세계주의에 대하여 세계대동의 일반적 의미에서 이해된 적이 없다. '국제주의', '공산주의'는 '세계주의'와 같지 않다. 1930년대 초 소련은 차르시대 '유태인 음모론'의 영향으로 '유태인 세계주의'를 섬멸하는 운동을 벌였다. 2차 대전 종결 뒤 얼마 후 서방사상의 영향을 막기 위하여 소련은 다시 한 걸음 더 나아가 세계주의에 대한 전면적인 비판을 진행하여 대단히 매섭게 부정했다. 세계주의는 "자신의 조국의 이익을 경시하고 민족전통을 경시하고 민족문화를 경시하고 민족주권을 포기하는 반동 부르주아사상체계이다. 이러한 선전은 전 세계가 하나의 조국이라는 허울 아래 이루어지고 있다". "제국주의자는 세계주의, '세계정부' 등에 관한 사상적 선전으로 인민의 경각심을 마비시키고자 한다. 그들 사이에서 조국을 배반하고 민족을 팔아먹는 방관의 사상을 키운다. ……프롤레타리아국제주의와 부르주아세계주의는 완전히 대립적인 것이며…… 세계주의는 프롤레타리아국제주의사상의 체계, 소비에트 애국주의와 서로 받아들여질 수 없는 것이다."[18] 이로 말미암아 세계주의는 당국이 지식인을 박해하는 근거 중의 하나가 되었다.

'세계주의'에 대한 부정은 당시 소련이데올로기의 기본적인 사상적 강령과 정치적 숙청의 이론적 근거가 되었을 뿐만 아니라 중국 등 사회주의 국가이데올로기의 형성에서 결정적인 영향을 미쳤다. 장기간 중국의 당대 주류이데올로기는 세계주의 사상에 대하여 줄곧 비판적 태

---

[18] 羅森塔爾(Rozentali, Mark Moiseevich) 等 主編, 『簡明哲學辭典』, 中央編譯局 譯, 北京 : 三聯書店, 1973, 71쪽.

도를 견지했다. 궈모뤄는 1953년 9월 29일 『해방일보』에 글을 발표하여 세계평화를 호소하고 세계주의사상을 단호히 반대하자고 주장했다. "우리는 이른바 '세계주의', 미국의 생활방식으로 세계를 노예화하는 변종의 문화침략을 단호히 반대한다."[19] 이러한 주장은 당시 중국 주류 이데올로기의 세계주의에 대한 가장 전형적인 평가이다. 개혁개방 이후에도 주류 이데올로기는 여전히 오랜 시간 동안 이런 판단에 따라 세계주의에 대한 계급비판을 진행했다. 예컨대 1992년 출판된 루쉰汝信이 주편한 『중국 노동자계급 대백과』에는 '세계주의'를 평가하면서 기본적으로 소련의 정의와 궈모뤄가 『해방일보』에 발표한 글을 사용했다. "세계주의는 제국주의가 국가와 인민을 노예화하고 착취하는 침략주의이고, 제국주의 패권세력의 침략 정책을 위한 것이다. 세계주의 선전은 조국의 이익, 민족전통과 민족문화를 홀시하고 자신의 독립적 권리와 민족의 이익을 방기하여 제국주의의 '영도'에 복종하는 것이다. 그것은 부르주아계급 사상체계이다", "부르주아계급의 침략과 확장정책을 위한 반동 부르주아사상이다."[20] 이외에 장바오더蔣寶德, 리신성李鑫生이 주관한 『대외교류 대백과對外交流大百科』, 이수이하이李水海 주편의 『세계윤리도덕사전世界倫理道德辭典』 등에서도 이러한 정의를 연용했다. 2003년 진빙화가 주편한 『마르크스주의철학 대사전』에서도 여전히 세계주의는 "민족전통, 민족문화를 홀시하고 민족주권을 방기하게 하는 착취계급의 정치사상이다…… 이러한 사상은 착취제도의 지속적 존재라는 조건 아래 자본의 침략과 확장을 농단하는 정치를 위한 도

---

19   郭沫若, 「爭取世界和平的勝利與人民文化的翻譯」, 『解放日報』, 1953.9.29.
20   汝信 主編, 『中國工人階級大百科』, 北京 : 中國國際廣播出版社, 1992, 839쪽.

구이다"[21]라고 했다. 이러한 담론은 앞서 말한 소련의 철학자 로젠탈 등이 주편한 『간명철학사전』에서 비롯되었다.

중국에는 현대의 인류의식을 핵심으로 하는 세계주의 사상이 선천적으로 부족하고 후천적으로도 실행되지 않았다고 할 수 있다. 바로 이런 까닭으로 루쉰의 '세계인' 개념으로 들어가는 것은 민족사상문화에서 말하자면 깊이 있는 계발이자 의미 있는 보충이라고 말할 수 있다.

2. 부정과 긍정의 입장 차이
-'세계인' 개념에 대한 선후 두 가지 이해

루쉰이 처음으로 '세계인' 개념을 사용한 것은 1907년에 발표한 문언 논문 「파악성론」에서이다.

오늘날의 사람들이 주장하는 바를 모아서 정리하여 살펴보고 그것에 이름을 붙여 분류한다면, 분류는 대체로 두 가지로 나누어진다. 하나는 당신은 장차 국민이 된다는 것이고, 다른 하나는 당시는 장차 세계인이 된다는 것이다. 전자는 그렇게 되지 않으면 중국을 망하게 하는 것이라고 위협하고, 후자는 그렇게 되지 않으면 문명을 배반하게 된다고 위협한다. 그것의 구성을 살펴보면 비록 일관된 주장은 없지만 모두 인간의 자아를 없애고 뒤섞음으로써 스스로 다르다고 하지 못하게 하고 거대한

21   金炳華 主編, 『馬克思主義哲學大辭典』, 上海 : 上海辭書出版社, 2003, 290쪽.

무리 속으로 사라지게 한다. 마치 검은 색으로 여러 색을 뒤덮어버리는 것과 같다. 만약 따르지 않으면 곧 거대한 무리로써 채찍질하고 공격하고 핍박하여 마구 내달리게 한다.[22]

루쉰이 부정적 의미에서 '세계인'과 '국민'을 함께 논의하고 있다는 것은 분명하다. 그는 동시대인들이 '국민'이 되어야 한다고 주장하는 것은 이렇게 하지 않으면 나라를 망하게 할 수 있다고 걱정하는 것이고, '세계인'이 되어야 한다고 주장하는 것은 이렇게 하지 않으면 중국인은 세계인과 거꾸로 가게 될 것이라고 걱정하는 것이라고 했다. 이것은 량치차오가 1899년 미국으로 가는 길에 한 말을 떠올리게 한다. "나는 대개 완전무결한 불순물이 섞이지 않은 시골사람이었다. 오래지 않아 19세기 세계의 대 풍조의 세력이 까부르고 충격을 가하고 몰아대자 나는 국인國人이 되지 않을 수 없었다. 만약 장차 내가 세계인이 되지 않을 수 없다면…… 이 나라에 태어났으니 뜻은 진실로 국인이 되지 않을 수 없고, 이 세계에 태어났으니 뜻은 진실로 세계인이 되지 않을 수 없다."[23] 이로써 우리는 루쉰의 언설이 량치차오를 겨냥하고 있다는 것을 알 수 있다. 루쉰은 이 두 가지 주장에 대하여 일괄적으로 부정하고 자아를 압살하고 개성을 말살한다는 점에서 양자는 같다고 보았다. "두 가지 주장이 말하는 바는 비록 얼마간 상반되기는 하지만 특히 개성을 말살한다는 점에서는 대체로 같다."[24]

---

22   魯迅, 『集外集拾遺補編·破惡聲論』, 『魯迅全集』 제8권, 28쪽.
23   梁啓超, 「汗漫錄」, 『飮氷室主人自說』, 南京 : 江蘇人民出版社, 1999, 65쪽.
24   魯迅, 『集外集拾遺補編·破惡聲論』, 『魯迅全集』 제8권, 28쪽.

'국민'과 '세계인'은 당시 중국사상의 최전방에 있었던 두 가지 개념이라고 말해야 한다. '신민臣民', '자민子民', '초민草民' 등에 비교하면, '국민' 개념은 국가의식과 공민의 권리와 책임을 강조한다는 점에서 현대적인 의미를 갖추고 있다. 그런데 '세계인'은 세계적 시야와 인류의식을 강조하고 중국의 사상문화, 중국인의 관념과 세계문명의 동보성을 강조한다는 점에서 확실히 세계 조류에 부합한다. 어떤 시대든지 세계조류와 거꾸로 움직이면 필연적으로 국가와 민족은 중대한 대가를 치러야 하고 이후에는 다시 보충학습을 통하여 이미 과거가 되어버린 세계조류를 따라잡기 위해 안간힘을 써야 한다. 량치차오는 '시골사람', '국인', '세계인'을 인간의 의식이 순차적으로 발전하는 세 단계라고 보고 세계문명 진보의 연속적인 과정이라고 여겼다.

주목할 만한 것은 루쉰이 「파악성론」에서 부정적 입장에서 '세계인' 개념을 평가하고 있다는 것이다. 그런데 우리는 이로부터 단순하게 루쉰의 사상이 세계조류와 서로 모순된다거나 혹은 현대사상의 발전보다 낙후했다는 결론을 내려서는 안 된다. 왜냐하면 부정판단 그 자체와 부정판단의 기준은 각각 다른 것이기 때문이다. 둘 다 비판이기는 하지만, 양자의 가치지향은 완전히 상반된 것일 수 있다. 량치차오와 마찬가지로 루쉰의 전기 사상의 구성은 비교적 복잡하다. 이 시기 그의 사상의 전체적 기술과 후기 사상의 관성을 종합해서 보면 루쉰은 여기에서 결코 사상이 낙후해서 '세계인' 개념을 부정한 것이 아니라 지나치게 선진적이었기 때문에 이러한 사상의 착위錯位가 일어났다. 루쉰이 당시에 중국에서 아직 만들어지지 않았던 의회의 헌법 제정 — '대중정치' — 을 부정했던 것과 마찬가지로 "개인에게 맡기고 다수를 배격한다"는 개성주의 사상을 실현하기 위해서였다. 당시의 '세계인' 개념과 후기 루쉰의 '세계인' 주장은 명확한 차이가 있고, 그의 초기 인학 사상의 초보적인 이해로 볼 수 있다는 것을 부인할 수는 없다. 진정한 '세계인' 개념은 결코 단순한 세계의 일통一統이 아니다. 일본 시라카바파白樺派 작가들이 주장한 '10인 10색' 사상과 마찬가지로 '세계인' 개념이 구현하는 것은 다원의 다양한 인류의식이다. "사람은 각각 다르고 인쇄된 책처럼 매 권 일률적일 수 없다. 이러한 대세를 철저하게 파괴하려는 사람은 '개인적 무정부주의자'로 변하기 쉽"[25]기 때문이다. 따라서 이러한 의미에서 말한다면 루쉰의 '세계인' 개념은 전기, 후기 모두 같은 사상을 포함하고 있다고 할 수 있다. 그것은 바로 개성주의에 대한 일관된 견지이다.

공개된 루쉰의 논저에서 '세계인'이라는 단어의 출현빈도는 결코 많지 않다. 이와 반대로 '중국인'은 출현빈도가 대단히 높은 핵심어이다. 우리가 루쉰이 말하는 '중국인'의 사상적 형상을 두루 읽어 보면 그 뒤에서 이상적 '세계인'의 형상을 발견할 수 있다. 왜냐하면 부정적 판단 뒷면에는 왕왕 긍정적 판단이 미리 설정되어 있고, 이에 근거하여 상반된 가치이상을 표현할 수 있기 때문이다.

앞에서 언급한 '세계인' 개념에 대한 부정과 달리, 루쉰이 가장 집중적이고 명확하게 긍정적으로 '세계인' 개념을 서술한 글은 1918년 『신청년』에 발표한 「수감록 36」이다.

---

25 魯迅, 『兩地書·1925年3月18日』, 『魯迅全集』 제11권, 20쪽.

많은 사람들이 두려워하는 것은 '중국인'이라는 이름이 소멸할 것이라는 점이다. 내가 두려워하는 것은 중국인이 '세계인'으로부터 밀려날 것이라는 점이다.

나는 '중국인'이라는 이름이 결코 소멸할 리 없다고 생각한다. 인종이 여전히 존재하기만 하면 어쨌거나 중국인이다. 예컨대 애급의 유태인이 호칭을 바꾼 적은 없었다. 이름을 보존하는 데 꼭 노력을 하고 마음을 쓸 필요가 전혀 없음을 알 수 있다.

그런데 작금의 세계에서 협동하여 생장(生張)하고 한 가지 지위를 쟁취하고자 한다면 모름지기 적절한 진보적 지식, 도덕, 품격, 사상이 있어야 비로소 발을 붙이고 설 수 있다. 이 일은 지극히 많은 노력을 하고 마음을 써야 한다. 그런데 '국수'가 많은 국민은 더욱 노력하고 마음을 써야 한다. 왜냐하면 그의 '정수'가 너무 많기 때문이다. 정수가 너무 많아서 너무 특별하다. 너무 특별해서 다양한 사람들과 협동하여 생장하고 자리를 쟁취하기가 어렵다.

어떤 사람들은 말한다. "우리는 특별하게 생장해야 한다. 그렇지 않으면, 어찌 중국인이 되겠는가!"

그리하여 '세계인'으로부터 밀려난다.

그리하여 중국인은 세계를 잃었으면서도 잠시라도 여전히 이 세계에서 머물고자 한다! — 이것이 바로 나의 커다란 공포이다.[26]

루쉰의 이상의 진술에서 우리는 다음과 같은 몇 가지 사상적 함의

26 　魯迅, 『熱風·隨感錄三十六』, 『魯迅全集』 제1권, 323쪽.

를 읽어낼 수 있을 것 같다.

첫째, '세계인'은 공간개념으로 존재하는 것이 아니라 원대한 경계를 가진 정신적 존재이다. "나는 '중국인'이라는 이름이 결코 소멸할 리 없다고 생각한다. 인종이 여전히 존재하기만 하면 어쨌거나 중국인이다. 예컨대 애급의 유태인이 호칭을 바꾼 적은 없었다. 이름을 보존하는 데 꼭 노력을 하고 마음을 쓸 필요가 전혀 없음을 알 수 있다." "중국인은 세계를 잃었으면서도 잠시라도 여전히 이 세계에서 살아가려고 한다." 대동사회의 이상과 달리 '세계인'은 정신적 추구로서 "모름지기 적절한 진보적 지식, 도덕, 품격, 사상이 있어야" 한다. 뿐만 아니라 루쉰은 대동사회의 존재를 믿지 않았다. "나는 장래의 황금세계에서도 반역자는 사형에 처해질 수 있다고 의심한다."

둘째, '세계인' 개념은 자아의 가치에 대한 견지이지 개성의 말살이 아니다. "협동하고 생장하여 하나의 지위를 쟁취하"는 것이다. 이것은 루쉰 '세계인' 개념의 사상적 과정과 최종적 지향을 보여준다. "협동하고 생장하"는 것은 인간의 존재방식에서 가치관에 이르기까지의 '세계성' 혹은 동일성이며, "하나의 지위를 쟁취하"는 것은 "협동하고 생장"한 이후에 민족국가가 얻게 될 세계적 지위이다.

셋째, 특히 주목할 만한 것은 '중국인'이 '세계인'이 되려고 한다면 그 특수성으로 세계에 진입하는 것이 아니라 인류의 동일성으로 세계에 진입한다는 것이다. "어떤 사람들은 말한다. "우리는 특별하게 생장해야 한다. 그렇지 않으면, 어찌 중국인이 되겠는가! 그리하여 '세계인'으로부터 밀려난다. 그리하여 중국인은 세계를 잃었으면서도 잠시라도 여전히 이 세계에서 살아가려고 한다! ─ 이것이 바로 나의 커다란 공포이다." 따라서 루쉰이 여기에서 이른바 중국인은 '특별히 생장'해야 한다는 주장을 부정하고 있으며, 이것은 그가 필생토록 힘썼던 국수주의 비판, 국민성 개조와 일치한다는 것을 알 수 있다. 이것은 바로 루쉰과 기타 문화선구자들이 일관되게 견지한 사상계몽, 국민성 개조 주장의 주요내용이기도 하다. 현대 인류의식을 긍정하고 국수주의와 민족주의를 비판한 것이다. 이점은 목하 중국에서 특별히 중요한 의미를 지닌다.

"천하의 대세는 이미 나날이 섞여 하나로 되어 가고 있"[27]는 시대에 루쉰은 인류의 문화정신의 일치 또한 필연적인 추세라고 여겼다. 그는 '인류의 도덕'[28] ─ 초민의 도덕과 현대의 도덕을 포함하여 ─ 을 중국문화의 현대적 전환의 가치지향이자 문화선택의 기준으로 삼았다. "인류가 아직 성장하지 않았을 때, 인도도 물론 성장하지 않았다. 하지만 어쨌거나 거기에서 번영하고 성장한다. ……장래에는 어쨌거나 같은 길로 가게 마련이다."[29] 유럽 산업혁명의 발생과 서방 근대민주 사회사조가 흥기한 이래 세계든 중국이든 모두 전면적 현대화라는 발전 궤도로 들어섰다. 걸어가든 밀려가든 필경 같은 방향으로 발전할 것이다. 어쩌면 이와 같은 판단이 있었기 때문에 루쉰은 중국문화의 운명에 대하여 민족의 입장을 초월하는 달관적 태도를 보였을지도 모른다. 20세기 중국문화의 변혁의 선구자로서 루쉰은 인류의 사상문화 발전의 방향에 대하여 깊이 있는 예견을 했다고 해야 할 것이다. 일찍

27   嚴復, 「救亡決論」, 王栻 主編, 『嚴復集』 第1冊詩文(上), 北京 : 中華書局, 1986, 50쪽.
28   魯迅, 『熱風・隨感錄四十』, 『魯迅全集』 제2권, 北京 : 人民文學出版社, 2006, 338쪽.
29   魯迅, 『熱風・不滿』, 『魯迅全集』 제1권, 375쪽.

이 1918년 8월 그는 지우 쉬서우창에게 보낸 편지에서 "인류를 착안점으로 한다면" 중국의 개량이나 멸망은 모두 "인류의 진보나 향상의 증거이다"라고 했다.[30] 분명 루쉰의 '세계인' 개념은 체계적인 사상은 아니지만, 루쉰의 사상체계 중의 하나의 중요한 핵심어이다. 그것은 역사의식과 인류의식의 호소를 깊이 있게 표현하고 비범한 예견성을 갖추고 있다.

세계주의사조와 함께 세계어운동이 중국지식계에서 오랜 시간 동안 성행했다. 후스, 천두슈, 루쉰, 바진, 마오둔, 빙신氷心, 예쥔젠葉君健, 왕루옌王魯彦, 후위즈胡愈之, 후차오무胡喬木 등이 적극적으로 참여했다. 루쉰은 중국문자가 봉건전통도덕의 담지체로 국민소질 향상의 거대한 장애라고 여겼다. "네모난 한자는 사실상 우민정책의 이기"이고, "또한 중국의 노동하는 대중의 신체의 결핵으로 병균이 그 속에 잠복해있다. 우선 그것부터 제거하지 않으면 결과는 그저 스스로의 죽음일 따름이다".[31] 그렇다면 "한자를 위해서 우리를 희생할 것인가, 아니면 우리를 위해서 한자를 희생할 것인가?" 루쉰의 답안은 의심할 여지없이 분명하다. "사람들이 그래도 살아가고자 한다면 내 생각으로는 한자에게 우리의 희생이 되라고 청할 수밖에 없다."[32] 그는 "인류는 장래에 좌우지간 공통의 언어가 있어야 한다. 따라서 Esperanto를 찬성한다"라고 했다. 루쉰의 세계어운동에 대한 이해는 언어에 머무는 것

---

30   『魯迅書信集・1918年8月30日致許壽裳』, 『魯迅全集』 제13권, 北京 : 人民文學出版社, 1976, 18쪽.
31   魯迅, 『且介亭雜文・關於新文字』, 『魯迅全集』 제6권, 165쪽.
32   魯迅, 『花邊文學・漢子和拉丁化』, 『魯迅全集』 제5권, 585쪽.

이 아니라 언어의 동일에서 시작하여 정신의 동일로 향해가는 것을 긍정했다. "Esperanto를 배우고", 더 나아가 "Esperanto 정신을 배워"야 한다. "만약 사상이 예전 그대로라면 여전히 간판은 바꿨지만 물건은 바꾸지 않은 것"이므로, 아무짝에도 쓸모가 없다. "사상개량이 첫 번째 일이다."[33] 루쉰은 초기에 "문자를 같게 하"고 "가지런하게 하는 것을 중시한다"라는 관점을 부정했는데, 여기서의 긍정 역시 언어문자라는 형식에 둔 것이 아니라 세계적 사상의식의 건립을 강조하는 데 중점을 두었다.

'세계인' 개념의 핵심은 개인을 본위로 하는 인류의식이다. 인류의식과 대동사회구상은 결코 단순하게 등호를 그려서는 안 된다. 대동사회구상은 통일된 주권의 세계정치공동체이고, 인류의식은 민족, 국가, 시대의 제한을 받지 않은 정신적 추구이다. 대동사회를 실현하려면 길고 긴 세계의 협동, 발전과정이 필요하고 인류의식의 확립은 인간의 정신의 승화를 필요로 한다. 사회적 이상으로서 세계주의는 개별 국가에서 실현하기는 아주 어렵지만, 개인사상으로서의 인류의식의 확립은 분명 실행가능하다. 루쉰의 '세계인' 개념은 결코 제도적인 정치설계가 아니며 정신세계의 변혁에 입각하고 있다. "모름지기 적절한 진보적 지식, 도덕, 품격, 사상이 있어야 한다." 뿐만 아니라 이러한 변혁은 전통적 의미에서의 대동사상이 아니라 현대적 의미에서의 '인간'의 의식이다. "다양한 사람들과 협동하고 생장하여 지위를 쟁취한다." 여기에서 이러한 다원일체多元一體의 '세계인' 의식은 인류의식

---

33   魯迅, 『集外集·渡河與引路』, 『魯迅全集』 제5권, 36~37쪽.

아래서의 다원적 개성의 존재에 대한 승인이지, 민족의 차이와 사상의 개성을 소멸하는 것이 아니다. 이점에서 그것은 중국의 전통적인 대동사상과 본질적인 차이가 있다.

세계주의에 대한 량치차오의 태도에는 몇 차례 변화가 있었다. 초기에는 캉유웨이를 좇아 세계주의를 긍정했으나 후에 청 황실의 입장에 서서 반대했고, 다시 그 후에는 구미 여행을 통하여 재차 긍정했다. 루쉰의 세계주의 사상역정은 량치차오와 마찬가지로 변화가 있었다. 초기에는 반대하고 후에 긍정했다가 마지막에는 다시 의심했다. 량치차오의 세계주의에 대한 부정은 국가주의에서 기원했다. 그런데 후기 루쉰은 더 이상 '세계인' 개념을 강조하지 않는데, 이는 엄혹한 생존환경과 외래이론의 영향으로 자신이 원래 가지고 있던 계급투쟁의식이 한층 강화되었기 때문에 세계주의사상에 대하여 의심을 하게 된 것이다. 그는 이른바 '황금세계'를 믿지 않았으며, '꿈을 꾸는 것'이라고 여겼다. "'사람들이 다 먹을 밥이 있'는 꿈을 꾸는 사람이 있고, '프롤레타리아사회'를 꿈꾸는 사람이 있고, '대동세계'를 꿈꾸는 사람이 있지만, 이런 사회를 건설하기 이전에 계급투쟁, 백색테러, 폭격, 학살, 콧속에 고춧물을 들이 붓기, 전기고문……을 꿈에서 보는 사람은 거의 드물다. 이런 것을 꿈에서 보지 않는다면 좋은 사회가 올 리가 없다. 아무리 광명이라고 쓴다고 해도, 필경 하나의 꿈이고, 헛된 꿈이다. 말을 꺼내자니, 또한 기독교인들 중에 이 헛된 꿈결 속으로 들어가지 않은 사람이 없다."[34] 이것은 주로 세계주의의 '대동사회' 제도에 대한

---

34   魯迅, 『南腔北調集‧請說夢』, 『魯迅全集』 제4권, 482쪽.

부정이기는 하나, 과거 '세계인'의 인류의식에 대한 강조와는 분명히 다르다. 여기에는 계급의식이 대단히 부각되어 있다.

3. '중국인'에 대한 비판과 지금 여기의 민족주의 사조

앞에서 서술한 바와 같이 '세계인' 개념은 루쉰의 사상에서 인간의 사회적 신분을 판단하는 표준은 아니다. 그것은 인간의 세계적 시야와 인류의식을 강조한다. 더불어 이것을 이상적 기준으로 삼아 최종적으로 인류의식을 확립하는 데 장애가 되는 국수주의와 민족주의사상을 비판하는 데 구체화되고 있다.

마르크스와 엥겔스는 『공산당선언』에서 "민족의 편면성과 협애성은 갈수록 불가능해지고 있다. 따라서 많은 민족과 지방의 문학 속에 세계문학이 출현하게 된 것이다"라고 말했다. 부정적 시각이기는 하지만 마르크스와 엥겔스도 이러한 세계화 경향의 형세에 대해 지적했다. "미未개화, 반半개화된 국가로 하여금 문명의 국가에 종속되게 하고, 농민의 민족으로 하여금 부르주아의 민족에 종속되게 하고, 동방으로 하여금 서방에 종속되게 한다."[35] 마르크스가 말한 '세계역사'와 '세계문학'처럼, 인류의식의 확립은 상당한 어려움과 고통의 과정을 거쳐야 한다. 왜냐하면 그것의 대립면은 '애국주의'라는 이름으로 표현하는 민족주의이기 때문이다. 그런데 후자는 중국문화와 사회에서

---

35   中央編譯局 譯, 『共産黨宣言』, 北京 : 人民出版社, 1997, 31쪽.

선천적인 우세와 거대한 영향력을 가지고 있다. 아무리 편파적이고 격렬하다고 해도 그것의 윤리적 정의와 정치적 정확성에 대한 의심을 용납하지 않고, 더 나아가 거짓임을 입증해서도 안 된다.

세계주의는 종래로 민족주의를 비판하는 유력한 무기였다. 문화발생의 극심한 전환 시기는 세계주의와 민족주의의 충돌이 극심한 시기이기도 하다. 전통문화가 진정한 전환을 완성할 수 있는가의 여부는 세계주의와 민족주의 간의 게임의 최종 결과를 보아야 한다. 뿐만 아니라 양자의 충돌과 게임은 사상투쟁일 뿐만 아니라 사회발전과 민족문화 구성의 상이한 방향의 모순이기도 하다. 민족주의의 사회적 기능은 일정한 역사적 상황과 떼어놓을 수 없다. 국가와 민족의 존망의 위기에 민족주의 사상은 인심을 응집시키고 공동의 적에 대한 적개심을 불태우게 하므로 현실적 합리성과 필요성이 있다. 그런데 이러한 상황일수록 세계주의 사상이 없어서는 안 된다. 이것은 한 민족의 가슴과 시야를 보여줄 뿐만 아니라 민족의 성격구성과 문화발전의 방향을 결정한다. 이 사상을 흡수하고 견지하는 것은 전통문화로 하여금 서둘러 변화하게 하고 세계적 영향력을 확대하게 하는 가장 좋은 길이다. 반대로 세계주의를 배척하고 민족주의를 고집하는 것은 최종적으로 민족 자체에 상처를 입힌다. 1903년 차이위안페이는 "황색과 백색 간의 등급을 파괴하고 유럽과 아시아의 허물을 통하게 함으로써 세계주의로 민족주의의 협애한 식견을 확대"[36]해야 한다고 주장했다. 당시 중국사회와 민족의 위기가 전대미문의 것임을 알아야 한다는 것이다.

---

[36] 蔡元培,「日英聯盟」, 高平叔 編,『蔡元培全集』제1권, 北京 : 中華書局, 1984, 160~161쪽.

민족성과 지역성을 초월하고 인류의식을 확립하는 것은 인류문화 발전의 공통의 길이다. 마르크스, 엥겔스가 말한 바와 같이 각각의 단독적 개인은 "각각 다른 민족의 한계와 지역의 한계를 벗어나"[37] 전체 세계와 더불어 실제적 관계를 맺어야 한다. 최근 세계의 사상문화의 발전에서 보면 이러한 방향은 더욱 분명해지고 있다.

최근 중국의 세계주의 사상과 민족주의 사상의 대립은 대중문화와 엘리트문화의 충돌을 가장 잘 보여주고 있다. 앞서 서술한 바와 같이 그것이 사상문화의 측면을 초월하는 사회적 영향을 미칠 때, 국가의 상이한 발전전략 사이의 대결을 낳을 수 있다. 세계주의와 비교하면, 민족주의나 국가주의의 중국에서의 영향력은 훨씬 크고 시간도 훨씬 오래되었다. 나는 최근 중국의 사상문화와 사회심리 가운데서 가장 경계해야할 것은 바로 민족주의 사상의 마비성과 정치의 공리성이라고 생각한다.

루쉰은 평생토록 민족주의에 대하여 꾸준히 비판했다. 뿐만 아니라 이러한 비판은 왕왕 천하의 대세, 특히 민중들의 일반적인 사상, 감정과 대립되었다. 그의 전사로서의 품격에 대한 평가는 이 점을 소홀히 해서는 안 된다. 루쉰의 '세계인' 개념이 포함하고 있는 사상은 전통 중국인의 현대의식의 결여를 인식하고, 당대 중국의 사상문화의 상황과 그것의 방향을 사고하는 데 대단히 독창적인 시사점을 내포하고 있다.

루쉰의 사상에서 '세계인' 개념과 '중국인' 개념은 두 가지 대비되거나 심지어 대립되는 문화인격을 구성하고 있다. '세계인'은 루쉰의

---

37   『馬克思恩格斯選集』제1권, 北京 : 人民出版社, 1974, 42쪽.

"인성을 완전함에 이르게 한다"라는 국민성 개조의 최고 경계이자 중요 내용이다. 루쉰은 "진짜 소리가 있어야만 비로소 중국의 사람들과 세계의 사람들을 감동시킬 수 있다. 모름지기 진짜 소리가 있어야 세계의 사람들이 세계에서 함께 생활할 수 있다"[38]라고 했다. 루쉰이 '진짜 사람眞的人', '세계인', '인류'라는 판단과정을 거쳐 최종적으로 구성하고자 한 것은 지상의 '사람의 나라人國'이었다. '중국인' 개념이 루쉰의 담론에 출현한 빈도는 '세계인' 개념보다 훨씬 많다. 그의 담론에는 각 민족의 성격을 수 차례 대비하고 있다. 예컨대 중국인의 '불성실함'과 일본인의 '성실함', 중국인과 폴란드, 인도인의 식민지 성격의 차이 등을 언급했다. 민족성격의 대비에서 '중국인'은 거의 모두 부정적인 형상으로 나타난다. 문화인격의 주요한 약점은 '비겁함', '감추기와 속이기', '더 약한 사람에게 나쁜 짓하기', '자기기만', '대강대강', '지조 없음', '가장 하기', '체면 의식', '구경꾼', '노예근성' 등이다. 중국역사에서 이토록 깊이가 있고 전면적으로 중국인의 민족근성에 대하여 분석한 사람은 없다. 이 점만으로도 루쉰의 가치는 대체하거나 부정할 수 없음을 알 수 있다. 왜냐하면 중국사회와 민족에는 이런 학자와 사상이 너무나 부족하고 너무나 필요하기 때문이다.

루쉰은 '세계인'을 '중국인' 개조의 가치기준과 이상적 경계로 삼았다. 진정한 '세계인'은 실질적으로 이상적인 '중국인'이다. 루쉰에게서 '세계인'과 '중국인'은 모두 전체적인 족군 명칭이 아니라 특정한 문화인격, '현대'와 '전통'의 대명사라는 것을 지적해야 한다. '세계

---

38   魯迅, 『三閑集·無聲的中國』, 『魯迅全集』 제4권, 15쪽.

인'은 현대적 의미에서의 인간이다. 그는 서방인에게만 귀속되는 것이 아니라, '중국인' 가운데도 '세계인'이 존재한다. 루쉰은 이것을 굳게 믿었을 뿐만 아니라 후기로 갈수록 더욱 명확히 했다. 그리고 '중국인'은 전통적 의미에서의 인간으로서 중국인 가운데 전통을 고수하고 세계를 거절하는 사람을 가리킨다. 그들은 중국민족의 열근성의 표징이다. 이와 같은 문화인격의 대비에서 루쉰은 우선 '협동하고 생장'하는지의 여부를 두 가지 문화품격의 "지식, 도덕, 품격, 사상"에서의 차이와 대립으로 간주했다.[39]

"중국인은 세계를 잃었으면서도 잠시라도 여전히 이 세계에서 머물고자 한다"는 것에 관한 루쉰의 판단은 세계에서 생존하는 것이 결코 '세계인'이라는 것과 같지 않음을 보여준다. 같은 이치로, 어떤 한 민족문학이 그 자체로 세계문학의 일부분을 구성한다고 말하더라도 세계의식과 인류의식을 갖추지 않았다면, 세계적인 가치가 없고 진정한 세계문학이라고 할 수 없다는 것이다. 만약 우리의 문학작품 속에 인류의식을 포함하지 않고 민족성과 지역성을 지나치게 강조한다면, 그렇다면 세계적 영향력을 낳기 어렵다. 이런 문학의 가치는 그저 우리 자신에게만 귀속될 따름이다.

루쉰은 타오위안칭의 그림에 대한 평가에서 일찍이 '세계인'의 개념을 비교적 전면적으로 정의했다. "현재에 살아가면서 세계의 사업에 참여하고자 한다." '세계인'의 가장 기본적인 자질은 세계의식, 인류의식, 그리고 보편적 가치관을 갖추는 것이다. '세계인' 개념은 민

---

[39] 張福貴, 『活着的魯迅 : 魯迅文化選擇的當代意義』, 北京 : 社會科學文獻出版社, 2010, 169쪽.

족주의 의식에 대한 양기로 일반적인 진화론을 인류관으로 승화시키는 것이고, 이것과 대립되는 것은 민족주의이다. 루쉰은 "우리는 특별하게 생장해야 한다. 그렇지 않으면 어떻게 중국인이 되겠는가!"라고 하는 국수주의자들의 주장을 비판했다. 이런 말은 매우 호방하고 이런 논리는 의심을 용납하지 않는 공정성과 정확성이 있다고 할 수 있지만, 루쉰은 이런 논리를 고수하는 것은 "그리하여 '세계인'에서 밀려나려고 하"는 것이고, 중국문화 '특수'론은 실질적으로 '세계인' 의식에 대한 거절이라고 여겼다.

> 무엇을 '국수(國粹)'라 하는가? 글자 그대로 보자면 반드시 한 나라에만 있는 것이고, 다른 나라에는 없는 사물이다. 바꾸어 말하면, 바로 특별한 것이다. 그런데 특별하다고 해서 반드시 좋은 것은 아닌데 어째서 반드시 보존해야 하는가?
>
> 예컨대 어떤 사람이 얼굴에 종기가 나고 이마에 부스럼이 났다면, 확실히 다른 사람과 다른, 그의 특별한 모습을 보여준다고 한다면, 그의 '정수'라고 할 수 있다. 그런데 내가 보기에 이 '정수'를 제거하여 다른 사람과 똑같게 하는 것보다 못하다.
>
> 만약 중국의 국수는 특별하고 또 좋다고 말한다면, 어째서 지금 이러한 지경이 되어, 신파는 고개를 젓고 구파도 탄식할 정도로 엉망이 되었는가?[40]

---

40   魯迅, 『熱風·隨感錄三十五』, 『魯迅全集』 제1권, 321쪽.

루쉰의 이상의 말의 가장 큰 가치는 당시에 대한 비판의 깊이에 있을 뿐만 아니라 고도의 개괄력과 심원한 예견성을 가진 논리적 힘에 있다. 구체적인 비판은 목전의 사회를 겨냥하고 있었다. 그런데 논리의 개괄은 초월적 기능을 갖추고 있어서 과거, 현재, 미래 모두에 적용된다. 오늘날 우리가 루쉰의 사상논리에 따라 당대의 유사한 사상문화의 발전방향을 분석해보면, 지극히 정련된 분석능력을 갖추고 있어서 귀머거리도 깨우칠 수 있을 정도라는 것을 알 수 있다. 반세기의 사회적 체험을 통하여 철저한 사상개조는 사람의 사유방식을 개조하는 것임을 깊이 깨닫게 되었다. 어떤 사람이든 간에 동일한 사유방식을 사용하면 최후에는 필연적으로 동일한 가치관을 향하게 된다. 우물 안 개구리는 협소한 하늘을 그릴 수 있을 뿐이고 색맹증이 있는 눈은 붉은 색과 녹색을 구분하지 못한다. 오늘날에서야 우리는 비로소 루쉰의 국민성 개조의 사명이 사실 국민의 사유방식을 바꾸고자 한 데서 생겨난 가치관임을 알게 되었다. 최근 중국의 민족주의사상의 대중화 열풍의 주요한 원인은 동일한 교육시스템 아래 형성된 국민의 동일한 사유방식과 관련이 있다.

본질적으로 말해서 민족주의는 인류 족군의 원시적 본능이자 인간의 생리적 특징과 감정적 특징이다. 생리적 특징은 그것이 본능적 속성을 띄게 하고, 태어나면서부터 갖고 있는 천성으로 극복할 수가 없다. 감정적 특징은 그것으로 하여금 윤리적 속성을 띄게 하고, 자연적 정의로서 거짓임을 증명할 필요가 없다. 그것이 본능이라는 것은 의식을 거치지 않고, 억제할 수도 없다는 것이다. 그것의 정확성은 논리를 따지지도 않고 증명할 필요도 없고, 선험적으로 우세하다. 이로 말미암아 극단적 민족주의 구호는 대중의 심리에 쾌락을 낳고 순간적으로 효과를 낳는데. 그런데 만약 하나의 민족이 항상 이것을 고집하거나 혹은 이성에 호소하지 않는다면, 이 민족은 기본적 동물본능을 벗어나지 못했음을 의미한다. 정확하게 말해서 민족주의는 외적이 침입하는 시기에 적극적인 의미를 지니는 것 말고는 훨씬 많은 경우에 통치자의 수중에서 여러 번 사용해도 꼭 맞은 정치적 도구이자 사회적 족군의 지극히 효과적인 정신적 아편이다. 민족주의가 극단적으로 가게 되면 이성이 상실하게 될 뿐만 아니라 이성을 상실하면 국가의 형성과 인류의 평화에 거대한 손해를 가져온다.

민족주의의 적은 세계주의이다. '세계인'으로 활동하는 것에 대해 이제까지 중국에서 좋은 대접을 받은 적이 없다. 일단 누군가 민족주의의 반대자로 지목되면 바로 인민의 공적公賊이 되고 해명할 기회와 권리가 없어진다. 루쉰은 평생토록 민족주의에 대해 꾸준히 비판했다. 천하의 대세, 특히 민중의 일반적인 사상, 감정과 대립된 적도 있었다. 따라서 루쉰의 민족 신분은 종종 질책의 대상이 되곤 했다. 청년시절 그는 '일본 스파이'로 지목되었다. "나는 종종 우치야마서점에 가서 한담을 나누었다. 나의 가련한 적인 '문학가'는 일찍이 이를 빌어 애써 내게 '한간'이라는 호칭을 지어주었다."[41] 최근 루쉰은 인터넷상의 성난 청년들의 입과 글 속에서 '한간'으로 지목되고 있다. 중국문화에는 윤리심판기제가 존재한다. 이것은 판단과정을 생략하고 지극히 단순화된 '사리에 따라 사람을 죽이'는 기제이다. 중국인은 이제까지

---

41   魯迅, 『且介亭雜文·運命』, 『魯迅全集』 제6권, 134쪽.

'한간', '매국노'라는 개념에 대해 진지하고 엄밀하게 논증하고 해석한 적이 없다. 종종 한 행의 문장, 심지어는 간단한 주술문으로 사람을 사지로 몰 수 있는 명명과정을 완성했다. 뿐만 아니라 중국의 수많은 도덕적 평가와 정치적 판단은 종종 이렇듯 간단한 과정으로 이루어졌고, 국민 역시 이렇게 훈련되거나 만들어졌다. 아무리 고귀하고 긍정적인 인물이라고 해도 이러한 이름이 붙여지면 즉각 인민의 공적이 되고 영원히 복권되지 않는 운명에 처해졌다. 니체가 말한 바와 같이, "내재화부호, 약어상투어를 실재로 간주하고 최종적으로 원인으로 간주하"는데, 이것이 "우리의 나쁜 습관이다".[42] 당대 중국사회의 정치담론과 도덕담론 체계는 지극히 심각한 은폐성과 선동성을 띠고 있다. 이러한 체계는 대중의 지지를 필요로 하고 동시에 대중의 동일한 가치관을 만들어내고 개성담론을 말살하고 최종적으로는 인간의 자아의식과 사상능력을 약화시킨다. 이러한 사상적 기능은 짧은 기간 동안의 정치동원과 민족의식 강화에 유리하지만, 장기적으로는 민족의 창조능력과 대중의 판단능력에 영향을 끼칠 수 있다.

민족주의 문화인격은 강렬한 배타성과 공격성을 띠고 언어폭력적 경향도 명백하다. 그런데 그것의 심층적 본질은 '비겁함'이다. 외면의 격렬함과 극단성은 종종 내면의 자기비하와 공포를 숨기기 위해서이다. 이것은 전통사회의 우민정치가 만들어낸 문화인격이며, 인간의 권리와 개성의식의 상실에서 비롯된다. 루쉰은 "황금세계가 도래하기 전에는 사람들은 아마도 좌우지간 동시에 두 가지 성질을 갖는 것을

42　尼采, 『權力意志』 上・下, 孫周興 譯, 北京 : 商務印書館, 2007, 82쪽.

피할 수 없을 것이다. 다만 발현했을 때의 상황이 어떤지를 보면, 용감함과 비겁함의 커다란 차이가 드러날 것이다. 애석하게도 중국인은 양에 대해서는 무서운 짐승의 모습을 드러내고, 무서운 짐승에 대해서는 양의 모습을 드러낸다. 따라서 무서운 짐승의 모습을 드러낸다고 해도 여전히 비겁한 국민이다. 이렇게 가다가는 반드시 끝장이 나기 마련이다".[43] 루쉰은 이러한 인격은 사상과 심리가 다 건전하지 않고, '세계인' 의식의 결핍으로 말미암아 민족 전체는 인류의 생존경쟁에서 '세계인'의 지위를 얻을 수 없을 것이라고 여겼다.

"인성을 완전함에 이르게 한다." 루쉰은 여기에서 한 걸음 더 나아가 '세계인'이 갖추어야 할 문화인격적 요구, 즉 문화관념과 사상도덕의 당대성과 공통성을 제기했다. 인류문화의 발전은 그 가운데 어떤 곡절과 고통이 있더라도 반드시 어떤 공통의 방향을 보인다. 인성의 심층이 공통적이므로, '중국인'에서 '세계인'으로 향하는 것은 가능하고 필연적이다. 관건은 그 목적을 선택하고 실현하는 과정과 방식이다. 진정으로 '세계인'이 된다면, 결국에는 현대적 '중국인'이 될 수 있다. 루쉰은 필생의 사명은 아무리 힘들다고 해도 이 목적을 실현하는 것이었다.

루쉰의 사상은 넓고 깊다. 그런데 '세계인' 개념은 그가 상대적으로 소홀히 한 것이지만 고귀한 사상적 자원이다. 소홀히 한 것은 역사적 상황 때문이었으며, 사상이론의 제약도 있었고 루쉰 자신의 사상발전과도 관계가 있었다. 그런데 오늘날 어쨌든 우리는 이 사상의 가치를

---

43 魯迅, 『華蓋集·忽然想到』七, 『魯迅全集』 제3권, 64쪽.

다시 한 번 놓칠 수는 없다. 중국의 최근의 사상적 상황에 두고 다시 읽고 해석해야 한다. 이것은 루쉰 사상에 대한 우리의 이해를 완전하게 하는 것일 뿐만 아니라 우리의 사상을 완전하게 하는 것이기도 하다. 왜냐하면 가공할 문명의 시대에 만약 루쉰이 없다면 문명은 우리로부터 더욱 멀어질 것이기 때문이다. 루쉰의 '세계인' 사상을 굳건히 지키는 것은 우리로 하여금 세계문명의 최전방에 다가가게 하는 것이다.

역사의 증명

루쉰을 멀리하면 용렬해진다

20세에는 바진^{巴金}을 읽고 30세에는 마오둔^{茅盾}을 읽고 40세 이후에는 루쉰을 읽는다고 했다. 사실상 연령에 상관없이 서재에만 갇혀 있으면 루쉰을 이해할 수 없다. 루쉰의 본질적 정신은 그의 중국사회와 문화, 중국인에 대한 깊은 이해이다. 중국사회를 이해해야만 루쉰을 이해할 수 있다. 루쉰을 이해해야만 비로소 중국사회를 더욱 잘 이해할 수 있다. 루쉰과 중국은 불가분하게 얽혀 있다. 그가 평생 비판하고 도전한 것은 어떤 한 개인이 아니라 중국의 문화전통, 민족근성, 사회적 상태이다. 루쉰과 주변사람들의 관계, 구체적인 사건의 얽힘에 국한되어서는 루쉰의 가치와 의미를 진정으로 이해할 수 없다. 루쉰은 현재에 살아있다. 왜냐하면 그가 과거에 지적한 것들이 오늘날 여전히 존재하기 때문이다. 루쉰은 언제나 읽히고 언제나 새롭다. 그는 이미 세기적인 주제가 되었다. 우리 민족은 반세기 이상 루쉰을 읽었지만 진정으로 이해하지는 못했다. 혹자는 우리가 종종 고의로 진정한 루쉰을 알려고 하거나 이해하려 하지 않는다고 말한다. 민족기억 속에 남아있는 루쉰은 소학교, 중학교 교과서에 있는 루쉰, 어떤 중대한 정치적 기념일마다 꾸며낸 루쉰이다. 그런데 결국 꾸며낸 루쉰마저도 차츰 드물어졌다. 의심할 여지없이 루쉰은 이미 우리 시대, 우리 자신으로부터 멀어졌다. 사람들은 루쉰 성격의 본질이 강자에 도전하고 절망적으로 반항하는 것이라고 알고 있다. 그런데 왜 루쉰이 죽을 때까지 이 성격을 견지했는지 대해서 곰곰이 생각하는 사람은 거의 없다. 근본적으로 말하면, 이것은 바로 루쉰의 인격이 초래한 것으로, 어떠한 성격적 특징도 대부분 인격적 특징에서 비롯된다.

　루쉰은 자신의 사상과 행위로 '지식인'이라는 개념에 정의를 내렸다. 우리로 말하자면, 루쉰 정신은 당대 중국의 최대의 가치이고 중국 당대 지식인의 사상적 입장과 인격적 경계에 대한 계시적 의미를 갖고 있다. 지식인은 한 민족의 최고의 핵심 집단, 한 시대의 가장 최전방의 사상집단이자 가장 첨단의 지식집단이다. 나는 진심으로 용렬한 사람이 되고 싶지 않다. 하지만 나는 감히 도전하는 강자가 아니고 도리어 많은 경우 여전히 유약한 사람이다. 비록 정신적으로 언제나 루쉰에게 다가가고 그와 서로 통하려고 노력함에도 불구하고 말이다. 왜냐하면 작금의 환경 아래에서 용렬함에서 벗어나기 위한 정신적 돌파가되기 때문이다. 깊고 고요한 밤 책상 앞에 앉아서 루쉰을 다시 공부하다보면 종종 제호醍醐를 정수리에 부은 듯한 각성, 각성하고 나서는 어찌할 바를 모르겠고, 어찌할 바를 모른 뒤에는 무거움을 느낀다. 이럴 때면 나의 감각은 벗이 지은 책 제목처럼 "루쉰에게 면목이 없다". 루쉰이 깊은 밤 야스오카 히데오安岡秀夫의 「소설에서 지나의 민족성을 보다」를 읽었을 때처럼, 루쉰의 문장을 읽을 때면 언제나 깜짝 놀라 식은땀이 흘렀다. 이 식은땀은 루쉰의 깊이에 놀라서가 아니라 루쉰의 깊이와 도전을 마주하고 이에 미치지 못하는 나 자신 때문이었다. 루쉰의 위대함은 사상의 깊이에 있고, 루쉰의 고통 또한 그의 사상의 깊이에 있다. 루쉰은 「노라를 집을 나간 뒤 어떻게 되었나」에서 "인생의 가장 큰 고통은 잠에서 깨어난 이후 갈 수 있는 길이 없는 것이다"[1]라고 했다. 루쉰을 잊지 않으면 우리는 아주 힘들게 아주 무겁게 살아가게 된다. 비판의식이 지나치게 강해서 왕왕 사회에서 받아들여지지 않기 때문이다. 혼탁한 세상을 마주하고 우리는 왕왕 마음의 소리를 내지 못한다. 진정한 루쉰 학인学人으로서 최후의 한계선은 루쉰의 정신의 본질을 바꾸는 일에 참여하지 않는다는 것이다. 왜냐하면 루쉰을 곡해하는 것은 루쉰을 배반하는 것이기 때문이다.

루쉰을 마주한 우리는 떳떳하지 못한 바가 있다. 최근 사회대중들의 지식인 그룹에 대한 신뢰가 급격하게 약화되고 있는데, 근본 원인은 다음 두 가지에서 비롯된다. 하나는 중국사회에서 오랜 기간 동안 지식인에 대해서 규정한 높은 도덕적 경계이다. 민중들은 그들에게 초현실적 가치와 기대를 부여했다. 둘은 지식인 자신의 도구화와 이익 추구로 인해 마땅히 해야 할 의미와 책임을 저버린 것이다. 반세기 이전 마오쩌둥은 "루쉰의 뼈는 가장 단단하다. 그는 터럭만큼의 비굴함과 아첨이 없다. 이것은 식민지, 반半식민지 인민의 가장 고귀한 성격이다. 루쉰은 문화전선에서 전민족의 대다수를 대표한다. 적을 향

---

1   魯迅, 『墳・娜拉走後怎樣』, 『魯迅全集』 제1권, 北京 : 人民文學出版社, 2005, 166쪽.

하여 돌격하여 적진을 함락하는 가장 정확하고 가장 용감하고 가장 군세고 가장 충실하고 가장 열정적인 공전의 민족영웅이다. 루쉰의 방향은 중화민족 신문화의 방향이다"[2]라고 말했다. 오늘날에 이르러서야 우리는 비로소 마오쩌둥의 루쉰에 대한 평가의 진실함을 차츰 이해할 수 있게 되었다. 지식인 그룹이 현실에 주목하고 본질을 탐구하고 이상을 추구하려는 욕망을 상실한다면, 이 민족의 원기는 큰 손상을 입게 될 것이다. 루쉰의 마음에는 줄곧 인성의 격정이 불타고 있었다. 비록 「류허전군을 기념하며記念劉和珍君」 등의 작품이 이미 중학의 교과서에서 삭제되었지만 마음을 뒤흔드는 문장은 수 세대 사람들의 마음속에 여전히 요동치고 있다. "진정한 용사는 참담한 인생을 감히 직면하고 뚝뚝 떨어지는 선혈을 감히 정시한다. 이들은 얼마나 가슴 아픈 사람들이고 행복한 사람들인가? 그런데 조물주는 또 언제나 용렬한 사람들을 위해 설계한다. 시간의 빠른 흐름으로 옛 흔적을 씻어내고 기껏 담홍의 핏빛과 흐릿한 비애만을 남겨둘 따름이다", "침묵이여, 침묵이여! 침묵 속에서 폭발하지 않으면 침묵 속에서 사망하리라".[3] 사회현실을 깊이 체험하고 감히 현실을 정시하고 반항하는 사람이 아니라면 이런 소리를 낼 수가 없다.

　루쉰이 세기 초에 확립한 현대인의 사상인격의 경계는 '진짜 사람眞人'을 불러내고 '허위적 선비僞士'를 폭로하는 것이었다. 그는 '내면의 빛內曜'으로 '어둠을 타파하'고 '마음의 소리心聲'로 '허위와 거짓으로부터 벗어'나고자 했으며, 초민사회의 '소박한 백성의 그 마음의 순백'

2　　毛澤東, 「新民主主義論」, 『解放』 제98, 99기 合刊, 1940.2.20.
3　　魯迅, 『記念劉和珍君·華蓋集續編』, 『魯迅全集』 제3권, 290·292쪽.

한 도덕인격에 대한 복고의 생각을 가지고 있었다.[4] 이것은 일반적인 복고와는 다르다. 민족인격의 전진 발전을 추동할 동력을 과거에서 찾아서 '입인立人'이라는 총체적 목적 중의 도덕적 이상인격의 구성을 완성하는 것이다. 복고는 현실에 대한 부정이다. 만약 인류본성으로의 회귀가 목적이라면 복고는 영원한 인류학적 가치를 가진다. 인성의 도덕에서 루쉰은 시종 복고적, 인간의 원점으로의 복귀를 주장했다. 정치는 사상을 제한하고 환경은 인성을 부식시킨다. 인간의 본성은 선하므로 인간의 원점의 숭고함과 자연에 대한 긍정은 사실 사회현상에 대한 비판이다. 루쉰은 정치로 국가를 구하고 사상을 계몽하는 중임을 맡음과 동시에 도덕적 구속救贖의 중임을 맡고 있었다. 사상계몽은 앞을 향하여 바라보는 것이고 도덕적 구속은 뒤를 향해 보는 것이다. 이것은 주로 루쉰의 사회현상에 대한 불만에서 비롯되었다. 루쉰의 진실함은 악인의 죄악을 곤란하게 했고 특히 위선자로 하여금 악의 본질을 드러내게 했다. 그의 일생에 적이 많았던 까닭은 사상적 입장과 정치적 경향의 차이 외에도 상당한 정도로는 자신의 성격이 초래한 것이었다. 그의 성격은 거짓을 말하지 않고 허위를 드러냈다. 이것은 그의 인간관계에 커다란 비극을 가져왔다. 스스로가 허위적이지 않았기 때문에 다른 사람의 허위를 용납하지 않았던 것이다.

중국은 지금까지 예의지국이라고 자부해왔으며 엄격하고 복잡한 예의규범이 있었다. 예의 체계의 정곡은 언어와 행동, 장면의 규범에 있는 것이 아니라 사상도덕 상의 규범에 있었다. 봉건예의의 본질적

---

4   魯迅, 『集外集拾遺補編 · 破惡聲論』, 『魯迅全集』 제8권, 32쪽.

속성은 사상도덕의 예교시스템이다. 생활 속에서의 일상적 예의의 가장 나쁜 결과는 사회성원들에게 생활에서의 부담과 정신적인 비용을 증가시키는 것에 지나지 않는다. 그런데 정치사상 중의 봉건예의 혹은 예교는 인성에 반하는 것으로 사람의 생명과 신체에 해를 끼친다. 고대, 현대를 막론하고 이면적 측면에서 이해하면, 나라사람들의 행위는 종종 예의를 전혀 지키지 않고 예의와 행위의 대비는 언행불일치, 표리부동한 허위를 만들어낸다. 정면적인 측면에서 이해하면, 예의에 대한 과도한 존중과 구속은 인간관계를 등급화하고 인간의 생활을 형식화한다. 중국 봉건문화의 도덕체계는 허위를 필요로 하고 허위를 만들어낸다. 관官 중심의 중국사회에서 관원과 권위의 담론에 성실함이 결핍되어 있거나 심지어 진실함을 상실했을 때, 사회성원에 끼치는 영향은 대단히 크다. 루쉰이 비판한 것은 구체적인 개인이 아니라 문화체계와 이러한 체계가 만들어낸 습관 즉, 인간의 도덕적 허위를 길러내는 것이다. 따라서 루쉰은 사회와 습관에 대항했기 때문에 그 결과 사회에서 용납하지 않았던 것이다.

최근 사회는 거짓이 횡행하고 전 사회에 신뢰의 위기가 나타나고 있다. 거짓이 한 민족에 끼치는 가장 큰 해악은 다음 세대의 정상적인 성장에 영향을 미친다는 것이다. 도처에 거짓과 허위가 횡행하는 환경에서 자라나는 어린이는 장차 어떻게 되겠는가? 그들이 장차 어떻게 장래 중국민족의 진흥이라는 커다란 임무를 담당할 수 있겠는가? 나는 줄곧 정치에 대한 믿음이 중요하고, 더욱이 정치에 대한 신뢰가 결핍되어서는 안 된다고 생각하고 있다. 정치도덕의 결핍은 반드시 정치에 대한 신뢰의 위기를 초대한다. 관방문화와 민간문화, 엘리트

문화와 대중문화의 가치가 서로 모순되고, 사회심리의 지나친 정서화가 일반적인 모습이 되었다. 중국사회의 신뢰 결핍은 상업계, 미디어에서 정치계, 학술계로 스며들었고 심지어는 전문적인 신용평가영역에까지 영향을 미치고 있다. 지난 얼마 동안 일어났던, 국내의 한 권위 있는 신용평가등급기구의 세계의 대표적 국가에 관한 신용등급과 어떤 한 부서와 위원회의 신용등급평가로 인한 풍파는 바로 이러한 모습의 축소판이었다.

루쉰의 성실함과 진실함은 목하 중국에서 가장 소중하게 여겨야 할 정신자원이다. 사상의식에서의 '출충함'과 도덕인격에서의 '진솔함'은 루쉰의 "인성을 완전함에 이르게 한다"라는 것의 주요 내용이다. 목하 중국사회의 전환에 직면하여 루쉰의 도덕적 인격의 입장을 돌이켜보면 새로운 중대한 의미가 발견된다. 루쉰의 일생은 모두 "힘써 당시의 풍속에 저항하"고 "힘써 강자에 저항하"는 것이었다. 그는 한편으로는 '당시의 풍속'을 만든 '용중傭衆'을 비판하고 다른 한편으로는 민중의 정신을 마비되게 하고 노예근성을 만든 '강자'를 비판하고 민중을 '각성'시키기 위해 사상과 정치에서의 계몽을 진행했다. 민중들이 그들의 도덕인격에서 보여준 '진솔함'과 '예스럽고 소박함'을 긍정하고 건전한 인성의 표준의 하나로 간주했다. 오늘날의 민중은 사상의식과 도덕인격에서 왕왕 이중성을 보여준다. 사상의식의 각성과 도덕인격의 타락이 그것이다. 역사의 발전으로 말미암아 일반민중은 점차로 강직화된 의식상태에서 벗어나 '각성' 이후의 사상적 상태를 갖추게 되었다. 그런데 이러한 각성 이후 현실에 대한 실망으로 말미암아 사람들은 이상주의와 공동의 윤리정신을 상실하고, 개인의 물질생활의 발전을 추구함으로써 결과적으로 도덕심이 옅어지고 정치의식이 약화되고 도덕인격이 타락하게 되었다. 목하 여러 가지 요인의 작용 아래 사회의 지나친 정서화는 포악한 위기상태에 처하게 되었다.

루쉰의 존재는 우리를 위해 인생의 경계와 반성의 거울을 확립해주었다. 그의 존재는 우리로 하여금 스스로 과시하지 않게 하고 스스로 가벼이 '전사'로 칭하지 않게 하고 가벼이 어떤 사람을 '위인'이라 칭하지 않게 한다. 계속해서 이러한 한계선을 고수하기 위해 노력하기만 한다면, 우리는 평범해질 수는 있겠지만 용렬해지지는 않을 것이고, 숭고하게 되지는 못하더라도 타락하지는 않을 것이다. 그런데 이러한 인생의 한계선을 견지하는 것은 고통스럽고 어쩌면 고독할 수도 있다. 마지막으로 나는 이 두 마디를 하고 싶다. "나는 루쉰을 사랑하고, 루쉰은 나를 아프게 한다."

'작은 루쉰'과 '큰 루쉰'

루쉰에 대한 개인화된 이해와 경전화된 이해

◈

　루쉰연구는 중국현대문학 연구 중의 열띤 분야로서 이미 다음과 같은 상황에 이르렀다. 다른 목소리가 나오기만 하면 학술계와 사회에 큰 파문을 일으킬 수 있을 정도이다. 이러한 상황의 출현은 루쉰 자신이 가지고 있는 가치 외에도 오랜 기간 이루어진 해석의 축적에서 기인한다. 상당히 많은 사람들에게 루쉰은 이미 학술을 초월한 사상적 표지이자 정치적 표지가 되었다.

1. 세기 교차기의 루쉰 폄하 풍조

　1990년대 이래 루쉰을 부정하는 분위기가 생겨났다. 처음 시작은 『수확收穫』 잡지가 '루쉰에게 다가가기'란을 만들면서부터이다. 발표된 몇몇 문장에서 루쉰의 사상과 가치에 대한 회의를 드러냈다. 금세기 들어와 루쉰연구계는 한층 더 시끄러워졌다. 재미학자 류허劉禾는 「현대성 신화의 유래-국민성 이론 질의」라는 글을 발표하여 루쉰의 국민성 개조 사상이 스미스의 『지나인의 기질』에서 유래되었고, 그 이론은 미국 선교사의 식민패권담론에 영향을 받았다고 했다. 류허 글이 말하고자 하는 것은 중국민족의 열근성을 전반적으로 부정하는 것이었다.[1] 2000년 펑지차이馮驥才는 「루쉰의 공과 '과'」에서 루쉰의 국민성비판이 철저하게 서방인의 동방관에서 비롯되었고, 그의 민족적 자성은 서방인의 '방관' 덕분이라고 했다. 그는 루쉰의 소설은 무의식적으로 서방중심주의와 식민주의를 은폐시켰으며, 심지어 선교사들의 '교만한 얼굴'을 볼 수 없도록 만들었다고 했다.[2] 비평가들은 루쉰의 '국민성 개조' 사상의 문화적 가치지향을 재평가하고 루쉰의 사상적 가치에 대하여 근본적으로 의문을 제기하고자 한다. 최근 민족주의 정서의 고양, 복고와 배외라는 시대적 격정 속에서 민간의 입장에서 루쉰의 문화선택을 다시 한 번 부정하는 것이 일종의 사회적으로 열띤 풍조가 되고 있다.

대중매체, 특히 인터넷에서의 루쉰 폄하 언론은 더욱 직접적이다. 심지어 루쉰을 '오래된 돌덩이', '애국의 적'이라고도 하고, '루쉰 타도', '루쉰 때리기'를 선포했다. 비록 정서적인 것이라고 하지만 일종의 문화가치관념을 드러내고 있다.

예컨대 2001년 10월 6일 「인민일보 BBS포럼 중의 강국포럼」에는 아래와 같은 게시글이 올라왔다.

---

1   陳平原 等 主編, 『文學史』 叢刊 제1집, 1993.
2   馮驥才, 「魯迅的功與"過"」, 『收穫』 제2기, 2000.

루쉰, 애국의 적. 왕징웨이(汪精衛) 같은 한간보다 더 밉살스럽다. 애국의 적, 욕만 하고 간언하지는 않고, 부수기만 하고 건설하지는 않았다. 비겁자, 바보.

추상적으로 말하자면 '애국의 적'이라는 단어에는 많은 의미가 담겨있는데, 그것은 사랑에서 비롯된 힘도 사랑의 대상을 해치거나 파괴할 수 있다는 것을 보여준다.

루쉰은 욕하기 말고 사실상 어떠한 장점도 찾을 수 없다. 그야말로 홍위병의 선구자이다. 2003/06/29 08 : 59

루쉰은 절대로 중화민족(의 민족혼)과 어울리지 않는다! 중국의 문자를 눈에 거슬려하고 철저하게 소멸하려고 한 사람, 중국의 역사를 쓰레기로 간주하는 사람, 중국 고대의 모든 문명전통에 대해 마뜩찮게 여기는 사람, 항일로 난국을 극복하려는 국민정부의 노력에 냉소와 조롱을 보낸 사람이 어떻게 중화민족(의 민족혼)의 자격이 있겠는가!

귀진창(郭金昌) 2003-5-1 사상평론 :

루쉰의 "삼천 년의 총애가 한 몸에 집중된다"라는 말은 우리 모두가 깊이 생각할 가치가 있다. 루쉰 등의 반(反)전통은 그들로 하여금 지난 세기의 고난에 대하여 무거운 죄를 짊어지게 했다! 중화민족의 부흥은 반드시 5·4의 부정과 '루쉰신화'의 타도로부터 시작해야 한다! 문학은 언급할 만한 가치도 없고 사상은 쓰레기에 가깝고 문풍은 극히 매스껍다!

왕셴커(王仙客) : 2003-5-1 사상평론 :

무엇을 일러 '루쉰신화'라고 하는가? 어용문인이 만든 '교주+졸개'
의 형상이다.

신젠(心劍) (광둥(廣東)) 2003-5-3 사상평론 : 「경보(慶父)가 죽지
않으면 노(魯)의 난리는 끝나지 않는다.」

나는 루쉰의 문장이 세상에 나온 이래로 본래 우리 화하의 고유한 문
화는 심한 모욕을 당하고 아프게 무너졌다고 말한다. 한신은 번쾌(樊噲)
의 패거리를 수치스럽게 여겼고, 아무개는 루 씨와 같은 고향임을 수치
스러워했다. 오늘날 중국의 수많은 학생들에게 하고 싶은 말이 있다. 루
쉰의 문장은 일독할 가치도 없다. 그것을 읽으면 장차 미혹당하게 된다.
루 씨를 죽이지 않으면 대도(大道)가 일어나기 어렵다.

같은 해 9월 30일 「왕이 문화 페스트푸드網易文化自助餐」'루쉰포럼'에
는 '루쉰 타도' 구호를 분명하게 제기하는 글이 올라왔다.

루쉰이 사상의 신단(神壇)을 차지한 지 이미 오래되었다. 후대의 문
인들은 루쉰의 그림자 속에 서서 자신을 낮추고 있다. 낮추는 것이 미덕
은 아니다. 낮추는 것은 허위적 양보에 지나지 않는다. 세상이 가장 중시

해야 하는 것은 신진대사이다. 무슨 근거로 루쉰은 성루의 꼭대기에 서서 만인의 부복(俯伏) 받으려고 하는가. 무슨 근거로 섞어빠진 시체가 여전히 오늘날에도 눈길을 앗아가는 빛을 내뿜고 있는가. 산하는 이미 크게 바뀌었는데, 오로지 루쉰만은 무너지지 않고 있다. 이것은 중국문인의 지혜에 대한 풍자인가, 아니면 시대의 선봉에 대한 조롱인가? 루쉰의 시신은 벌써 싸늘해졌는데, 관재와 묘비는 아직 그대로이다. 이것은 우리가 더욱 큰 묘비와 더욱 강한 패방을 세우는 것을 막는 유일한 장애물이다. 따라서 우리는 그를 타도하고, 그를 넘어뜨리고, 우리 시대의 엘리트에게 귀속되는 천당을 다시 건설해야 한다.

이러한 상황을 마주하고 학술계의 수많은 학자, 예컨대 천수위陳漱渝, 쑨위스孫玉石, 왕푸런王富仁, 린페이林非 등은 문화사상의 입장에서 각각 자신의 태도를 밝혔다. 외국학자인 후지이 쇼조藤井省三와 작가 오에 겐자부로大江健三郎도 자신의 관점을 발표했다. 그중에서 샤오싱작가협회주석 주전궈朱振國 등과 같은 사람은 '재평가'에 대해 거세게 반응했다. 그는 「"수확" 잡지가 루쉰를 모욕하는 것을 그대로 둘 수 없다 ─ 중국작가협회에 보내는 공개편지」를 발표했다.[3] 정치적으로 감정적으로 '보위'하고자 하는 심리가 너무 강했기 때문에 사상과 학술 논쟁을 두 정치사상 진영의 투쟁으로 간주했다. 따라서 토론은 더욱 심한 정치적 색깔과 정서화된 요소를 띠게 됨으로써 도리어 루쉰 사상을 수용하는 데 있어 한층 더 심한 심리적 장애를 갖게 하고 말았다.

---

3   朱振國, 「不能聽任『收穫』雜誌嘲罵魯迅 ─ 致中國作家協會的公開信」, 『眞理的追求』 제
     7기, 2000.

반세기 동안의 루쉰연구의 역사를 살펴보면 루쉰의 가치에 대한 평가가 최근처럼 이렇게 중설이 분분하거나 첨예하게 대립된 적은 없었다. 이것은 그 자체로 중국의 학술사상환경의 개선과 연구자의 주체의식의 각성을 반영한다. 연구자는 대부분은 루쉰세계에서 시작하여 루쉰과 더불어 영혼의 대화를 나누고 루쉰 개인으로 들어가고자 노력하는데, 각 연구결과의 가치지향에는 명확한 차이가 있다. 그들은 루쉰의 위대함과 평범함 혹은 용렬함 사이에서 선택하고 각각 '큰 루쉰'과 '작은 루쉰'의 형상을 묘사한다. 크다는 것은 민족문화와 목하 중국의 발전에서 출발하여 '민족혼'의 대표로서 루쉰이 지니고 있는 당대적 가치를 사고하는 것이다. 작다는 것은 개인의 심리학의 각도에서 출발하여 루쉰을 인간세상으로 끌어들이는 동시에 보통의 인간으로서 가질 수 있는 루쉰의 인성의 약점 즉, 가혹함, 냉담함 심지어는 용렬함을 보다 많이 바라보는 것이다. 후자에 대하여 우리는 우선 그것을 개인화된 이해, 이면에 다가가는 개인화된 이해라고 칭하기로 한다. 이것은 최근 루쉰연구에서 주목할 만한 경향이다.

2. 개인화된 이해는 구체적 역사인물에 대한 인식의 심화이다

개인화된 이해는 루쉰을 인류의 보통 개인으로 간주하고 일상화하는 연구를 가리킨다. 그것의 목적은 대상의 생활의 진실과 성격의 진실을 추구하고 '일반인'으로서 가진 '인성의 약점' ― 성격의 약점과 인격의 약점을 포괄하여 — 을 부각함으로써 이전에 가지고 있던 사상의 '부가가치'를 벗겨내는 것이다. 구체적인 역사인물에 대한 인식으로 말하자면, 이러한 개인화된 이해는 작가 개인에 대한 인식의 심화이다. 따라서 전체 중국의 학술사상의 발전으로 말하자면, 작가연구와 역사인식의 다원화를 보여준다. 그것의 탄생과 존재 자체는 최근 중국의 학술사상 환경의 긍정적 발전을 초보적으로 보여주고, 비평의 주체의식의 강화와 학술환경의 변화를 보여준다. 따라서 이러한 역사전통과 사상현실에서 우선 공정하고 관용적인 태도로 최근 학술계와 사회에서 나타나고 있는 '재평가'와 루쉰 사상의 가치를 의심하는 현상을 마주해야 한다. '재평가'에 대하여 지나치게 과격하게 반응해서는 안 되며, 이러한 상황에 직면하여 한 걸음 더 나아가 학리적인 측면에서 체계적으로 분석하고 루쉰 사상의 중국당대 사상문화의 발전에서의 가치문제에 대하여 깊이 있게 살펴보아야 한다.

개인화된 이해의 최초 원인은 아마도 역사적으로 루쉰을 신화화한 것에 대한 반발에서 기인했을 것이다. 그것은 루쉰 개인의 인격으로의 환원을 목적으로 하는 인성의 '제자리 찾기'이다. 연구주체로 말하자면, 이것은 자아의식의 각성이기도 하다. 제자리 찾기는 루쉰연구사에 대한 정리이자, 신격화된 루쉰에 대한 대규모의 효과적인 박리이기도 하다. 루쉰과 그 세계로 하여금 친밀감을 갖게 하고 인간세상으로 되돌아가게 하는 것이고 현실에 다가가게 하는 것이다. 뿐만 아니라 연구자의 자아감각과 이해를 통하여 루쉰세계에 존재하고 있을 사람들이 알지 못했던 다른 측면을 보여준다.

이러한 개인화된 이해는 본질적으로 자연형태적 연구이다. 이것은 과거 그리 아주 진실하지는 않았던 루쉰세계를 보충하고 풍부하게 한다고 해야 할 것이다. 일찍이 "루쉰은 사람이지 신이 아니다"라고 한 명제는 이러한 인식 아래 생겨난 가치 있는 이해이다. 하지만 오늘날 이와 같은 인식 아래에서 생겨나고 있는 '루쉰의 결함'에 집중하는 주제들은 부정적인 개인화된 이해임이 분명하다.

3. 개인화된 이해의 결과는
루쉰 사상의 가치에 대한 제한과 회의이다

앞서 말했듯이, 개인화된 이해는 루쉰이 가지고 있을 수도 있는 일반적인 인성의 약점을 발견하는 것으로 끝난다. 그런데 문제의 관건은 루쉰의 사상과 인격에 결함이 없다는 데 있는 것이 아니라 루쉰 사상의 가치의 본질에 대해 어떻게 판단하는가에 있다. 다시 말하자면, 최근의 상황에서 루쉰 사상의 가치를 어떻게 발견하고 판단해야 하는가이다. 의심할 여지없이 루쉰은 보통사람이다. 하지만 보통사람이라는 시각으로 루쉰을 인식하는 데 집중하면, 다른 사람을 인식하는 것과 똑 같이 어떤 특별한 의미도 없게 된다. 결점이 있는 전사도 전사이다. 개인화된 이해는 인성의 풍부성을 보여주는 동시에 인성의 복잡성을 보여준다. 인간의 일반적 성격으로 루쉰의 사상의 높이를 낮추고, 마지막에는 필연적으로 루쉰의 가치를 떨어뜨린다. 비판력은 루쉰 사상의 최대가치이고 에너지인데, 루쉰을 의심하고 폄하한 결과는 루쉰의 역사비판으로 하여금 진실성을 상실하게 하고 그의 현실비판으로 하여금 합리성을 상실하게 할 뿐만 아니라 최종적으로 비판의 권력을 상실하게 만든다.

한 사람의 생활의 진실을 추구하는 것은 역사적 연구로서 일반적인 사료적 가치가 있다. 그런데 한 사람의 정신적 가치를 중시하는 것은 사상사적 연구이다. 경전이라는 것은 어떤 한 사상범주가 고도의 개괄성과 추상성을 띠고 있으며, 사회발전에서 장기적 응용성을 가지고 이로 말미암아 의미가 확대된다는 것이다. 응용성의 기초는 대상과 최근 사회현실의 직접적 대응성이다. 혹은 어떤 한 가지 사상이 장기적 응용성을 갖게 됨으로써 역사적 시험을 경과하여 비로소 경전화되는 것이라고도 한다. 경전은 현실적 필요에서 벗어나거나 강직화된 정치설교와 도덕설교 등의 순수형식이어서는 안 되고, 살아있는 사상적 원칙과 행위의 준칙이다. 경전화된 이해는 연구대상의 초월적 가치를 인정한다. 이러한 긍정적 전제 아래 당대 가치의 한계를 돌파하고 그 사상을 역사발전의 긴 강물에 두고 보편적 가치기준으로 삼아 장기적 의미를 획득한다. 간단하게 말해서 경전은 가치의 한계를 무한으로 확장하고 초월성을 갖춘 사상적 패러다임이 된다.

루쉰의 사상적 가치는 초월성이다. 개인인격으로의 환원을 목적으로 하는 부정적 이해는 루쉰 사상의 가치를 해석하는 작금의 사상적 환경을 소홀히 하고 그것이 내리는 결론의 소극적 영향을 소홀히 한 것이다. 루쉰의 가치는 개인적인 것이 아니며 역사의 발전과 작금의 환경 속에 두고 이해해야 한다. 작금의 문화사상 환경에서 루쉰의 사상적 가치에 대한 경전화된 이해는 개인화된 이해보다 훨씬 절박하고 중요하다. 심지어는 학술가치의 사회화의 시각에서 보면, 작금의 루쉰에 대한 일정정도의 신격화조차도 의미가 있다고 말할 수 있다. 인문과학의 가치가 장기적으로 경시되고 있는 까닭은 아주 상당한 정도로 연구목적의 한계—순수학리적 가치의 추구—로 말미암은 것이다. 사상의 응용성 혹은 비판의 대상이 여전히 존재한다면, 사상자체는 가치를 지니고 있다고 할 수 있다. 영향을 주려고 한다면, 반드시 효과를 확대해야 한다. 경전화된 이해는 결코 신성권위에 대한 단순한 보위에서 나오는 것이 아니라 유효한 사상적 가치에 대한 견지이다. 따라서 개인화된 이해는 최소한 경전화된 연구와 서로 결합되어야 한다.

개혁개방은 심층에서 문화충돌과 문화융합으로 나타난다. 개혁의 심화에 따라 이 과정은 날로 두터워지고 있다. 이 과정을 어떻게 이해하고 평가하며, 문화건설의 틀을 설계하는가에 대해 다양한 생각들이 존재하고 있다. 작금의 사상환경에서 루쉰의 문화비판을 위주로 하는 현대문화적 요소들을 인정하고, 더불어 이로써 20세기 문화충돌의 과정을 반성하고 '5·4'신문화전통과 중국신문화의 방향을 견지하는 것은 대단히 중요한 의미가 있다.

루쉰과 요즘 사람들 사이에 이미 소외와 간격이 발생했다는 것을 인정해야 한다. 이러한 소외와 간격은 시간과 공간 때문이 아니라, 더욱 중요한 것은 사상, 인격, 성격에 대한 인식 때문이다. 소외로 말미암아 루쉰의 문학가치, 심리개성 내지 인격경계 등에 대하여 의심과 부정이 생겨나고, 혹은 그를 문화급진주의의 대표로 보기도 하고 '인성의 약점'이 집중적으로 드러났다고 여기면서 공공연히 또는 은밀하게 비판한다. 그런데 어떤 학자들은 문화반성의 심리에서 출발하여 당시 루쉰 사상과의 대립을 강조하는 국학가의 방식으로 루쉰의 문화비판과 사회비판의 편파성과 오류성을 암시하고 루쉰의 문화선택과 신문화의 방향을 부정하기도 한다. 예컨대, '학형파學衡派', 량스추, 저우쭤런, 구훙밍辜鴻銘 등에 대한 재평가에는 상당한 정도로 이와 같은 루쉰에 대한 부정적 평가를 포함하고 있다.

인터넷 상의 언론에서 루쉰이 수시로 청년의 공격의 대상이 되고 있는 것을 볼 수 있다. 그들의 고양된 태도와 격렬한 언어는 수십 년 동안 잘 보지 못했던 것이다. 그런데 루쉰은 청년들과 가장 가까이 있었다. 이러한 환경에서 몇몇 연구자들은 문화관념, 심리개성 내지 인격경계 등 여러 방면에서 루쉰의 인문적 가치에 대하여 직접적으로 의심하고 있다. 루쉰 개인의 인격으로의 '환원'은 청년들 마음속에 루쉰의 어두운 형상을 강화할 수 있고 루쉰과 그들 사이의 사상의 거리를 확대할 수 있다. 환원이 필요한지의 여부는 사상적 환경에 의해 결정되어야 하고 사상적 환경에 따라 환원의 효과도 다르다는 것을 알아야 한다.

4. 루쉰 사상의 당대적 가치의 존재는
경전화된 이해를 위한 현실적 전제를 제공한다

역사연구는 대상의 당대적 의미를 찾기 위한 것이다. 당대인의 해석을 통하여 그것의 가치를 새롭게 결정한다. 어떤 생명력있는 문화나 사상도 반드시 현재에 이롭고 효과가 있어야 한다. 따라서 당대적 의미는 인류의 모든 활동의 가장 직접적 목적이다. 루쉰연구에 대해서 말하자면 우리의 목적은 결코 고집스럽게 루쉰 세계의 완미성을 증명하고자 하는 것이 아니라, 그의 사상의 중심적 가치를 지키고 당대적 유효성을 인식하려는 것이다. 따라서 루쉰에 대하여 경전화된 이해를 하고 그것의 당대적 가치를 추구하는 것은 당대 루쉰연구의 주요 임무가 되어야 한다. 결코 과거와 현재의 루쉰의 가치에 대한 도구적 해체로 말미암아 이러한 추구를 포기해서는 안 된다.

루쉰 사상사와 중국사회발전사의 관계와 가치를 주요 연구내용으로 삼고 '사상본체―사회시대―의미가치'의 논리과정에 따라 당대 루쉰연구의 기본 방법을 만들어야 한다. 그래서 루쉰의 문화비판과 사회역사적 대상과의 대응관계를 증명하고 이러한 기초에서 일반적 문화건설의 본체론과 방향론의 원칙을 추상화해야 한다. 최근 몇 년 동안 학술계는 중국의 '5·4' 신문화의 '현대성'이 해체될 운명에 처해 있고 루쉰 사상 중의 핵심적 주제 또한 의심을 받고 있다. 따라서 우리는 '5·4' 정신에 대한 견지를 표명하고, 루쉰의 급진주의 사상, 사상과 생활의 관계에 대하여 심층으로 이해해야 하고 루쉰의 문화비판 사상과 개성적 기질에 대하여 전체적으로 이해해야 한다. 그의 사상의 급진성은 사상의 깊이와 역사적 감각의 무게에서 비롯되었으며, 그의 개성적 기질의 격렬함과 가혹함은 비판대상에 대한 강렬한 반감에서 비롯되었고 루쉰의 '악'에 대한 단호한 태도를 보여준다.

루쉰 사상의 경전적 가치는 중국의 현대적 전환에 지극히 중요한 과제를 제출했다는 데 있다. 이러한 과제는 루쉰의 해석을 거쳤지만 중국역사와 현실에서 진정으로 완성된 적이 없다. 우리는 경전이라면 고도의 양식화와 장기적 응용성이 있어야 함을 이야기했다. 루쉰 사상의 경전성은 역사에 대한 총결과 예언으로 드러나고 광범위한 실용적 가치가 있다. 과거, 현재를 막론하고 구체적으로 견주는 대상이 있다. 결코 높은 누각에 묶여있는 순수형식이나 사상적 설교가 아니라 절실한 체험의 결과이다. 예컨대 루쉰의 아Q들에 대한 분석에는 남다른 판단논리가 내포되어 있다. 한 시기의 억압은 반역을 낳을 수 있지만 장기의 억압은 노예를 만들기 마련이라는 것이다. 억압에서 노예로 되기까지 그 중간과정은 습관이다. 비록 습관은 강요된 형식 심지어는 폭력작용의 결과이기는 하지만 말이다. 루쉰은 계몽주의 사상가로서 그의 사상의 목적은 폭력을 중지시키는 데 그치는 것이 아니라 더 나아가 습관을 중지시키고자 했다. '대중정치'에 대한 비판과 혁명당 참가, 정치에 대한 형이상학적 부정과 프롤레타리아 해방운동 참가는 각각 모순되기도 하고 각각 곤혹스러운 점도 있지만, 모두 '입인', '인성을 완전함에 이르게 한다'로 해석할 수 있다. '입인'은 순전히 사상적인 것일 뿐만 아니라 보다 구체적인 행동이다. 사상은 영원히 앞서가야 하고 행동은 반드시 때에 맞아야 한다. '사람의 나라'의 중건의 두 가지 대전제는 사상의 계몽과 정권의 전복이다. 루쉰은 이 두 가지 중요한 행동에서 언제나 앞줄에 섰고 자신의 사상과 행동으로 이 두 가지를 자신의 몸에 집중했다. 설령 그의 내면은 영원히 가치의 모순으로 고통을 받고 있었지만 말이다. 고통은 사상의 깊이에서 비롯되고 사상의 고통은 가치의 자원으로 전화될 수 있다. 오늘날 루쉰 개인의 절실한 체험은 형이상학적인 판단이 되었으며 양식화된 특징과 장기적 응용성을 지니게 되었다.

루쉰은 일생동안 사회사상문화에 관한 무수한 명제를 제시했고, 이러한 명제는 역사적 중국에 대해서도 현실적 중국에 대해서도 경전적 가치를 가지고 있다. '국민성 개조' '인성을 완전함에 이르게 하다', '세계인', '어린이 중심', '나래주의', '절망에 대한 반항', '습관과 개혁', '무물無物의 진', '감추기와 속이기', '정신승리법', '모든 것은 중간물이다', '불만은 향상의 바퀴이다', '과객', '구경꾼', '대 시대', '사람은 각각 자기가 있다', '자기 해부', '체면 문제', '검은 색 염색 항아리', '중용과 비겁', '유가의 학술과 유가의 효용' 등이 그것이다. 각 명제의 배후에는 깊이 있고 고통스런 사상적 과정이 들어있다. 이러한 명제를 거쳐 루쉰은 사회의 현대적 전환과 민족인격, 개인의 인격의 재구성을 위한 기본적 틀을 확립했다. 이러한 명제와 루쉰의 이런 명제에 대한 해석은 중국문화와 민족정신의 귀한 사상적 자원이 되었다. 그가 확립한 사상과 도덕의 경계는 수 세대의 노력이 있어야 비로소 완성될 수 있는 것이다. 목하 '다 이야기하지 못한 루쉰'이라는 말이 나오는 까닭은 사상의 연원이 여기에 있기 때문이다.

1990년대 이래 사상과 문화의 논쟁에 나타난 여러 가지 최전방에 있는 문제들은 말을 바꾸어 시대적 문맥 속에 귀납했다고 하더라도, 그러한 신 개념들이 은폐하고 있는 것은 루쉰이 관심을 기울이고 사고했던 문제라는 것이다. 루쉰과 시대적 사상과의 관계에 대한 해석, 이해, 파악을 통하여 우리는 더욱 진일보 하게 20세기 중국문화사상의 발전과정 중의 사상 문제를 사고할 수 있다. 또한 루쉰의 정신문명에 대한 관심의 본질은 인간의 현대화 문제임을 발견할 수 있다. 오늘날 예측불가능한 시장경제시대에서 루쉰의 사상적 가치를 탐구하는 것은 작금의 인간정신의 상실과 가치의 위기에 시사적인 의미를 지니고 있다. 루쉰의 문화선택은 20세기 중국의 신문화에 중요한 내용을 보탰을 뿐만 아니라 더 나아가 중국문화의 전환과 발전을 위하여 지극히 당연한 가치기준을 확립했다.

주변에서 중심으로

동북 학인의 루쉰연구에 대한 역사적 평가

역사와 지리로 보면 동북은 분명 루쉰연구에서 지역적 우세를 점하고 있지 않다. 동북 학인은 학술의 주변에 있기 때문에 중심의 발언권을 획득하기 위해서는 반드시 더욱 많은 노력을 기울어야 한다. 수십 년 동안 동북 학인은 결코 유리하지 않은 환경에서 열심히 사고하고 노력을 게을리 하지 않았다. 덕분에 동북의 루쉰연구는 점차적으로 독창성과 안정된 연구 시스템을 만들고 중국 루쉰연구에서 중요한 글을 쓸 수 있게 되었다. 수 세대 사람들의 노력을 거쳐 동북 학인은 루쉰 전기, 텍스트 해석, 사상 본체, 중외문화의 관계 등의 연구에서 끊임없이 루쉰연구의 생장 공간을 개척하고 주목할 만한 성과를 거두었다. 전체적으로 보면, 최초 1세대 학인들은 루쉰의 작품과 전기 연구에 집중했으며, 이후 사상 연구와 비교 연구 등의 영역으로 확장했다. 사상 연구와 비교 연구는 청년 세대 학자들의 연구의 주요내용이 되었다.

1. 루쉰의 사료와 작품 연구

신중국 60년 동안 루쉰연구는 다사다난한 곡절을 겪었다. 신문학 작가에서 좌익운동의 깃발로, 민족정신의 상징으로, 다시 '문혁' 중에는 연구에 어려움이 있었으며, 다시 1980년대 이후에 이르러서야 연구는 비로소 루쉰의 본체세계로 되돌아갔다. 루쉰 자신과 그의 작품으로 말하자면, 연구의 특징은 루쉰과 루쉰 예술세계의 본체로의 회귀로 표현되었고 루쉰 인성의 본체와 예술 텍스트의 독특한 심미적 가치를 발굴하여 풍부한 성과를 얻었다.

시간적 거리로 말하자면, 지린吉林대학 교수 페이밍廢名, 馮文炳은 동북 학인 중에 루쉰과 가장 관련성이 있는 연구자라고 해야 한다. 그는 중국 20세기 2, 30년대 저명한 작가로서 루쉰의 말과 글에 수 차례 등장한 인물이다. 루쉰의 동생 저우쭤런이 가장 마음에 들어 했던 문하생이었으나, 루쉰은 결코 그를 마음에 들어 하지 않았다. 20세기 50년대 초 페이밍은 동북으로 옮겨와 생활, 사상, 예술가치관에 모두 중대한 변화가 일어났다. 그의 루쉰에 대한 추숭은 더욱 강렬해졌다. 1958년 중국청년출판사에서 자신의 루쉰연구 저작 『청년들과 함께 루쉰을 이야기하다』를 출판했다. 사실, 잡담 문체로 『청년들과 함께 루쉰을 이야기하다』에서 보여주는 것은 페이밍 자신의 루쉰관의 변화이고 당시 처음으로 규모를 갖춘 '루쉰 배우기'라는 시대적 분위기를 반영한다. 따라서 루쉰연구의 역사의 깊이와 개척 측면에서 결코 뚜렷한 돌파를 보여주지는 못한다. 하지만 페이밍의 루쉰연구는 이후 지린대학 루쉰연구의 기초가 되었고 결코 가볍지 않은 중요한 역할을 했다.

동베이東北사범대학 장시진蔣錫金 교수는 20세기 3, 40년대 항일문예
운동과 창작에 종사했던 시인, 작가, 평론가이다. 1920년대 말부터
루쉰연구 문장을 발표하기 시작했으며, 중화인민공화국 성립 후 초판
『루쉰전집』의 편집출판에 참여했다. 장시진은 최초로 루쉰의 시가 연
구에 집중한 학자이다. 당시 발표한 「루쉰과 고르키」, 「루쉰과 시」,
「루쉰 시화」, 「악마파 시」 등은 중국사회과학출판사에서 출판한 『60
년 동안의 루쉰연구논문선』과 중국문련출판공사에서 출판한 『루쉰연
구학술논저자료휘편』 등에 수록되었다. '문혁'이 종결되고 그는 루쉰
의 신·구체시에 집중하여 「「사진에 붙여 짓다」와 '혼인문제'」,[1] 「판
아이능과 「판 군을 애도하며 3장」」 등의 문장을 발표했다. 장시진은
루쉰의 창작과 시인의 기질을 연관시켰다. 루쉰은 후기에 시 창작을
포기했지만 실질적으로 그의 잡문은 여전히 '악마파 시인'의 전통에
서 벗어나지 않았다고 보았다. 따라서 "신시운동 이래 중국에는 루쉰
선생의 시의 조예에 도달한 시인은 없다. 게다가 루쉰 선생보다 더욱
큰 시의 업적을 이룬 시인은 없다. 다시 말하자면 루쉰 선생보다 시인
의 칭호에 어울리는 시인은 없다"[2]라고 했다.

장시진은 루쉰 시대의 문학청년이다. 그는 경험이 풍부하고 기억력
이 좋았다. 쉬광핑과의 교류도 비교적 많았고, '문혁' 종결 후의 연구
도 사건을 위주로 하고 있어서 루쉰의 생평, 전기, 사상연구에 중요한
사료를 제공했다. 예컨대 「루쉰과 광복회」, 「루쉰과 런궈전任國楨」, 「루
쉰은 왜 일본으로 요양을 가지 않았나」, 「루쉰의 네 차례 일본 방문」,

---

1   錫金, 「「自題小象」和"婚姻說"」, 『新苑』 3기, 1981.
2   錫金, 「魯迅詩話」, 『時代學生』, 1945.10.16.

「루쉰과 동북 작가」 등이 그것이다.

랴오닝성 사회과학원 펑딩안彭定安의 루쉰연구는 1950년대 중반에 시작했다. 많은 다른 사람들과 마찬가지로 펑딩안의 루쉰연구 역시 '루쉰 배우기'에서 시작했다. '문혁' 종결 이후 그는 대량의 루쉰연구 논문과 저서를 발표했다. 그중『루쉰 시선 해석』은 루쉰의 사상적 특징과 함께 루쉰의 구체시에 대하여 간단하고도 분명한 분석을 하고 있다.『루쉰 평전』은 사실적 묘사태도와 구애됨이 없는 자유로운 풍격으로 수많은 루쉰 전기 가운데 자신만의 특색을 갖추고 있고 참신한 견해를 제시하고 있다. 특히 중시할 만한 것은 펑딩안이 비교적 일찍 루쉰을 하나의 독립적인 영역으로 연구하자고 제안했다는 것이다. 그는 1980년 '루쉰학'을 제안했다. 그는 「하나의 건의-루쉰학 만들기」, 「루쉰연구에 관한 구상」 등의 글에서 '루쉰학'의 필요성을 서술했다.『루쉰과 그의 동시대인』,『돌파와 초월-루쉰과 그의 동시대인을 논하다』[3]은 펑딩안의 '루쉰학' 구상의 중요 근거를 제시하고 있으며, 루쉰 개인의 역사의 전체 역사에서의 역할을 확정하고 동시대 여러 인물에 대한 루쉰의 돌파와 초월을 분명하게 서술했다.『루쉰 잡문학개론』은 '루쉰학' 가운데 작품에 대한 충실한 연구이다. 루쉰 잡문의 결핍에 대한 연구로 비교적 양호한 일반화에는 이르지 못했지만, 루쉰 잡문의 탄생과 발전에 대해 전면적으로 서술하고 루쉰 잡문의 사상적 내원에 대해서 깊이 있게 분석하고 있다. 1990년대 이후 펑더안은 여전히 '루쉰학' 구상을 충실히 하는 데 힘쓰고 있다. 한 학자는 이

---

3   彭定安,『突破與超越-論魯迅和他的同時代人』, 沈陽 : 遼寧大學出版社, 1987.

작업에 대해 매우 높은 평가를 하며 다음과 같이 말했다. "루쉰연구를 중국현대문학연구에서 독립시키고 그것으로 하여금 중국현대문학연구에 비견되게 했다. 뿐만 아니라 그것의 내함의 풍부성은 중국현대문학연구의 '루쉰학'을 넘어서게 했다. 펑디안이 이것을 최초로 주장한 사람이며 기초를 다진 사람이다."[4]

평딩안과 함께 랴오닝성 사회과학원에서 일하는 마티지馬蹄疾는 루쉰 전기 연구의 전문가이다. 그는 루쉰연구 영역에서 대량의 사료를 수집하고 고증했다. 저서로는『루쉰 강연 고증』,『루쉰과 저장 작가』,『루쉰―나도 사랑할 수 있다』[5] 등이 있고, 공동저서로『루쉰과 그의 동시대인』등이 있으며,『루쉰전집』(1981년 판)의 서신의 편집, 주석에 참가했고,『루쉰대사전』편찬에도 참가했다. 마티지는 루쉰 서신의 고증에 공헌이 있다.『루쉰 서신 찰기를 읽고』[6]는 기존의 루쉰 서신의 각 판본의 한계를 겨냥하여 교정, 정리하고 있다. 15편의 글을 포함한 저작에는 루쉰 서신에 등장하는 인물, 사건, 그리고 서신의 시간과 내용을 고증하고, 루쉰 서신의 교감 과정에서 여러 곳의 잘못된 표기와 오류를 발견했다. 마티지는 신중한 연구를 통하여 "세 왕국의 21가지 방법"이라는 독서, 글쓰기 원칙을 제안함으로써 루쉰의 유산을 성실하고 엄숙하게 다루었다.『루쉰 강연 고증』은 루쉰의 강연 사실에 대하여 대규모로 고증함으로써 루쉰의 생평, 사상 연구의 중요한

---

4 李春林,「'魯迅學'奠立和魯迅與外國文化比較硏究的深化―彭定安和他的魯迅硏究」,『社會科學輯刊』제6기, 1997.

5 馬蹄疾,『魯迅講演考』(哈爾濱 : 黑龍江人民出版社, 1981),『魯迅與浙江作家』(香港 : 香港華風書局, 1984),『魯迅―我可以愛』(成都 : 四川文藝出版社, 1995).

6 馬蹄疾,『讀魯迅書信札記』, 長沙 : 湖南人民出版社, 1980.

참고자료가 되었다. 저술은 내용을 고증할 수 있는 1916년부터 24년 간 66편의 강연원고를 제시함으로써 역사적 사실을 중시하고 사료의 원래 모습을 최대한 보존하고 있다. 예컨대 착오가 있는 곳을 직접 고치지 않고 주석으로 표시하였고 부정확한 곳에 대해서는 단언하지 않고 "당시 강연을 들은 사람의 기억에 근거한다"라고 표시했다. 마티지는 루쉰의 미술활동 영역의 연구에도 공헌했다. 저서로는 『루쉰의 목판화활동연보』, 『루쉰과 신흥목판화운동』이 있다.[7] 마지막으로 언급할 필요가 있는 것은 마티제의 만년의 편저인 『루쉰-나도 사랑할 수 있다』는 내용이 '꽃 옆의 풍아風雅'로 치우쳐서 학계의 비판을 받았다는 것이다.

루쉰 생평의 역사적 사실 교감과 서신 연구에서 우쭤차오吳作橋 교수는 동북 루쉰연구자들 가운데서 가장 열심히 하고 성과도 많은 사람이라고 할 수 있다. 뿐만 아니라 루쉰연구계에서 그는 목소리가 아주 낮았기 때문에 알려지기는 했지만 보이지는 않았다. 우쭤차오는 1959년에 지린대학 중문과를 졸업하고 학교에 남아서 학생들을 가르치다가 1983년 창춘교육학원으로 옮겨갔다. 주요연구 저술로는 『루쉰 서신 구침』, 『루쉰 다시 읽기-루쉰의 사적인 담화록』[8]이 있다. 연구논문으로는 「루쉰과 페이밍」, 「『월풍越風』 제1, 제5기의 출판시기에 관하여」, 「첸왕錢王의 승하는 여전히 '다시 논증'되고 있다」 등 수십 편이 있다.

---

7   李允經·馬蹄疾, 『魯迅木刻活動年譜』, 上海 : 上海人民美術出版社, 1986; 馬蹄疾, 『魯迅和新興木刻運動』, 北京 : 人民美術出版社, 1985.
8   吳作橋, 『魯迅書信鉤沈』, 長春 : 東北師範大學出版社, 1994; 『再讀魯迅-魯迅私下談話錄』, 長春 : 時代文藝出版社, 2005.

우쩌차오는 소박한 학풍으로 '작은 문장'도 기꺼이 쓰는 사람이다. 그의 고증과 분석 문장은 짧고 야무지다. 말에는 반드시 근거가 있어서 독자의 칭송을 받았다. 예컨대 『루쉰 다시 읽기-루쉰의 사적인 담화록』에서 우쩌차오는 루쉰이 자신의 글에 대해 이야기한 문장을 수집했는데, 루쉰의 풍격을 잘 담고 있어서 읽다보면 마치 한 시대 지자智者의 마음속 이야기를 듣는 듯해서 생활에 가깝고 보통사람의 정신에 가까운 루쉰을 접할 수 있다.

동베이사범대학 쑨중톈孫中田 교수는 마오둔 연구에 탁월한 성취가 있고, 동시에 연구와 교학에서 루쉰연구의 중요한 길을 열었다. 『루쉰 소설예술 찰기』, 『루쉰 작품 강해』9 등은 루쉰연구의 뛰어난 성과이다. 『루쉰 소설예술 찰기』는 일반적 의미에서의 작품론이 아니라 예술의 시각에서 출발했고, 작품으로 창작법칙을 인증한 것이 아니라 작품의 주제와 사상을 연구했다. 이것은 모두 저자의 정확한 연구의식과 깊이 있는 사고를 보여준다. 따라서 저술은 한 가지 시각이나 방면에 국한되지 않고 사상과 심미를 결합하고 저자의 논술과 루쉰의 문학관을 결합했다. 동시에 루쉰의 작품을 동시대의 다른 작가들과의 비교를 통하여 루쉰의 진실하고도 풍부한 예술세계를 부각했다.

지린대학 류중수劉中樹 교수는 페이밍의 영향 아래 1950년대 초부터 루쉰연구를 시작하여 여러 편의 논문을 발표했다. 「돌파와 초월-루쉰과 그의 동시대인을 논하다」는 루쉰의 동시대인에 대한 고찰을 돌파구로 삼아 루쉰이 살던 시대의 특징과 역정을 파악함으로써 루쉰연

---

9   孫中田, 『魯迅小說藝術札記』, 長春 : 吉林人民出版社, 1980, 『魯迅作品講解』, 長春 : 吉林人民出版社, 1979.

구의 세계로 들어갔다. 시작부터 류중수는 '루쉰 배우기'에 대하여 독창적인 견해를 보여주었다. 일찍이 그는 아Q의 형상 문제와 관련된 글을 발표하면서 그의 스승 페이밍과 의논했다. 1980년대 이후 류중수는 루쉰연구 영역으로 깊이 들어가는데, 그것의 중요한 표지는 『루쉰의 문학관』의 출판이다. 이 책은 루쉰의 문학세계 연구에 중요한 이론적 기초를 제공했고, 비교적 이른 시기에 루쉰의 문학관에 대하여 체계적으로 해석했다. 저자는 19세기 20년대 이래의 루쉰 사상과 연구에 대한 전체적인 상황파악에 기초하여 루쉰의 문학관을 기점으로 삼아 전문 논고의 방식으로 고찰했다. "루쉰의 문학관을 하나의 전문적인 문제로 간주하여 집중적이고 체계적으로 연구하는 것은 루쉰연구의 중요한 과제이다"[10]라고 했다. 위안량준袁良駿은 『루쉰의 문학관』에 대하여 "비록 분량은 많지 않지만 엄격한 의미에서 이런 류의 저술로는 최초의 책"으로 "의심할 여지없이 루쉰 문학관의 기본적 특징을 붙잡고 있다"[11]라고 했다. 저술은 사료와 사료 위에 구축된 역사적 인식을 결합하여 체계적으로 문학의 본질관을 포함한 루쉰의 문학관의 구성을 분석하고 있다. 문학관의 내함인 '인생을 위하여'는 루쉰의 전체 문예사상 체계의 핵심이고, 창작의 총원칙인 현실주의 창작 방법은 독창적인 혁명문학관의 형성과 발전이다. 문예비평 원칙과 표준에 대한 인식, 비평의 실천적 특징 등을 다루었다. 연구 영역의 개척 외에, 이 저술의 또 다른 돌파는 글쓰기 구상에서 그것이 이전의 교과서식 배열 모델에서 벗어났다는 것이다. 루쉰의 사상을 골라내어 문

---

10   劉中樹, 『魯迅的文學觀』, 長春 : 吉林大學出版社, 1986, 3쪽.
11   王俊秋, 「開拓與堅守-訪劉中樹敎授」, 『學習與探索』, 2005, 1기에서 재인용.

예의 법칙을 증명하는 것이 아니라 루쉰의 사상을 핵심과 출발점으로 삼고 루쉰 사상의 실제에서 출발하여 루쉰의 문학관을 정확하게 반영하고 있다. 류중수는 『루쉰의 문학관』을 제외하고도 『루쉰연보간편』, 『세계문화 속의 루쉰』, 『『외침』『방황』예술론』 등을 저술했다.[12]

루쉰 문집을 연구하는 것은 루쉰 텍스트 연구의 중요한 분야이다. 류중수는 여기에 두드러진 연구 실적을 보여주었다. 그의 『『외침』『방황』예술론』은 루쉰의 소설 창작 주체에 대한 연구이다. 저술은 단순한 예술론이 아니라 사상적 내용을 기초로 한 예술론으로 "『외침』, 『방황』의 깊은 사상적 내용의 대립을 녹여 만든 예술적 구조이다".[13] "『외침』, 『방황』은 루쉰 소설세계의 구성의 주체로서 그것의 영혼, 그것의 텍스트적 의미는 독자의 심미적 감상 속의 위대한 문학가, 사상가, 혁명가인 루쉰의 사회인생과 역사에 대한 이해와 인식을 구현한 예술적 결정이라는 것이다"라고 했다.[14]

랴오닝사범대학 왕지펑王吉鵬 교수도 루쉰에 대한 열정으로 수년간 루쉰연구에 종사하여 뛰어난 성과를 거두었다. 『『야초』논고』, 『루쉰 사상 작품 논고』, 『루쉰 작품 신론』, 『루쉰 민족성의 자리매김-루쉰과 중국문화비교연구사』, 『루쉰과 중국신문』[15] 등은 루쉰의 문학세계

---

12 劉中樹, 『魯迅年譜簡編』, 長春 : 吉林大學出版社, 1997; 『「吶喊」「彷徨」藝術論』, 長春 : 吉林大學出版社, 1999; 劉中樹・張福貴・陳方競, 『世界文化中的魯迅』, 長春 : 吉林大學出版社, 1997.

13 劉中樹, 『「吶喊」「彷徨」藝術論』, 長春 : 吉林大學出版社, 1999, 87쪽.

14 위의 책, 143쪽.

15 王吉鵬, 『『野草』論稿』, 沈陽 : 春風文藝出版社, 1986; 『魯迅思想作品論稿』, 大連 : 大連工學院出版社, 1987; 『魯迅作品新論』, 沈陽 : 遼寧人民出版社, 1998; 『魯迅民族性的定位-魯迅與中國文化比較研究史』, 長春 : 吉林人民出版社, 2000; 王吉鵬・陳新年, 『魯迅與中國報刊』, 香港 : 中國窗口出版社, 2009.

에 대해 개진하고 있다. 특히『『야초』논고』는『야초』에 대한 저자의 깊은 관심의 산물로 여러 해 심혈을 기울여 쓴 책이다. 이 저술의 연구 목표는『야초』에 대하여 종합적으로 연구하는 것으로 사상성과 예술성 탐색의 기초에서 루쉰이 영향을 받은 원천과 루쉰의 다른 작가, 작품에 대한 영향을 비교, 연구하여 폭넓은 구상과 깊이 있는 이해를 보여주고 있다. 저술은『야초』의 예술적 영향의 근원—구리야가와 하쿠손廚川白村 문학이론의 영향—을 분석하고, 더불어 동시기 작가 쉬디산許地山의 산문시집『빈산의 때 맞춰 내리는 비』와의 비교를 통하여 텍스트를 분석하고 있다. "특히『야초』의 반향 연구에 주목하"(천밍수陳鳴樹의 '서문')여,『야초』의 펑쉐펑馮雪峰의『진실의 노래』에 끼친 영향과 리광톈李廣田 산문시 중의 영향을 고찰하고 있다.

　루쉰의 문학작품의 문집 연구 외에도 기타 많은 연구들은 다양한 시각과 측면에서 루쉰의 예술세계를 읽어내고 있다. 류중수의「『거짓자유서』를 논하다」에는『거짓자유서』의 루쉰의 사상 전환에서의 의미를 논하고 있다.[16] 저자는 루쉰의 사상과 예술에 대한 깊이 있는 인식으로『거짓자유서』가 루쉰이 사상을 전환한 이후에 처음으로 나온 잡문집이라고 주장했다. "이것은 루쉰이 성숙한 마르크스주의자가 된 이후 처음으로 시사에 대해 집중적으로 풍자한 잡문집"이라는 것이다. 이 글은 루쉰의 잡문에 대한 연구를 촉진하는 데 중요한 역할을 했으며, 신시기 이래 중요한 루쉰연구 논문 모음집인『루쉰 그 책』에 수록되었다.[17] 동베이사범대학 팡쩡위逄增玉 교수의「루쉰의 계몽 텍스트

16　劉中樹,「論『僞自由書』」,『吉林大學學報(社會科學版)』제4기, 1981.
17　張杰·楊艶麗 編,『魯迅其書』, 北京 : 社會科學文獻出版社, 2001.

중의 현대성 언설과 서사」[18]는 연구의 중심을 작품이 아니라 사상에 두고 루쉰의 잡문, 수필, 소설 텍스트 속의 현대성을 고찰하고 루쉰의 현대성에 대한 인식이 모순적이고 의심스러운 것이었음을 발견하고 있다. 동시에 이 글은 텍스트에 대한 관조에 중심을 두어 루쉰의 현대성에 대한 전개와 의심에도 중서문화의 교류와 충돌에서의 현대성의 면모를 구현하고 있음을 보여주고 있다. 저자의 또 다른 글인 「'5·4' 시기의 '입인' 사고와 그 문학적 표현과 변화」[19]는 텍스트에 대한 깊은 고찰을 통하여 현대성 사상과 '입인' 사상으로 텍스트에 진입하여 '입인' 사상의 변화의 궤적을 논술하고 있는데, 시각이 참신하고 입론도 독특하다.

지린대학 왕쉐첸王學謙 교수는 루쉰의 작품에 대하여 일련의 새로 읽기를 진행했다. 그가 취하고 있는 시각 혹은 이론적 기초는 루쉰 사상 중의 '자연' 가치관과 생명의식이다. 「루쉰의 「고향」 신론」[20]에서 저자는 루쉰의 '자연' 가치관의 내함은 "내재적 '천국'의 은유"이자 "영원한 정신의 추구"라고 주장했다. 따라서 루쉰의 비판과 일반적인 사회역사 비판은 다르다고 했다. 그것은 인류 사회문명 내부의 한 가지 가치로써 다른 한 가지 가치를 부정하는 것이 아니라, 사회외적 비판 즉, 인류사회문명권 밖에서 가치의 감제고지를 건립하고, 그런 연후에 높은 곳에 서서 모든 것을 내려다보며 인류의 전체 사회문명에 대하여 질문하고 질책한다고 했다. 왕쉐첸은 「고향」의 사회비판과 문화비판

---

18 逄增玉, 「魯迅啓蒙文本中的現代性言說與敍事」, 『文藝研究』 제6기, 1994.

19 逄增玉, 「"五四"時期的"立人"思考及其文學表現與嬗變」, 『世紀論評』 제3기, 1998.

20 王學謙, 「魯迅「故鄕」新論」, 『中國現代文學硏究叢刊』 제2기, 1999.

은 일종의 가치주의의 궁극적 심판이라고 여겼다. 「불의 얼음 : 루쉰의 생명연옥의 기점－루쉰의 첫 번째 산문시 「혼잣말」의 생명 독해」[21]에서는 「혼잣말」이 루쉰의 '정신 연옥'의 기점으로 거의 모든 루쉰의 생명 체험 중의 비밀이 포함되어 있다고 했다. 「생명 깊은 곳에서 나온 외침－「광인일기」의 생명의식을 논하다」[22]에서는 '식인'은 루쉰이 소년시절 가족의 변고에서 겪은 고통으로 말미암아 형성된 정서로서, 그것은 인류의 존재의 비극에 대한 게시라고 했다. 루쉰의 위대함은 이러한 숙명적인 세계문화의 문제에 깊이 들어간 데 있다고 주장했다. 「구경꾼 : 생명 비극의 은유－루쉰의 '구경꾼'에 대한 생명 독해」[23]는 루쉰이 '구경꾼'에 대하여 계몽적 이성으로 강렬한 생명의식을 드러냈다고 했다. 즉, 인간의 잠재된 정신적 폭력의 욕망에는 '피를 갈구하는 욕망'이 포함되어 있는데, 루쉰은 이러한 인간에 대한 거대한 연민을 보여주고 있다는 것이다. 「생명의 자유 탐색－「노라는 집을 나간 후 어떻게 되었나」[24]에 관한 새로운 독해」에서는 인간의 자유에 대한 탐색은 시종일관 루쉰 사상의 중심축이라고 했다. "학술계에서 루쉰의 인학 사상에 대하여 여러 측면으로 연구하고 있지만, 루쉰의 인간의 자유에 관한 사상은 아직도 분명하고 깊이 있는 연구가 필요한 중요한 문제이다"라고 했다. 「노라는 집을 나간 후 어떻게 되었나」는 루

---

21 王學謙, 「火的氷 : 魯迅生命煉獄的起點－魯迅第一篇散文詩「自言自語」生命解讀」, 『魯迅研究月刊』 제11기, 2004.

22 王學謙, 「來自生命深處的吶喊－論「狂人日記」的生命意識」, 『吉林大學學報(社會科學版)』 제6기, 2002.

23 王學謙, 「看客 : 生命悲劇的隱喩－對魯迅"看客"的生命解讀」, 『內蒙古民族大學學報』 제4기, 2004.

24 王學謙, 「探尋生命自由－「娜拉走後怎樣」的重新解讀」, 『魯迅研究月刊』 제7기, 2005.

쉰의 인간의 자유에 관한 가장 중요한 글 중의 하나로 그의 자유에 대한 추구와 모순에 대한 인식을 보여준다고 했다. 「「광인일기」와 루쉰 문학의 생명구조」[25]는 『루쉰연구월간』에 세 차례에 걸쳐 연재한 글이다. 「광인일기」는 시대적 계몽의 힘찬 소리에 지나지 않는 것이 아니라 루쉰의 생명의 비극에 관한 체험의 응결이라고 했다.

2. 루쉰의 사상 연구

1980년대 중기 정치화된 모델을 넘어선 루쉰의 사상에 대한 연구가 나타나기 시작했다. 사상가로서의 루쉰에 대한 연구는 신시기 이래 루쉰연구의 주요 내용이자 루쉰연구사에서 중요한 지위를 차지하고 있다. 펑딩안의 『루쉰 사상 논고』와 랴오닝대학의 두이바이杜一白 교수의 『루쉰 사상 논강』은 루쉰 사상을 전체적으로 정리하고 연구한 저술이다.[26] 『루쉰 사상 논고』는 루쉰의 사상과 중국혁명, 문학창작 활동의 상호 관계를 중심으로 신해혁명에서 '5·4', 대혁명, 마르크스주의 등에 이르기까지 혁명과 사회변동에 있어서의 루쉰의 사상궤적을 보여주고 있다. 『루쉰 사상 논강』은 상하 두 편으로 각각 루쉰의 전기, 후기의 사상을 참신한 글쓰기 형식으로 보여주고 있다. 상편은 시

25　王學謙, 「「狂人日記」與魯迅文學的生命結構」 一·二·三, 『魯迅研究月刊』, 2006(제6, 7기)·2008(제4기).

26　彭定安, 『魯迅思想論考』, 杭州:浙江文藝出版社, 1983; 杜一白, 『魯迅思想論綱』, 銀川:寧夏人民出版社, 1983.

간적 순서로 각 시기의 루쉰 사상의 면모를 서술하고, 하편은 내용을 근거로 구분하여 마르크스주의자가 된 이후의 루쉰 사상의 주요 측면 즉, 철학관, 문예관 등을 논술하고 있다.

이 외에 시대문화 배경의 발전과 결합하여 동북의 학인들은 루쉰 사상의 여러 측면에 대하여 세밀한 연구를 진행했다. 이들 대부분은 문화전통, 입인사상, 문학계몽, 당대적 의미 등에 집중했다.

문학연구의 진행은 당대 사회의 문화적 열기에서 비롯되었으며, 본질적으로 연구자들의 당대의 문화적 상태에 대한 사고와 반성을 보여준다. 따라서 루쉰의 문화선택, 루쉰의 문화관념이 중시를 받았다.

지린대학 장푸구이張福貴 교수의 『관성의 종결―루쉰 문화선택의 역사적 가치』[27]에서는 "역사 연구와 재평가는 무엇이건 간에 모두 대상의 당대적 의미를 찾기 위해서이다"라고 했다. 루쉰은 "중국문화의 전환과 발전을 위하여 지극히 당연한 가치의 기준을 확립했다".[28] 저자는 루쉰의 현대화 선택이 "깊이 있는 현대화" 즉, "개방, 자신감 있는 문화심리, 허위를 버리고 진실을 간직하는 것, 자아희생의 도덕인격, 반전통·반권위의 가치관념, 변증통일적인 사유방식"이라고 긍정했다. 저자는 루쉰의 문화선택의 구조를 전면적으로 분석하고 루쉰 초기의 문화선택의 기본명제를 발굴하고 사상계몽과 도덕적 구원, 이 양자는 루쉰 사상 중의 엘리트의식과 평민의식에 대응하고, "사상적 의미에서의 '독창성'과 도덕적 인격에서의 '진솔함'이 루쉰의 '인성을 완전함에 이르게 한다'는 사고의 주요내용"이라고 했다. 변증사유와

---

27   張福貴, 『慣性的終結―魯迅文化選擇的歷史價值』, 長春 : 吉林大學出版社, 1998.
28   위의 책, 2쪽.

실천사유는 루쉰의 문화선택의 논리적 형태이며, "루쉰의 문화선택에서 '세계인' 개념과 문화동일성 명제의 제출은 근대 이래 중국의 문화적 전형 대하여 중요한 총결성과 계시적인 역할을 하고 있다"고 했다.

루쉰연구자로 중국사회과학원 문학연구소 장멍양張夢陽 연구원은 『중국루쉰학통사』에서 "장의 저서는 전체적으로 저자의 강력한 이론적 사변능력과 창조성이 풍부한 학술 연구의 수준을 보여주고 있다 저자는 깊이 있는 사상으로 '두 가지 세계'라는 새로운 명제를 제시하고 있을 뿐만 아니라 '적시의 비판'과 '선도적 비판'이라는 구분되는 개념을 제출하여 루쉰의 선도적 비판의 의미와 운명을 기술했다. 루쉰의 '대중정치'에 대한 독창적인 성질과 량치차오, 쑨중산, 천두슈, 장타이옌 사상과의 차이, 선도성과 문화보수성의 공통성과 변증사유, 깊이 있는 현대화 등등의 중요한 과제에 대한 서술 역시 자못 정채로운 부분이다. '개인에게 맡기고 다수를 배격한다' '물질을 배격하고 정신을 신장한다' 등과 같은 오래된 주제에 대해서도 깊이를 보여주고 있다. 이외에 루쉰의 '중국인'과 '세계인'의 개념에 관한 분석 등등에서도 독특한 깊이와 사변의 색채를 보여주고 있다". "가장 논쟁적이고 사변적인 논박은 아무래도 장의 저서의 마지막 '철저한 반전통'의 문화적 전환기에 있어서의 방법론적 가치에 대한 논술이다…… 이 문제에서 보자면 장의 저서에서 이 절은 내가 지금까지 본 것 가운데 가장 원만한 분석이다."[29]

오랜 시간 지린대학에서 근무한 천팡징陳方競 교수의 원적은 저장이

---

29   張夢陽, 『中國魯迅學通史』上卷, 廣州 : 廣東敎育出版社, 2001, 671~673쪽.

다. 이 점 때문인지 그는 루쉰과 저장지역문화의 관계에 대하여 많은 관심을 기울였다. 그의 저서 『루쉰과 저장문화』[30]는 8년 만에 완성했는데, 루쉰과 중국 전통문화의 관계에 대해 객관적으로 분석하고 있다. 대량의 실증적 자료를 근거로 루쉰과 전통문화 사이의 매개인 저둥浙東문화를 찾아내었다. 그동안 루쉰과 전통문화의 관계에 대한 탐색에서 비판성을 강조하고 전통과의 관련성을 무시한 적도 있었고, 전통과의 관련성을 긍정하고 비판적 예봉을 무시한 적도 있었다. 그런데 이 저술은 첸리췬錢理群이 서문에서 말한 바와 같이 "흔치 않는 '정력走力'을 보여준다. 실사구시적으로 루쉰과 전통문화 사이에 존재하는, '긍정−부정'의 이원적 단순 대립모델을 넘어선 복잡한 관계를 보여주고자 한다. 그리고 이러한 복잡성은 동시에 풍부성이기도 하다".[31] 이러한 정력은 역사적 사실을 장악하고 분석하는 견실한 기초에서 비롯되었다.

연구자의 다수는 루쉰의 중국전통 유, 도 등의 사상에 대한 비판을 강조하지만, 저자는 루쉰의 개성 형성의 문화적 연원에 대해 "단순하게 유, 불, 도, 묵가, 법가 등의 사상문화와의 연관에서 출발한다면 해석할 도리가 없다"라고 여기고, "루쉰과 중국 전통문화 사이의 매개를 탐구"해야 하며, 이러한 탐구는 '사실'과의 연관에 대한 추구에 가깝다고 했다. 이 매개는 연구를 거쳐 루쉰의 '고향문화'로 확정된다. 저자는 루쉰의 '고향문화'를 '현실문화'와 '역사문화' 두 가지 측면으로

---

30 陳方競, 『魯迅與浙東文化』, 長春 : 吉林大學出版社, 1999.
31 錢理群, 「尋找走向'魯迅世界'的通道」, 陳方競, 『魯迅與浙東文化』, 長春 : 吉林大學出版社, 1999, 2쪽.

나누고, 루쉰은 '현실문화'를 부정하고 고향의 '역사문화' 즉, '고월^古^越문화'를 수용했다고 했다. 고월문화는 다시 '저둥문화'와 '저시^{浙西}문화'로 나눠지는데, 루쉰은 그 중 '저둥문화'를 긍정했다. 저둥문화 가운데서도 루쉰이 강화한 것은 저둥의 경학전통이 아니라 사학전통이라고 했는데, 이것은 샤오싱 동향인인 차이위안페이와의 대비를 통해서 내린 결론이다. 루쉰은 저둥문화의 현실을 직면하는 측면을 강화하고 인문전통을 약화했다고 했는데, 이것은 저우쭤런과의 비교를 통해 내린 결론이다. 루쉰의 저장 전적典籍 정리에 대한 연구를 통하여 저자는 루쉰의 저둥 전통의 근원은 위진^{魏晉}이라는 결론을 내렸다.

이외에 천팡징은 '5·4' 중서문화의 충돌과 선택에 대한 분석에서 루쉰의 사상의 깊이에 대한 인식을 보여준다. 이것은 「'도덕주의' 문제에 관하여-'5·4' 신문화문학운동 중심의 다중대화」, 「'세계주의' 문제에 관하여-'5·4' 신문화문학운동 중심의 다중대화」[32]에서 잘 보여주고 있다. '도덕주의' 문제에 관하여, 논문은 '5·4' 사상가의 '도덕주의' 사상에 대하여 하나하나 껍질을 벗기고, 캉유웨이, 량치차오 등 유신인사, '진덕회進德會', 'S회관', 저우쭤런, 루쉰 등을 비교하면서 다른 사람들을 뛰어넘는 루쉰의 깊이를 보여주고 있다. '세계주의' 문제에 대해서는 루쉰이 동시대인들의 '대동세계' 이상과 근본적으로 다른 사고를 했음을 보여주고, 동시에 저우쭤런의 신촌^{新村}이상에 대해 비판하고 있다.

---

32 陳方競, 「關於"道德主義"問題-"五四"新文化文學中心的多重對話」, 『魯迅硏究月刊』 제 1, 2, 3기, 2002; 「關於"世界主義"問題-"五四"新文化文學中心的多重對話」, 『魯迅硏究月刊』 제7~10기, 2003.

루쉰과 계몽주의, 지식인 문제도 줄곧 연구자들이 주목하고 있는 분야이다. 동북 학인들의 이 문제에 대한 탐색의 특징은 루쉰을 빌어 시대와 자신을 이야기하는 것이다. 왜냐하면 이것은 세기적 주제이기 때문이다. 리신위李新宇 교수는 지린대학 재직시절 주요 연구의 정력을 루쉰과 계몽주의 및 지식인 문제에 집중했다. 그의 연구는 다른 사람과 다른 점이 있다. 그의 저술『루쉰의 선택』은 루쉰의 내면세계와 중국 지식인의 정신역정에 대하여 체오體悟식으로 서술하고 있다. 저자는 자신이 생각하는 루쉰으로 이전의, 그리고 기타 연구자들의 루쉰에 대한 여러 가지 이해를 설명하고 이러한 오해 뒤에 있는 시대문화적 배경을 보여주고 있는데, 곳곳에 사변의 숨결이 느껴지고 참신한 견해를 보여준다. 저자는 지식인 자아의 존재가치 문제를 착안점으로 삼아 지식인의 담론권력과 주체의식의 동요 문제를 겨냥하고 지식인의 기본적인 담론적 입장을 명시하고 있다. 지식인의 독립의식으로 대화의 기점으로 삼고, 저자 자신의 사고, 의문, 이해로 하여금 중요한 참조체계가 되게 함으로써 루쉰의 내면세계와의 대화를 용이하게 했다. 저자는 지식인의 사명 즉, 현대성에 대한 추구를 사고하면서 자연스럽게 루쉰과 권위 및 대중, 이 양자의 관계문제를 끌어내어 역사와 연구 속의 많은 문제를 분명히 하고 있다. 이는 "내가 하는 것은 그저 지식인 자신의 담론적 입장으로 돌아가는 것이고, 이로써 처하게 되는 문화적 문맥이 대체로 동일한 지식인의 마음으로 지식인으로서의 루쉰에게 다가간 것에 불과하다"[33]라고 저자가 말한 바와 같다.

---

33   李新宇,『魯迅的選擇』, 鄭州 : 河南人民出版社, 2003, 2쪽.

특히 주목할 가치가 있는 것은 다음과 같은 점이다. 저자는 최근 학계에서 루쉰의 인학 사상에 대한 깊이 있는 연구가 부족하고 또 한 동안 심지어 부정되는 것을 보고 인학 사상의 생성과정, 루쉰의 다양한 사상자원에 대한 취사와 선택을 새롭게 정리하고 '입인' 사상의 내부와 외부 즉, 인간의 사상과 생존환경을 보여주었다. 계속해서 저자는 계몽의 길이 받은 억압 즉, 민족의식과 계급의식을 보여주었다. 저자는 마찬가지로 인학 사상과 당대의 환경에 주목했다. 20세기 90년대 지구화의 배경 아래 '지식인은 죽었다', '계몽은 시대에 뒤떨어진다', 신유학, 후현대주의 등은 모두 루쉰의 계몽에 도전하고 있다. 저자는 어떠한 억압이나 사회적 배경 아래에서도 계몽이 시대에 뒤떨어진 것인지의 여부, 이미 완성했다는 최종판단의 기준 여부에 대해서는 인간의 해방과 인성의 완전함에 달려있다고 했다. 이것은 모두 루쉰의 계몽사상의 정신을 분명하게 전달한 것이다.

왕쉐첸王學謙 교수는 동북의 신진으로 두드러진 성과를 낸 루쉰연구자이다. 그는 생명주의를 기점으로 루쉰을 해석했다. 「자유의지와 그함정-루쉰의 생명의식에 대한 쌍방향적 분석」[34]에서 저자는 루쉰의 생명의식의 내함에 대하여 분석했다. 보편적으로 물질, 제도를 숭상하는 시대적 분위기 속에서 청년 루쉰은 생명주의―개인 생명의 자유의지―를 선택했다고 했다. 자유의지는 루쉰 사상의 중심축이 되었고 루쉰 평생의 탐색, 반항, 전투의 정신적 동력이 되어 사상거인의 풍채를 만들었을 뿐만 아니라 동시에 그의 독단적, 패도적 성격을 형

---

34   王學謙, 「自由意志及其陷阱-對魯迅生命意識的雙向分析」, 『吉林大學學報(社會科學版)』 제5기, 2003.

성하기도 했다. 「자유의지−청년 루쉰의 생명주의 특질」[35]에서는 루쉰의 생명의식 형성의 내원을 살피고 있다. 청년 루쉰이 니체 등의 서방 생명철학과 악마적 낭만주의의 생명자유의 정신을 흡수했다고 했다. 「반전통 자유의지의 높은 체험−루쉰의 반전통적 생명의식을 논하다」[36]에서는 생명주의로 루쉰의 반전통사상을 해석하고 있다. '식인'은 결코 추상적이고 단순한 이성적 판단이 아니라 자아의 생명체험으로 충만한 이미지라는 것이며, 소년 루쉰의 '식인 콤플렉스'의 승화라고 했다. 역사의 진보에 따라 봉건문화적 등급질서가 해체되고, 사람과 사람의 '식인' 관계는 '자유, 평등, 박애'의 현대문화의 이성에 의해 대체된다고 하는 낙관적 계몽이성으로는 '식인' 현상을 설명할 수 없고 루쉰의 '식인 콤플렉스'도 해석할 수 없다. 따라서 저자의 주장은 생명의 해석, 승화야말로 '식인 콤플렉스'에 대한 최종적 해석이라는 것이다. 「과학이성의 생명관조−루쉰 초기의 과학사상을 논하다」[37]는 생명의식의 시각에서 루쉰의 과학이성을 해석하고 있다. 루쉰의 생명에 대한 탐색을 양무파 등의 지극히 공리적인 사고와 구분하고 있다. 「루쉰과 니체−철학사상 관계 논강」[38]에서는 루쉰의 문학세계와 니체 정신의 관계에 대하여 깊이 있고 체계적인 연구를 보여주는데, 선배들이 도달하지 못했던 경계에 도달했다.

신시기 이래 사람들은 루쉰의 사상과 그것의 당대적 가치에 대하여

35 王學謙, 「自由意志−靑年魯迅生命主義特質」, 『社會科學戰線』 제5기, 2004.
36 王學謙, 「反傳統自由意志的高峰體驗−論魯迅反傳統的生命意識」, 『吉林大學學報(社會科學版)』 제4기, 2004.
37 王學謙, 「科學理性的生命觀照−論魯迅早期的科學思想」, 『齊魯學刊』 제2기, 2004.
38 王學謙, 「魯迅與尼采−哲學思想關係論綱」, 『文藝爭鳴』 제5기, 2007.

질문하고 논쟁하기 시작했다. 동북의 루쉰연구자들은 이러한 토론에 적극적으로 참가하여 사상의 최전방에 서서 루쉰과 그의 사상적 가치에 대한 당대성 문제에 대하여 자신의 목소리를 냈다.

장푸구이의『관성의 종결－루쉰 문화선택의 역사적 가치』는 당대와 '5·4' 시대가 같은 구조를 가지고 있다는 점, 20세기 90년대 문화반성의 배경에 입각하여 정치가 만들어낸 루쉰의 문화선택에 대하여 의문을 제기했다. "한 세기 지나 신구교체의 역사시대에 루쉰의 기준은 다시 오늘의 기준이 되었다"라고 하며, 루쉰이 비판했던 역사적 관성을 종결지을 것을 희망했다.

리신위의『루쉰의 선택』에서 보여준 지식인 문제, 계몽의 길 등의 문제에 대한 사고는 모두 당대의 질문과 해결을 수반하고 있다. 저자의 또 다른 저술『루쉰에게 부끄럽다』는 당대의 '나'와 루쉰의 대화이다. 저자는 적막함을 호소할 곳, 사람과 사람 사이의 대화를 찾다가 스승과의 정신적 대화를 시작한다. 이때 '나'의 의문의 제시와 설명에 따라 루쉰 세계가 분명하게 보여지고 당대의 문제에 대해서도 분명하게 인식하게 된다. 많은 연구 성과 가운데 루쉰의 당대성과 당대적 의미를 발굴한 저술로 가장 주목을 받고 있다.

루쉰은 당대의 사회사조 속에서 다양한 측면의 도전을 받고 있다. 예컨대 청년들의 루쉰에 대한 거리 등이 그것이다. "한편으로는 루쉰에 대한 엄숙한 학습과 연구이며, 다른 한편으로는 루쉰에 대한 부끄럼 모르는 곡해와 능멸이다. 이것은 바로 오늘날 중국문화에서의 중요한 모순 현상 중의 하나이다."[39] 다양한 도전에 대한 대답은 당대의 문화발전의 길에 대한 탐색과 관계가 있다. 리신위의「세기 말 문화사조의 루쉰에 대한 도전을 마주하고—'5·4' 신문화운동의 현실적 합법적 문제를 함께 논하다」[40]에서는 루쉰의 사상이 직면한 신보수주의, 신유학, 후현대주의 세 방면에서의 도전에 대답하고 있다.

랴오닝성 사회과학원 리춘린李春林 연구원의 「당대의 루쉰 폄하 사조에 관한 사고」는 지식인의 사상적 상태와 루쉰 수용환경에 대한 분석에서 출발하여 당대의 루쉰 폄하 현상에 대해 비판하고 있다. 논문은 1990년대 이후 지식계층의 변화를 살펴보고 그람시가 말한 관료형, 기술형, 인문형 등 세 지식인으로 나누어 살펴보고 있다. 이중 인문형 지식인은 중요한 문화건설의 기능을 담당하고 있다. 이들은 학원파 지식인과 문예에 종사하는 지식인으로 나뉘지는데 "루쉰 본체의 회복, 루쉰의 의미의 선양은 주로 그들(학원파 지식인—필자 주)에게 의존한다". 그런데 그들의 결점은 "상대적으로 고양과 심화를 중시하고 루쉰의 보급을 상당한 정도로 경시한다는 것이다". 문예에 종사하는 지식인에 대하여 저자는 어떤 사람들은 종종 "지식인과 인민 대중의 거리를 크게 벌림으로써 의식적으로 자신의 역사적 사명을 망각한다"고 했다.

장푸구이의 「경전화된 이해—당대 루쉰연구에서 소홀히 할 수 없는 주제」[41]에서는 개인 심리의 시각에서 루쉰을 비판하는 현상을 정시하고 경계할 것을 주장한다. 개인 심리의 시각에서 루쉰을 연구하면 종

---

39 李春林, 「關於當代貶魯思潮的思考」, 『遼寧大學學報』 제1기, 2001.
40 李新宇, 「面對世紀末文化思潮對魯迅的挑戰―兼及"五四"新文化運動的現實合法性問題」, 『魯迅研究月刊』, 2000(제11, 12기), 2001(제1기).
41 張福貴, 「輕典化理解:當代魯迅研究不可缺少的主題」, 『魯迅研究月刊』 제7기, 2004.

종 루쉰 사상의 실제와 사회 환경의 실제를 경시하여 좋지 않은 결과를 만들어낼 수 있다고 했다. 루쉰에 대한 경전화, 심지어 신격화된 이해의 필요성에 대해 주장했다. 확대의 효과를 거쳐야지만 비로소 사상을 효과적으로 견지할 수 있다는 것이다. 이 글은 또 청년 세대의 루쉰의 회색화 경향에 대하여 관심을 기울이며, 청년들 마음속에 루쉰에 대한 어두움을 강화하는 것은 루쉰과 그들 사이의 거리를 확대할 수 있다고 했다.

모든 역사적 연구는 대상의 당대적 의미를 찾기 위한 것이며, 당대인의 해석을 통하여 그것의 가치를 새롭게 위치 짓는 것이다. 루쉰의 당대성 연구는 당대의 가치표준과 사회발전의 요구로써 루쉰을 새롭게 살펴보는 것을 가리킨다. 물론 당대의 문화배경 속에서의 루쉰의 전파와 처지에 대한 연구도 포함한다. 루쉰은 중국의 현대화발전의 많은 사상적 기초를 확립했으며, 루쉰의 길은 끝이 없이 아득하다. 오늘날 중국의 문화와 사회의 전환은 루쉰의 풍부한 사상을 자원으로 삼아 전통의 타성과 관성에 대해 비판해야 한다. 따라서 루쉰 사상에 대한 연구에는 연구자의 당대에 대한 사고와 관심이 드러나 있다.

3. 루쉰과 주변 문화의 관계에 대한 비교 연구

1980년대 이래 루쉰과 외국문학, 문화의 관계에 대한 연구는 학자들의 광범위한 주목을 받았으며 풍부한 성과를 거두었다. 루쉰은 위대한 문학가로서 세계문학의 사조, 유파 사이에 두고 살펴볼 필요가 있다. 동북의 루쉰연구계는 비교연구, 특히 루쉰과 일본문학, 문화 사이의 관계 연구에 주목할 만한 성취를 거두었다.

루쉰 사상의 생성, 창작의 발생과 발전은 일본문학과 문화와 밀접한 관계가 있다. 동북의 학인들은 역사와 언어의 장점에 의지하여 전국에서 처음으로 이 분야에 대한 연구를 시작했다. 그중 지린대학 류보칭劉柏靑 교수의『루쉰과 일본문학』은 루쉰과 외국문학 연구가 아직 시작되기 전에 쓴 것으로 중요한 개척의 의미가 있다. 됨됨이와 학문 연구 측면에서 류보칭은 다른 사람의 본보기라고 칭할 만한데, 그의 인품과 학풍이 이 책에 잘 드러나고 있다. 오늘에 이르기까지도 루쉰과 일본문학의 관계에 관한 연구를 언급할 때는 반드시 류보칭의 이 걸작을 언급하고, 이미 200여 차례 인용되었다. 장시진蔣錫金이 평가한 대로 "그(류보칭 선생-필자 주)는 사람들로 하여금 많은 감사의 마음을 갖게 할 만한 개척적인 탐색을 했"으며 "수십 년 동안 '루쉰학'의 답보적 현상에서 추진할 수 있는 힘을 갖게 했다".[42] 류보칭의 저술은 루쉰이 섭렵한 일본문학의 자원에 주목한다. 예컨대 루쉰과 나쓰메 소세키夏目漱石, 구리야가와 하쿠손의 관계를 중심적으로 서술하며 루쉰과 두 작가 사이의 사상과 예술적 공통점을 살펴보고 있다.

펑딩안도 비교적 일찍 비교문학 연구 방법을 루쉰연구에 도입했다. 그가 주편한『루쉰-중일문화 교류의 좌표에서』[43]는 루쉰과 일본문학, 문화의 이중 영향에 주목하여 연구의 공백을 메우고 있다. "『좌표』는 루쉰학과 비교문학 모두에서의 금자탑이라고 할 수 있다."[44]

---

42 劉柏靑,『魯迅與日本文學』, 長春 : 吉林大學出版社, 1985, 3쪽.
43 彭定安 主編,『魯迅 : 在中日文化交流的座標上』, 沈陽 : 春風文藝出版社, 1995.

루쉰과 일본문학, 문화 그리고 일본의 루쉰연구 방면에서는 지린대학 진충린靳叢林 교수가 독창적이고도 현저한 공헌이 있다. 그는 일본에서의 장기 연수를 통하여 루쉰과 일본의 루쉰연구를 공부하여 일련의 비교문학 논저와 번역 문장을 발표했다. 일본의 루쉰연구는 실증적 연구에 치중하고, 중국 학계의 연구보다 뛰어나다. 따라서 일본의 연구성과를 번역, 소개하는 것은 중요한 교류이고 이를 촉진하는 의미가 있다. 「현대 일본문단과 루쉰」[45]은 논증이 독창적이고 자료가 충실하며, 『중일비교문학연구자료휘편』(중국미술출판사, 2002.3)에 수록되었다. 일본학자 다케우치 요시미竹內好의 루쉰연구는 국내의 루쉰연구에 중요한 참조가 된다. '다케우치 루쉰' 문제에 대해서는 연구자가 적지 않다. 그런데 현재 다케우치의 루쉰연구 저서 가운데 중국에 번역된 것은 『루쉰』한 권 뿐이다. 일본에서 다케우치 요시미의 루쉰연구 저술은 매우 많다. 진충린은 국내학자들이 알지 못했던 다케우치 요시미의 루쉰연구를 번역했다. 『상하이 루쉰연구』는 2006년 10월부터 다케우치 요시미의 『루쉰 입문』을 연재하기 시작하여 7기에 걸쳐 연재를 끝냈다. 『루쉰연구월간』은 2006년 제1기부터 진충린이 편역한 『다케우치의 루쉰연구 번역 문집』의 서문 「다케우치 루쉰」과 그 번역 동기」를 연재하며 '다케우치 루쉰'이 중국에 소개된 시간과 기본적 내용을 서술했다. 계속해서 4기로 나누어 다케우치 요시미의 『루쉰 잡기』를 연재했다. 이 저술들은 모두 국내의 연구에 새롭고 가치

44　李春林, 「"魯迅學"的奠立和魯迅與外國文化比較研究的深化－彭定安和他的魯迅研究」, 『社會科學輯刊』제6기, 1997.

45　『中日比較文學研究論文集』, 長春 : 時代文藝出版社, 1992.

있는 참고자료가 되었다.

루쉰과 일본문학, 문화의 관계에 대한 연구 외에, 동북의 학인들은
더 나아가 루쉰에 관한 비교연구의 영역을 개척했다. 연구가 심화됨
에 따라 비교연구의 범위도 확대되었다. 중국과 일본, 중국과 러시아
의 관계에서 시작하여 루쉰과 유럽, 아메리카대륙 등의 국가의 문학
으로 확대되었다. 구체적인 내용에서 보면 총체적인 연구도 있고 루
쉰과 외국의 특정한 작가와의 관계에 관한 연구도 있었다. 루쉰과 외
국문학, 외국작가의 관계에 관한 연구의 영역은 대단히 넓다. 루쉰 자
신의 논저에 언급한 외국작가의 숫자가 대단히 많고, 루쉰이 흡수한
외국사상의 자원도 비교적 복잡하다. 세계급의 문학의 거장으로서 평
행연구 역시 더 많은 논의를 기다리고 있다. 따라서 비교연구영역의
확장은 루쉰의 세계를 풍부하고도 전면적으로 보여주는 데 중요한 의
미를 가지고 있다.

리춘린의『루쉰과 도스토예프스키』[46]는 국내에서 비교적 일찍 루쉰
과 외국작가의 관계에 대하여 전문적으로 비교한 논저이다. 저술은
과학적 태도로 세밀하게 두 작가가 실질적으로 관련이 되는 까닭, 표
현 등을 서술하고 있는데, 작가의 사상과 예술적 실제에서 출발했으
며 소재와 주제 등의 제한을 받지 않았다. 곧 그들의 공통적인 예술적
특징을 밝히고 두 작가의 추구의 공통점을 보여주고 있다. 예컨대 신
문학의 개척과 인간의 해방에 대한 추구 등의 일치성이 그것이다. 동
시에 양자의 예술 표현에서의 공통점을 서술하고 있다.

46　李春林,『魯迅與陀思妥耶夫斯基』, 合肥 : 安徽文藝出版社, 1985.

1999년에는 리지평, 리춘림의 공동 편저인『루쉰 세계성의 탐색－
루쉰과 외국문화 비교연구사』[47]가 출판되었다. 이것은 동북의 루쉰연
구계가 비교적 전면적으로 루쉰과 외국문학의 관계를 연구한 저술로
보충과 개척연구라는 점에서 의미가 있다. "비교연구 자료를 수집, 발
굴, 정리하여 비교연구의 발전의 역사, 현상을 총결하고 비교연구의
특징, 법칙, 방법을 탐색하고 비교연구의 새로운 이론적 사상을 개괄
하고 비교연구에서의 부족한 점, 약점, 결함을 지적하고 잘못된 이론,
관점을 수정하고, 비교연구의 발전의 정확한 방향과 길을 도모했다.
이것은 루쉰 비교연구에 대한 연구의 역사적 임무이다. 그런데 오랜
기간 동안 공백이었다."[48]

2003년 출판된 왕지평과 리춘림의 또 다른 편저『루쉰과 외국문학
관계 연구』는 전체적이고 전면적이면서 독창적인 비교연구 저술이다.
저술은 루쉰과 외국문학의 관계에 대한 전체적 정리이자, 동시에 주
요한 내용와 전체적 논술은 구체적 작가, 작품의 비교와 결합하여 비
교관계를 분명히 했고 구체적인 예증과 입론의 기초를 갖추고 있다.
논술의 개요는 상편의 연구내용이고, 작가와의 관계에 관한 구체적인
연구는 하편의 연구내용이다. 이 책이 중시하는 것은 평행연구가 아
니라 영향연구로 '사실적 관계'를 중시한다. 평행연구는 영향연구의
보충으로 사용된다. 가장 대표적인 몇 명의 작가와 루쉰을 평행 비교

---

47 王吉鵬・李春林 編著,『魯迅世界性的探尋－魯迅與外國文化比較研究史』, 沈陽 : 遼寧
　　人民出版社, 1999.
48 袁少杰,「謹嚴經緯掘發精微－王吉鵬・李春林『魯迅世界性的探尋－魯迅與外國文化比
　　較研究史』讀後」,『魯迅研究月刊』제8기, 2001.

연구하고 있다. 예컨대 셰익스피어, 발자크, 조이스, 모파상 등이다. 이 책의 의의와 특징은 다음 두 가지이다. 첫째, 길잡이의식이 있어서 연구의 인도적 기능을 제공하고 있다. 둘째, 연구시각이 참신하여 "최대한 다른 사람이 말하지 않은 것을 말하고, 최대한 다른 사람이 섭렵하지 않은 영역을 섭력하고 있다".[49]

최근 왕지평의 루쉰연구는 비교적 넓은 시야를 갖추고 있다. 많은 주제연구 논저를 출판한 것 외에도 루쉰연구와 당대 사회, 문학의 관계에 대해 한층 더 주목하고 있다. 루쉰 사상과 연구를 전승할 청년 육성에 집중하여 학생들과 공동 연구에 힘을 쓰고 있다. 많은 문장들은 루쉰과 당대의 문학, 작가들과의 정신적 관련성에 대해 다루고 있다. "왕지평 선생이 학생들과 함께 루쉰을 연구하는 것은 새로운 인재를 길러내기 위해서일 뿐만 아니라 루쉰과 당대의 학생, 당대 사회를 소통시키는 대화의 길을 찾기 위해서이기도 하다."[50] 많은 연구들은 비교문학의 새로운 영역을 예시하고 있다. 예컨대 「신시기 여성작가의 글쓰기와 루쉰 문학 정신」, 「외침의 '과객'과 봉쇄된 '무녀'-루쉰, 장아이링 소설 비교론」, 「루쉰과 위화 소설의 정신적 구조의 상동성」, 「루쉰, 가오샤오성의 농민의 마음에 대한 탐색 비교」[51] 등등이 그것이

49 李春林 主編, 『魯迅與外國文學關係硏究』, 長春 : 吉林人民出版社, 2003, 877쪽.

50 錢理群, 「精神火種的傳遞-讀王吉鵬和他的學生的魯迅硏究論著」, 『魯迅硏究月刊』 제9기, 1999.

51 王吉鵬・趙欣, 「新時期女作家寫作與魯迅文學精神」, 『通化師範學院學報』 제6기, 2002; 王吉鵬・馬琳, 「吶喊的"過客"與封閉的"女巫"-魯迅, 張愛玲小說比較論」, 『揚州大學學報』 제5기, 2002; 王吉鵬・趙月霞, 「論魯迅和余華小說的精神同構性」, 『內蒙古師範大學學報』 제5기, 2003; 王吉鵬・趙月霞, 「魯迅, 高曉聲對農民心路探尋的比較」, 『北方論叢』 제2기, 2003.

다. 연구자의 노력을 거쳐 루쉰과 중요한 연관이 있는 많은 수의 외국 작가들이 연구자의 시야에 들어가 있다.

비교문학은 문학을 대비하는 것이 아니다. 관계와 사료 연구를 중시해야 할 뿐만 아니라 비교이론의 심화도 중시해야 한다. 루쉰의 비교문학 이론에 관한 연구는 주로 루쉰의 비교문학논문 「악마파 시의 힘에 관하여」의 연구에 드러난다. 류중수의 「루쉰의 계시―세계를 향하고 자아를 창조하다」[52]는 「악마파 시의 힘에 관하여」 이외의 루쉰의 비교문학이론에 대하여 전체적인 논의를 진행하고 있다. 저자는 이론을 분명히 하고 있을 뿐만 아니라 동시에 루쉰의 이론 선택에 있어서의 독창성을 발견한다. 그것은 실천을 결합하고 중국 신문학운동의 창작 실제와 연계하여 외국의 문학과 사상을 선택적으로 수용을 한다는 것이다. "그(루쉰―필자 주)는 서방과 일본의 진화론 학설의 영향을 받았다. 하지만 자신의 이해에 근거했다."

천팡징의 「세계를 향한 중국현대문학에 관한 사고―루쉰과 세계문학」은 중국과 일본, 러시아와 구미에 대한 루쉰의 사고의 중심은 각각 다르다고 보았다. 중일 양국은 문화적 배경이 서로 통하지만 '처지'가 달랐다. 중국과 러시아, 양국은 문화적 배경은 다르지만 '생존환경'이 근사했고, 구미에 대해서는 중국과 '문화'와 '처지' 모두에서 다 달랐다. 따라서 루쉰은 일본, 러시아와는 다른 구상을 제시했던 것이다. 강조한 것은 동, 서방 문화의 합류 속에서 중국현대문학의 문화적 품격을 확립해야지만 문화의 종속을 피할 수 있다는 것이다.

---

52   劉中樹, 「魯迅的啓示―走向世界, 創造自我」, 『魯迅硏究月刊』 제11기, 1994.

연구상황에 대한 총결과 판정 역시 이 분야의 중요한 성과이다. 리춘린, 왕지펑의 「최근 10년간 루쉰과 외국문화 비교연구 총론」[53]은 비교연구의 성과를 보여주고 경험을 총결하고 있다. 거시적으로 이 분야의 연구에 대하여 분명하게 정리하고 있는데, 그중 연구의 부족한 점에 대한 총결은 중요한 시사점이 있다. "1, 평행연구의 역작이 드물다. 2, 개별 거시적 논문은 아직도 공허하고 새로운 사고가 결핍되어 있다." 장푸구이의 「의식의 강화와 중일 비교문학연구의 재발전」[54]은 중일 비교문학 연구 현상에 관한 총결이다. 이 글은 중일 문화와 역사의 특수성에 기반하여 중일 비교문학에도 특수성이 존재하며 이 점을 중시해야 한다고 했다. 이 글은 세 가지 건설적인 관점을 제시하고 있다. 실증연구를 중시해야 하지만, 사실을 기점으로 삼고 또 이것을 종점으로 삼는 것을 피하고 이론의식을 강화해야 한다. 작가 사이의 영향과 촉진을 중시하는 동시에 영향의 소극적 측면도 가벼이 여겨서는 안 된다. 중국의 일본에 대한 종주국 의식은 학문 연구의 원칙에 영향을 주므로 인류 동일성의 기준을 가지고 있어야 한다는 것이다.

결론적으로 연구자들의 노력으로 대량의 비교문학 연구가 진행되고 있는데, 이는 이 연구 분야의 풍부성과 개척성을 보여준다.

단일한 가치 평가의 '루쉰 배우기'에서 다원화, 개성화된 '루쉰학'에 이르기까지 중국학술사상은 중대한 변화를 거쳤으며, 이는 중국학

---

53 李春林・王吉鵬, 「近十年魯迅研究與外國文化比較研究宗述, 『魯迅研究月刊』 제3, 4기, 1999.

54 張福貴, 「意識的强化與中日比較文學研究的再發展」, 『吉林大學學報(社會科學版)』 제1기, 2001.

자들이 학술연구에 있어서 주체의식이 확립되고 시야가 넓어졌음을 보여준다. 역사적 연원에서 보면 동북은 루쉰과 거리가 멀다. 하지만 중국의 루쉰연구의 발전사에서 보면 동북 학인들의 독창적인 시각과 성실한 노력은 중국의 루쉰연구의 발전과 심화를 위해 자신만의 독특한 공헌을 하고 있다.

장푸구이의 루쉰연구 논저 목록

논문

1. 「海外魯迅硏究學術硏討會槪述」, 『文學評論』 제6기, 1991(張福貴, 靳叢林).

2. 「早期魯迅宗敎觀與科學觀－謙評伊藤虎丸先生的「早期魯迅的宗敎觀」」, 『延邊大學學報(社科版)』 제2기, 1992; 中國人大復印報刊資料 『魯迅硏究』 제3기, 1992에 전재.

3. 「魯迅的宗敎觀與科學觀悖論」, 『魯迅硏究月刊』 제8기, 1992.

4. 「論魯迅辨證思維的邏輯系統」, 『社會科學戰線』 제3기, 1992(劉中樹, 張福貴); 中國人大復印報刊資料 『魯迅硏究』 제3기, 1992에 전재.

5. 「"世界文學中的魯迅"國際學術討論會述評」, 『魯迅硏究月刊』 제9기, 1994; 中國人大復印報刊資料 『中國現代當代文學硏究』 제12기, 1994에 전재.

6. 「日本近代魯迅硏究述評(上)」, 『魯迅硏究月刊』 제8기, 1994; 中國人大復印報刊資料 『中國現代當代文學硏究』 제12기, 1994에 전재.

7. 「日本近代魯迅硏究述評(下)」, 『魯迅硏究月刊』 제9기, 1994; 中國人大復印報刊資料 『中國現代當代文學硏究』 제12기, 1994에 전재.

8. 「精英意識與平民意識－魯迅早期人文精神當代性的兩種意義」, 『魯迅硏究月刊』 제8기, 1996.

9. 「魯迅精神的當代價値」, 『新文化報』, 1996.11.4.

10. 「魯迅早期文化選擇的基本命題－思想啓蒙與道德救贖」, 『吉林大學學報(社會科學版)』 제6기, 1997; 『高等學校文科學報文摘』 제1기, 1998에 요약문 수록.

11. 「存在與超越－論魯迅小說中人的存在和自由」, 『魯迅硏究月刊』 제10기, 1997(王學謙, 張福貴).

12. 「重新確認魯迅文化選擇的歷史價値」, 『世紀論評』 제5, 6합기, 1997; 『文摘報』, 1997.11.23에 논점 요약 편집.

13. 「超前與錯位－早期魯迅對"衆治"批判的當代理解」, 『魯迅硏究月刊』 제2기, 1998; 中國人大復印報刊資料 『中國現代當代文學硏究』 제6기, 1998에 전재.

14. 「"尙德"－魯迅人學的傳統模式與現代意識」, 『社會科學戰線』 제5기, 1998; 中國人大復印報刊資料 『中國現代當代文學硏究』 제3기, 1999에 전재.

15. 「拿來主義辨析－魯迅文化選擇的目的與方法論」, 『魯迅硏究月刊』; 日本 『海外事情硏究』

제2기, 2002에 번역 전재.

16. 「深度現代化-魯迅文化選擇的人類性和時代性尺度」, 『魯迅研究月刊』 제12기, 1999; 中國人大復印報刊資料『中國現代當代文學研究』제5기, 2000에 전재.

17. 「文化轉形-魯迅的飜譯活動在中國社會進程中的意義與價值」, 『魯迅研究月刊』 제12기, 2000(張福貴・雷亞平).

18. 「『吶喊』導讀」, 柳鳴九・嚴家炎 主編, 『中學生必讀書』, 長春：時代文藝出版社, 2001 (張福貴・王俊秋).

19. 「經典化理解-當下魯迅研究不可缺少的主題」, 『魯迅研究月刊』제7기, 2004; 『新華 文摘』제1기, 2005에 논점 요약 편집.

20. 「魯迅研究的思想意義與學術理性」, 『東北師範大學學報』제2기, 2006(張福貴・劉藝 虹); 中國人大復印報刊資料『中國現代當代文學研究』제1기, 2007에 전재.

21. 「東北學人魯迅研究的歷史評價」, 『社會科學戰線』제10기, 2009(張福貴・王文玲); 中國人大復印報刊資料『中國現代當代文學研究』제3기, 2010.

22. 「魯迅思想的民衆本位與魯迅研究的大衆化價值」, 『武漢大學學報(人文科學版)』제5기, 2011.

23. 「豐富的魯迅世界與多元的魯迅研究」, 『中華讀書報』, 2011.9.27(제5판).

24. 「遠離魯迅讓我們變得平庸」, 『中國社會科學報』, 2011.9.20; 『新華文摘』제3기, 2012 에 전재.

25. 「魯迅"世界人"概念的構成及其當代思想價值」, 『文學評論』제2기, 2013.

저서 및 기타

1. 『慣性的終結-魯迅文化選擇的歷史價值』, 吉林大學出版社, 1999.
2. 『"活着"的魯迅-魯迅文化選擇的當代意義』, 社會科學文獻出版社, 2010.
3. 『世界文化中的魯迅』(副主編), 吉林大學出版社, 1997.
4. 『魯迅大全集』(第一卷) 注釋, 長江文藝出版社, 2011.

후기

　이번 출판 요청에 응해 만들어진 이 논문선집에는 과거에 출판한 저서에 실린 글도 있고, 이전 간행물에 발표한 논문도 있고 발표한 적이 없는 글도 있다. 총서 기획자의 구상에 따르면 주제가 있는 자선집이라고도 할 수 있을 것이다. 이번 출판을 위해 대부분 많든 적든 수정을 했기 때문에 원문 혹은 원저와 큰 차이가 있다. 특히 인용문의 출처와 주석을 많이 넣고 또 수정도 했다.

　문집에 들어간 글을 쓴 시간은 장장 23년에 걸쳐있다. 개중에는 미숙한 글도 있고 극단적인 글도 있다. 또한 고통스러운 글도 있고 돌이켜 살펴보는 글도 있다. 여하튼간에 하나하나가 모두 내가 걸어온 루쉰연구의 길의 주춧돌이고 나의 학술적 체득과 사상의 궤적이 담겨있다.

　문집은 처음부터 편집까지 거타오葛濤, 루포廬坡 형 등이 많은 귀중한 의견을 제시했다. 그들은 드문 열성과 고심을 보여주었고 그들의 건의와 노고는 나로 하여금 다시 한 번 내면의 소리를 내도록 만들었다. 책의 후기에 그렇게 많은 내용이 필요 없고 그렇게 많은 감사를 표할 필요가 없다는 것을 알고 있지만, 나는 마음 깊은 곳에서 나의 선생님과 벗, 가족과 학생들에게 감사의 마음을 표한다. 마지막으로 한 마디 해야겠다. 나는 또한 나에게 모든 것을 준 이 시대에 감사를 표한다.

2013년 2월 12일 추운 밤

『루쉰을 멀리하면 용렬해진다』는 지린吉林대학 교수이자 '창장학자
長江學者'—중국 교육부에서 탁월한 연구 성과를 낸 연구자들에게 부
여하는 호칭이다—인 장푸구이張福貴의 역작으로 1990년대 초반부터
최근까지 쓴 논문을 가려 뽑아 모은 논문집이다. 우리는 이 논문모음
집으로부터 루쉰의 문학과 사상뿐만 아니라 루쉰연구자 장푸구이의
사유와 사상을 읽어낼 수 있다. 물론 저자의 사유가 스며들어가 있지
않은 글이라는 것이 있을 수 없겠지만, 그의 글을 읽어내려가다 보면
중국의 역사와 현재를 고민하는 저자의 모습이 그려진다. 따라서 이
논문집은 루쉰 텍스트에 대한 '중립적'인 해석이라기보다는 당대 중
국사회를 향한 '외침'이라고 할 수 있다.

이 논문집에 실려 있는 논문 하나하나는 마오쩌둥毛澤東 시대를 온몸
으로 건너온 중국 지식인의 생생한 증언이라고 할 수 있다. 특히 이 저
서의 첫 번째 글인 '선도와 전도' 장에 잘 드러나 있다. '선도와 전도'
는 "개인에게 맡기고 다수를 배격한다任個人而排衆數"라고 하는 루쉰의
이른바 대중정치衆治 비판에 대한 해석이다. 저자는 사상의 '선도'성과
시대착오적 '전도'성이라는 상호모순적인 두 가지 핵심어로 량치차오
梁啓超 등 동시대 사상가들에 대한 루쉰의 비판을 읽어내고 있다. 대중
정치를 강조한 량치차오와 달리 루쉰이 '개성의식'을 강조했다는 점
은 새로울 것도 없다. 그런데 저자는 량치차오와 루쉰의 차이를 읽어
내는 데서 그치지 않고 루쉰의 선도성이 가지고 있는 문제점과 한계에

주목한다. 루쉰은 안으로는 쑨중산孫中山과 장타이옌章太炎, 밖으로는 니체와 쇼펜하우어 등의 영향으로 서구식의 공화정치에 기반한 대중정치가 개성의 말살을 합법화한다고 비판했다. 이는 시대를 앞서가는 루쉰 사상의 선도성을 입증하는 것이다. 그런데 동시에 개인에 대한 강조가 개인의 인격에 대한 관심과 '복고'적 경향에 대한 도덕적 호감으로 이어지고 그 결과 그의 사상에 시대착오적 전도성이 공존하게 된다. 루쉰의 선도성이 오히려 "기묘하게 어떤 형식에서 가장 보수적인 문화선택과 만나게 되었"던 것이다.

저자는 당시 중국 역사의 합법칙성이라는 측면에서 보자면, 당시 서구에서는 공화체제가 이미 경직화되는 문제점을 노정하고 있었다고 할지라도 중국에서는 "아직 실현되지 못한 정치이상"이었다는 것을 강조한다. 따라서 중국은 대중정치의 단계가 불가피했다는 것이다. 저자의 말을 빌리자면, "엄동설한에 난로가 필요한데, 루쉰은 봄이 오면 난로가 너무 뜨거울 것이라고 예상하고 사람들에게 부채를 건네주고 있"었던 것이다. 물론 저자는 루쉰이 자신의 "구체적인 사회변혁의 실천과 이러한 실천에 대한 이해"로 자신의 사상의 한계를 극복을 했다는 점도 놓치지 않는다. 그런데 이 글에서 저자가 정작 강조하고자하는 것은 민주정치 대의제로서의 '대중정치'의 필요성으로 보인다. 다수원칙은 "짐은 곧 국가라는 개인독재에 대한 가장 강력한 제한이며, 이것은 인류사회의 수백 년 경험의 총결이자 자유를 향한 다리"라고 했다. 이것은 바로 마오시대를 경험한 지식인으로서의 장푸구이의 외침이라고 하겠다.

이러한 점은 '상덕尚德', '엘리트의식과 평민의식'을 해석하고 있는

장에서도 드러난다. "개인에게 맡기고 다수를 배격한다"는 테제는 루쉰의 미래를 향한 발전과 엘리트의식을 반영한다. 저자에 따르면 루쉰의 또 다른 테제인 "물질을 배격하고 정신을 신장한다掊物質而張靈明"는 도덕인격과 자연으로의 복귀를 지향하고 그의 '평민의식'을 반영하고 있다. 유가문화는 도덕적 자기완성을 주장하는 윤리정치, 즉 상덕으로 윤리질서를 만들어 냈고 이 윤리질서는 현실적 정치질서인 윤리정체政體로 전화하여 윤리를 정치화하고 정치를 윤리화했다. 루쉰은 사상도덕의 혁명을 강조하는 전통문화의 본질을 장악하여 "덕을 숭상"함으로써 결과적으로 근대 중국의 문화적 전환의 세 단계(물질변혁－제도변혁－관념변혁)를 하나로 집약할 수 있었다고 했다. 전통적인 상덕 사상을 루쉰의 사상도덕 혁명, 특히 국민성 개조와 연결지어 해석하는 것은 꽤 낯설게 다가온다. 루쉰의 국민성 개조는 서구의 국민성 담론의 영향으로 읽어내는 것이 일반적이기 때문이다. 저자에 따르면 루쉰은 상덕의 형식을 이용하여 상덕의 내용을 바꾸었다. 다시 말하면 사상도덕 혁명을 강조하는 전통적인 상덕이라는 형식에 유가윤리가 아니라 국민성 개조라는 내용을 채웠다는 것이다.

저자는 사상도덕 혁명을 강조한 루쉰이 용중勇衆을 비판하면서도 동시에 용중에 대하여 "보편적 도덕인격으로 경모"했다고 하는 흥미로운 해석을 내놓는다. 그런데 복고지향적으로 보이는 루쉰의 평민의식은 엘리트의식에 의해 조절된다. 따라서 근대 중국에 성행했던 여타 복고주의 조류와 달리 전통문화를 입인立人의 기초와 이상으로 삼고 있지만 동시에 상등인의 귀족의식과 허위적인 인격을 길러내는 전통문화를 비판할 수 있었던 것이다. 결론적으로 루쉰의 사상은 "엘리트의식 보여주는 용중의 용렬함을 반대하는 것과 평민의식이 보여주는 허위를 반대하는 것의 결합이며, 양자는 최종적으로 사상계몽과 도덕비판이라는 근본적 목적으로 귀결되었다". 그런데 저자는 정신에 대한 지나친 강조가 초래할 수 있는 위험성을 지적하는 것을 잊지 않는다. 1970년대 '무욕無欲'과 '무아無我'를 주장하는 사욕에 대한 지나친 압살이 도리어 개혁개방 이후 사욕의 팽창을 초래했음을 경험했기 때문이다. 이런 까닭으로 저자는 루쉰이 제시한 "순수한 도덕적 이상"을 개인의 욕망에 대한 부정이 아니라 현재의 "위僞도덕과 비非도덕에 대한 강력한 비판"으로 참조해야 한다고 주장한다.

저자는 동시대 중국의 문화적 현상에 대하여도 철저하게 비판적 태도를 가지고 있다. 저자의 글쓰기는 기본적으로 중국의 현재에서 출발하고 있다고 해도 과언은 아니다. '심층현대화' 장에서는 문화의 보편성과 특수성에 대한 루쉰의 사유를 빌려와 당대 중국을 비판한다. 이 점에서 저자가 주목하는 것은 근대초기 이래 지속된 이른바 '국정특수國情特殊'론에 대한 루쉰의 비판이다. 저자가 보기에 국정특수론은 "고유한 문화의 낙후, 추악, 반동에 대한 유력한 변호가 될" 뿐이다. 국정특수론은 외래문화를 배척하고 전통을 고수한다는 점에서 국수파國粹派와 다를 게 없다. 그런데 문화의 보편성을 인정하는 국수파와 달리 국정특수론의 문화철학적 근거는 문화특수성에서 시작해서 문화특수성에서 끝나는 것이라고 보았다. 루쉰의 장점은 중서문화의 차이뿐만 아니라 양자의 공통성을 보아내고, "일반적인 인류문화의 이질관과 인류생리의 동일관을 넘어서서 그것을 인류문화의 공통적 명제로 만들었다"는 데 있다고 보았다. 그는 국정특수론에 기반한 유가문화부흥론과 중국몽中國夢을 비판하고 루쉰이 살았던 시대와 마찬가지로 지금도 여전히 '전통과 관습'이 중국의 심층현대화에 '장애'가 된다는 점을 직시할 것을 주장한다. 그런데 저자에 따르면 이른바 '중국특색中國特色'론은 국정특수론과 구분된다. 그에 따르면 "국정특수는 사회의 현존형태이지만 중국특색은 사회발전의 미달성형태라는 것"인데, 생각해볼 거리를 던져준다고 할 수 있다.

국정특수론에 대한 비판은 '나래주의拿來主義'에 대한 해석으로 이어진다. 저자는 루쉰의 문화선택을 중서 문화의 비판적 계승이라는 '절충론'으로 간주되어서는 안 된다고 했다. 루쉰의 '우환의식'을 유가윤리의 영향으로 해석하는 것에 반대하고 "사상과 도덕적 경계로서 우환의식은 어떤 특정한 민족이나 집단에 속하는 것이 아니며, 그것은 인류의 공통적 성격이고 미덕"이라고 주장한다. 저자는 나래주의의 '철저한 반전통'적 태도에 주목하는 하면서 이것은 "중국 현대문화 건설의 목적이 아니라 방법론"이라고 했다. 지금까지 '철저한 반전통'은 '전반서화'를 주장하는 것이라는 혐의를 받기도 했지만, 그것을 목적이 아니라 '방법론'으로 본다면 중국문화의 전환을 촉진하고 궁극적으로는 '비판적 계승'이 추구하는 목적에 도달하게 한다고 했다.

루쉰의 '세계인' 개념에 대한 저자의 해석도 바로 이에 근거한다. 세계인 혹은 세계주의 사상은 저자에 따르면 중국에는 선천적으로도 후천적으로도 부족한 사상이다. 바로 이런 까닭으로 루쉰의 세계인 개념은 중국문화의 "깊이 있는 계발이자 의미 있는 보충"이 된다. 이제까지 루쉰의 세계인 개념은 많은 연구자들이 크게 주목하지 않지만, 저자가 보기에 이것은 "그의 사상 가운데 대단히 중요한 건설적인 개념”이다. 물론 량치차오와 후스胡適 등 루쉰의 선배와 동시대인들도 세계인 개념에 주목하기는 했다. 그런데 세계인 개념을 제도나 구조의 측면에서 이해한 이들과 달리, 루쉰은 “현대적 인격의 양성 즉, 인간의 정신 측면에서의 변혁”이라는 측면에서 사고했다. 루쉰이 말한 세계인은 “이상적인 사회적 성원으로서의 신분표시일 뿐만 아니라 또한 이상적인 정신적 경계에 대한 요구”로써 “현대적 의미에서의 인간”인 동시에 “이상적인 중국인”이라는 것이다.

저자는 1990년 이래 중국에서 일고 있는 루쉰 비판 분위기 대해 차분하고도 객관적인 태도를 견지하면서도 루쉰 공부의 필요성을 잘 설득해내고 있다. 이는 ‘작은 루쉰과 큰 루쉰’ 장에 잘 드러나 있다. 저자는 루쉰 비판 분위기가 오랜 기간 동안 루쉰을 신화화한 것에 대한 반발에서 기인했으며, 따라서 이른바 루쉰에 대한 ‘개인화된 이해’의 필요성에 동의한다. 그는 이것은 바로 “구체적 역사인물에 대한 인식의 심화”로써 연구주체의 “자아의식의 각성”, “신격화된 루쉰에 대한 대규모의 효과적인 박리”라고 긍정적으로 평가한다. 그러나 다른 한편으로는 루쉰에 대한 개인화된 이해가 극단적으로 치달아 루쉰 사상의 가치에 대한 전면적 부정으로 이어지는 분위기를 강력하게 비판하고 “루쉰의 사상적 가치의 초월성”을 강조한다. 저자는 루쉰의 가치를 “역사의 발전과 작금의 환경 속에 두고 이해해야” 하고, 따라서 “루쉰의 사상적 가치에 대한 경전화된 이해는 개인화된 이해에 비해 더욱 절박하고 중요하다”는 결론을 내린다. 지금 여기에서 루쉰 사상의 당대적 가치가 아직도 여전히 존재한다는 것은 루쉰에 대한 ‘경전화된 이해’의 필요성에 대한 현실적 전제가 되기 때문이다. 이런 까닭으로 그는 "루쉰을 멀리하면 용렬해진다"고 주장하는 것이다.

마지막으로 저자는 동북 학인으로서의 정체성과 자긍심이 분명히 한다. 동북지방은 루쉰의 생평에서 거의 아무런 관련이 없는 곳이라고 해도 과언이 아니다. '주변에서 중심으로' 장에는 루쉰연구에서 보면 결코 유리하지 않는 '주변'에 살고 있는 동북 학인들의 성과를 잘 정리해내고 있다. 저자에 따르면 동북 학인들은 "열심히 사고하고 노력을 게을리 하지 않은" 덕분으로 "독창성과 안정된 연구 시스템을 만들어" 훌륭한 성과를 내고 있다. 루쉰 전기, 텍스트 해석, 사상 본체 등에서 적지 않은 성과를 내고 있지만, 특히 동북지방과 일본과의 역사적 특수성으로 말미암아 루쉰과 일본문학, 문화 사이의 관계 연구에 좋은 성과를 내고 있음을 보여준다.

2021년 5월
이보경